ROSE KLAY

Die falsche Schwester – Verschließ die Augen vor der Lüge

Weitere Titel der Autorin

Die Tochter – Deiner Vergangenheit entkommst du nicht
Was nebenan passiert ist

Über die Autorin

Rose Klay, Jahrgang 1968, kommt aus Düsseldorf. Sie studierte Psychologie, unterbrach ihre Diplomarbeit für Wehen, zog mit Mann und Sohn nach Mexiko-Stadt, bekam noch zwei weitere Söhne, zog sechs Jahre später weiter nach Peking. Nach einer weiteren Station in Houston, Texas, lebt die Autorin mit ihrer Familie nun wieder in Düsseldorf.

ROSE KLAY

DIE FALSCHE SCHWESTER

Verschließ die Augen vor der Lüge

THRILLER

Lübbe

Cradle to Cradle Certified ® ist eine eingetragene Marke
des Cradle to Cradle Products Innovation Institute.

Vollständige Taschenbuchausgabe
der bei Bastei Lübbe erschienenen E-Book-Ausgabe

Copyright © 2025 by
Bastei Lübbe AG, Schanzenstraße 6 – 20, 51063 Köln

Bei Fragen zur Produktsicherheit wenden Sie sich bitte an:
produktsicherheit@bastei-luebbe.de

Vervielfältigungen dieses Werkes für das Text- und Data-Mining
bleiben vorbehalten.

Umschlaggestaltung: Massimo Peter-Bille, Köln unter Verwendung
von Motiven von © Arcangel: Joanna Czogala und © shutterstock:
Darios | Evannovostro
Satz: 3w+p GmbH, Rimpar
Gesetzt aus der Adobe Caslon Pro
Druck und Verarbeitung: GGP Media GmbH, Pößneck

Printed in Germany
ISBN 978-3-404-19424-7

2 4 5 3 1

Sie finden uns im Internet unter luebbe.de
Bitte beachten Sie auch: lesejury.de

Für meine liebsten Männer:
Linus, Liam und Lasse

Und die unersetzliche Barbara

1

Ich fuhr mit dem Finger über das iPad und spulte zum x-ten Mal die Zeit zurück.

Wenn ich den Regler langsam nach links schob, öffnete sich der Fahrstuhl, und Mila trat rückwärts über die Schwelle in den Gang zurück. Lautlos glitt die Stahltür zu und bewahrte sie vor ihrem Schicksal. Aber sobald ich losließ, nahm alles seinen Lauf.

Die ursprüngliche Qualität der Aufnahmen war miserabel. Alles war von einem gelblichen Schleier bedeckt, als hätten die Überwachungskameras mit verstauben Linsen gefilmt. Die grobkörnigen Bilder mit den verschwommenen Konturen hatten es der Polizei damals unmöglich gemacht, irgendwelche versteckten Hinweise zu finden.

Aber jetzt, nach all diesen Jahren, gab es dank moderner Computertechnik endlich eine Spur. Eine kleine nur, aber sie hatte uns alle in Aufregung versetzt. Die Hoffnung meiner Eltern, Mila vielleicht doch noch zu finden, war mit alter Wucht wieder aufgebrochen.

Mehrfach wiederholte ich das Spiel, öffnete und schloss die Aufzugtür. Da war Mila. Und im nächsten Moment war sie verschwunden. Es war genau in dieser Sekunde, ab der meine Schwester nur noch in unserer Erinnerung zu existieren begann und für immer ein kleines Mädchen in kurzem Sommerkleidchen blieb.

Wie oft hatte ich mir gewünscht, dass wir wieder eine vollständige Familie wären, mit drei Kindern statt zweien. Meine Mutter wäre nicht zerbrochen und mein Vater nicht dazu verdammt, ihr Korsett zu sein, ohne das sie einfach zusammenklappen würde. Ich hätte meine Kindheit nicht einsam in der Villa zubringen müssen, nur allzu bereit, der Ersatz für die

Lücke zu sein, die Mila hinterlassen hatte. Und Tilda, die trotz identischer DNA kaum unterschiedlicher hätte sein können als ich – nun, Tilda wäre nicht so, wie sie nun mal war.

Als Mila verschwand, hatten meine Eltern auf gewisse Weise auch Tilda verloren. Vielleicht, weil Mila immer im Mittelpunkt der Familie stand, obwohl sie gar nicht mehr da war.

Meine Mutter konnte Mila nicht aufgeben. »Sie lebt. Ich würde es spüren, wenn es anders wäre«, war immer ihr Mantra gewesen. »Wir werden sie finden. Ich bin ganz sicher!«

Und ich tat alles, um sie dabei zu unterstützen, auch wenn ich mittlerweile Milas Rückkehr sogar ein wenig fürchtete. Denn falls sie tatsächlich noch lebte, wusste niemand, was für ein Mensch aus ihr geworden war. Dieses Kind, das mit fünf Jahren gewaltsam von ihrer Familie getrennt worden war, war vielleicht heute ein Pulverfass.

Sie könnte die mühsam errichtete Normalität in unserem Haus ganz einfach zerstören, ob sie wollte oder nicht.

Der bröckelige Boden, auf dem wir standen, würde nicht viele Erschütterungen abfangen, ohne dass jemand in die Tiefe stürzte.

Die jahrelange Suche hatte meine Mutter zermürbt. Peu à peu hatte ich ihr deshalb sämtliche Aufgaben abgenommen. Ich wollte sie nicht allein lassen, würde es wahrscheinlich nie über mich bringen, aus der Familienvilla auszuziehen, obwohl ich mittlerweile selbst Mutter war. Tilda hatte es sich leichter gemacht und war schon vor Ewigkeiten ausgezogen. Für eineiige Zwillinge waren wir erstaunlich verschieden.

Ich war die ganze Woche im Stress gewesen. Der Tod meines Großvaters und die Vorbereitungen für die Beerdigung hatte alle eingespielten Abläufe auf den Kopf gestellt.

In der Nacht hatte ich kaum geschlafen. Oma war wieder durchs Haus geschlichen und hatte nach Opa gerufen. Sie verstand nicht, dass er nie mehr wiederkommen würde. Ihre Demenz hatte sich noch verschlimmert. Tagsüber kam jetzt eine Krankenschwester, um auf sie aufzupassen, aber nachts übernahm ich die Rolle, weil meine Eltern nicht gerne rund um die

Uhr Fremde im Haus hatten. Also hatte ich einen Monitor mit Bewegungsmelder in Omas Schlafzimmer installieren lassen, der mich weckte, wenn sie aus dem Zimmer schlich.

Mehrfach hatte ich sie letzte Nacht ins Bett zurückbringen müssen. Und Tilda, die versprochen hatte, am Abend zuvor vorbeizukommen und Lulu zu beschäftigen, war einfach nicht aufgetaucht und hatte mir statt der erhofften Hilfe noch zusätzlich eine enttäuschte Tochter beschert, die den Abend über in der Einfahrt hin und her gelaufen war und auf ihre Tante gewartet hatte.

Ich war gerädert und sah auch so aus. Und ausgerechnet heute war die Pressekonferenz.

Lulu erschien im Nachthemd in der Küche. Sie hatte den Daumen im Mund, die dunklen Locken zerzaust.

Rasch schloss ich das Video auf dem iPad, bevor sie Fragen stellte, für deren Antworten sie noch zu klein war.

»Morgen, mein Schatz«, sagte ich.

Barfuß tapste sie über das Parkett, kletterte auf meinen Schoß.

»Tante Tilda ist nicht mehr gekommen«, sagte sie. In ihren Augen schwammen Tränen. »Sie hat es doch versprochen.«

Ich drückte sie an mich.

»Sie hat gestern ganz spät Abend noch geschrieben«, log ich. »Sie musste arbeiten, es tut ihr unheimlich leid.«

»Wir wollten Memory spielen. Ich hatte schon alles aufgebaut«, sagte Lulu.

»Sie kommt ganz bestimmt bald vorbei und spielt mit dir.«

Auch wenn ich Tilda liebte, ich ärgerte mich über sie. Lulu hatte genug durchgemacht in der letzten Zeit. Ihr Vater war ausgezogen, der Urgroßvater gestorben. Sie hatte angefangen, wieder am Daumen zu lutschen. Da könnte wenigstens die Tante sich als zuverlässig erweisen.

»Was möchtest du frühstücken?«, fragte ich, um vom Thema abzulenken.

»Hab keinen Hunger«, nuschelte Lulu an ihrem Daumen vorbei.

»Du musst etwas essen. Wenigstens eine Kleinigkeit.«

»Ravioli«, sagte sie.

»Zum Frühstück?« Ich tat entsetzt, war aber wenig glaubwürdig.

»Isst du doch auch immer.«

Ich aß vor allem dann Dosenravioli, wenn ich nervös war. Einen Moment überlegte ich, ob Lulu spürte, wie angespannt ich war und mir einen Gefallen tun wollte.

»Aber niemandem verraten«, sagte ich und legte den Finger an die Lippen. Natürlich meinte ich vor allem, dass Lulu ihrem Vater nichts sagen sollte. Wahrscheinlich würde er eine ungesunde Ernährungsweise im Allgemeinen daraus machen.

Wegen seiner ständigen Anschuldigungen musste ich jetzt vorsichtig und kompromissbereit sein. Wenn ich ihm den Umgang mit Lulu komplett verweigerte, könnte sich das ungünstig auswirken, hatte die Anwältin mir erklärt. »Schlau ist das zwar nicht von ihm, auf dem alleinigen Sorgerecht zu bestehen. Gemeinsame Sorge hätte er viel besser durchdrücken können. Aber die Stimmung bei der Justiz hat sich Vätern gegenüber geändert. Es bleibt ein Restrisiko. Seien Sie deshalb bis zum Prozess vor allem eins: die perfekte Mutter. Dann haben wir wesentlich bessere Chancen, dass er seinen Anspruch verlieren wird.«

Ich beschloss, dass ich für meinen gerädeten Zustand heute perfekt genug war, holte eine Dose aus der Vorratskammer und verteilte die glitschigen Nudeltaschen in zwei Schüsseln. Wir aßen, ohne sie aufzuwärmen, an der Küchentheke und grinsten uns verschwörerisch an, während wir die Ravioli in uns hineinschaufelten.

»Früher hat deine Uroma mir die manchmal heimlich gemacht«, erzählte ich, »als ich so alt war die du.«

Ich verschwieg, dass ich fast meine gesamte Kindheit allein gewesen war. Die Ravioli von Oma waren mir Trost gewesen. Die Suche nach Mila hatte meine Eltern völlig in Anspruch genommen. Tatsächlich hatte es sich als Problem herausgestellt, dass unsere Eltern in ihrer Panik eine viel zu hohe Belohnung ausgesetzt hatten. In der Folge wollte jeder an den Kuchen. Es waren Tausende und Abertausende von Hinweisen eingegangen. Selbst in Chile wollte jemand Mila gesichtet haben.

Unterdessen hatten meine Großeltern weiter den Erfolg des Boskamp-Konzerns sichern müssen, sodass sie auch nur selten verfügbar waren.

Tilda hatte sich bald eine Ersatzfamilie gesucht. Ständig war sie weggelaufen, durch den Wald, rüber zu den van Akens, den ältesten Freunden der Familie.

Dass vor allem Linda und Peer van Aken Tilda so gerne bei sich hatten, lag sicher daran, dass Tilda ihre Interessen teilte, was man mir nicht behaupten konnte. Tante Linda brachte ihr das Reiten bei, und Onkel Peer nahm sie mit zur Jagd.

Nur ich war allein in der Villa zurückgeblieben, der letzte Beweis, dass wir einmal eine Familie gewesen waren.

Lulu hatte einen Bart aus Tomatensoße rund um den Mund. Sie hielt den Löffel wieder mit der ganzen Hand, wie früher, als sie gerade gelernt hatte, mit Besteck zu essen. Als wenn sie Rückschritte machen würde. Vielleicht war es nach zwei so einschneidenden Erlebnissen ja normal, aber ich begann langsam, mir Sorgen zu machen. Ich wischte meiner Tochter den Mund ab, während sie auf dem iPad herumspielte.

»Tante Tilda hat gesagt, ich kann mal bei ihr übernachten, wenn ich will«, sagte Lulu.

»Vielleicht, wenn du ein bisschen älter bist«, sagte ich ausweichend. »Komm, wir gehen Haare kämmen!«

Ich witterte die nächste Enttäuschung für Lulu. Tilda war nicht zuverlässig. Wenn ihr etwas dazwischenkam, würde sie Lulu einfach vergessen. Nicht aus Bosheit. Einfach, weil sie so war.

»Wie alt denn, Mama?«

»Mindestens fünf«, antwortete ich, während ich ihre Locken zu einem Zopf bürstete.

»Wann werde ich fünf?«

»Im Februar, mein Schatz. Dann reden wir noch mal darüber.«

»Ist das vor Weihnachten?«

»Nein. Danach.«

»Kann ich mir ein neues Memory vom Weihnachtsmann wünschen?«, fragte Lulu. »Mit Elefanten. Tante Tilda sagt, das sind ihre Lieblingstiere.«

»Wünschen kann man sich alles«, sagte ich und war froh, als sie endlich mit dem Thema aufhörte. Tilda wusste nicht einmal zu würdigen, dass Lulu ihr Herz an sie verschenkt hatte.

Im Rausgehen stopfte ich rasch die leere Konservendose in den Mülleimer. Die Vorstellung, dass meine Mutter mich bei einer schlechten Angewohnheit erwischte, war mir unangenehm.

Ich warf einen letzten Blick in den Spiegel und trat zusammen mit Lulu auf die Galerie.

Von hier oben konnte man nach unten in den Empfangsbereich des Haupthauses schauen. Zwischen den beiden Flügeln wand sich schwungvoll eine breite Treppe bis in die Eingangshalle.

Die alte Villa, die meine Großeltern einst gekauft hatten und in der wir mit nunmehr vier Generationen unter einem Dach lebten, war in unterschiedliche Bereiche eingeteilt. Im oberen Stockwerk bewohnten Lulu und ich den rechten Flügel. Links lagen unsere alten Kinderzimmer: ganz hinten meins, daneben Tildas und vorne Milas. Ich nannte ihn den »verbotenen Trakt«, weil ihn so gut wie nie jemand betrat. Er war schon vor langer Zeit zu einem Museum erstarrt.

Lulu hüpfte auf einem Bein die Treppe hinunter, und ich beeilte mich, hinter ihr herzukommen.

Im Auto spielten wir »Ich packe meinen Koffer«, aber ich war unkonzentriert, weil ich über die Pressekonferenz nachdachte und wie ich meine Mutter beruhigen könnte, falls Tilda überhaupt nicht auftauchte, sodass Lulu schnell keine Lust mehr auf das Spiel hatte. Auch die Verabschiedung im Kindergarten fiel knapp aus.

»Denk dran, Papa holt dich heute nach dem Mittagessen ab«, sagte ich noch, bevor Lulu hinter ihrer Gruppentür verschwand.

Auf dem Rückweg kam eine Nachricht von Tilda, dass sie direkt zur Agentur von Tante Linda kommen würde, wo die Pressekonferenz stattfinden würde. Kein Wort, warum sie Lulu und mich am Abend vorher versetzt hatte. Trotzdem fiel mir ein Stein vom Herzen. Es machte einfach in der Öffentlichkeit einen besseren Eindruck, wenn die Familie Boskamp geschlossen auftauchte.

Zu Hause schaute ich noch kurz bei meiner Oma ins Zimmer. Die Krankenschwester war inzwischen gekommen und legte den Finger an die Lippen, als ich den Kopf zur Tür reinsteckte. Oma schlief noch, nach der durchwanderten Nacht wunderte mich das nicht.

Meine Mutter fand ich im Park. Sie saß auf der verwitterten Steinbank, auf der mit schnörkeligen Buchstaben Milas Name eingraviert war.

Sie war fertig angezogen. Dunkles Etuikleid. Nicht in Schwarz, das wäre zu viel. Dunkelblau. Pumps mit niedrigem Absatz. Genau richtig. Wahrscheinlich hatte mein Vater ihr die Sachen am Morgen herausgelegt.

Ich setzte mich neben sie, bemerkte aber an ihrer kerzengeraden Haltung, dass sie ungehalten war.

»Tilda hat sich noch nicht gemeldet«, sagte sie, ohne mich anzusehen.

»Sie kommt. Keine Sorge. Sie wollte erst nicht, aber hat sich dann umentschieden.«

Meine Mutter seufzte. »Ich verstehe sie. Eigentlich mag ich selbst nicht hingehen.«

Dass sie Tilda verstand, kam nicht so oft vor. Ich wertete es als gutes Zeichen – hoffentlich war auch meine Schwester in einer friedlichen Stimmung.

»Das schaffst du schon.« Ich drückte meiner Mutter die Hand. »Das ist ja nicht dein erstes Rodeo.«

»Im Internet sind ein paar Videos aufgetaucht. Von einer Journalistin, die über Milas Fall berichtet. Aber sie stellt ganz komische Fragen. Zum Beispiel, wie es passieren könne, dass man mitten in der Stadt einfach so ein Kind verlieren kann, am helllichten Tag. Sie sagt es nicht direkt, aber es hört sich so an, als ob es in Wirklichkeit meine Schuld gewesen wäre. Und es gibt tatsächlich Kommentare darunter, wo ich als verantwortungslos bezeichnet werde. Dass ich falsch reagiert habe.«

»Schmutz ist das, Mama. Nichts als Schmutz. Im Internet kann sich jeder zu allem äußern, ob es berechtigt ist oder nicht. «

Meine Mutter seufzte tief.

»Vielleicht haben diese Leute ja recht. Ich hätte besser aufpassen sollen.«

»Du musst aufhören, dir Vorwürfe zu machen. Keine Mutter der Welt kann jede Sekunde ihres Lebens auf ihr Kind aufpassen. Keine!« Wer wüsste das besser als ich. »Du musst dir endlich selbst verzeihen, Mama. Niemand von uns macht dir Vorwürfe.«

Sie zupfte an ihrem Kragen. »Tilda schon.«

»Nicht einmal Tilda.«

Das stimmte nur halb. Die beiden machten sich gegenseitig Vorwürfe. Meine Mutter fühlte sich in ihrer Trauer unverstanden, während Tilda ihr vorwarf, dass sie ihre verbleibenden Kinder vernachlässigt hatte, statt irgendwann einmal Mila loszulassen. Tilda hatte eben keine Kinder. Sie wusste nicht, dass man sie nicht loslassen konnte. Niemals.

Ich strich meiner Mutter eine Haarsträhne aus dem Gesicht. »Mach dir keine Sorgen, Mama. Die van Akens sind ja auch noch da, und wer kennt sich mit der Presse besser aus als sie? Denk daran, dass es heute nur darum geht, ein neues Puzzlestück zu präsentieren, damit wir Mila irgendwann wiederfinden, um sonst nichts.«

Und weil sie immer noch besorgt aussah, fügte ich hinzu: »Und um Tilda kümmere ich mich schon.«

2

Die Werbeagentur *Van Aken*, in der die Pressekonferenz stattfand, lag im Düsseldorfer Medienhafen und war nicht zu übersehen: zu auffällig, zu glitzernd, zu mondän. Die Fassade sah aus, als hätte man sie mit Quecksilber übergossen. Sie hatte eine Struktur wie grob gehämmertes Metall und bot dem Licht unzählige Möglichkeiten, sich zu brechen. Wenn man sich näherte, huschte es in quirligen silbernen Perlen an der Oberfläche umher, immer in Bewegung.

Meiner Familie war das Gebäude fast so vertraut wie die Besitzer.

Die Agentur war ein Hochzeitsgeschenk von Peer an seine Frau Linda gewesen, die Werbegrafikerin und die beste Freundin meiner Mutter war. Außerdem war sie Milas Patentante.

Die van Akens waren nicht nur unsere nächsten Nachbarn, sie waren seit Jahrzehnten die besten Freunde der Familie. Die Freundschaft ging bis auf meine Großeltern zurück und hatte sich in der nächsten Generation fortgesetzt.

Zu Anfang hatte sich hier der Krisenstab versammelt, waren die Suchtrupps ein- und ausgegangen, während meine Eltern sämtlichen Hinweisen gefolgt waren, die irgendwo aufgeploppt waren. Alle hatten sich am Ende als falsch herausgestellt. Verschiedene Detektivbüros hatten sich die Taschen gefüllt, aber keine Ergebnisse gebracht.

Von der Polizei war der Fall Mila Boskamp schon vor vielen Jahren zwischen den Aktendeckeln wegsortiert worden. Da hatten irgendwann auch die guten Beziehungen unserer Familie zur Staatsanwaltschaft nichts mehr genutzt. Der Fall war nicht nur kalt, er war tiefgefroren.

Die Öffentlichkeit dagegen ließ sich immer noch mobilisieren. Nebenan strömten massenhaft Menschen in den Saal. Ich hörte das Klappern der Stative, die aufgebaut wurden.

Meine Mutter sah alle drei Sekunden auf die Uhr, Tilda war immer noch nicht aufgetaucht.

»Sie ist bestimmt schon auf dem Weg. Ich warte am Eingang auf sie«, sagte ich.

Der riesige Empfangsbereich war komplett in Weiß eingerichtet, was die verschiedenen Materialien betonte, die verwendet worden waren. Glänzend weißer Steinboden, weiß lackierte Holztische, weiße Acrylstühle neben weißen Ledersofas. Weiße Glaslampen, die in unterschiedlichen Größen und Formen von der meterhohen Decke hingen. In einer Ecke stand eine riesige Metallskulptur, die an den Todesstern von *Star Wars* erinnerte. Es gab sogar weiße Pflanzen. Es waren echte, speziell präparierte Pflanzen, lebendig begraben unter einer weißen, pulverigen Lackschicht. Inmitten von all dem blendenden Weiß schlenderte mir Tilda entgegen.

»Hey, Sis«, sagte sie.

Sie hatte Springerstiefel an, löchrige Jeans und ein grellrosa T-Shirt mit der Aufschrift: *I'm just here to make some trouble.*

Es war nicht die passendste Kleidung für eine Pressekonferenz, aber immerhin besser als die Overkneestiefel und der Minirock beim letzten Mal. Ich wunderte mich wieder einmal, wie man exakt gleich und doch komplett unterschiedlich aussehen konnte. Ich trug einen teuren, olivfarbenen Leinenanzug mit einer hellen Bluse, dazu hochhackige Riemchensandaletten und hatte das Haar zusammengebunden, während Tildas in alle Richtungen abstand.

»Du bist spät«, sagte ich. »Beeil dich.«

Tilda zuckte die Achseln.

»Lulu war enttäuscht, dass du sie gestern nicht mal angerufen hast«, sagte ich, während ich sie Richtung Pressesaal zog. »Sie hatte schon ein Spiel aufgebaut, das sie mit dir spielen wollte.«

»Ach? Ich hatte doch gar nicht fest zugesagt. Vielleicht, habe ich gesagt.«

»Stimmt nicht. Du hast gesagt, du kommst und kümmerst dich um Lulu, damit ich mehr Zeit für Oma habe.«

»Tut mir leid. Es kam was dazwischen. Ich mach's wieder gut. Schau, ich habe ihr was mitgebracht.«

Sie kramte in ihrer Umhängetasche und holte ein kleines Päckchen heraus.

»Ist das dein Ernst? Es gibt immer noch Polly Pockets?«

»Neunziger-Revival, Sis! Die sind wieder voll im Trend. Mittlerweile sind das kleine Schatztruhen, die steigen im Wert.«

»Ja, sicher.«

Ich besaß Dutzende von den Dingern, allesamt Zeichen von Tildas schlechtem Gewissen. Sie hatte mir früher oft welche geschenkt, wenn sie von Onkel Peer und Tante Linda wieder nach Hause kam, wo man sie verwöhnt hatte, während ich allein zurückgeblieben war. Tilda war dem Trend der Zeit gefolgt, als sie anfing, sie zu sammeln – fast jedes Mädchen in der Schule hatte das getan –, aber ich fragte mich, ob sie damit unbewusst an die letzte Erinnerung an Mila anknüpfte.

»Mama ist schon fix und fertig, weil du so spät kommst«, sagte ich.

»Immer mit der Ruhe. Konstanze wird es überleben.«

»Nenn Mama bitte nicht Konstanze. Das ist respektlos.«

Tilda wollte zu einer Widerrede ansetzen, aber ich hob die Hand. »Bitte nicht heute, Tilda. Hab etwas Mitgefühl.«

Ich steckte Tildas Geschenk rasch in meine Handtasche, damit meine Mutter sich nicht noch mehr aufregte, und schob Tilda in den Vorraum des Pressesaals.

»Tilda! Na endlich!«, rief meine Mutter. »Dass du uns immer bis zur letzten Sekunde warten lassen musst!«

Tilda antwortete nicht, aber die Art, wie sie ihre Augenbrauen zusammenzog, machte mich nervös.

»Hauptsache, sie ist jetzt da«, sagte ich rasch.

Es lag eine Spannung in der Luft, wenn die beiden sich begegneten, die ich schlecht aushielt.

»Wir gehen vor und lassen die Leute erst mal ihre Fotos

machen«, sagte mein Vater und nahm Mama bei der Hand. »Wartet einfach ein paar Minuten, dann könnt ihr unauffällig auf eure Plätze gehen. Es reicht ja, wenn wir ins Feuer geraten.«

»Hast du dein Handy ausgeschaltet? Nicht, dass es gleich klingelt«, fragte Mama und sah Tilda streng an.

»Yup«, antwortete sie.

»Warte, du hast da was.« Ehe Tilda sich versah, rieb sie mit dem Daumen über Tildas Gesicht. Es war eine harmlose Geste, aber meine Schwester sah regelrecht entsetzt aus. Da sie mit dem Rücken zur Wand stand, konnte sie der Berührung nicht entkommen. Einen Moment befürchtete ich, sie würde nach unserer Mutter schlagen.

»Ihr müsst raus! Linda winkt!«, rief ich schnell, und meine Mutter ließ von Tilda ab.

Sekunden später hörten wir die Unruhe, die nebenan ausbrach. Im Saal flammten Blitzlichter auf.

Meine Eltern nahmen ihre Plätze ein und wurden nun von den Fotoapparaten abgeschossen wie Rebhühner bei der Treibjagd. Tilda und ich sahen durch den Spalt in der Tür und folgten ihnen mit Blicken.

Da saßen in einer Reihe fünf Menschen, die ein Schicksalstag vor fünfundzwanzig Jahren endgültig zusammengeschweißt hatte.

Meine Eltern und drei der verbliebenen Mitglieder der Familie van Aken, denn neben Peer und Linda war auch der alte Armin van Aken gekommen, um uns zu unterstützen.

Bei uns fehlten inzwischen Oma und Opa, was meinem Vater aber guttat, wie man an seinem sicheren Auftreten bemerkte. Das Leben mit vielen Generationen unter einem Dach war nicht immer einfach. Mein Großvater hatte meinen Vater, der seine Lebensaufgabe vor allem darin sah, meine Mutter zu stützen, als schwach angesehen.

»Du bist ein Keiler ohne Hauer, Reinhard«, hatte Opa gerne gesagt. »Hast dir eine gute Rotte gesucht und rennst der

Leitbache zu den besten Futterplätzen nach. Aber zu mehr wirst du es nicht bringen.«

Als Kind hatte ich das gemein gefunden, aber ganz falsch war es nicht gewesen. Mein Vater hatte zeit seines Lebens nur meinem Großvater zugearbeitet.

Auch der Vergleich unserer Familie mit einer Wildschweinrotte hatte sich bei mir eingebrannt, weil er ebenfalls recht passend war. So gesehen war mein Großvater ein Keiler mit vollem Gewaff gewesen. Die Führung übernehmen hatte er gekonnt.

Und wenn wir eine Wildschweinrotte waren, dann waren die van Akens edles Rotwild, mit dem alten Armin van Aken als Platzhirsch des Waldes.

Der Vergleich unserer Familien mit Schwarz- und Rotwild passte auf eine Art, die uns nicht schmeichelte. Die van Akens waren edleren Geblüts als wir. Sie stammten von europäischem Landadel ab, während meine Großeltern sich aus einer Plattenbausiedlung nach oben gearbeitet hatten.

Armin van Aken, der trotz seiner achtzig Jahre immer noch ein Medienimperium leitete, hatte seine Herrschaft nie abgegeben. Peer, mit Mitte fünfzig nicht minder mit den Qualitäten eines kapitalen Hirschs ausgestattet, hatte ein Kräftemessen mit seinem Vater seit jeher unterlassen. Vater und Sohn schritten vielmehr seit Jahren in fast feierlicher Weise nebeneinanderher, ohne sich in Quere zu kommen. Und Tante Linda hatte tatsächlich das zarte Aussehen und den Augenaufschlag eines scheuen Rehs, ganz ähnlich wie ihre Schwiegermutter Marlies auf alten Fotos. Mittlerweile lebte diese den Großteil des Jahres aus gesundheitlichen Gründen auf Mallorca, wo ihr das Klima besser bekam.

Tilda warf einen Blick auf ihr Handy. Es war natürlich nicht ausgeschaltet.

»Stell es wenigstens leise«, sagte ich.

»Keine Sorge.« Tilda grinste. »Peer schaltet bei Pressekonferenzen immer einen Störsender ein. Die Handys im Pressesaal sind alle lahmgelegt.«

»Warum das denn?«

»Kontrolle. Er mag nicht, wenn die Leute Sachen rausschicken, die er noch nicht abgenickt hat.«

Sie musste mir immer unter die Nase reiben, dass sie Onkel Peer und Tante Linda besser kannte als ich.

Tilda steckte das Handy wieder weg.

»Sag mal.« Ich starrte Tilda ins Gesicht. »Hast du ein blaues Auge?«

Dort, wo meine Mutter mit dem Daumen über ihr Gesicht gerieben hatte, war ein dunkler Fleck auf ihrer weißen Haut zu sehen.

Tilda tastete mit dem Finger über ihr Gesicht. »Berufsunfall.«

»Arbeitest du denn nicht mehr als … Postbotin?« Ich stockte. Diesen Job hatte Tilda nur deshalb angenommen, weil sie meiner Mutter eins auswischen wollte, da war ich sicher. Die Boskamp-Erbin trägt Post aus, statt sich um die Weiterführung der Geschäfte zu kümmern, das war einigen Boulevardblättern eine Schlagzeile gewesen.

»Doch. Macht wirklich Spaß. Ich bin den ganzen Tag an der frischen Luft.«

»Und wie kriegt man dabei ein blaues Auge? Ärgern sich die Leute, weil du nur noch Rechnungen bringst?«

»Haha. Ich habe ein Paket aus dem Regal geholt, und das ist mir aus der Hand gerutscht. War echt schwer, das Ding.«

»Aha.« Ich hoffte, dass es die Wahrheit war. Vor Kurzem hatte ich Tilda in einem Café mit einem Typen gesehen, der mir gar nicht gefallen hatte. Vollbart, zurückgekämmtes Haar, Tätowierungen bis zum Hals. Außerdem doppelt so alt wie sie. Überhaupt ein Typ, den man auf keinen Fall mit in den Golfclub bringen konnte, was ihn aus Tildas Sicht wahrscheinlich automatisch in die engere Wahl rücken ließ.

Nebenan verebbten die Blitzlichter langsam.

Linda kam zur Tür und winkte uns heran.

Ich versuchte, nicht zu blinzeln, als wir den Saal betraten und tastete mich an den weißen Resopaltischen entlang bis zum äußersten Stuhl. Die Tische waren unser Schutzschild, sie schirmten uns von der Presse ab.

Mein Vater wirkte entspannter als meine Mutter. Er hatte es natürlich einfacher als sie. Er war nicht dabei gewesen. Bei meiner Mutter schwang die Schuldfrage mit. Hatte sie nicht richtig aufgepasst? Hätte sie etwas anders machen müssen? Das gehörte dazu, wenn man Kinder bekam. Die Schuld. Müttern gab man gerne an allem Möglichem die Schuld, vor allem, wenn etwas schiefging. Das hatte ich mittlerweile am eigenen Leib erfahren. Man brauchte nur Lulus Vater Jonas zu fragen.

Das Blitzlichtgewitter verebbte langsam und ein geschäftiges Stühlerücken begann.

Die Mikrofone der unterschiedlichen Sender streckten unseren Eltern die bunten Schaumstoffköpfe entgegen, bereit, ihnen jedes Wort direkt aus den Mündern zu saugen.

An eines der Mikrofone gelehnt saß mit hängenden Ohren Hoppel, Milas Stoffhase. Das heißt, eine Kopie davon. Hoppel selbst war vor langer Zeit zusammen mit Mila verschwunden. Der Hase war eines der wenigen Dinge, von denen man mit Sicherheit sagen konnte, dass Mila ihn bei sich gehabt hatte.

Leider war ausgerechnet Hoppel einer der größten Verkaufsschlager unserer Firma gewesen und maßgeblich für den Erfolg der Boskamp-Spielwaren verantwortlich. Dementsprechend viele gab es davon.

Armin van Aken tätschelte mir kurz die Hand, als ich neben ihm Platz nahm. Seit Opa tot war, tat er sein Bestes, ihn zu ersetzen.

Mein Vater ergriff jetzt das Wort.

»Bevor wir Ihnen gleich eine Neuigkeit auf dem Überwachungsfilm zeigen werden, möchte ich Ihnen kurz deutlich machen, wie viele Jahre mit unserer Tochter wir bereits verloren haben.«

Über unseren Köpfen erschien ein riesengroßes Foto, auf dem Mila als Fünfjährige zu sehen war. Es war die bekannteste Aufnahme von ihr, sie war auf den Fahndungsplakaten gewesen. Sie lächelte genau in die Kamera. Die dunklen Locken umrahmten das feine Gesicht, ihre Augen waren sehr groß und sehr blau.

Auf einmal begann sich das Bild zu verändern. Vor uns alterte Mila im Zeitraffer.

Als der Film stoppte, schaute eine einunddreißigjährige Mila auf uns herunter.

Auch als Erwachsene zeigten sich nur die positiven Aspekte der Boskamp-Gene. Mila war schön. Die hellblauen Augen meiner Mutter, die vollen Lippen meiner Großmutter, die dunklen Locken meines Vaters. Ich sah zu Tilda hinüber, ob Milas Lockenpracht auf dem Foto unangenehme Erinnerungen in ihr auslöste, vielleicht sogar ein schlechtes Gewissen, doch zwischen ihren Augenbrauen erschien nur eine steile Falte, die sie eher zornig wirken ließ.

Mein Vater deutete auf das Foto. »So sieht Mila heute aus. Wenn irgendjemand diese Frau erkennt, möglicherweise auch sich selbst, bitten wir Sie, sich unter der eingeblendeten Nummer zu melden.«

»Sich selbst?«, kam ein Zwischenruf aus dem Publikum.

Mein Vater nickte. »Es ist durchaus möglich, dass sie gar nicht mehr weiß, wer sie ist. Wenn man ihr etwas anderes erzählt hat. Kinder sind leicht zu manipulieren.«

Wieder blitzte es vereinzelt.

»Sie brauchen nichts abzufotografieren, Sie bekommen sämtliches Material später zugeschickt«, sagte Peer van Aken. »Gleichzeitig bitten wir Sie dringend, uns unverzüglich alles mitzuteilen, was Ihnen bezüglich des Falls zugetragen wird. Nur mit neuen Hinweisen können wir die Staatsanwaltschaft dazu bewegen, wieder tätig zu werden.«

Schweigen. Was sollte man auch sagen, wenn in einem Fall wie diesem die Staatsanwaltschaft seit Jahren die Hände in den Schoß legte.

»Ich denke, wir können jetzt auch langsam starten«, fuhr Peer fort und warf Linda ein Lächeln zu. »Meine Frau hat sich bei der Überarbeitung des Films selbst übertroffen.«

Er gab einem Assistenten im Hintergrund ein Zeichen. Die Verdunkelungsrollos setzten sich surrend in Bewegung und verschlossen die bodentiefen Fenster. Einen Moment wurde es mir eng um die Brust. Ich war nicht gerne in dunklen, abgeschlossenen Räumen. Doch dann schaltete Peer den Beamer an, und ich starrte mit allen anderen wie gebannt auf die Wand hinter uns.

Gemeinsam mit dem übrigen Publikum machte ich einen Sprung in die Vergangenheit, die sich nun in neuer Klarheit vor uns ausbreitete.

Obwohl ich den Film in- und auswendig kannte, wirkte er allein durch die frischen Farben und die gestochen scharfen Bilder vollkommen anders.

Die jüngere Ausgabe meiner Mutter trat mit Mila an der Hand durch den weit geöffneten Haupteingang des Kaufhauses.

Das Kaufhaus hatte erst seit wenigen Minuten geöffnet, und so war das Erdgeschoss menschenleer, bis auf zwei schwatzende Verkäuferinnen hinter einer Glasvitrine, in der Parfümflakons ausgestellt waren wie wertvolle Schmuckstücke.

Als meine Mutter den warmen Luftstrom im Eingangsbereich durchschritt, geriet das blonde Haar kurz in Unordnung, und sie zog ein wenig die Mundwinkel nach unten. In ihrer schmalen Hose mit Pepita-Muster, dem hellen Poloshirt und den Mokassins sah sie aus, als käme sie gerade vom Golfplatz.

Mila hatte ein blaues, mit Sternen bedrucktes Kleidchen und Sandalen an. Auf dem Kopf trug sie einen weichen Sonnenhut, der ringsum einen breiten Rand angenäht hatte, um zusätzlichen Schatten zu spenden, aber das war nicht der Grund gewesen. In ihrem Arm hielt sie Hoppel.

Die nächste Filmsequenz zeigte die beiden auf der Rolltreppe. Sie fuhren bis in den zweiten Stock, wo neben Kindermode und Sportartikeln auch Spielwaren angeboten wurden. Als Mila von der Treppe springen wollte, stolperte sie über die letzte Stufe, und meine Mutter zog sie rasch am Arm in die Höhe, damit sie nicht stürzte, eine Geste, die mir auf einmal Gänsehaut bereitete. Dies war das letzte Mal gewesen, dass ihr Mutterinstinkt Mila hatte beschützen können.

Die zwei marschierten geradewegs zur Spielwarenabteilung, bis sie schließlich vor einem Regal mit Plastikspielzeug stehen blieben. Die Überwachungskamera dort hing in einem ungünstigen Winkel und zeigte Mila nur noch am Bildrand. Sie streckte den Finger aus, deutete auf etwas. Der Arm meiner Mutter erschien im Bild und klaubte ein rosafarbenes Ding aus dem Fach.

Es war, wie sich später herausstellte, das »Dreamhouse« von Polly Pocket, ganz ähnlich dem, das Tilda Lulu als Entschuldigung mitgebracht hatte, ein Mini-Puppenhaus versteckt in einer aufklappbaren Dose in Herzform. Die Polizei hatte es eine Weile in der Asservatenkammer aufbewahrt, bis meine Mutter es irgendwann abgeholt und in Milas Kinderzimmer auf die Kommode gestellt hatte, wo es sich bis heute noch befand, unberührt, wie der ganze Raum seitdem.

Mila trug das Plastikherz fest an sich gedrückt bis zu der klobigen Registrierkasse, wo die Kassiererin es zusammen mit dem Kassenbon in eine blaue Plastiktüte packte und meiner Mutter über die Theke reichte.

Direkt nach dem Bezahlen fuhren sie in den ersten Stock hinunter und verließen das Kaufhaus durch eine gläserne Überführung, die von dort Richtung Parkhaus führte. Meine Mutter ging schnell, Mila musste ab und zu ein paar Laufschritte einlegen, um ihr folgen zu können.

Die nächste Kamera erfasste die beiden vor dem Parkautomaten. Meine Mutter drückte Mila die blaue Tüte in die Hand, damit sie ihr Portemonnaie aus der Handtasche holen und das Parkticket in den Automaten stecken konnte. Während sie mit dem Kleingeld und dem Ticket beschäftigt war, hüpfte Mila mitsamt Tüte und Hoppel über die grauen Bodenfliesen. Wahrscheinlich versuchte sie, dabei nicht auf den Rand zu treten. Das war einer der Momente, an denen ich mich meiner

Schwester besonders nah fühlte. Als Kind hatte ich das auch immer gemacht.

Im Treppenhaus befanden sich zwei nebeneinanderliegende Fahrstühle mit Glastüren.

Doch es gab noch einen ehemaligen Lastenaufzug, den man nach einem Umbau irgendwann zusätzlich für den Kundenverkehr freigegeben hatte.

Man konnte ihn vom Treppenhaus aus nicht direkt sehen, da er in einer schmalen Sackgasse um die Ecke lag. Wahrscheinlich wussten viele Kunden gar nicht, dass dieser Fahrstuhl mittlerweile auch benutzt werden durfte.

Aber Mila wusste es, denn sie war schon oft mit meiner Mutter hier gewesen. Sie hüpfte um die Ecke. Meine Mutter, das Parkticket zwischen die Lippen geklemmt, lief nicht hinter ihr her, sondern hantierte immer noch mit dem Portemonnaie herum. Der Reißverschluss des Kleingeldfachs hatte sich verklemmt und ließ sich nicht schließen.

Mila erreichte unterdessen den Lastenaufzug. Mit einer Renovierung des Korridors hatte man sich nie aufgehalten, und dieser war alles andere als anheimelnd. Die vordere Wand war mit schmutzig weißen Fliesen verkleidet, die an Kacheln in einer Bahnhofstoilette erinnerten. Eine Neonröhre mit über Putz verlegtem Kabel hing an der Decke. Gegenüber dem Aufzug war eine Wand, die unten aus beige lackiertem Stahl und zur oberen Hälfte aus buckeligem Milchglas bestand.

Von hier gab es nur eine Richtung: abwärts. Das Parkhaus war unterirdisch gebaut. Mila drückte den Knopf, und beinahe augenblicklich öffnete sich die Tür. Milas Kopf bewegte sich nach oben, als wenn sie jemanden in der Kabine entdeckt hätte, der sehr viel größer war als sie selbst. Vielleicht sagte die Person etwas, vielleicht sprach auch Mila selbst, durch den Kamerawinkel konnte man das nicht erkennen, man sah lediglich ihre kleine Gestalt von der Seite, die nach oben blickte. Der vermaledeite Hut verbarg ihr Gesicht.

Unterdessen zerrte meine Mutter so fest am Reißverschluss ihres Portemonnaies, dass Kleingeld auf den Boden kullerte.

Während sie die Münzen vom Boden aufklaubte, betrat Mila den Lastenaufzug. Die Tür glitt hinter ihr zu.

Weg war sie, verschluckt von einem Monstrum aus Stahl. Genau das trieb mich seit jeher um: Warum war Mila überhaupt in diesen Fahrstuhl eingestiegen? Der schmuddelige Lastenaufzug war kein vertrauenserweckender Ort für eine Fünfjährige.

Viel, viel später hatte ich selbst dort gestanden und die Atmosphäre in mich aufgenommen. Ich hatte mich so viel damit beschäftigt, dass mir bereits alles seltsam bekannt vorkam. Der Dreck an den mit stumpfem Edelstahl ausgekleideten Wänden der Kabine, die schwarzen Schlieren von abgeriebenem Gummi, die mit weißem Edding hingeschmierte Axt neben einem halb abgerissenen Aufkleber, der davor warnte, bei einem Feuer den Aufzug zu benutzen. Selbst der Geruch schien mir vertraut, diese Mischung aus Öl, nassen Schuhen, Schweiß und Urin. Das war kein neuer Geruch, er steckte in jeder Pore der Kabine.

In den nächsten fünfeinhalb Sekunden sahen wir einen bedrückend leeren Korridor. Auf einmal tauchte meine Mutter auf, stürzte durch den Flur und versuchte panisch, den Lastenaufzug zurückzuholen, indem sie immer wieder gegen den Knopf schlug. Es schien eine halbe Ewigkeit zu dauern, bis er endlich wieder oben ankam.

Die Tür öffnete sich quälend langsam. Meine Mutter bückte sich, hob etwas vom Boden auf.

Die nächste Einstellung zeigte, wie sie durch die gläserne Überführung zurück ins Kaufhaus rannte. In ihrer Hand hielt sie die kleine blaue Tüte mit dem Polly-Pocket-Dreamhouse.

Hier stoppte Linda den Film.

Spulte zurück zu dem Moment, zu dem ich bereits Hunderte von Malen zurückgespult hatte: wie Mila den Fahrstuhl betrat. Die Kamera hatte sie von rechts oben erfasst. Der Winkel war so eingestellt, dass man den vordersten Bereich der Kabine gerade noch erkennen konnte, genauer gesagt bis zu dem Punkt, wo man von festem Boden auf bewegliches Terrain trat.

Und noch etwas sah man jetzt, etwas, das man in den früheren, unscharfen Aufnahmen nur hatte erahnen können.

Linda vergrößerte den Ausschnitt der Aufnahme. Vor der Bearbeitung wäre das komplett sinnlos gewesen: Das Bild war immer verschwommener geworden, je näher man ein Fragment herangezoomt hatte. Die Polizei hatte bereits gemutmaßt, dass es sich bei dem hellen Schatten, der sich an der Tür vorbeischob, um einen Arm gehandelt hatte.

Nun wurden die Vermutungen Gewissheit. Glasklar und messerscharf war die Hand des Entführers zu sehen. Sie umklammerte die Aufzugtür, sicherlich, damit sie nicht zuging, bevor er Mila in den Fahrstuhl gelockt hatte. An seinem Handgelenk trug der Mann eine Uhr. Das Armband war schwarz und wirkte wie eines aus Kautschuk. Linda holte die Uhr immer näher heran, ohne dass Bildschärfe verloren ging. Es handelte sich um ein digitales Modell. Unterhalb der Zeitanzeige befand sich ein kleiner Taschenrechner. Auf der Anzeige war es neun Uhr und sechsundvierzig Minuten. Ganze sechzehn Minuten hatte der Aufenthalt im Kaufhaus gedauert, von dem meine Schwester nie zurückkehren sollte.

Die Lamellen der Verdunkelungsrollos drehten sich so weit nach oben, bis Tageslicht hereinströmte. Sofort checkte ich die Reaktionen im Publikum. Fast alle Arme schnellten nach oben.

Peer erteilte einem der Reporter in den vorderen Reihen das Wort.

»Ist das jetzt tatsächlich die Uhr, die der Entführer getragen hat?«

»Nun, das wissen wir nicht mit hundertprozentiger Gewissheit. Das Programm berechnet nur die wahrscheinlichste Variante.«

»Aber wir sehen ja hier sogar die Uhrzeit! Das ist ja beinahe … unglaublich!«

»Da die Videokameras mit einem Zeitstempel versehen sind, wissen wir exakt, wann Mila Boskamp den Fahrstuhl betreten hat. Wir sind also davon ausgegangen, dass die Armbanduhr die Zeit korrekt angezeigt hat und hatten so weitere Anhaltspunkte für die Berechnung. Jeder Fixpunkt ist eine Möglichkeit für das Programm, das Ergebnis zu verfeinern.«

»Wie genau funktioniert dieses Programm?«, fragte eine Frau weiter hinten.

»Vielen Dank für diese wichtige Frage, auf die ich ehrlich gesagt sogar gehofft hatte.« Peer lächelte die Fragestellerin über den Rand seiner Lesebrille an. »Die Korrektur, wenn Sie so wollen, funktioniert eigentlich ganz einfach. Sehen Sie, ein digitalisiertes Bild ist in viele kleine Quadrate unterteilt, sogenannte Pixel. Ich denke, das wissen die meisten von Ihnen bereits, nicht wahr? Grob gesagt, ist die Bildschärfe umso größer, je mehr Pixel auf einer bestimmten Fläche dargestellt werden. Aber was tun, wenn die Pixelanzahl so gering ist, dass man kaum etwas erkennen kann? Nun, die Lösung sind Programme, die berechnen können, wie das nächste wahrscheinlichste Pixel in unmittelbarer Umgebung eines tatsächlich vorhandenen einzelnen Pixels aussehen könnte. Diesen fügt er dann hinzu. Zudem kann man auch die Originalfarben berechnen, indem man zum Beispiel bestimmte Farben wie Reinweiß und Tiefschwarz auf einer Skala als Orientierungspunkte festlegt und die anderen Farben daran misst. So ergibt sich am Ende ein scharfes Bild.«

»Aber ist eine solche Bearbeitung nicht streng genommen eine Fälschung?« Die Fragestellerin saß ganz in meiner Nähe. Sie war etwa Anfang vierzig und hatte langes graublondes Haar.

»Das kommt drauf an, wie sehr Sie an Mathematik glauben. Die Pixel sind nach Wahrscheinlichkeitsrechnungen erstellt worden.«

Vereinzeltes Gelächter.

»Was versprechen Sie sich denn davon zu schätzen, welche Uhr der angebliche Täter vielleicht getragen hat? Nach all dieser Zeit?«, fragte einer.

»Wir erhoffen uns genau das, was wir schon seit vielen

Jahren tun: dass jemand etwas gesehen hat. Vielleicht erkennt jemand diese Uhr.«

Die Lamellen des Rollos kippten kurz nach unten und machten den Raum wieder dunkel. Wie von Zauberhand vergrößerte sich gleichzeitig das eckige Gehäuse mit dem eingebauten Taschenrechner, bis man jede Einzelheit erkennen konnte.

»Glauben Sie denn, dass Mila noch lebt, Frau Boskamp?«, fragte ein Mann.

Mein Vater meldete sich zu Wort. »Natürlich hoffen wir das. Das ist, was uns aufrecht hält, seit fünfundzwanzig Jahren.«

Er rückte näher an meine Mutter heran, der die Trauer wie ein Stempel ins Gesicht geschrieben stand. Und die Selbstvorwürfe. Schließlich war sie es gewesen, die ihr Kind verloren hatte. Die nicht richtig aufgepasst hatte. Die Mila in diesem Korridor allein gelassen hatte, wenn auch nur für wenige Sekunden. Es hatte gereicht.

»Das ist aber nicht sehr realistisch«, entgegnete die langhaarige Frau vor mir. Sie beugte sich beim Sprechen nach vorne. »Bei Vermisstenfällen von kleinen Kindern steigt mit jeder vergangenen Stunde die Wahrscheinlichkeit, dass man nach einem toten Kind sucht. So zumindest sagt es die Statistik. In diesem Fall aber geht es nicht um Stunden, sondern um mehr als zwei Jahrzehnte.«

Mir wurde mulmig. Langsam fürchtete ich, dass diese Frau eine von denen war, vor denen meine Mutter sich gefürchtet hatte.

»Sehen Sie, Frau …«, fing Tante Linda an.

»Kottula. Mareike.«

»Sagen Ihnen die Namen Natascha Kampusch, Jaycee Dugard oder Gina DeJesus etwas, Frau Kottula?«

»Soweit ich weiß, sind sie alle im Kindesalter entführt worden.«

»Ganz genau. Aber sie sind außerdem nach vielen Jahren

Gefangenschaft wieder aufgetaucht. Es gibt keinen Grund für uns, nicht zu hoffen, dass Mila ebenfalls wieder zurückkehrt.«

»Keine von ihnen war so lange verschwunden.«

Unruhe verbreitete sich im Saal. Ich überlegte, wie ich verhindern konnte, dass sie meine Mutter direkt angriff, als Linda das für mich übernahm.

»Nun, Elisabeth Fritzl ist nach vierundzwanzig Jahren Gefangenschaft befreit worden.« Linda drehte sich demonstrativ von Mareike Kottula weg. Sie schien die Diskussion damit für beendet zu erklären.

»Eine Frage noch«, sagte Mareike Kottula und wandte sich an meine Mutter. »Frau Boskamp, unmittelbar nach dem Verschwinden Ihrer Tochter warteten Sie zusammen mit einer Verkäuferin namens ... « Sie blätterte in einem zerknitterten Collegeblock »... mit einer Verkäuferin namens Jutta Schenk in der Spielwarenabteilung auf das Eintreffen der Polizei.«

Meine Mutter nickte.

»Warum sind Sie eigentlich ins Kaufhaus zurückgelaufen, statt ins Parkhaus hinunter?«

Da war er, der offene Angriff. Die Schuld der Mutter, die, vollkommen unabhängig davon, was sie tat, auf jeden Fall kritisiert wurde.

Ich steckte vor Aufregung ein Pfefferminzbonbon in den Mund. Es klang so, als wüsste die Fragestellerin genau, was man zu tun hatte, wenn das eigene Kind auf einmal im Fahrstuhl verschwand.

Für einen Moment war es mucksmäuschenstill im Saal.

»Natürlich habe ich darüber nachgedacht«, sagte meine Mutter langsam. »Aber der Fahrstuhl war bis ins vierte Untergeschoss des Parkhauses gefahren. Mila hätte in jedem einzelnen Stockwerk aussteigen können, ohne dass ich gewusst hätte, in welchem. Ich hätte jede Etage durchsuchen müssen, das hätte eine Ewigkeit gedauert. Und im Erdgeschoss ist ein Ausgang zur Straße hin. Es schien mir schneller zu gehen, eine Verkäuferin dazu zu bringen, alle Ausgänge zu sperren. So zumindest habe ich mir das vorgestellt. Dass man alle Ausgänge mit einem Knopfdruck sperren kann, auch das Parkhaus. Natürlich ging das nicht so einfach, das habe ich dann auch gelernt, und ...«

Mein Vater unterbrach sie. »Niemand stellt sich vor, wie man handeln muss, wenn das eigene Kind verschwindet. Im Nachhinein kann man sich eine Taktik überlegen, aber in dem Moment haben Sie nur Sekundenbruchteile.«

»Aber Ihre Frau ist quer durch zwei Etagen gelaufen, bevor sie um Hilfe gebeten hat«, fuhr Mareike Kottula fort. »Erst in der Spielzeugabteilung hat sie jemanden gefragt, ob die Ausgänge gesperrt werden können. Zu dem Zeitpunkt befand sie sich im zweiten Stockwerk. Mila verschwand im ersten.«

Die Frau hatte ihren unverfrorenen Angriff vorbereitet.

»Offensichtlich haben Sie die alten Aufnahmen sorgfältig studiert«, sagte Peer kühl. »Dann haben Sie sicher auch bemerkt, dass man, wenn man das Kaufhaus durch die Überführung im ersten Stock betritt, in der Unterwäscheabteilung landet. Und dort war um diese Uhrzeit weit und breit keine Verkäuferin anzutreffen. Im Übrigen steht es auch in den Zeugenaussagen der Polizeiakten, wo sich die jeweils zuständigen Damen gerade aufhielten. Leider nicht dort, wo Frau Boskamp in kompletter Panik hinrannte.«

»Aber sie ist mit der Rolltreppe bis ins zweite Stockwerk gefahren, statt in die nächste Abteilung zu laufen.«

»Weil sie sicher wusste, dass in der Spielzeugabteilung eine Verkäuferin war. Sie hatte dort etwas gekauft. Es war noch früh, das Kaufhaus beinahe leer, wie sie überall sehen können. Die Verkäuferinnen sind um diese Zeit überall mit dem Einräumen, Dekorieren und Ordnen von Ware beschäftigt, da der Hauptkundenverkehr üblicherweise erst ab 11.00 Uhr beginnt. Frau Boskamp hat einfach keine Verkäuferin gefunden, so bedauerlich dies war.«

»Hatten Sie noch kein Handy, Frau Boskamp? Warum haben Sie nicht sofort die Polizei gerufen?«

»Doch, sie hatte ein Handy, wobei ich betonen möchte, dass der Umgang damit dem heutigen in keiner Weise entspricht. Man hatte es nicht zu jeder Zeit griffbereit, noch dachte man ständig daran. Es war auch kein Smartphone, mit dem man Fotos und Filme machen kann, denn die gab es praktisch noch gar nicht.«

»Was hätte das auch genutzt?«, fragte meine Mutter, und ihre Stimme zitterte. »Bis ich der Polizei die Lage erklärt hätte und sie die ersten Maßnahmen hätte treffen können, wäre es auf jeden Fall zu spät gewesen. In meinem Kopf war nur der Gedanke: Sperrt die Ausgänge! Sperrt das Parkhaus!«

»Warum sind Sie nicht nach draußen gelaufen, um Ihre Tochter zu suchen?«

Linda, verlässlich wie immer, zog einen Schlussstrich.

»Liebe Frau Kottula, ich verstehe den Hintergrund Ihrer Frage nicht. Allein in der Düsseldorfer Innenstadt, also um das Kaufhaus herum, gibt es über achttausend Wohnungen. Wo bitte soll man da anfangen? Außerdem sind wir hier, um nach Mila Boskamp zu suchen, von der wir *selbstverständlich* hoffen, dass sie noch lebt. Und nicht, um – in höchst unangebrachtem Maße, wie ich betonen möchte – die Verhaltensweise der Mutter zu kritisieren. Sie ist seit diesem Tag im schlimmsten Albtraum gefangen, den man sich nur vorstellen kann. Und nun lassen Sie bitte auch den anderen Anwesenden noch Zeit für Fragen.«

Neben mir machte sich Armin van Aken ganz altmodisch auf einem Blatt Papier eine Notiz. *Überprüfung. Mareike Kottula. Welche Zeitung?* stand da.

Er war alt, aber er war blitzgescheit und kannte in der Stadt jeden, der Rang und Namen hatte. Diese Mareike Kottula würde ihren Ton schon bald bedauern, da war ich sicher. Dankbar legte ich meine Hand auf seinen Arm.

Kurz darauf beendete Peer die Pressekonferenz.

Alle eilten nach draußen. Im Nebenraum nahm ich zuallererst mein Handy aus der Handtasche. Kaum, dass ich wieder Empfang hatte, pingte es. Mehrere Nachrichten und verpasste Anrufe leuchteten auf. Während ich in mein Handy starrte, um es mittels der Gesichtserkennung zu entsperren, klingelte es bereits. Ich wischte über den Bildschirm.

»Ist Lulu bei dir?«, fragte Jonas ohne Begrüßung.

Ich stöhnte. »Sag bitte nicht, dass du vergessen hast, dass du sie abholen wolltest!«

Schweigen.

»Ich habe ihr versprochen, dass du direkt nach dem Mittagessen kommst. Sie wartet schon seit mindestens einer Stunde.«

Innerlich machte ich mir eine Notiz für die Anwältin. Punkt für mich. Ein unzuverlässiger Vater war nicht das, was ein Gericht als Vaterliebe honorieren würde.

»Effie ... Ich *bin* im Kindergarten. Sie ist nicht hier.«

»Natürlich ist sie da. Ich habe sie heute Morgen selbst abgegeben.«

»Wir können sie nicht finden. Wir haben den ganzen Kindergarten durchsucht. Und du warst nicht zu erreichen.«

»Was ist das denn für ein Unsinn? Schaut mal in der Toilette nach.«

»Sie ist nicht hier. Ich hatte gehofft, dass du sie abgeholt hast ... ohne Bescheid zu geben ...« Seine Stimme brach.

»Das kann doch nicht wahr sein, dass ihr nicht in der Lage seid, sie zu finden. Habt ihr in der Kuschelecke geschaut? Vielleicht schläft sie unter einem Kissen.«

»Effie! Sie ist nicht hier!«

Es konnte sich nur um einen Handstreich von Jonas handeln, dessen Sinn ich noch nicht durchschaute. Seelische Grausamkeit des Vaters gegenüber der Mutter. Brachte ihm das irgendeinen Vorteil? Ich kam nicht drauf.

»Soll das jetzt ein Scherz sein? Eine Anspielung auf meine verschwundene Schwester? Was hast du davon?«

Ich weigerte mich, eine andere Erklärung zu akzeptieren, als dass Jonas log.

»Effie! Wie kannst du nur glauben, dass ich ... Die Polizei ist schon hier. Sie durchsuchen die Nachbarschaft. Es sind bereits Beamte auf dem Weg zu dir.«

Ich starrte auf die geöffnete Flügeltür. Tatsächlich. Im Foyer redeten zwei uniformierte Beamte auf Tilda ein, deren rotes Haar in der blendend weißen Umgebung wie ein Stoppschild leuchtete, doch es hielt niemanden auf. Ganz langsam hob Tilda die Hand und zeigte in meine Richtung, sodass ich unwillkürlich einen Schritt rückwärtsging. Mir wurde schwindelig. Aus dem Hörer rief Jonas etwas, das ich nicht verstand, weil es in meinen Ohren rauschte. Die Polizisten bewegten sich wie in Zeitlupe in meine Richtung. Ich ließ das Handy sinken. Tildas sonst so streitbarer Gesichtsausdruck änderte sich für einen schrecklichen Moment, als sie mich ansah. Ich erkannte etwas in ihrem Blick, das neu war und von dem ich auf einmal wusste, dass ich sie normalerweise genauso anblickte.

Es war Mitleid.

3

Auf dem Weg zum Kindergarten war ich überzeugt, dass sich alles aufklären würde. Der Polizeiwagen fuhr zügig, aber ohne Blaulicht, was mich in der Annahme bestärkte, dass diese Angelegenheit nicht so dringend war, wie es ein tatsächlich verschwundenes Kind zweifelsohne wäre. Der Platz, an dem sich Lulu versteckte, war lediglich übersehen worden, oder sie hatte schon mal nach Hause laufen wollen und mit ihren vier Jahren nicht abschätzen können, dass der Weg viel zu weit war. Bestimmt hatte sie längst jemand gefunden und wenn nicht, würde dies in den nächsten Minuten geschehen. Alles andere war undenkbar, also dachte ich es auch nicht. Ich weigerte mich. Stattdessen zwang ich mein Gehirn, nur Gedanken zu produzieren, die ich aushalten konnte.

Denn zwei verschwundene Kinder – das gab es einfach nicht. So etwas hatte ich noch nie gehört. Und ich hatte schon viel gehört. Immerhin hatte meine Mutter selbst einen Verein gegründet, dessen Vorsitz ich mittlerweile übernommen hatte. MiLa – „Missing Laughter", ein Verein für vermisste Kinder, verwaiste Eltern und Geschwister.

Noch nie hatte ich von zwei verschwundenen Kindern innerhalb einer einzigen Familie gehört, schon gar nicht zu unterschiedlichen Zeitpunkten. Es gab zwar Fälle, da löste der Tod oder das Verschwinden eines Kindes indirekt den späteren Tod seines zurückgebliebenen Geschwisterkindes aus, häufig durch Selbstmord oder Drogen, was im Grunde dasselbe war. Aber zwei Entführungen, innerhalb von fünfundzwanzig Jahren – das war absurd. So gesehen schützte Milas Entführung Lulu sogar davor. Die Statistik war auf unserer Seite. So jedenfalls redete ich mir selbst ein, während wir durch eine Stadt fuhren, in der alles vollkommen normal war:

Autos hielten an roten Ampeln, Läden hatten geöffnet, Menschen unterhielten sich, ein Radfahrer schimpfte, als er einem Hund ausweichen musste. Nichts deutete auf eine Katastrophe hin. Also wartete Lulu sicher schon auf mich, voller Ungeduld, mir die Geschichte zu erzählen, wie es zu diesem Missverständnis gekommen war.

Doch statt meiner Tochter empfingen mich vor dem Kindergarten nur weitere Beamte. Die Enttäuschung offenbarte sich in einem dumpfen Kopfschmerz, der mir das Denken erschwerte.

Ein Mann in Zivil stellte sich als Polizeihauptkommissar Leonhard Siebert vor. Er teilte mir mit, dass einige Kollegen mit Jonas zu dessen Wohnung gefahren waren, um sie zu durchsuchen. »Nur zur Sicherheit. Wie wir gehört haben, ist hier ein Sorgerechtsverfahren anhängig. Da geraten Kinder leider manchmal zwischen die Fronten. Oft unbeabsichtigt, verstehen Sie mich nicht falsch.«

Ich schob ihn beiseite und lief in den Vorraum.

Es war so totenstill in dem Gebäude, dass es mir in den Ohren dröhnte. Im Vorraum waren die Anzeichen eines überstürzten Aufbruchs deutlich zu erkennen. Hausschuhe, Mützen, Brotdosen und Rucksäcke waren nicht ordentlich in die Fächer zurückgeräumt worden, sondern stapelten sich auf, neben und unter den Holzbänken.

»Die Kinder sind in den Gemeindesaal der Kirche gebracht worden«, erklärte der Zivilbeamte, dessen Namen mir schon wieder entfallen war. »Dabei haben wir alle sorgfältig durchgezählt.«

Dass dabei immer noch eins gefehlt hatte, brauchte er nicht extra zu erwähnen.

Aber wie konnte ein Kind während des laufenden Kindergartenbetriebs einfach so verschwinden?

»Luise ist zuletzt im Garten gesehen worden«, erklärte der Mann.

Niemand sagte mehr Luise zu meiner Tochter, seit sie sich im Alter von einem Jahr selbst Lulu genannt hatte. Luise klang fremd und falsch. Ich stürmte in den Gruppenraum, der Mann folgte mir. Es roch nach Fischstäbchen. Die kleinen Tische waren zu einer großen Tafel zusammengeschoben, die Schüsseln mit dem Essen waren bereits aufgetragen worden, aber unberührt. Der Kartoffelbrei hatte eine rissige Kruste gebildet, die oberste Schicht Erbsen sahen hart und schrumpelig aus. Während ich überlegte, welcher Platz Lulus gewesen war, las der Zivilbeamte hinter mir seine Notizen vom Block ab.

»Wegen des schönen Wetters war die Tür zum Garten die ganze Zeit geöffnet. Ihre Tochter hat sich gegen zehn Uhr dreißig Gummistiefel angezogen und ist rausgegangen. Um kurz vor zwölf hat ihre Erzieherin sie noch im Sandkasten spielen sehen. Um zwölf Uhr fünfzehn läutet es zum Reinkommen, die Kinder müssen sich umziehen und die Hände waschen. In dem Tumult ist das Fehlen von Luise erst gegen zwölf Uhr dreißig aufgefallen, als ihr Stuhl leer blieb.«

Lulu war ein ruhiges Kind, keines von denen, die man jederzeit bemerkte. Ich hatte das immer für eine gute Eigenschaft, manchmal sogar für das Resultat meiner Erziehung gehalten. Wie auch ich mich immer zurückgenommen hatte, um meine Mutter nach dem Schicksalsschlag mit Mila nicht noch mehr zu belasten, hatte ich auch von Lulu stets Rücksichtnahme gefordert. Jetzt fragte ich mich, ob das tatsächlich gut gewesen war.

Auf einmal bekam ich kaum noch Luft. Ich ging durch den Raum und riss die Glastür zum Garten auf.

»Wir konnten den Zeitraum des Geschehens also auf etwa eine halbe Stunde eingrenzen«, redete der Mann weiter, der sich die ganze Zeit so dicht hinter mir hielt, als sei er mein persönlicher Stalker.

Es dauerte einen Moment, bis ich verstand, dass er mit »Geschehen« Lulus Verschwinden meinte.

Ich lief durch den Garten. Dort war niemand. Es gab zwar einen Zaun um das etwa zweitausend Quadratmeter große Grundstück, aber es war kein Hochsicherheitstrakt. Der Garten war übersichtlich, nur die Schaukel stand halb verborgen zwischen einem Fliedergebüsch und dem Zaun Richtung Straße. Wenn sie dort gewesen war, hätte jemand am Gartenzaun sie ansprechen und einfach darüberheben können. Lulu liebte Schaukeln. Wir hatten eine im Park hinter unserem Haus.

Ich drehte mich auf dem Absatz um und ging zurück in das Gebäude. Dort schaute ich unter die Tische, durchsuchte Schränke, hob Kissen und Decken an. Vergeblich. Alles, was ich von meiner Tochter fand, war ihre Jacke, die noch ordentlich am Haken mit dem Schmetterlingssymbol hing, dort, wo ich sie am Morgen selbst hingehängt hatte. Obwohl im Garten Gummistiefel getragen wurden, damit die Erzieher nicht ständig Schnürsenkel binden mussten, fehlten Lulus Schuhe. Ich schob die kleine Holzbank beiseite, suchte dahinter.

»Die Kollegen von der Hundestaffel haben Luises Schuhe mitgenommen«, erklärte mir der Polizist. »Als Geruchsspur.«

Aus irgendeinem Grund war das schlimmer als alles andere, was er bisher gesagt hatte. Ich drückte meine Nase in Lulus Anorak.

Jetzt erst setzte die Panik ein.

Mein Körper reagierte, ohne dass mein Verstand sich dazwischenschob. Lulus Jacke an mich gepresst, lief ich nach draußen und schrie ihren Namen.

Eine Hand griff nach mir, ich riss mich los, rannte durch die umliegenden Straßen. Eine gutbürgerliche Wohngegend, Einfamilienhäuser und Gardinen in den Fenstern. Meine Stimme schallte durch die stillen Straßen wie eine Feuersirene, auf die einfach niemand reagierte.

Aber noch während ich rief, wusste ich, dass Lulu nicht hier war, weder im Kindergarten noch irgendwo in der näheren Umgebung. Genau wie der Instinkt meiner Mutter ihr immer verraten hatte, dass Mila noch lebte, wusste ich, dass ich Lulu hier nicht finden würde. Ich konnte ihre Präsenz nirgendwo spüren.

Ich hielt inne und beobachtete für einen Moment das ungewöhnliche Treiben. Polizisten gingen an den weiß getünchten Häusern von Tür zu Tür, ein Suchhund zog hechelnd seine

Hundeführerin durch die gepflegten Vorgärten, vorbei an den Doppelgaragen und dem Zierrat, der die Kieswege säumte: Buddhaköpfe, Blumenschalen, Windspiele und Rosenbögen, all der Tand, der bei uns verpönt war.

Als Leonhard Siebert, an dessen Namen ich mich auf einmal wieder erinnern konnte, mich aufforderte, ihn ins Präsidium zu begleiten, ging ich widerspruchslos mit.

Der Hubschrauber kreiste wieder über unserem Park. Ich hatte keine Ahnung, ob es inzwischen die Presse oder immer noch die Polizei war.

Obwohl ich nicht geschlafen hatte, war ich hellwach. Ich befand mich in einem Zustand von Panik, die so tief war, dass es mir nicht möglich war, still zu sitzen. Mein Körper konnte Ruhe nicht ertragen, aber andere Menschen auch nicht. Nur Tilda saß in der Ecke und beobachtete jede meiner Bewegungen. Im Rhythmus des kontinuierlichen *Flap Flap Flap* des Hubschraubers schritt ich durch die Wohnung. Der Fernseher plärrte an der Wand, die Nachrichten überschlugen sich seit Lulus Verschwinden.

Ein Interview mit meinen Eltern lief in Dauerschleife. Ich hörte lediglich Fetzen, versuchte fahrig, bedeutende Informationen herauszufiltern. Mein Vater sprach fast die ganze Zeit. Zutiefst erschüttert ... werden keine Kosten und Mühen scheuen ... Zwei Mädchen in einer einzigen Familie ... grausamer Zufall ... Nachahmungstäter ... alte Wunden ... unsere geliebte Enkeltochter ... Mir schwindelte.

Seit über vierundzwanzig Stunden wusste ich nicht, wo meine Tochter war. Selbst in der Nacht war ein Waldstück mit Wärmebildkameras abgesucht worden. Inzwischen glaubte niemand mehr, dass sie einfach über den Zaun geklettert und weggelaufen sein könnte. Man hätte sie längst gefunden.

Wenn von einem so kleinen Kind nach vierundzwanzig Stunden immer noch jede Spur fehlte, sanken die Überlebenschancen mit jeder weiteren Minute. Wer kannte diese Prognosen besser als wir? Wir wehrten uns seit Jahrzehnten dagegen, dass sie uns die Hoffnung nahmen.

Wie ein eingesperrtes Tier tigerte ich durch meine Wohnung. Beim Umbau hatte ich nur in Schlafzimmern und Bädern Wände stehenlassen, die übrigen hundertzwanzig Quadratmeter waren wie gemacht, um rastlos darin herumzulaufen.

Das Handy hielt ich an mich gepresst. Siebert hatte mich gebeten, ständig erreichbar zu sein. Als ob ich irgendetwas anderes zu tun gehabt hätte.

Rastlos lief ich um die Kücheninsel herum, wo Tilda stumm auf einem Barhocker saß und mich beobachtete, im Schoß lag griffbereit ihr Handy, als warte sie nur darauf, jederzeit einen Rettungswagen zu rufen, falls sie Zeichen eines endgültigen Nervenzusammenbruchs bei mir erkennen sollte. Ich umkreiste den runden Esstisch im Erker, wo ich mir gestern noch den Film von Milas Verschwinden angesehen hatte.

Die Nachmittagssonne fiel durch die Sprossenfenster und malte Schatten auf den Tisch, die wie ein Gefängnisgitter aussahen. Ich wandte mich rasch ab.

Im Kinderzimmer blieb ich vor Lulus weißem Himmelbett stehen. Auf dem Nachttisch stand noch die Flasche mit dem klebrigen Multivitaminsaft, den ich ihr allabendlich gab und dazu das sagte, was meine Mutter mir immer gesagt hatte, wenn ich meinen Saft bekam. »Damit dein Körper in der Nacht alles hat, was er braucht und morgen früh ganz stark aufwacht.«

Vielleicht stärkte der Saft sie jetzt, wenigstens ein bisschen. Die letzte Mahlzeit waren ausgerechnet Dosenravioli gewesen, die hatten kaum einen Nährwert. Ob sie beim gemeinsamen Frühstück in der Kita etwas gegessen hatte, wusste ich nicht, aber normalerweise aß Lulu da selten mit. Das Mittagessen im Kindergarten hatte sie jedenfalls nicht mehr eingenommen. Ich fragte mich, wie lange ein Kind ohne Nahrung auskommen konnte.

Ich umrundete wieder die Kücheninsel mitsamt Tilda auf

dem Barhocker. Im Park bellten die Hunde, sie durchkämmten mit einer Hundertschaft die gesamten vierzehn Hektar unseres Privatbesitzes. Direkt hinter unserem Park lag das fünfhundert Hektar große Jagdgebiet der van Akens, das als Nächstes dran war. Es würde dauern, bis man das durchsucht hätte.

In meinen Kopf sirrte es. Wo war Lulu? Und bei wem? Sie hatte keine Jacke dabei und nur Gummistiefel an. Vielleicht war ihr kalt.

»Warum suchen sie überhaupt im Park?«, sagte ich laut und unterbrach meinen Rhythmus. »Lulu ist nicht hier. Das ist verschwendete Zeit!«

»Ich denke, das ist normal. Jonas' Wohnung haben sie ja auch durchsucht. Nun ist halt dieses Grundstück dran«, sagte Tilda und biss in ihren Fingernagel. »Andererseits hast du recht. Wenn ein Elternteil in einem Sorgerechtsstreit sein eigenes Kind entführt, verschwindet er wohl eher mit ihm zusammen und geht nicht zur Polizei.«

»Vielleicht ist das Jonas' Plan«, schoss es aus mir heraus, ohne genau zu wissen, was ich damit meinte. »Mama war von Anfang an dagegen, dass wir Lulu in einen öffentlichen Kindergarten geben. Mama wollte ein Kindermädchen für die Kleine. Dass sie in diesem Kindergarten gelandet ist, war allein Jonas' Wunsch. Und ich hatte sie eigentlich in eine private Einrichtung geben wollen, die neben dem Golfplatz. Die ist videoüberwacht, da hätte das nie passieren können. Da können Eltern sich jederzeit zuschalten und sehen, was gerade mit ihrem Kind passiert. Das ist eine beruhigende Sache, vor allem für Eltern von Babys oder Kleinkindern, die noch nicht sprechen können.«

»Gibt es das in öffentlichen Einrichtungen nicht?«

»Nein. Datenschutz. Persönlichkeitsrechte des Kindes, was weiß ich. Jonas hat jedenfalls bei der Diskussion in dieses Horn gestoßen.«

Genauer gesagt hatte er es sogar Dauerüberwachung am Rand der Illegalität genannt und darauf bestanden, dass Lulu genau in diesen Kindergarten gegeben würde, aus dem sie jetzt verschwunden war. Wegen der günstigen Lage, des großen Gartens und vor allem wegen der »normalen« Umgebung. Und ich hatte nachgegeben, wie meistens, wenn jemand etwas nachdrücklich genug von mir verlangte.

»Wieso habe ich bloß klein beigegeben?«, murmelte ich und schlug mir mit der flachen Hand an die Stirn.

»So bist du halt. Du streitest nicht gern. Und außerdem war die Lage zwischen euch letztes Jahr noch wesentlich friedlicher.«

Ich begann wieder im Kreis zu laufen, doch diesmal nur um die Kücheninsel herum, denn, denn Tilda hatte sich auf dem Sofa niedergelassen.

»Findest du das nicht verdächtig? So im Nachhinein? Dass Jonas auf keinen Fall wollte, dass Lulu überwacht wird? Wenn ich so darüber nachdenke, hat er auffällig viele Argumente für genau *diesen* Kindergarten gebracht. Sie soll das normale Leben kennenlernen, nicht nur unsere abgehobene Welt, hatte er gesagt. Er wolle nicht, dass sie es für normal hält, dass man Kindern GPS-Tracker in die Lunchbox packt und per Smartphone oder Watch jeden Schritt überwacht.«

»Also … ich bin auf deiner Seite, das weißt du, aber das klingt eigentlich recht vernünftig.«

Ich blieb genau vor dem Sofa stehen und sah auf Tilda herab. »Vernünftig? Es ist genau das Gegenteil von vernünftig gewesen! Hätte ich Lulu eine Smartwatch angezogen, könnte ich sie jetzt orten, und alles wäre gut!«

Meine Stimme war schrill geworden.

Tilda stand auf und legte mir die Hand auf den Arm.

»Eine solche Uhr oder ein Tracker sind doch auch keine Sicherheit. Man kann sie einfach ausziehen.«

»Trotzdem! Mama hat von Anfang gesagt, dass ich ein Kindermädchen einstellen soll, und ich habe es nicht gemacht!«

»Weil du wolltest, dass Lulu Spielkameraden hat.«

Erst in dieser Sekunde fiel mir auf, dass Lulu noch nie jemanden in die Villa zum Spielen eingeladen hatte. Wahrscheinlich, weil mir diese Idee als Kind selbst nie gekommen war. Lulu war wie ich, eher introvertiert, gerne allein. Wäre das Kindermädchen da nicht die richtige Entscheidung gewesen, genau wie meine Mutter es gewollt hatte? Warum orientierte ich mich an dem, was andere behaupteten, was gut für Kinder war? An Jonas, der mir mein eigenes Kind wegnehmen wollte?

»Wo ist eigentlich Konstanze?«, fragte Tilda in die Stille.

»Mama ist bei Peer und Linda. Sie planen eine Suchkampagne.«

»Typisch«, entfuhr es Tilda.

Verwirrt sah ich sie an.

»Sie sollte hier sein. Bei dir.«

»Warum?«

Ich verstand Tilda nicht.

»Du brauchst sie doch jetzt.«

»Hör auf«, fuhr ich sie an. »Ich habe keine Nerven mehr für deinen Kleinkrieg mit Mutter. Du bist erwachsen, verdammt noch mal!«

Tilda sah verletzt aus, aber in diesem Moment war es mir egal. In dieser Stunde konnte ich ihre ewige Fehde mit Mama nicht ertragen. Ich musste nachdenken.

»Zwei verschiedene Entführungen, in einer Familie, das ist einfach … das kann einfach nicht …« In meiner Lunge schien sich ein Vakuum zu bilden, das kaum genug Luft für die nächsten Worte übrig ließ. »Wenn jemand Lulu wehtut …« Meine Fingernägel gruben sich in meine Unterarme, kratzten blutige Streifen in die Haut.

Tilda sprang auf und umarmte mich.

Ich klammerte mich an sie. »Ich kann es nicht ertragen, Tilda! Ich ertrage es nicht!«

»Es wird wieder gut, Effie. Ich weiß es. Ganz bestimmt«, sagte sie. »*Pinky promise!*« Sie hielt mir als Zeichen ihrer Ernsthaftigkeit den kleinen Finger hin, damit ich meinen einhakte.

Doch das Spiel aus unseren Kindertagen hatte seine Magie verloren. Sie konnte mir gar nichts versprechen.

In dem Moment piepte mein Handy.

Eine SMS von einer unbekannten Nummer erschien auf dem Home-Bildschirm. Als ich die Worte fahrig entzifferte, ergaben sie keinen Sinn. Ich las sie noch einmal. Und dann traf es mich mit der Wucht eines Vorschlaghammers.

Da stand:

»Geschichte ereignet sich immer zweimal.

Das erste Mal als Tragödie. Das zweite Mal als Farce.«

Das Kind

Was genau passiert war, wusste sie nicht, nur dass sie auf einer Matratze aufgewacht war, die komisch roch, muffig, ein bisschen so wie bei Oma im Keller, ganz hinten, wo die Kartoffeln in einer Holzkiste lagerten.

Ihr war ein wenig schwummerig.

Sie hatte keine Ahnung, wie sie in diesen Raum gekommen war, aber sie wusste ganz sicher, dass sie noch nie hier gewesen war, in ihrem ganzen Leben nicht. So fest sie nur konnte, wünschte sie sich wieder nach Hause.

Erst war es noch nicht so schlimm gewesen. Er würde sie zurückbringen, zu Mami, hatte er versprochen. Später. Doch als sie irgendwann angefangen hatte zu weinen, war er auf einmal böse geworden, richtig böse. Er hatte ihr wehgetan.

Als die Tür klapperte, rollte sie sich fest wie ein Ball auf der Matratze zusammen. Instinktiv wusste sie, dass es besser war, wenn sie keinen Mucks mehr von sich gab.

4

Wir hatten uns im Salon versammelt, wie wir das Wohnzimmer unten im Haupthaus nannten. Es war ein schöner altmodischer Raum, eine Art Heiligtum, den wir früher nur dann ehrfürchtig betreten hatten, wenn die Großeltern es gestatteten, damit wir keine der antiken Kostbarkeiten zerstörten. Doch der Blick, mit dem Siebert den Raum abmaß, ließ alle Schwächen des Salons vor mir aufblitzen, als hätten sie sich bislang bloß versteckt. Die Holzrahmen der Sprossenfenster, die beinahe bis unter die vier Meter hohe Decke reichten, hätten einen frischen Anstrich gebrauchen können. In der späten Nachmittagssonne wirkten die goldfarbenen Vorhänge leicht staubig und am vorsorglich eingeschalteten Kristalllüster – eigentlich war es noch hell genug – funktionierten zwei der kerzenförmigen Glühbirnen nicht mehr. An den Wänden hingen Ölgemälde mit Porträts von Menschen, mit denen uns nichts verband.

Aber das Fischgrätparkett roch nach frischem Bohnerwachs, und meine Mutter hatte die hauchzarten Porzellantassen mit Rosenmuster für den Kaffee gewählt, als wolle sie Oma mit an den Tisch holen.

Wir selbst saßen um den antiken Kartentisch aus Palisander herum, an dem nie jemand spielte, aber von dem meine Großmutter immer geglaubt hatte, er sei ein besonders vornehmes Möbelstück. Meine Mutter bot Leonhard Siebert Opas Ledersessel am Kamin an, der den Menschen darin stets in den Mittelpunkt rückte.

Siebert rückte vor bis auf die Kante des Sessels, als wäre ihm die Bedeutung des Platzes bewusst und gleichzeitig von zu großer Wichtigkeit.

»Was kann die Nachricht bedeuten?«, fragte ich mit vor

Aufregung heiserer Stimme. »Das zweite Mal als Farce? Das ist eine gute Nachricht, oder? Eine Farce heißt doch, dass es nicht echt ist, oder? Milas Tragödie wiederholt sich nicht, weil es diesmal eine Farce ist, nicht wahr? Lulu ist in Sicherheit, das heißt es, was meinen Sie?«

»Das kann ich Ihnen leider nicht versprechen, weil ich es nicht weiß.« Kommissar Siebert strich sich sein tadellos gescheiteltes Haar glatt.

Meine Mutter beugte sich vor, wobei sie beide Handflächen auf die Lehnen ihres Stuhls schlug. Ihre Ringe verursachten ein klackendes Geräusch auf dem Holz. »Und hat die Nachricht etwas mit Mila zu tun? Ist das ein neuer Hinweis?«

»Es geht jetzt gerade nicht um Mila, Mama«, sagte ich. »Bitte!«

»Das sehe ich anders.« Ausgerechnet Tilda sprang ihr bei. Sie hatte ein Bein unter den Po geschoben und entweihte mit ihrem staubigen Turnschuh den cremefarbenen Gobelin. Kaum, dass Oma sich nicht mehr wehren konnte, waren Tilda offenbar die strengen Regeln nicht mehr wichtig, die unter ihrer Aufsicht für den Umgang mit Antiquitäten gegolten hatten.

»Effie, dass ein und derselbe Täter zweimal zugeschlagen hat, im Abstand von fünfundzwanzig Jahren, das ist absurd.« Meine Mutter schüttelte den Kopf. »Und ausgerechnet Milas Nichte zu entführen, nachdem jeder unsere Familie aus den Zeitungen kennt, das wäre ja regelrecht dumm. Der Fall wirbelt zu viel Staub auf.«

»Vielleicht ist genau das ja der Punkt«, sagte Tilda. »Staub aufwirbeln.«

Ich verstand nicht, was Tilda meinte, doch unser Vater, der sich bisher wie meist im Hintergrund gehalten hatte, fragte: »Meinst du, je größer die Aufmerksamkeit, umso mehr Geld kann man herausschlagen?«

»Lassen Sie uns festhalten: Wir wissen es nicht«, sagte Siebert. »Wenn Sie die Worte genau lesen, wird Ihnen auffallen, dass weder Mila noch Luise in der Nachricht erwähnt werden.

Nur dass sich *Geschichte* wiederholt. Wir schlussfolgern aus den Worten zwar, dass mit der Tragödie Milas Verschwinden gemeint ist, aber wissen tun wir es nicht.«

»Auf welche Tragödie soll ein unbekannter Schreiber denn sonst anspielen?«, fragte ich.

Siebert runzelte die glatte Stirn. Er wirkte merkwürdig alterslos. In seinem marineblauen Pullover mit Rundhalsausschnitt, unter dem ein weißer Hemdkragen hervorlugte, und den blank polierten Schuhen hätte er eine Vorlesung für Betriebswirtschaftslehre ebenso gut besuchen wie auch halten können. Wie ein Polizist sah er dagegen nicht aus. Hoffentlich konnte er wenigstens wie einer denken.

»Das Zitat stammt von Karl Marx«, sagte Siebert. »Das heißt, der erste Teil – Geschichte ereignet sich immer zweimal – ist eigentlich von Hegel. Marx meinte, Hegel habe vergessen hinzuzufügen: das eine Mal als Tragödie, das andere Mal als Farce.«

»Dann geht es um Geld?«, fragte ich und schöpfte Hoffnung. Geld war etwas, das wir besorgen konnten.

»Wieso Geld?«, fragte Tilda und zog auch noch das zweite Bein auf den Stuhl.

»Wenn es ein Zitat von Marx ist … Kritik des Kapitalismus … das passt doch. Vielleicht sieht uns hier jemand als Ausbeuter? Entführt das Kind aus einer Fabrikantenfamilie, um ein Zeichen zu setzen?«

Meine Mutter schüttelte energisch den Kopf, als hätte ich nicht mehr alle Tassen im Schrank. »Also bitte, Effie. Wir sind doch nicht mehr in den Siebzigerjahren. Nein, das hier hat ein anderes Motiv als den Schutz des Proletariats. Bei Mila damals waren sich alle einig, dass ein Zufallstäter die Gelegenheit beim Schopf gepackt hat. Aber diesmal hat sich einer an den Kindergarten herangeschlichen und ein Kind über den Zaun gehoben, dessen Namen er genau kannte. Schließlich hat er sich Effies Nummer besorgt und eine Nachricht geschickt. Nicht wahr, Herr Siebert?«

»Wer kennt alles Ihre Mobilnummer, Frau Boskamp?«, fragte mich der Polizist.

Ich überlegte. »Wahrscheinlich jeder, der sich schon einmal die Sozialprojekte auf unserer Homepage angesehen hat. Da ist sie im Impressum hinterlegt. Ich habe natürlich auch eine private Nummer, die nicht jedem bekannt ist. Aber diese Nachricht kam über die geschäftliche Nummer.«

»Haben Sie immer zwei Handys dabei?«

»Nein, aber ich habe zwei SIM-Karten hier drin.« Ich hob mein Telefon kurz an.

Siebert nickte und notierte sich etwas in einem Notizbuch. »Vielleicht kann ein Kollege herausfinden, wer in letzter Zeit alles Zugriff auf die Homepage hatte. Ich lasse das überprüfen. Was sind das eigentlich für Sozialprojekte?«

»Also, unser größtes Projekt ist natürlich ‚Missing Laughter‘, kurz MiLa, ein Verein für verschwundene Kinder, der sich mittlerweile aber auch trauernden Eltern und Geschwistern annimmt", erklärte meine Mutter. „Inzwischen läuft es unter Effies Leitung. Sie hat dort ihr Herzensprojekt gefunden, aus verständlichen Gründen.« Sie tätschelte mir kurz das Knie. »Dann haben wir aber auch einen Verein gegründet für eher unterprivilegierte Kinder: ‚Hope for Children‘. Für Kinder aus ärmeren Verhältnissen, die keine Teilhabe an der Gesellschaft haben, da ihnen das Geld fehlt für den Verein, das Musikinstrument oder den Nachhilfeunterricht. Da springen wir dann ein. Wir vergeben auch Stipendien an besonders begabte Kinder.«

»Kümmern Sie sich auch um diesen Verein?«, wandte sich Siebert an mich.

Tilda preschte vor. »Nein, das ist meine Aufgabe.«

»Leider. Seit du die Leitung hast, bekommen kaum noch Kinder Stipendien. Dabei warst du es, die unbedingt dort mitarbeiten wollte«, sagte unsere Mutter.

Tilda zuckte mit den Schultern. »Ich dachte eben, ein wenig soziales Engagement würde mir guttun. Aber der Spaß hält sich in Grenzen. Effie muss nur Händchen halten und Taschentücher aus der Box ziehen, aber ich musste mir das richtige Elend anschauen. Die Gegend, aus der du kommst, gehört ja nicht gerade zu den bevorzugten Wohngebieten der High Society. Die Eltern da sehen auch nicht immer ein, dass sie vielleicht ein Kind haben, das schlauer ist als sie selbst und das es mal besser haben soll.«

Mein Vater mischte sich ein, bevor Tilda und Mama sich vor Leonhard Siebert noch weiter stritten. »Sie müssen wissen, dass meine Schwiegereltern ihr Vermögen aus dem Nichts aufgebaut haben. Es hat alles angefangen mit einer kleinen Näherei, in der meine Schwiegermutter Stofftiere nähte. Mein Schwiegervater, Gott hab ihn selig, hat daraus sein Imperium aufgebaut. Als meine Frau geboren wurde, lebten sie noch in einer Dreizimmerwohnung in einem Hochhaus und sparten sich das Geld für die Materialien vom Munde ab. Sehr beeindruckende Familiengeschichte. Wissen Sie …«

»Was ist mit den Funkmasten in der Nähe des Kindergartens?«, unterbrach ich ihn ungeduldig. Wenn es um sein Lieblingsthema ging – Geld –, konnte mein Vater ausschweifend werden. »Können Sie nicht eine Liste erstellen lassen, welche Nummern sich im fraglichen Zeitraum im nächsten Funkmast eingewählt hat?«

Siebert nickte. »Das ist bereits in Arbeit. Natürlich dauert das eine Weile. Manche Mobilfunkanbieter brauchen noch ein bisschen Motivation durch einen Richter, bevor sie Kundendaten rausrücken. In Ihrem Falle sieht es zwar ganz gut aus – Bekanntheit in der Öffentlichkeit hilft meistens –, aber die Überprüfung der Listen braucht ihre Zeit.«

Meine Mutter strich ihren Rock glatt. »Wenn Sie meine Meinung hören wollen, ich würde noch einmal Luises Vater unter die Lupe nehmen. Ich weiß, dass Luise nicht in seiner Wohnung war, aber dumm ist Jonas Janssen nicht. Vielleicht hat er sie irgendwo versteckt.«

Es gefiel mir nicht, dass Mutter meine Tochter Luise nannte. Auch wenn sie wahrscheinlich nur den Kommissar nicht irritieren wollte, der nur ihren Taufnamen nutzte, klang es aus ihrem Mund, als habe sie sich bereits von Lulu distanziert.

»Luise hat erst vor wenigen Wochen einen größeren Betrag von meinem kürzlich verstorbenen Vater geerbt«, fuhr sie fort. »Erst danach hat Jonas das alleinige Sorgerecht beantragt. Zuvor hatte er keinerlei Interesse daran.«

Ich zuckte wieder zusammen, genau wie an dem Tag, als ich den Brief vom Anwalt geöffnet und festgestellt hatte, dass meine Mutter mit ihrer Prophezeiung recht gehabt hatte: Jonas hatte mich nicht geliebt. Er war auf der Suche nach einem goldenen Kalb gewesen.

»Hätte er das Sorgerecht, wäre er auch ihr Vermögensverwalter«, sagte meine Mutter und schloss damit die Argumentationskette gegen Jonas.

»Aber dann bräuchte er sie nicht mehr zu entführen«, gab Siebert zu bedenken. »Dann käme er ja ohnehin an ihr Vermögen.«

»Wir haben gute Anwälte. Er ist ein armer Schlucker. Das weiß er. Vielleicht rechnet er nicht mehr damit, dass er Erfolg vor Gericht hat und denkt jetzt, er kann mit Lösegeld Kasse machen. Seine Chancen auf alleiniges Sorgerecht sind nicht groß, das muss ihm klar sein.«

»Und es gibt auch keinen Grund, mir meine Tochter wegzunehmen«, beeilte ich mich zu sagen. Das war nicht ganz richtig, doch ich würde mich hüten, das zu erwähnen.

»Bei Sorgerechtsangelegenheiten haben wir die Eltern natürlich immer im Blick.« Siebert sah mich an. »Bitte nicht falsch verstehen. Das ist Routine.«

Meine Mutter ließ nicht locker. »Also, Jonas Janssen scheint mir jedenfalls ein Motiv zu haben. Mit ihm würde Lulu einfach mitgehen, das ist doch klar. Und er kennt unseren Familienhintergrund. Er weiß von Mila, er weiß, dass wir alles tun würden ...«

»Und er geht sicher davon aus, dass wir jede Summe zahlen!«, warf mein Vater vom Ende des Raumes ein, wo er sich gerade einen Bourbon einschüttete. Mit seinem dichten, grau melierten Haar sah er aus wie ein alternder Filmstar. Fragend schaute er Siebert an, während er die Kristallkaraffe hochhielt, doch der Kommissar hob abwehrend die Hand und nippte rasch an seinem Kaffee.

»Ein Zitat von Marx, das kennt auch nicht jeder«, sagte mein Vater. »Hat Jonas nicht mal Philosophie studiert? Das würde schon passen.«

Die Möglichkeit, dass Jonas dahintersteckte, war bei näherer Betrachtung absolut einleuchtend. Vielleicht war er wirklich auf der Suche nach einer Geldquelle, wie Mama es von Anfang an befürchtet hatte. Aber das Wichtigste war, dass sich Lulu nicht vor ihm fürchtete. Und der Gedanke, dass sie Angst hatte, jetzt, in diesem Moment, war mir unerträglich. Doch ich sagte nichts, weil ich nicht wollte, dass Leonhard Siebert den offiziellen Grund erfuhr, mit dem der Sorgerechtsstreit begründet worden war, denn der hatte mich tief getroffen. *Erzieherische Unfähigkeit der Mutter.*

»Ihr redet und redet«, murmelte Tilda und wühlte in der Bauchtasche, die sie quer über der Brust trug, als plane sie einen Auftritt in einem Rapper-Video bei TikTok. Sie warf sich etwas in den Mund, das sie auf dem Grund ihrer Tasche gefunden hatte, ein Bonbon vielleicht oder, was wahrscheinlicher war, eine Tablette. Für ihre Verhältnisse war sie, im selben Raum mit unseren Eltern, schon lange ruhig geblieben. Beim letzten Mal hatte sie die schwere Kristallkaraffe nach meiner Mutter geworfen, weil sie Tilda gebeten hatte, sich für ein Event im Golfclub passender zu kleiden. Seitdem fehlte der Karaffe eine Ecke.

Ich versuchte meist, sie mithilfe von Klemmen am Platz zu halten, hatte es heute aber auch vergessen. Wahrscheinlich sah ich genauso aus wie Tilda.

»Wer sonst noch außer Herrn Janssen könnte ein Interesse an Lulus Entführung haben?«, fragte der Kommissar. »Haben Sie Feinde? Ehemalige Angestellte, die sich rächen wollen vielleicht? Wer kennt die Routine in Ihrem Haus? Können Sie mir eine Liste erstellen?«

»Da kommen gar nicht so viele infrage«, sagte ich und dachte nach. »Vormittags kommt ein Lieferdienst mit Einkäufen, da ist Lulu schon weg. Die Putzkolonne wechselt häufig, da wir eine Firma mit der Reinigung des Hauses beauftragt haben und auch die putzen am Vormittag, wenn keiner im Haus ist.«

»Können Sie mir die Nummer dieser Firma geben? Dann überprüfen wir die Angestellten.«

»Natürlich.«

Ich scrollte durch meine Kontakte, als das Telefon einen Piepton von sich gab. Beinahe hätte ich es fallenlassen.

»Ich habe eine neue SMS bekommen«, sagte ich mit erstickter Stimme. »Es ist derselbe Absender.«

»Was steht da?«

Die Worte ergaben überhaupt keinen Sinn, nur eines sprang mir ins Auge, als sei es in Neonfarbe gedruckt, drängte sich in mein Gehirn und machte sich so breit, dass ich kein anderes mehr wahrnahm.

Tot.

Nein, da stand nicht *Tot*. Da stand *Toten*. Ich versuchte, den Zusammenhang zu begreifen.

Tilda beugte sich zu mir herüber, wobei ihr Haar meine Wange streifte, so nah drängte sie sich an mich.

Laut las sie vom Handydisplay ab: »*Die Menschen machen ihre eigene Geschichte, aber nicht aus freien Stücken, nicht unter selbst gewählten, sondern unter unmittelbar vorgefundenen, gegebenen und überlieferten Umständen. Die Tradition der toten Geschlechter und der Verschwundenen lastet wie ein Alp auf dem Gehirne der Lebenden, wo sie doch zur Wahrheit führen soll.*«

»Was soll denn das heißen?«, fragte meine Mutter. »Was ist das für ein Wirrwarr?«

Leonhard Siebert nahm mir behutsam das Telefon aus der zitternden Hand und las die Nachricht noch einmal.

Tilda unterdessen tippte auf ihrem Handy herum.

»Tradition der toten Geschlechter …«, murmelte sie.

Schließlich rief sie: »Das ist auch von Marx. Aus *Der achtzehnte Brumaire des Louis Napoleon.*«

»Das Zitat ist leicht verändert«, sagte Siebert, der sein Telefon neben meines gelegt hatte und die Nachricht mit dem Marx-Zitat aus Wikipedia verglich. »Im Original gibt es keine *Verschwundenen*, nur tote Geschlechter. Das ist hinzugefügt worden.«

Mein Vater kam zum Tisch zurück und stellte mir ein Kristallglas mit Bourbon hin. Ich stürzte den Whisky herunter.

Siebert verglich die Nachricht Wort für Wort mit dem Zitat. »Der letzte Satz ist ebenfalls modifiziert. Im Original endet er »... Die Tradition der toten Geschlechter lastet wie ein Alb auf dem Gehirn der Lebenden. Wo er doch zur Wahrheit führen soll, ist dazu gedichtet.«

Siebert kratzte sich am Kinn.

Der Nebel in meinem Gehirn lichtete sich, als sei eine Sturmböe hindurchgefegt. Mila war das Geheimnis. Alles ergab Sinn.

»Die Verschwundenen lasten auf uns wie die Toten – deutlicher geht es nicht«, sagte ich. »Dann bleibt nur eine Frage. Ist Mila tot oder verschwunden?«

Meine Mutter schlug die Hand so heftig vor den Mund, dass einer ihrer Ringe an die Zähne klirrte.

»Er ist wieder da«, sagte ich. »Milas Entführer. Es ist derselbe Täter. Er hat es uns gerade mitgeteilt.«

5

An Tag vier von Lulus Verschwinden stülpte sich die Stille wie eine Glasglocke über das Haus.

Keine Hubschrauber dröhnten mehr am Himmel, das Hundegebell war verstummt, niemand schrie durch den Park, die Polizei hielt sich mit einem Mal bedeckt, als seien inzwischen alle Fragen geklärt.

Auch die Presse war offenbar ruhiggestellt worden. Vermutlich hatte Armin van Aken seine Finger im Spiel, sonst fiel mir niemand ein, der bei einem derartigen Fall für Schweigen sorgen konnte. Welche Hebel er in Bewegung gesetzt hatte, wusste ich nicht, aber von jetzt auf gleich rief kein Journalist mehr an, und es blitzten auch keine Teleobjektive mehr in den Bäumen auf.

Tilda war in aller Früh vorbeigekommen und trank nun an der Küchentheke einen Espresso nach dem anderen. Ich rechnete es ihr hoch an, dass sie hier war, weil ich wusste, wie ungern sie hier war. Schon als Kind war sie, so oft sie konnte, hinüber ins Herrenhaus zu den van Akens gerannt und nur unter Protestgeschrei wieder zurückgekommen, wenn jemand sie abholte. Was kein Wunder war, denn dort war sie furchtbar verwöhnt worden. Alles, was sie sich wünschte, bekam sie, was ihrer Charakterentwicklung nicht zuträglich war. Sicher war das nicht böse gemeint. Es wäre schwer für Tante Linda und Onkel Peer gewesen, einem traumatisierten Kind etwas abzuschlagen.

Tilda wünschte sich vor allem Polly-Pocket-Häuschen, jenes Plastikspielzeug, das in unserem Haus eigentlich verpönt war. Sie häufte Unmengen davon an, sodass sie selbst den Überblick verlor, welche sie bereits besaß. Die doppelten schenkte sie mir mit großer Geste, als erwarte sie dafür Applaus.

Dabei traute ich mich gar nicht, damit zu spielen. Nicht nur, weil ich wusste, dass Plastikspielzeug bei uns nicht gerne gesehen wurde. Sondern vor allem, weil ein solches Haus das letzte Geschenk für Mila gewesen war und ich meine Mutter auf keinen Fall daran erinnern wollte. Also versteckte ich diese Plastikdosen in dem Geheimversteck in meinem Zimmer, einem Hohlraum hinter einer Trockenbauwand, der hinter einer tapezierten Tür verborgen war.

Doch trotz ihrer mitunter wenig einfühlsamen Art war Tilda der vertrauteste Mensch für mich. Ihre Anwesenheit in dieser Situation half mir beim Denken. Ich umkreiste die Küchentheke und murmelte vor mich hin.

»Wenn es derselbe Täter ist, müsste er uns seit fünfundzwanzig Jahren beobachten. Außerdem muss er heute mindestens fünfzig sein«, sagte ich. »Außerdem hat ein Jugendlicher keine behaarten Unterarme.«

»Außer vielleicht ein sehr südländischer Typ.«

Ich beachtete Tildas Einwand nicht, sondern schnappte mir mein iPad.

»Machen wir eine Liste mit allen, die rein von der Nähe her infrage kommen. Also. Wer kennt Mila *und* Lulu?«

»Wir natürlich.«

Ich tippte unsere Namen in eine Tabelle.

Tilda schüttelte den Kopf. »Aber von uns kann es keiner gewesen sein. Wir waren alle bei der Pressekonferenz.«

Die Pressekonferenz hatte um elf Uhr begonnen. Lulus Verschwinden war auf den Zeitraum von zwölf bis zwölf Uhr dreißig festgelegt worden. Um kurz vor zwölf hatte die Auszubildende im Kindergarten Lulu noch im Sandkasten spielen sehen, ihr Fehlen war erst um zwölf Uhr dreißig beim Mittagessen aufgefallen. Über eine halbe Stunde hatte niemand bemerkt, dass meine Tochter nicht mehr da war.

»Bleiben Oma und Jonas«, sagte ich.

»Oma ist ja wohl albern, sie bekommt doch gar nichts

mehr mit. Sie würde Lulu nicht mal erkennen. Und Jonas ist nicht über fünfzig, und er hat Mila auch nie kennengelernt.«

Tilda drehte ihre Tasse in der Hand. Die Haut unter ihrem Auge hatte inzwischen einen gelblichen Ton angenommen.

»Alle van Akens«, sagte sie. »Bis auf Vivian sind alle über fünfzig.«

Ich tippte sie in meine Liste. Oben Armin und Marlies van Aken, darunter Peer und Frau Linda und in die letzte Zeile schrieb ich deren Tochter Vivian, auch wenn Vivian kurz nach Milas Entführung zu Verwandten nach Kanada geschickt worden war, wo sie heute noch lebte.

Aber niemand hatte überprüft, ob sich nicht vielleicht Marlies oder Vivian gerade in Deutschland befanden. Ein Motiv allerdings, warum eine von ihnen meine Tochter entführen sollte, fiel mir beim besten Willen nicht ein.

Es hatte zwar einmal das Gerücht gegeben, dass Armin van Aken in jungen Jahren großes Interesse an meiner Oma gehabt hatte und dass er sie häufiger für Besprechungen besucht hatte, als für die gemeinsame Stiftung nötig gewesen wäre. Als seine Frau nach Mallorca gezogen war, wurden diese Gerüchte noch befeuert. Aber das wäre höchstens ein Grund gewesen, sich an meiner Oma zu rächen, nicht an mir.

Und selbst wenn etwas an dem Gerücht gewesen wäre: Armin wäre Harriet niemals zu nahegetreten. Er war ein Gentleman alter Schule.

Ich runzelte die Stirn. »Die van Akens sind echt Quatsch. Erstens haben sie mehr Geld als wir, und zweitens sind sie unsere Freunde.«

»Ich versuche ja nur, systematisch vorzugehen«, sagte Tilda und zuckte mit den Schultern. Ihr Loyalitätsmangel den van Akens gegenüber, die sie praktisch mit aufgezogen hatte, überraschte mich.

»Was ist mit den Angestellten? Wer könnte uns beobachten? Lieferdienste. Die Leute von der Reinigungsfirma. Die Gärtner«, schlug ich vor.

Wir hatten kein enges Verhältnis zu einem von ihnen, meine Großeltern hatten nie gewollt, dass wir uns mit dem Personal anfreundeten. Die Reinigungsfirma schickte häufig wechselnde Mitarbeiter ins Haus, meist nur mit ein oder zwei Vorarbeiterinnen, die sich im Haus auskannten. Die musste die Polizei überprüfen, ich hatte keine Ahnung, wie sie alle hießen.

»Was ist mit Hakim?«, fragte ich.

Das war der Fahrer, der etwa seit einem Jahr für uns arbeitete. Meine Mutter hatte ihn einmal geschwätzig genannt, doch ich fand ihn unterhaltsam und hörte ihm gerne zu. Deshalb wusste ich, dass er aus dem Libanon kam und eine große Familie hatte. Mit Lulu kam er prima klar. Aber brauchte er vielleicht Geld? Nachdem er meine Mutter und mich in der Werbeagentur abgesetzt hatte, hätte er zum Kindergarten fahren und Lulu entführen können. Sie wäre sicher freiwillig mit ihm mitgegangen.

»Der ist erst seit ein paar Jahren in Deutschland. Er kannte Mila also nicht«, wandte Tilda ein.

Weil ich ihn aber nicht ganz ausschließen konnte, unterlegte ich ihn in meiner Liste hellrot.

»Wer noch könnte ein Motiv haben?« Ich überlegte. »Ein Mitarbeiter aus der Firma, der vielleicht im Sinne einer Revolution gegen den Kapitalismus etwas gegen uns hat? Vielleicht war jemand nicht befördert worden, oder wurde abgemahnt?«

»Aber wo willst du da anfangen? Allein der Standort in Deutschland hat über dreihundert Mitarbeiter und Mitarbeiterinnen.«

Hinzu kamen alle Eltern vom Projekt MiLa, die meine Nummer hatten. Je länger ich nachdachte, desto länger wurde die Liste.

Es klingelte. Ich sah auf die Kamera der Toreinfahrt.

»Ein Polizeiwagen.« Mir wurde übel.

Tilda öffnete das Tor mit einem Wisch über mein Handy, sprang auf und rannte den Beamten entgegen.

»Sie bringen nur die Unterlagen, die du angefordert hast!«, rief sie kurz darauf durchs Treppenhaus.

Hinter Tilda hievten die Beamten Wäschekörbe voller Aktenordner in den Hausflur, bevor sie sich rasch verabschiedeten.

Tilda und ich schleppten alles nach oben.

Jemand musste bis spät in die Nacht Kopien angefertigt haben, ich hatte erst gestern um die alten Akten von Mila gebeten. Ich war Olaf Preuth, dem Staatsanwalt, dankbar, dass er meinem Wunsch so schnell nachgekommen war und sogar auf einen schriftlichen Antrag durch einen Anwalt verzichtet hatte. Das war ein bisschen am Protokoll vorbei, allerdings nur eine kleine Formalität.

Gleichzeitig befürchtete ich, dass die Intensität der aktiven Suche nach Lulu nun rapide abgenommen haben musste, ansonsten wären die Kapazitäten für solche Arbeiten sicher nicht frei gewesen.

Tildas Telefon piepte.

»Mist. Ich muss gleich noch arbeiten, eine Kollegin ist krank«, sagte sie.

»Ich hatte gehofft, du könntest bleiben. Ich könnte wirklich Hilfe gebrauchen«, sagte ich.

»Geht leider nicht. Notfall.« Tilda betrachtete ihr Gesicht in der Spiegelung ihres Handys. »Sag mal, hast du irgendwo einen Abdeckstift?«

»Im Badezimmerschrank, in der untersten Schublade«, antwortete ich, während ich mich fragte, was für einen Notfall es in einer Postzustellungsbehörde geben könnte.

Tilda verschwand im Bad, ließ aber ihr Handy auf dem Tresen liegen. Ich konnte der Versuchung nicht widerstehen und zog es vorsichtig zu mir heran. Ein rascher Blick hinein offenbarte mir die Wahrheit. Gesichtserkennung war eine riskante Art, das Handy zu sperren, wenn man eine Zwillingsschwester hatte. Von wegen Notfall. Tilda hatte eine Verabredung mit einem gewissen Attila Rasmussen.

Wie es sich für einen Hunnenkönig gehörte, hatte der Typ keine Manieren. Seine Nachricht lautete: *Wo bleibst du? Schwing deinen Hintern her.*

Romantisch war das nicht gerade.

Ich vergrößerte mit zwei Fingern sein Profilbild. Das war der Typ aus dem Café, mit dem ich sie schon mal gesehen hatte. Tilda hatte ständig irgendwelche unerfreulichen Männer um sich herumschwirren, keine Ahnung, was sie daran so faszinierte, aber so ein unpassender Kandidat wie dieser Attila war bisher noch nicht dabei gewesen.

Er war locker über fünfzig, hatte einen struppigen Bart und war tätowiert bis zum Hals. Dort züngelten rote Flammen empor, in dessen Mitte ein Name prangte. Dafür gab es eigentlich nur zwei Erklärungen: Entweder liebte Attila simple Metaphern und war für die solcherart verewigte Person Feuer und Flamme, oder er wünschte ihr ein Inferno. Beides war nicht besonders vertrauenserweckend. Auch wenn ich den Namen nicht entziffern konnte, hatte er zum Glück mehr Buchstaben als »Tilda«.

Gerade noch rechtzeitig schob ich das Telefon zurück an seinen Platz, als Tilda frisch geschminkt aus dem Bad zurückkam. Die eben noch gelblich schimmernde Haut unter ihrem Auge war jetzt sorgfältig abgedeckt.

»Ich komm bald wieder, versprochen«, sagte sie mit einem Blick auf die Aktenberge. »Dann helfe ich dir dabei.«

Weg war sie, und ich musste mich allein durch den Papierstapel wühlen.

Zuerst knöpfte ich mir die Zeugenaussagen vor. Ich öffnete ein neues Dokument auf meinem iPad und überlegte. Wahrscheinlich wäre es am besten, wenn ich noch einmal selbst mit allen Beteiligten sprechen würde, sofern ich sie heute noch ausfindig machen konnte. Wenn schon meine Liste *Wer Lulu kennt* zu nichts geführt hatte, vielleicht kam ich mit einer Prioritätenliste von Zeugen weiter.

Zunächst waren die Verkäuferinnen im Kaufhaus verhört worden.

Zwei Damen aus der Parfümerieabteilung, Brigitte Rödel und Elvira Tessmann, gaben an, dass sie nicht einmal bemerkt hatten, wie meine Mutter und Mila hereingekommen waren.

Das mussten die beiden auf dem Überwachungsfilm gewesen sein. Man sah dort, wie sie sich angeregt unterhielten, als Mila und Mama das Kaufhaus betraten. Mehr hatten sie nicht ausgesagt. Ein Vierteljahrhundert später würden sie wahrscheinlich erst recht keine besonders ergiebigen Zeugenaussagen machen können. Ich schob ihre Namen vorerst ans untere Ende des Dokuments.

Die Verkäuferin in der Spielwarenabteilung, Jutta Schenk, hatte zu Protokoll gegeben, dass eine »teuer angezogene Frau mit ihrer Tochter« ein Spielzeug gekauft habe. »Sie waren die ersten Kunden des Tages«, hatte sie sich erinnert.

Kurz darauf sei die Frau ohne das Kind zurückgekommen, völlig außer sich und habe gerufen, sie solle den Notknopf drücken, der alle Ausgänge verschließt. Sie habe erwidert, dass es einen solchen Knopf nicht gäbe und schließlich die Polizei verständigt.

Ich schob den Namen Jutta Schenk in die Mitte des Dokuments. Auch diese Dame hatte wahrscheinlich schon alles gesagt, was sie zu sagen hatte – trotzdem, wenn ich gar nicht weiterkam, wäre es vielleicht einen Versuch wert.

Interessanter schien es mir zunächst, noch einmal mit der Polizei zu sprechen. Die nach Milas Verschwinden unverzüglich zusammengestellte Sonderkommission hatte über diverse Schnittstellenleitungen verfügt. Ein Günther Dietz hatte die Kontrolle über die Koordination der Suche gehabt, seine Kollegin namens Sabine Traugott musste neue Informationen überwachen, bündeln und an sämtliche Beamten weiterleiten, um alle auf dem neuesten Stand zu halten. Waldemar Forck war für die Zeugenvernehmung zuständig gewesen. Ich googelte nach den Adressen. Von Günther Dietz fand ich nur eine Todesanzeige seiner Düsseldorfer Kollegen von vor zehn Jahren, offenbar hatte er keine Familie gehabt. Sabine Traugott war bei einer ersten Internetrecherche nicht aufzufinden. Von Waldemar Forck fand ich einige alte Zeitungsausschnitte, die mir verrieten, dass er in seinem Beruf erfolgreich gewesen war und dass er heute mindestens siebzig Jahre alt sein musste.

Privates fand ich von ihm nicht, was mir allerdings auch nicht wunderte. Leute in diesem Alter hinterließen kaum Spuren im Netz.

Ich musste mir Hilfe suchen. Am besten von Profis. Dafür brauchte ich die Unterstützung meines Vaters. Da mein Gehalt aus der Stiftung äußerst dürftig war – es machte keinen guten Eindruck, wenn man da zu viel verdiente –, wurden sämtliche Ausgaben vom Konto meiner Eltern überwiesen. Für ein gutes Detektivbüro reichte das Geld jedenfalls nicht. Bis zu Opas Tod hatte ich quasi unbegrenzten Zugang gehabt und meine Rechnungen einfach weitergereicht, aber seit mein Vater die Finanzen übernommen hatte, musste ich mich immer wieder für Ausgaben rechtfertigen. Dabei hatte Mama unbedingt gewollt, dass ich die Leitung der Stiftung übernahm. Sie war im Laufe der Jahre müde geworden. Es war mir nicht angenehm, denn mein Vater war bei meinen Geldangelegenheiten knauserig.

Ich führte es darauf zurück, dass er früher kein Geld gehabt hatte, bevor er meine Mutter geheiratet hatte und sich vor Opa immer hatte selbst rechtfertigen müssen. Doch jetzt ging es schließlich um Lulu.

Ich fand ihn im Arbeitszimmer, wo sich der immer noch wahrnehmbare Zigarrengeruch meines Opas mit dem zitronigen Rasierwasser meines Vaters mischte.

Er tippte in einen nigelnagelneuen Laptop, der auf dem schweren Mahagonischreibtisch wie ein Ding aus einer anderen Epoche wirkte, genau wie er selbst in Opas überdimensionalen Ledersessel. Die Beine, die er unter dem Tisch ausstreckte, steckten in knöchellangen karierten Baumwollchinos, zu denen er Sneakers ohne Socken und ein schlichtes weißes T-Shirt trug. Am Handgelenk blinkte eine Smart Watch statt seiner Rolex. Er wirkte, als habe man ihn in zwei falschen Zeitzonen gleichzeitig platziert. Auch wenn er eine recht jugendliche Ausstrahlung hatte, war seine Kleidung mir ein wenig zu anbiedernd. So liefen BWL-Studenten herum, keine Männer von fast sechzig. Die dunklen Möbel von Opa dagegen wirkten zu alt für ihn. Wahrscheinlich hatte er sie noch nicht ausgetauscht, um meiner Mutter nicht wehzutun, denn zu ihm passten sie absolut nicht. Er zog Designermöbel Antiquitäten vor.

»Effie! Komm rein«, sagte er.

»Ist Mama nicht da?«, fragte ich, verlegen wie immer, wenn ich mit ihm allein war. Mein Vater war mir mein Leben lang fremd geblieben. Unser Verhältnis war nicht schlecht, aber auch nie eng gewesen. Er hatte seine ganze Kraft stets auf die Suche nach Mila konzentriert und darauf, meine Mutter zu stützen. Ich war ein Mamakind gewesen, war ständig hinter ihr hergelaufen, in der Hoffnung, dass für mich etwas Zeit oder Aufmerksamkeit abfiel. Meinem Vater dagegen war ich eigentlich nur dankbar, dass er nicht einfach abgehauen war, nachdem Mila verschwunden war und sich unsere Familiensituation von einem auf den anderen Tag in einen Albtraum verwandelt hatte. Mit meiner Mutter war es nicht gerade einfach gewesen. Sie hatte Stimmungsschwankungen gehabt, die Tilda alle Ehre gemacht hätten. Dass sie nicht verrückt geworden war, schrieb ich meinem Vater zu, der alles geduldig ertrug. Aber für uns Mädchen hatte seine Geduld nicht mehr gereicht.

Er sah auf seine Uhr. »Deine Mutter ist beim Notar. Sie muss etwas unterschreiben, wegen Opa.«

»Ach so.« Ich druckste herum. »Ich brauche Geld. Ich würde gerne eine Detektei beauftragen, die mir bei der Suche nach Lulu hilft.«

Mein Vater verzog das Gesicht. »Erinnerst du dich an die vielen Reisen, die wir gemacht habt, als ihr klein wart? Fast alle davon war auf Anraten irgendeines zwielichtigen Privatdetektivs. Es hat ein Vermögen gekostet und niemandem genutzt, außer diesen Windeiern.«

»Aber das bedeutet ja nicht, dass es dieses Mal nicht besser läuft. Ihr habt selbst gesagt, wenn ich den Vorsitz von MiLa übernehme, kommt ihr für meine Lebenshaltungskosten auf. Sonst hätte ich das ja gar nicht machen können.«

Unter den Blicken meines Vaters hatte ich das Gefühl, ich müsste mich verteidigen.

»Die Detektive waren jedenfalls keine gute Idee. Wir hätten damals lieber hierbleiben sollen, statt ständig durch die Welt zu reisen, immer einem Phantom hinterher«, sagte Vater.

»Einem toten Geschlecht«, murmelte ich.

»Wie?«

»Schon gut. Trotzdem, ich möchte nichts unversucht lassen«, sagte ich. »Alles, was ich im Moment tun kann, ist, Milas Akten studieren. Und ich brauche Hilfe beim Ausfindigmachen von Adressen, Telefonnummern und so weiter.«

Mein Vater fuhr sich durch das silbrige, stellenweise noch dunkle Haar, das er Mila vererbt hatte und das Tilda und ich uns immer gewünscht hatten.

»Warum verschwendest du die Zeit mit Milas alten Papieren? Du solltest deine Kräfte auf Lulu konzentrieren.«

»Ich bin sicher, dass die beiden Entführungen zusammenhängen. Wenn ich Mila finde, weiß ich auch, wo Lulu ist.«

»Das wage ich zu bezweifeln. Das liegt doch zeitlich alles viel zu weit auseinander.«

»Nein. Ich habe die anonymen Nachrichten entschlüsselt. Hör zu.« Mit einer Daumenbewegung öffnete ich mein Handy und las ihm vor: »*Die Menschen machen ihre eigene Geschichte, aber nicht aus freien Stücken, nicht unter selbst gewählten, sondern unter unmittelbar vorgefundenen, gegebenen und überlieferten Umständen. Die Tradition der toten Geschlechter und der Verschwundenen lastet wie ein Alp auf dem Gehirne der Lebenden, wo sie doch zur Wahrheit führen soll.*«

Ich machte eine Pause und sah meinen Vater an, der keinerlei Anzeichen von Verständnis zeigte.

»Verstehst du nicht? Es ist Mila, deren Erinnerung wie ein Albtraum über uns schwebt und die dadurch unsere Familiengeschichte weiterschreibt, ob wir wollen oder nicht. Es stimmt doch auch, wenn man darüber nachdenkt. Ihre Entführung hat unser ganzes Leben bestimmt. Und Lulu ist die Verschwundene, die die Wahrheit ans Licht bringen soll. Ich habe die Nachricht wieder und wieder gelesen, und sie ist mir immer klarer geworden.«

Mein Vater klappte abrupt seinen Laptop zu. »Was glaubst du, was wir in den letzten fünfundzwanzig Jahren gemacht haben? Wir haben jeden Stein auf der Suche nach Mila umgedreht! Jeden Hinweis verfolgt. Unmengen an Ressourcen und Geld verschleudert! Da wird dein Aktenstudium wohl kaum etwas Neues zutage bringen.«

»Siehst du denn nicht, wie die beiden Fälle zusammenhängen?«, fragte ich verzweifelt. »Der Entführer hat die Nachricht nicht aus Versehen geschrieben. Er hat sie so modifiziert, dass ich sie auch verstehen kann.«

Er schlug einen sanfteren Ton an. »Effie, du denkst nicht klar. Das ist verständlich. Ich habe dasselbe mitgemacht, ich weiß genau, was du jetzt fühlst. Du möchtest unbedingt etwas tun, es macht dich wahnsinnig, einfach nur zu warten, bis etwas passiert. Aber ich glaube, dass Warten im Moment deine beste Option ist. Wenn du mich fragst, kommt bald eine Lösegeldforderung. Bei Mila kam nie eine, obwohl wir jeden Tag darauf gehofft hatten. Aber hol mich der Teufel, bei Lulu bin ich mir verdammt sicher, dass es anders sein wird. Hier geht es um Geld!«

»Und die erste Nachricht? *Geschichte ereignet sich immer zweimal. Das erste Mal als Tragödie, das zweite Mal als Farce.* Damit hat der Mann mir mitgeteilt, dass Lulus Entführung eine Farce ist. Nicht echt. Das bedeutet, sie ist irgendwo und wartet auf mich.«

»Kind! Wenn es eine Farce wäre, dann wäre Lulu doch noch hier. Natürlich ist die Entführung echt. Lulu wird ja weder freiwillig aus dem Kindergarten verschwunden sein, noch wird sie die Nachricht selbst geschrieben haben.«

Darauf wusste ich keine Antwort. Trotzdem hatte ich das Gefühl, dass ich auf der richtigen Spur war. Der Entführer war ein und derselbe. Aber ich wollte keine Zeit damit vergeuden, mit meinem Vater zu streiten.

»Also, denk daran, da kommen demnächst Rechnungen von einer Detektei«, sagte ich, um die Sache abzukürzen. »Es wäre nett, wenn du sie bezahlen könntest.«

»In drei Teufels Namen, von mir aus. Es geht ja um mein Enkelkind. Aber dann lass mich eine geeignete Detektei raussuchen. Ich habe noch irgendwo eine Liste.«

»Danke.«

Mein Vater klappte seinen Laptop wieder auf.

Bevor ich nach oben in unsere Wohnung ging, machte ich einen Abstecher zu Oma, die seit Opas Tod in den unteren Seitenflügel verfrachtet worden war, während meine Eltern ins Haupthaus umgezogen waren.

In einem Sessel neben ihrem Bett saß die Krankenschwester, Rovena Prill, mit ihrem Strickzeug auf dem Schoß und beäugte mich misstrauisch.

»Sie ist etwas rauer, als ihr es wahrscheinlich gewohnt seid, aber bei ihr ist Harriet in den allerbesten Händen«, hatte Linda van Aken uns versprochen, als sie Rovena Prill empfohlen hatte. »Ich habe mich überall umgehört, und sie wird in den höchsten Tönen gelobt.«

Wir hatten viele schlechte Erfahrungen mit privaten Pflegekräften gemacht. Rovena war die Erste, die auch die gewalttätigen Ausbrüche ertrug, die Oma mitunter hatte.

Sie war Anfang vierzig und hatte einen massigen Leib, in dem allerdings Bärenkräfte steckten. »Habe Kugelstoßen gemacht«, hatte sie beim Vorstellungsgespräch erzählt, als ich sie fragte, ob sie Oma vom Notfall auch mal hochheben könne. »War ich bei Olympia. Ich sehr stark. Kugel schwerer als alte Frau.«

Oma schlief. In dem Moment klingelte mein Handy. Rovena legte erst die Stirn in Falten und dann einen Finger an die Lippen, also zog ich die Tür wieder zu und ging ins Haupthaus zurück.

Mein Herz setzte für einen Moment aus, als ich Olaf Preuths Namen im Display las.

»Ja?«, rief ich atemlos in den Hörer. Warum rief mich der Staatsanwalt an?

»Preuth hier. Wie geht es Ihnen?«

»Gibt es was Neues?«

»Ich wollte nur fragen, ob ich kurz vorbeikommen kann.« Eine Todesnachricht würde man nicht per Telefon überbringen. Saurer Magensaft schwappte mir die Kehle hinauf.

»Ist was passiert?«, krächzte ich.

»Leider nein. Aber ich habe noch eine alte CD-ROM gefunden, die aus der Kiste mit Milas Unterlagen gefallen sein muss. Ich habe Ihnen gleich eine Kopie auf einen USB-Stick gezogen. Sie hatten doch gesagt, Sie möchten sämtliche Unterlagen noch einmal durchsehen.«

»Das ist nett", erwiderte ich erleichtert. „Was ist da drauf?«

»Die Zeugenaussage von Ihrer Mutter damals. Könnten Sie die Tür öffnen? Ich stehe schon davor.«

»Am Haupthaus?«

»Nein, bei Ihnen. Das Tor war offen.«

»Oh. Das sollte eigentlich nicht sein.« Ich spurtete die Treppe nach oben, während ich versuchte, per Handy das Tor zu schließen, doch es rührte sich nicht. Im Geiste machte ich mir eine Notiz, einen Handwerker zu rufen, nur um es gleich darauf wieder zu vergessen.

Beim Umbau hatte ich hinten an der Parkseite eine Steintreppe anbauen lassen, die bis zu meiner Wohnung in den ersten Stock führte. Um den Originalzustand der Villa nicht allzu sehr zu verändern, vermittelte die schmale Treppe ein wenig den Anschein eines Dienstbotenaufgangs, aber hatte uns dennoch etwas Privatsphäre verschafft. Damals, als ich noch gedacht hatte, dass Jonas und ich hier gemeinsam leben und unser Kind großziehen würden. Und dessen Erziehung uns letztlich auseinandergetrieben hatte, weil wir unterschiedliche Vorstellungen davon hatten.

Ich öffnete die Tür. Olaf Preuth stand so nah davor, dass ich zurückzuckte.

Mit seinem beigen Trenchcoat, dem Anzug und der biederen Brille wirkte er älter, als er war. Er hätte mit meinem Vater die Kleider tauschen sollen, schoss mir durch den Kopf.

»Kommen Sie doch durch«, sagte ich und führte ihn ins

Wohnzimmer. »Nehmen Sie Platz.« Ich machte eine Geste in den Raum hinein. Er setzte sich nicht auf die Couch, sondern nahm auf dem Barhocker am Küchentresen Platz, auf dem noch ein Pappkarton mit Milas Unterlagen stand.

»Darf ich Ihnen den Mantel …«, begann ich, doch er schüttelte den Kopf.

»Ich wollte Ihnen nur den Stick vorbeibringen, dann bin ich wieder weg«, sagte er.

»Ich mache Ihnen erst mal etwas zu trinken. Kaffee? Wasser?«

»Vielen Dank, nicht nötig. Ich war gerade im Kindergarten, da bin ich bestens versorgt worden. Ich habe noch einmal mit den Erzieherinnen geredet. Mit einer Frau Köhler und einer jungen Dame mit einem riesigen Nasenring.«

»Das ist Frau Oesterling, die Auszubildende.«

»Ja, genau, Oesterling. Das war die Dame, die Ihre Tochter zuletzt gesehen hat. Im Sandkasten. Kennen Sie die Erzieherinnen gut?«

Ich wich der Frage aus. »Also, Frau Oesterling ist noch nicht so lange dabei, aber Lulu mag Frau Köhler.«

Ob das stimmte, wusste ich nicht genau, aber ich wollte nicht wirken, als hätte ich keine Ahnung von den Menschen, die den ganzen Tag mit meinem Kind zusammen waren, auch wenn ich gerade feststellte, dass genau das der Fall war.

»Also … im Kindergarten … da gab es keine Probleme?«

Meine Haut begann zu kribbeln. »Was meinen Sie für welche?«

Preuth zuckte die Schultern. »Nichts Besonderes. Aber manchmal gibt es zwischen den Erzieherinnen und den Eltern Spannungen.«

Ich fühlte mich, als würde mein Zwerchfell nach oben gedrückt. »Ich verstehe nicht, was Sie meinen.«

»Ich meine gar nichts. Ich dachte nur, wegen Ihres Ex-Mannes.«

»Wir waren nie verheiratet.«

»Na ja, wegen des Sorgerechtsstreits. Da kann es ja immer

jemanden geben, der alles gegen einen verwendet. Wenn man das Kind zu spät abholt oder so.«

Ich wusste nicht, was ich dazu sagen sollte.

»Hat Jonas so etwas gesagt? Das ist nicht die Wahrheit«, beeilte ich mich zu sagen. »Ich war einmal, als ich im Stau gestanden ...«

»Nein, nein, keine Sorge. Ich wollte Sie nicht beunruhigen. Nur zur Vorsicht ermahnen. Man weiß ja nie, woher der Wind weht. Hier, ich lege Ihnen den Stick in den Karton zu den Unterlagen. Begleiten Sie mich hinaus?«

Verwirrt ging ich voraus. Das war ein kurzer Besuch gewesen.

Hatte Preuth wirklich nur den Stick vorbeibringen wollen oder hatte er etwas ganz anderes gewollt?

6

Ich schob den Stick in meinen Laptop. Der Videoplayer öffnete sich automatisch. Bevor der eigentliche Film begann, erschien auf weißem Hintergrund ein schwarzer Schriftzug:

Zeugenvernehmung
Konstanze Boskamp, geboren am 10. Juli 1963 in Hilden
durch PHK W. Forck

Die simple Grafik und die einfache Schriftart wirkten aus der Zeit gefallen, fast als habe ein Kind versucht, zum ersten Mal einen Videofilm für ein Schulprojekt zu erstellen. Fünfundzwanzig Jahre waren eine lange Zeit.

Die Vernehmung meiner Mutter hatte im Büro von Polizeihauptkommissar Waldemar Forck stattgefunden. Es war übersichtlich eingerichtet: ein Schwerlastregal mit Aktenordnern, ein großer aufgeräumter Schreibtisch mit einem beigefarbenen Computer darauf, der aussah, als habe man ihn nach hinten aufgepumpt, daneben ein silberner Fotorahmen. Auch ein paar selbst gemalte Bilder hingen an den Wänden, offensichtlich hatte der Kommissar Kinder. An einem runden Tisch saßen sich Forck und meine Mutter gegenüber. Er war ein freundlich wirkender Mann in den Fünfzigern, mit einem runden Gesicht und einem wachen Blick.

Meine Mutter hatte die Haare vor das Gesicht gezogen und stützte den Kopf schwer in die Hände.

»Frau Boskamp, es tut mir leid, aber ich muss Sie als Zeugin darüber belehren, dass Sie die Pflicht haben, die Wahrheit zu sagen. Andernfalls können Sie sich strafbar machen, wenn Sie zum Beispiel jemanden zu Unrecht belasten, absichtlich die Bestrafung eines Straftäters vereiteln, oder einem Straftäter

Hilfe leisten, oder eine Straftat vortäuschen. Wenn Sie sich selbst belasten würden, dürfen Sie schweigen. Haben Sie das verstanden?«

Meine Mutter schaute hoch und nickte. Ich fand die Ansprache in dieser Situation ziemlich grob. Siebert hatte nichts dergleichen zu mir gesagt.

Als hätte er meine Gedanken gelesen, sagte Forck: »Entschuldigen Sie, das klingt unsensibel … aber die Dienstvorschriften … Ich weiß, dass Sie sich in einem Ausnahmezustand befinden.«

Waldemar Forck hatte zu diesem frühen Zeitpunkt der Suche sicher sehr unter Druck gestanden. Mila wurde erst seit Kurzem vermisst, die Hoffnung, sie bald wiederzufinden, war noch groß.

Meine Mutter warf ihr Haar zurück und griff über den Tisch nach seiner Hand. »Sie werden unsere Tochter doch finden, ja? Versprechen Sie es?« Sie sah ihn an, als wolle sie ihn hypnotisieren. Mir fiel auf, dass sie damals noch eine sehr schöne Frau gewesen war, bevor die jahrelange Trauer ihr Gesicht mit tiefen Falten gezeichnet hatte.

Forck hielt dem Blick stand, antwortete aber nicht.

»Entschuldigen Sie.« Sie ließ seine Hand los. »Ich bin erschöpft. Wann kommt mein Mann, wissen Sie das? Ich hätte ihn gern bei mir.«

Der Kommissar goss Wasser aus einer Flasche ein und schob ihr das Glas über den Tisch zu.

»Soweit ich weiß, ist Ihr Mann auf dem Weg. Ich verstehe Ihren Wunsch nach Beistand sehr gut. Wenn Sie möchten, warten wir auf ihn. Natürlich.« Er machte eine kleine Pause. »Andererseits ist es von größter Wichtigkeit, dass wir alles möglichst rasch zu Protokoll nehmen, solange die Ereignisse noch frisch in Ihrem Gedächtnis sind. Wir wollen Ihre Tochter schließlich so schnell wie möglich finden. Glauben Sie, dass Sie es schaffen, ein paar Fragen zu beantworten?«

Sie setzte das Glas an und trank es leer, bevor sie nickte.

»Ist Ihnen auf dem Weg zum Kaufhaus irgendetwas aufgefallen?«, fragte Forck.

»Nein. Nichts. Ich hatte es eilig, habe auf nichts geachtet.«

»Vielleicht ein Auto, das hinter Ihnen in die Tiefgarage gefahren ist? Ein Mann, der Ihnen im Treppenhaus oder im Parkhaus begegnet ist? Jemand, der in der Spielzeugabteilung herumgeschlichen ist und Ihnen merkwürdig vorkam? Irgendjemand, den Sie dort eher nicht erwartet haben?«

Meine Mutter schüttelte den Kopf.

»Nein, niemand! Wir wollten rasch wieder nach Hause, alle haben auf uns gewartet, meine anderen Töchter hatte ich schon bei unseren Freunden abgegeben, damit wir danach sofort in den Urlaub fahren konnten.«

»Wo wollten Sie denn hin?«

»Wir haben alle ein Haus am Ijsselmeer. Also unsere Freunde, die van Akens, haben eins. Und wir auch. Meine Großeltern haben dann Zeit mit ihren Enkeln, und Reinhard und ich treffen uns gerne mit Linda und Peer zu einem Foursome.«

Forck wirkte irritiert. »Bitte?«

»Peer und Linda in einem Team und Reinhard und ich im anderen. Also beim Golf. Bei einem Foursome schlagen zwei Teams abwechselnd den Ball.«

»Ach so.«

»Und Segeln natürlich. Wir fahren regelmäßig zum Segeln hin. Wir sind alle begeisterte Segler, und es soll gutes Segelwetter geben.«

»Mit welchem Ziel sind Sie dann heute in das Kaufhaus gefahren, Frau Boskamp?«

»Mit welchem Ziel?«

»Ja. Es ist ja zumindest ungewöhnlich, dass man an dem Tag, an dem man in Urlaub fährt, vorher noch einen Einkaufsbummel macht. Sie sagten ja gerade selbst, Sie wollten sofort los.«

»Es sollte auch nur eine schnelle Aktion werden, rein und gleich wieder raus. Mila war heute Morgen in einem furchtbaren Zustand. Ihre Schwester Tilda hat ihr heute Nacht die Haare abgeschnitten. Sie hatte wunderschönes Haar ... Vielleicht war Tilda eifersüchtig, ich weiß es nicht. Jedenfalls hat Mila vollkommen verschandelt ausgesehen. Also habe ich ihr einen Hut aufgesetzt und ein neues Spielzeug versprochen, damit sie sich besser fühlt. Eigentlich wollte ich nur, dass sie sich wieder beruhigt, sie hat so laut geschrien ...«

»Mila hat also jetzt kurzes Haar?«, unterbrach Forck sie. »Das heißt, sie sieht anders aus als auf dem Foto, das sie mir gegeben haben?«

»Oh mein Gott, hatte ich das noch gar nicht erwähnt? Daran hab ich überhaupt mehr gedacht ... Aber ich habe gar kein Foto von ihr, wie sie mit kurzem Haar aussieht, es ist ja erst heute Nacht passiert.«

»Entschuldigen Sie, das muss ich dem Fahndungsteam sofort mitteilen!« Forck sprang auf, sodass der Stuhl beinahe hinten kippte, und eilte aus dem Raum. Meine Mutter legte den Kopf auf die Arme, als müsse sie einen Moment ausruhen.

Obwohl ich noch so klein gewesen war, erinnerte ich mich gut an diese Nacht. Mitten in der Nacht hatte ich Mila laut weinen gehört. Ich war aus dem Bett geklettert und hatte in ihr Zimmer gespäht. Mila hatte tränenüberströmt auf ihrer Bettkante gesessen und ausgesehen wie ein gerupftes Huhn. Auf dem Boden lag ihr wunderschönes dunkles Haar in dicken Büscheln. Tilda stand im Raum und starrte ins Leere, während unsere Mutter versuchte, Tilda die alte Schneiderschere von Oma aus der Hand zu winden. Auf Tildas Wange war der rote Abdruck einer Hand zu sehen. Mama keuchte vor Aufregung. Einzig Tilda gab keinen Mucks von sich. Ihr stierer Blick hatte mir Angst gemacht.

Zum ersten Mal hatte ich befürchtet, dass mit Tilda etwas nicht in Ordnung wäre. Es war beängstigend, schließlich waren wir eineiige Zwillinge.

Als Forck zurückkehrte, schluchzte meine Mutter in den Tisch hinein: »Ich weiß gar nicht, warum mir das nicht eingefallen ist, Ihnen das mit den abgeschnittenen Haaren sofort zu sagen! Das ist unentschuldbar!«

»Machen Sie sich keine Gedanken darüber. Sie haben einen Schock. Da funktioniert man nicht wie unter normalen Umständen. Deshalb ist es ja so wichtig, dass wir uns sofort unterhalten.« Er legte sich seinen Notizblock wieder zurecht.

»Nur zur Sicherheit: Sie sind doch *die* Konstanze Boskamp von Boskamp-Spielwaren?«

Meine Mutter sah auf und wischte sich durch das Gesicht. »Ja.«

»Aber wieso wollten ausgerechnet Sie Spielzeug kaufen?«

»Wir stellen hochwertiges Spielzeug her. Keinen billigen, mit Giftstoffen gefärbten Plastikmüll. Unser Markenzeichen sind handgenähte Stofftiere aus exzellenten, schadstofffreien Materialien. Aber wie das so ist, ausgerechnet unsere Kinder lieben Plastikspielsachen, Mila und Tilda am meisten. Es kann nicht bunt genug sein.«

Sie nestelte nervös an ihrer Kette. Sie hatte sie zu Milas Geburt von meinem Vater geschenkt bekommen – eine Platinkette mit einem auffälligen Herz-Anhänger, der mit Saphiren und Brillanten besetzt war. Brillanten für den unermesslichen Wert des erstgeborenen Kindes, Saphire für Milas blaue Augen. Meine Mutter hatte sie nie wieder getragen.

»Verstehe.« Forck sah auf seinen Block. »Ich habe es so verstanden, dass Sie das Gebäude durch den Haupteingang betreten haben, richtig? Sie hätten auch direkt vom Parkhaus in den ersten Stock fahren und durch die Überführung gehen können. Das wäre der direktere Weg gewesen. Kennen Sie sich dort nicht so aus?«

»Doch, sehr gut sogar. Wir beliefern dieses Kaufhaus. Aber wir waren etwas zu früh, es war noch nicht geöffnet. Da haben wir noch einen kleinen Schaufensterbummel gemacht. Mila ist ein unruhiges Kind. Es ist immer besser, wenn sie sich etwas bewegen kann. Stillstehen ist nicht ihre Sache.«

Forck faltete die Hände und sah sie eine Weile an. Er schien zu überlegen. »Und haben Sie bei diesem kurzen Spaziergang jemanden bemerkt? Hat Sie vielleicht jemand angesprochen oder verfolgt?«

»Nein, das habe ich doch schon gesagt. Ich meine, in der Stadt sind ja immer irgendwelche Gestalten unterwegs. Da waren bestimmt Menschen. Aber ich habe nicht auf sie geachtet, war mit meinen Gedanken woanders.«

»Das ist verständlich. Aber manchmal fällt einem ja etwas ein, wenn man gezielt danach gefragt wird.«

In dem Moment stürmte mein Vater in den Raum. Meine Mutter sprang ihm entgegen, als sei ihr ein Rettungsring zugeworfen worden. Er riss sie in seine Arme. Es sah fast aus wie einem Liebesfilm. Eine Weile standen sie dort, stumm und eng umschlungen.

Dann wandte sich mein Vater an Forck: »Sicher kommt bald eine Lösegeldforderung, glauben Sie nicht? Ich meine, es ist doch kein Zufall, dass ausgerechnet Mila entführt wurde. Sollen wir unsere Bank schon mal informieren?«

»Das kann nicht schaden«, sagte Forck.

»Komm, wir gehen, Konstanze.«

»Wir sind noch nicht ganz fertig«, widersprach Forck.

»Nehmen Sie das hier etwa auf?«, rief mein Vater auf einmal und zeigte mit dem Finger in die Linse.

»Ihre Frau hat zugestimmt. Es geht einfach schneller, als alles per Hand zu protokollieren. Im Moment ist die Zeit unser Feind.«

Mein Vater holte seine Brieftasche aus der Innentasche des Jacketts und zog eine Visitenkarte heraus.

»Entschuldigen Sie, aber es ist jetzt wirklich wichtiger, sich um das Geld zu kümmern. Hier ist die Nummer unseres Anwalts, für weitere Nachfragen.«

Er zog meine Mutter Richtung Tür. »Wir gehen sofort zur Bank. Wir haben keine Zeit zu verlieren. Milas Sicherheit geht vor.«

Im Türrahmen drehte sich Mama noch einmal um und bat: »Bitte erwähnen Sie das nicht gegenüber der Presse – wer Mila das Haar abgeschnitten hat, meine ich. Tilda und ich hatten danach einen furchtbaren Streit. Sie soll sich nicht für immer schlecht fühlen deswegen.«

Forck nickte langsam. Nachdem die beiden verschwunden waren, stand er auf, ging zur Tür, bückte sich und hob etwas vom Boden auf. Es sah aus wie ein gefalteter Zettel.

Dann wurde der Bildschirm schwarz.

Ich überlegte, ob ich Tilda erzählen sollte, dass meine Mutter sich selbst in der schlimmsten Stunde ihres Lebens noch Gedanken über ihr Wohlergehen gemacht hatte. Vielleicht würde sie das ein wenig besänftigen. Denn bestimmt hatte sie seit Jahrzehnten ein schlechtes Gewissen, weil Mila wegen ihr überhaupt erst in diesem Kaufhaus gewesen war. Eine Psychologin, bei der Tilda eine Weile in Behandlung gewesen war, hatte sogar vermutet, dass hier die Ursache für Tildas irrationales Verhalten lag. Tilda hatte Mila nicht nur das Haar, sie hatte ihre Schwester auch indirekt von uns, ihrer Familie, abgeschnitten. Vielleicht trug sie so schwer an dieser Schuld, dass sie sich lieber ständig mit teils gefährlichen Aktionen ablenkte, statt es sich einzugestehen. Auch wenn sie noch klein gewesen war. »Das ist ja das Schlimme«, hatte die Psychologin gesagt. »Je jünger man bei der Traumatisierung ist, desto schwieriger ist es, da wieder heranzukommen.«

Ansonsten hatte mich die Vernehmung keinen Schritt weitergebracht.

Kein Verdächtiger hatte sich hier versteckt. Alle waren ebenso ratlos gewesen, wie ich es jetzt war.

Trotzdem, mit Waldemar Forck würde ich sprechen. Die Entführung der Enkelin von Boskamp-Spielwaren war sicher der Fall seines Lebens gewesen. Vielleicht erinnerte er sich noch an das ein oder andere Detail. Es musste irgendwo das Geheimnis liegen, das Mila und Lulu miteinander verband, und ich durfte es nicht übersehen.

Ich stapelte die Akten ordentlich auf dem Esstisch im Erker und begann zu lesen.

Ein vierköpfiges Ermittlungsteam hatte sich im Laufe der

folgenden Wochen nur um die Autos gekümmert, die am Tag von Milas Verschwinden im Parkhaus gewesen waren. Es waren ziemlich viele gewesen.

Das Parkhaus öffnete um acht Uhr für Publikumsverkehr. Hinzu kam eine Reihe von Dauermietern, die Tag und Nacht ein- und ausfahren konnten, da sie über Schlüssel für die Schranke verfügten. Es gab eine Videokamera, die die Ein- und Ausfahrt bewachte. In der kurzen Zeitspanne, in der Mila verschwunden war, waren siebzehn Fahrzeuge in das Gebäude hinein- und vier herausgefahren. Sämtliche Halter waren ermittelt und befragt worden, ihre Wagen erkennungsdienstlich untersucht worden, auch die der Dauermieter. Von Mila fehlte jede Spur.

Ich las die Namensliste durch, es gab nichts Auffälliges an ihnen. In keinem Kofferraum war etwas gefunden worden, weder ein Haar von Mila noch eine Stofffaser ihrer Kleidung oder von Hoppel.

Nach dieser langwierigen und erfolglosen Suche nahmen die Ermittler schließlich an, dass Mila und ihr Entführer das Kaufhaus zu Fuß durch den Ausgang im Erdgeschoss verlassen hatten. Ausgerechnet dort gab es keine Kamera. Da sich die Innenstadt um diese Zeit mehr und mehr mit Menschen füllte, war anzunehmen, dass der Entführer irgendwo in der Nähe in ein Auto gestiegen war, sonst hätte er riskiert, dass Mila angefangen hätte zu schreien oder zu weinen und so Aufmerksamkeit erregt hätte. Alle Taxifahrten in der Innenstadt waren überprüft worden, ergebnislos.

Mein Handy klingelte. Ich zuckte zusammen. Schon wieder Olaf Preuth.

»Ja?«, rief ich. »Gibt es ...«

Preuth unterbrach mich. »Nichts Neues, Frau Boskamp, nichts Neues. Ich habe nur etwas bei Ihnen liegen lassen. Kann ich es schnell abholen?«

Ich atmete auf. Du lieber Gott. Jedes Mal, wenn Preuth mich anrief, rauschte ein gewaltiger Adrenalinstoß durch meine Adern. Ich hoffte so sehr, dass er Lulu gefunden hatte, dass ich unwillkürlich die Luft anhielt, während ich zeitgleich befürchtete, dass sie nicht mehr am Leben sein könnte und der Moment gekommen war, wo ich jede Hoffnung begraben musste.

Mitleid für meine Eltern überschwemmte mich, in einer anderen Intensität als früher. Ich hatte gedacht, ich wüsste genau, wie sich eine Mutter fühlte, deren Kind man entführt hatte. Doch es war schlimmer als alles, was ich mir vorgestellt hatte.

»Frau Boskamp? Sind Sie noch dran?«, fragte Olaf Preuth.

»Äh … ja, natürlich. Was haben Sie denn vergessen?«

»Ein kleines Diktiergerät. Sieht fast aus wie der USB-Stick, den ich Ihnen eben gegeben habe. Ist genau genommen ein Memorystick, aber einer mit Diktierfunktion. Ich wollte gerade die Daten übertragen, da habe ich bemerkt, dass er weg ist. Vielleicht ist er mir aus der Manteltasche gefallen.«

Ich stand auf, ging zu der Kücheninsel, wo Preuth eben auf einem der Barhocker gesessen hatte.

»Tatsächlich. Da liegt was unter dem Stuhl«, sagte ich und hob das Ding auf.

»Gott sei Dank. Sonst hätte ich alle Zeugenaussagen noch mal aufnehmen müssen. Ich komme in zwanzig Minuten, wenn es Ihnen recht ist.«

»Ich schicke Ihnen den Fahrer vorbei, dann brauchen Sie den Weg nicht noch mal auf sich nehmen.«

»Das ist doch nicht nötig!«

»Ich bestehe darauf. Sie haben schon genug für uns getan. Er kommt jetzt sofort. Sind Sie im Büro?«

»Ja. Ich danke Ihnen.«

Ich drehte den Stick in der Hand hin und her. Dass so ein kleines Ding heutzutage als Diktiergerät fungieren konnte. Erstaunlich. Was war da drauf? Zeugenaussagen. War Preuth nicht gerade im Kindergarten gewesen? Ich wischte meine feuchten Handflächen an der Hose ab.

Sein Besuch war merkwürdig gewesen. Die Andeutungen mit der Sorgerechtsklage von Jonas … War es vielleicht kein

Versehen gewesen, dass er das Diktiergerät hier hatte liegen lassen? Er hätte mir schließlich nicht sagen müssen, dass da Zeugenaussagen drauf waren. Und auch nicht, dass er im Kindergarten gewesen war. Olaf Preuth war ein intelligenter Mann, der verquasselte sich doch nicht einfach so.

Kurz entschlossen zog ich mir eine Kopie des Inhalts auf meine Festplatte, wobei ich ängstlich über die Schulter sah, als wäre die Polizei hinter mir her.

Anschließend steckte ich das Ding rasch in einen Umschlag und schrieb Olaf Preuths Adresse darauf, bevor ich ihn Hakim brachte, der im Hof das Auto polierte.

Als ich ihm den Umschlag in die Hand drückte, legte er seine Hand auf meine und drückte sie fest.

»Es tut mir sehr leid mit Ihrer Tochter. Ich bin sicher, es wird alles wieder gut«, sagte er. Dabei blickte er mich mit so viel Freundlichkeit und Mitgefühl an, dass ich mich schämte, ihn als Verdächtigen auf meine Liste gesetzt zu haben.

Wieder in meiner Wohnung, konnte ich meine Neugier nicht länger zügeln. Was sagte eine Frau Köhler wohl über mich, wenn Lulus Gegenwart sie nicht zu Diplomatie zwang?

Obwohl ich allein in der Wohnung war, steckte ich mir vorsichtshalber meine AirPods ins Ohr und startete die Aufnahme.

Die Fragen des Staatsanwalts bezogen sich zunächst auf den Zeitraum, in dem meine Tochter verschwunden war. Frau Oesterling, die Auszubildende, wiederholte, dass sie Lulu das letzte Mal um elf Uhr dreißig im Sandkasten gesehen hätte. Sie hatte die Gartenaufsicht gehabt und war gegen elf dreißig kurz hineingegangen, um beim Tischdecken zu helfen.

»Wer war noch im Sandkasten?«, fragte Preuth. Schweigen.

»Wie meinen Sie das?«

»Welche anderen Kinder waren bei ihr?«

»Ähh ... ich glaube, sie war allein.«

»Sie spielte allein im Sandkasten?«

Der Sandkasten war riesig und lag ganz in der Nähe der Terrassentür.

»Ja, soweit ich mich erinnere. Das heißt, Louis und Ben waren in der anderen Ecke, glaub ich, aber Lulu hat nicht mit ihnen gespielt.«

Mehr konnte die Auszubildende nicht zur Erhellung der Situation beitragen. Danach befragte Preuth Frau Köhler. Sofort wurde es unangenehmer.

»Lulu ist ein stilles Kind, zu still«, sagte Frau Köhler. »Sie spielt zu viel allein.«

Zu still. Zu viel allein. Das schmerzte. Lulu war introvertiert. Sie war *gern* allein. Andere Kinder strengten sie an. Ich war sicher, dass sie sich zum Spielen in eine stille Ecke zurückgezogen hatte, weitab von den anderen. Aber so, wie Frau Köhler das sagte, klang es, als sei sie nicht in Ordnung. Als sei etwas an ihr grundlegend falsch. Und als wüsste sie genau, wer dafür verantwortlich war.

»Der Vater ist sympathisch, zuverlässig.« Eine Weile ließ sie sich über Jonas aus, als sei er vom Himmel geschickt, um mein Kind zu retten. Misstrauisch lauschte ich ihren Worten. Sie klang mir ein wenig zu begeistert von Jonas. Frau Köhler war, eine Gemeinsamkeit zwischen uns, eine Frau Anfang dreißig, und soweit mir bekannt war, unverheiratet. Jonas sah nicht schlecht aus und spielte die Rolle des angehenden alleinerziehenden Vaters, die eine merkwürdige Faszination auf Frauen ausübte. Mit seiner großen Nase, dem kantigen Gesicht und den immer etwas zu langen dunklen Haaren, die langsam dünner wurden, war er kein Mann, den man als Hingucker bezeichnet hätte. Doch er hatte schöne Lippen, und wenn er lächelte, blitzten zwei Grübchen auf. Er hatte lange, feingliedrige Hände, war intelligent und hatte sich mittlerweile mit IT-Beratung selbstständig gemacht. Er hatte noch keine Reichtümer angehäuft, aber IT war in der Zukunft eine sichere Bank, so viel stand fest. Hatte Frau Köhler Interesse an Jonas entwickelt?

An mir ließ sie jedenfalls kein gutes Haar.

»Frau Boskamp wirkt oft abwesend und uninteressiert«, begann sie. »Ich kann nur hoffen, dass sie sich zu Hause anders verhält. Kinder brauchen Liebe. Geld ist nicht alles.«

Das saß.

Meine Großmutter hatte mich frühzeitig darauf vorbereitet, dass die meisten Menschen Vorurteile gegen Leute hegten, die mehr Geld hätten als sie selbst.

»Sei immer auf der Hut, wenn Leute weniger haben als du. Sie zeigen dir nie ihr wahres Ich, weil sie wissen, dass du am längeren Hebel sitzt. Geld ist Macht. Und wer sich unterlegen fühlt, wird dir schaden, sobald er kann. Wenn sich das Machtgefüge auch nur einen Millimeter verschiebt, sehen sie ihre Stunde gekommen, und sie rächen sich an dir für ihr Unterlegenheitsgefühl, von dem du wahrscheinlich bis dahin noch nicht einmal geahnt hast, dass es existiert.«

Die Antworten der Erzieherin flogen mir um die Ohren wie Pistolenschüsse. Es waren keine netten Worte, die die Frau für mich übrig hatte.

»Rauscht hier wie eine rothaarige Walküre mit Hermès-Tasche und Chanel-Mantel in den Kindergarten, aber vergisst die Bananen fürs gemeinsame Frühstück.«

Ich senkte den Kopf. Ein Mal. Ein Mal hatte ich vergessen, dass Lulu Bananen hätte mitbringen sollen.

»Luxusuhr am Handgelenk, aber Zeiten nicht einhalten können!« Frau Köhler redete sich in Rage.

Der Gedanke an ihre vorwurfsvollen Blicke hinter dem begütigenden »Hauptsache, Sie sind jetzt da«, wenn sie mal wieder eine fix und fertig angezogene Lulu zur Tür hinausgeschoben hatte, verursachte mir Gänsehaut.

Kein Wunder, dass ich sie nicht leiden konnte. Sie zeigte mir meine Schwächen auf. Andererseits – hatten nicht viele Mütter Schwierigkeiten, die strengen Abholzeiten einzuhalten?

Denn manchmal wusste ich einfach nicht, ob ich Lulu schon abgeholt hatte. Wenn ich »eingeschlafen« war. Das passierte. Nicht oft, aber ab und zu. Dass ich aufwachte und mich an einem Ort wiederfand, an dem ich vorher nicht gewesen war. Mir fehlten Zeitstücke. Als wenn ich schlafgewandelt wäre, ohne mich daran zu erinnern, dass ich schlafen gegangen war. Es war zutiefst beunruhigend, weil ich mir selber nicht über den Weg trauen konnte.

In solchen Momenten war mir schleierhaft, wo Lulu abgeblieben war. Hatte ich sie abgeholt? Oder war sie noch im Kindergarten? Ich lief dann herum und suchte sie. Denn wer rief schon im Kindergarten an und fragte, ob das Kind noch da war? Ich sicher nicht.

Ab und zu wanderte Lulu in unserem Park herum. Daraus konnte sie nicht verschwinden, er war komplett eingezäunt, und das Tor zum angrenzenden Wald der van Akens war immer abgeschlossen. Das war schon aus Sicherheitsgründen notwendig, da die Hobbyjäger, die mit den van Akens auf die Jagd gingen, nicht alle begabten Schützen waren und Lulu mit einem Rehkitz hätten verwechseln können.

Ab und zu entdeckte ich sie auf dem Spielplatz. Aber je älter sie wurde, desto weiter lief sie, und der Park hatte vierzehn Hektar.

Bisweilen saß sie auch in ihrem Zimmer, wenn ich aus dem Park zurückkam, ohne dass ich wusste, wie sie dorthin gekommen war.

Aber manchmal fand ich keine Spur von ihr. Bei solchen Gelegenheiten war es möglich, dass ich zu spät in den Kindergarten kam. Nicht mit Absicht oder weil ich mein Kind nicht liebte. Sondern weil ich verdammt noch mal erst in einer bombastisch großen Villa mit Haupthaus und zwei Seitenflügeln und anschließend auf einem weitläufigen Parkgrundstück nach ihr suchen musste, ohne dass es jemand mitbekam.

Das Kind

Zuerst lernte sie, dass es besser war, wenn die Tür geschlossen blieb.

Denn dann war es dunkel, und Dunkelheit bedeutete Sicherheit.

Wenn sie selbst in der Finsternis nichts sehen konnte, sah auch sonst niemand etwas. Vor allem nicht sie, wie sie hier lag, allein auf einer Matratze, die leise knisterte, wenn sie sich bewegte, weshalb sie sich möglichst nicht rührte. Niemand sollte auf sie aufmerksam werden.

Eine Weile lauschte sie, angespannt, wachsam. Nichts.

Sie war so müde, so erschöpft, doch sie fiel nicht einfach in den Schlaf, sie schlitterte hinein, holperig, gegen ihren Willen, als wenn sie sich auf einer viel zu hohen Rutsche an den Rand klammerte und die Füße links und rechts an die Seiten presste, um nicht abzustürzen. Aber irgendwann zog die Anziehungskraft des Schlafes sie unweigerlich nach unten. Sie schaffte es nicht mehr, ihre bleischweren Lider offenzuhalten.

Ein Geräusch an der Tür ließ sie schlagartig erwachen. Die Türklinke wurde nach unten gedrückt.

Stumm und bedrohlich drängte sich ein Lichtstrahl in den Raum. Er schlug eine helle Straße in die Schwärze. Einen Wegweiser, der genau zu ihrem Bett führte.

7

Obwohl ich seit Tagen so gut wie gar nicht geschlafen hatte, wenn man von den wenigen Minuten absah, in denen ich erschöpft eingenickt war, kam ich nicht zur Ruhe.

Die Worte von Frau Köhler aus Lulus Kindergarten trafen mich deshalb so hart, weil ich ihnen nichts entgegenzusetzen hatte. Sie verfolgten mich bis ins Schlafzimmer, in mein Bett, unter meine Decke. Ja, ich hatte die Bananen vergessen, und ich kam manchmal zu spät. Aber bei Weitem nicht so oft, wie Frau Köhler Staatsanwalt Preuth weismachen wollte.

Für meine Größe von einem Meter achtundsiebzig und das auffällige Haar konnte ich nichts. Deshalb war ich noch lange keine Walküre. Ich besaß tatsächlich eine Kelly Bag, weil Oma sie einmal als die perfekte Handtasche zu einfach allem bezeichnet hatte und recht damit behalten hatte. Aber das sagte nichts über meine Qualitäten als Mutter aus.

Außerdem hatte ich streng genommen selbst überhaupt kein Geld. Zumindest nicht auf meinem Konto. Theoretisch verfügte ich, genau wie Lulu, lediglich über die Erbschaft meines Großvaters, doch die Erbschaftsangelegenheiten waren noch nicht geregelt. Ich war also in der misslichen Lage, Geld zu haben, aber nicht darüber verfügen zu können, und deshalb auf die Unterstützung meiner Eltern angewiesen. Dabei hatte ich auf Wunsch der Familie darauf verzichtet, meinem Beruf als Grundschullehrerin weiter nachzugehen.

Jetzt besaß ich Handtaschen, die das Jahresgehalt von Hakim kosteten, aber musste meinen Vater nach Geld fragen, wenn ich einen Detektiv beauftragen wollte.

Doch wenn sich jemand einmal eine Meinung über mich gebildet hatte wie Frau Köhler, fielen eben nur meine Handtasche oder meine Uhr auf. Es war genau das Phänomen, das

Oma mir immer geschildert hatte. Sobald sich die Machtverhältnisse auch nur einen Millimeter verschoben, kam die Rache für zuvor sorgsam verborgene Unterlegenheitsgefühle. In diesem Fall schreckte Frau Köhler nicht einmal davor zurück, eine Mutter anzugreifen, deren Kind gerade verschwunden war.

Während ich mich unruhig im Bett wälzte, sagte ich mir das alles wieder und wieder vor. Aber es half nicht. Denn in Wirklichkeit schämte ich mich. Ich schämte mich dafür, dass Lulu mit mir als Mutter geschlagen war. Einer Mutter, die manchmal nicht wusste, ob sie ihr Kind abgeholt hatte.

Irgendwann musste ich doch eingeschlafen sein. Ich erwachte, als die Sonne bereits hoch am Himmel stand. Der panische Blick auf mein Handy offenbarte – nichts. Keine neue Nachricht, kein verpasster Anruf. Niemand hatte versucht, mich zu kontaktieren.

Der Wecker zeigte elf Uhr dreißig. Genau fünf Tage war ich jetzt ohne Lulu. Einhundertzwanzig Stunden. Ich sank zurück in die Kissen. In meinem übergroßen Bett kam ich mir allein und verloren vor. Seit Jonas nicht mehr hier schlief, blieben mehr als zwei Drittel des Bettes ungenutzt. Ein Sonnenstrahl schien genau auf die ordentlich aufgeschüttelten Kissen auf seiner Seite, als wolle er meine Einsamkeit ins rechte Licht rücken.

Jonas hatte sich hier nie wohlgefühlt, egal, wie viel Mühe ich mir mit der Renovierung gegeben hatte.

Dieser Flügel der Villa war mein Zuhause. Nach dem Umbau war ein modernes Apartment mit drei Schlafzimmern und drei Bädern entstanden. Es verfügte über einen großzügigen Wohnraum mit offener Küche.

Jonas hatte es trotzdem nicht gereicht. Ständig hatte er mich dazu bewegen wollen, dass ich auszog.

»Bring etwas Abstand zwischen dich und deine Familie. Sonst habe ich da gar keinen Platz, so eng verwoben, wie ihr seid.«

»Wir haben doch eine wunderschöne Wohnung. Mit eigenem Eingang.«

»Und einem direkten Zugang zu deinen Eltern und Großeltern.«

»Das nennt man Mehrgenerationenhaushalt. Wir haben nicht nur einen Familienbetrieb, sondern auch einen Familiensitz. Für Lulu ist es auch schön, nicht nur mit ihrer Oma und ihrem Opa, sondern auch mit ihren Urgroßeltern unter einem Dach zu wohnen.«

»Wir haben jetzt eine eigene Familie. Außerdem möchte ich nicht auf dem Land leben. Ich möchte zurück nach Düsseldorf, wo mehr los ist. Und die Leute normaler.«

»Wir gehören hier noch zu Meerbusch, also richtig Land ist das nicht. In zwanzig Minuten ist man in der Düsseldorfer Innenstadt. Und außerdem – möchtest du wirklich mit einem Kind in einer Etagenwohnung in der Stadt leben? Ohne all die Möglichkeiten, die Lulu hier hat? Der Golfplatz ist nur ein paar Minuten entfernt, und sie kann hier sogar das Pony halten, das sie sich letztens gewünscht hat. Der Park ist groß genug, und hinten an der Wiese können wir einen Stall bauen. Das können wir ihr in der Stadt doch gar nicht bieten.«

»Kinder brauchen weder Ponys noch Golfplätze.«

»Aber ihre Familie.«

»*Ich* bin ihre Familie.«

Kurz nach diesem Streit war Jonas ausgezogen.

»Wenn er dich geliebt hätte«, hatte meine Mutter dazu gesagt, »dann hätte er verstanden, dass Familie nicht bedeutet, sich einfach aus dem Staub zu machen.«

Der Sonnenstrahl, der immer noch auf Jonas' Kissen deutete, als hätte hier einst ein Heiliger geruht, störte mich. Ich tastete neben dem Nachttisch nach dem Schalter für die solarbetriebenen Jalousien und ließ sie so weit herunter, bis der Lichtschein verschwand und das Kissen wieder blass und bedeutungslos wurde.

Irgendwann einmal hatte ich Jonas geliebt. Ich hatte gedacht, dass dieser Mann mit den Grübchen und seiner ungezwungenen Art ein Stück Normalität in mein Leben bringen würde. Vertrauen fiel mir immer schon schwer, wahrscheinlich eine der Nebenwirkungen, wenn die eigene Schwester entführt wurde, wenn man selbst gerade mal vier Jahre alt war. Aber soweit es mir möglich war, hatte ich mich ihm geöffnet. Mehr als jeder anderen Person jedenfalls. Außer vielleicht Tilda.

Machte Jonas gemeinsame Sache mit einer Erzieherin, die mich nicht leiden konnte? Oder hatte er etwas mit ihr? War Britta Köhler überhaupt der Typ Frau, den Jonas mochte? Sie sah nicht schlecht aus, hatte eine weibliche Figur, irgendwie weich, mit kurzem braunem Haar und einer Stupsnase. Warme braune Augen. Sie trug nur Jeans und T-Shirts und hatte ein Tattoo im Nacken, ein chinesisches Schriftzeichen, wenn ich mich recht erinnerte. Im Prinzip war sie genau das Gegenteil von mir.

Allerdings überschätzte Britta Köhler den Einfluss ihrer Worte auf den Staatsanwalt. Olaf Preuth war nicht auf ihrer Seite. Er war auf meiner. Schließlich hatte er mir eine Warnung zukommen lassen.

Entschlossen schwang ich meine Beine aus dem Bett, ging ins Bad und duschte mich eiskalt ab.

Mit einem großen Becher Kaffee setzte ich mich an den Esstisch im Erker, wo die Aktenordner zu Türmen gestapelt lagen.

Davor war mein aufgeklappter Laptop. Er zeigte mehrere verpasste Anrufe einer Detektei, die mein Vater schließlich doch noch für mich herausgesucht hatte. Ich hatte alle gebeten, mich möglichst über FaceTime auf dem Laptop zu kontaktieren, damit ich mich nicht jedes Mal zu Tode erschreckte, wenn das Handy klingelte.

Die Frau, die ich kurz darauf zurückrief, stellte sich als Miriam Rode vor und war nach meiner Schätzung höchstens so alt wie ich. Sie hatte einen blonden Pferdeschwanz und war der Typ, den ich in einer Detektei einstellen würde, wenn ich die Treue der Ehemänner meiner Klientinnen überprüfen wollte.

»Entschuldigen Sie die Frage, aber wie groß ist Ihre Erfahrung mit Entführungsfällen?«, fragte ich.

»Das hatte ich schon mit Ihrem Vater besprochen«, sagte sie, als sei damit alles klar. »Entführungen sind Gott sei Dank selten, allerdings kennen wir uns sehr gut mit Vermisstenfällen aus. Mein Seniorpartner war früher bei der Polizei.«

Ich fragte mich, warum der Seniorpartner nicht anwesend war, sagte aber nichts mehr. Meine Hoffnung auf einen Erfolg der Detektei war nicht sonderlich groß, jedenfalls nicht, was Lulus Entführung anging. Warum sollte eine Bude mit ein paar Angestellten und ohne besondere Befugnisse größere Erfolge haben als ein kompletter Staatsapparat? Ich hatte andere Aufgaben für sie.

»Können Sie mir Adressen und Telefonnummern besorgen?«, fragte ich.

»Das sollte kein Problem sein, wenn die Person nicht im Zeugenschutz ist.«

Ich war mir nicht sicher, ob sie das ernst meinte, deshalb ignorierte ich den Hinweis.

»Ich schicke Ihnen bald eine Namensliste, ich bin noch nicht fertig mit der Durchsicht der Unterlagen. Als Erstes überprüfen Sie bitte eine Frau namens Britta Köhler. Sie arbeitet im Kindergarten Pusteblume in Stockum. Nur mal abklopfen, ob sie irgendwelche Leichen im Keller hat. Vielleicht wäre auch eine Überwachung gut, zumindest nach Feierabend. Und falls eine Beziehung zu Lulus Vater bestünde, egal welcher Art, bitte ich Sie, dies gerichtssicher zu dokumentieren.«

Auch wenn der Sorgerechtsstreit gerade nicht mein Problem war, dachte ich wieder an den Rat meines Großvaters, immer zwei Schritte im Voraus zu planen.

»Das ist kein Problem. Eine nächtliche Überwachung kostet natürlich extra, das möchte ich nur erwähnt haben. Wie heißt der Vater Ihrer Tochter? Können Sie mir seine Adresse nennen?«

Nachdem wir die Formalitäten geklärt hatten, fiel mir noch etwas ein.

»Ach ja, und ich wäre interessiert an der Adresse eines gewissen Attila Rasmussen. Und an seinem Hintergrund. Können Sie für mich herausfinden, ob er Dreck am Stecken hat? Ich befürchte, meine Schwester hat sich mit den falschen Leuten eingelassen.«

»Kein Problem.«

Ich starrte auf den Berg von Aktenordnern, die sich auf und unter dem Tisch stapelten. Wie sollte ich Tausende von Seiten jemals durcharbeiten?

Stundenlang saß ich über die Akten gebeugt, nur unterbrochen von meinen Gängen zur Kaffeemaschine. Was war hier verdammt noch mal übersehen worden?

Ich betrachtete ein altes Foto, das auf der Rückseite handschriftlich als *Tatort* bezeichnet worden war. Es zeigte eine verblasste Aufnahme, die vom Ausgang des Parkhauses aus gemacht worden war. Über die Straße führte der gläserne Übergang, durch den Mila ihrem Schicksal entgegengelaufen war.

Auf der gegenüberliegenden Straßenseite, genau unter der Überführung, war die Warenanlieferungszone. Dort konnten die Lieferanten hineinfahren, ihre Ware ausladen und zügig wieder abfahren.

Bei dem Gedanken an einen Lieferwagen lief mir eine Gänsehaut über den Rücken.

Das Ermittlungsteam, das für die Untersuchung der Autos zuständig gewesen war, hatte auch die Lieferanten erfasst, die im fraglichen Zeitraum etwas angeliefert hatten. Sie waren leicht anhand der Warenannahmescheine zu identifizieren gewesen. Die Fahrzeuge waren mit Klebefolien auf Faserspuren untersucht worden, allerdings erst Tage nach Milas Verschwinden, da vorher zu vielen anderen Spuren nachgegangen werden musste. Wenn Mila je in einem Transporter gewesen wäre, hätte ein möglicher Täter die Spuren sicher längst beseitigt.

Ich blätterte die Befragungen der einzelnen Fahrer durch und schrieb mir die Namen auf.

Bei einem stockte ich. Für die Kantine im vierten Stock des Hauses hatte am Vormittag ein Mann namens Karlo Schenk Lebensmittel geliefert.

Karlo Schenk. Wo hatte ich den Namen bereits gelesen?

Ich blätterte zurück, las mir die Zeugenlisten noch einmal durch. Da. Jutta Schenk, Verkäuferin in der Spielwarenabteilung. Sie war diejenige gewesen, die meiner Mutter damals das Polly-Pocket-Dreamhouse verkauft hatte.

Ich stieß vor Aufregung meinen Kaffeebecher um, und ein Schwall Kaffee ergoss sich auf das Dokument vor mir. Schnell wischte ich mit der Hand die Flüssigkeit herunter und wedelte anschließend mit dem Blatt, bevor die Liste unleserlich wurde. Der Kaffee tropfte jetzt vom Tisch auf meine Oberschenkel, und ich musste aufstehen, mich umziehen und mit Küchenkrepp die Akten abtupfen, bevor ich weiterlesen konnte.

Derselbe Nachname. Ein Ehepaar? Vom Alter her passte es. Jutta Schenk war damals siebenundzwanzig Jahre alt gewesen, Karlo Schenk neunundzwanzig.

Heute musste er also vierundfünfzig Jahre alt sein. Damit war er genau in der Altersstruktur, die ich am wahrscheinlichsten für den Täter fand.

Andererseits lernten die meisten Menschen ihre Ehepartner bei der Arbeit kennen, es war also nicht verwunderlich, dass in einem Kaufhaus Leute arbeiteten, die verheiratet waren. Trotzdem. Die Kombination war mir suspekt. Auf einmal gab es eine Verbindung über die Straße hinweg. Mila wurde von einer Jutta Schenk im Kaufhaus bedient, während sich ein Mann namens Karlo Schenk genau zu dieser Zeit auf der anderen Seite der Straße aufgehalten hatte. Mit einem Lieferwagen. War das einer dieser Zufälle, die man nicht erklären konnte, oder steckte mehr dahinter?

Rasch schickte ich Miriam Rode die Namen zur Überprüfung. Ich überlegte einen Moment und schickte eine weitere

Anfrage an Preuth. Er sollte für mich nachsehen, ob der Mann irgendwelche Vorstrafen hatte.

Die weiteren Zeugenaussagen las ich flüchtiger als beabsichtigt. Die Entdeckung der Verbindung der Verkäuferin zu Karlo Schenk schien mir größer zu sein, als die Polizei damals vermutet hatte, und ich konnte mich kaum noch konzentrieren. Immer wieder schweiften meine Gedanken zu den Schenks ab.

Schließlich stand ich auf, öffnete eine Dose Ravioli und kippte den Inhalt in eine handbemalte Rosenthal-Schüssel, was meine Mutter als Sakrileg empfunden hätte. Ich aß ein paar Gabeln der weichen Nudeltaschen, um mich zu beruhigen, als mein Laptop klingelte. Es war Miriam Rode.

»Das ging ja schnell«, sagte ich verblüfft.

»Ich habe Ihnen soeben die Handynummern und die Adresse von Karlo und Jutta Schenk per Mail geschickt«, sagte die junge Frau. »Die beiden sind tatsächlich verheiratet, seit 1992. Jutta Schenk arbeitet immer noch im Kaufhaus, Karlo Schenk ist offenbar seit Längerem arbeitslos. Wohnhaft Ackerstraße 131 in Düsseldorf-Flingern.«

»Sie haben sogar die Handynummern? Wie kommen Sie so schnell an solche Informationen?«

»Berufsgeheimnis«, war die Antwort. »Nur so viel: Wenn man die Finanzen eines Menschen vor sich ausgebreitet hat, weiß man alles über ihn, glauben Sie mir. Und die Schenks gehören zwar nicht zu den Großverdienern, leisten sich aber ab und an doch ganz gerne teure Dinge. Letztes Jahr hat Schenk die Hand gehoben. Er hatte nicht nur ordentlich Schulden bei diversen Versandhäusern, sondern auch bei mehreren Mobilfunkanbietern.«

»Insolvenz?«

»Genau. Die Schenks haben eine erwachsene Tochter, Kimberley, verheiratete Grothmann, heute 31 Jahre alt. Wohnt mit ihrer Familie in Willich. Der Kontakt zu ihren Eltern dürfte allerdings nur sehr spärlich sein.«

»Woher wissen Sie das?«

»Kimberley hat laut Einwohnermeldeamt in den letzten fünf Jahren zwei Kinder bekommen. Auf den unbezahlten Rechnungen der Versandhäuser ihres Vaters befinden sich Flachbildfernseher, überteuerte kabellose Staubsauger, Klamotten, Kaffeevollautomaten und solche Dinge. Aber keine Geschenke für Babys. Nicht mal ein Strampelanzug.«

Offenbar hatte ich Miriam Rodes Fähigkeiten unterschätzt.

»Kluge Schlussfolgerung«, lobte ich.

»Ich sag doch, die Finanzen verraten alles über einen Menschen.«

»Wahrscheinlich. Vielen Dank jedenfalls. Ich melde mich wieder.«

Nachdenklich kaute ich auf dem Ende meines Kugelschreibers herum. Karlo Schenk war insolvent. Das könnte mit Lulus Entführung zusammenhängen. Schenk könnte auf der Suche nach einer Geldquelle sein. Aber wieso meldete er sich dann nicht mit einer Forderung? Fünf Tage waren bereits vergangen. Lulu musste vor Angst außer sich sein. Wartete Schenk ab, bis sich die Aufregung gelegt hatte? War Jutta Schenk ebenfalls in die Entführung verwickelt? Und was war damals mit Mila geschehen?

Ich versuchte, Tilda anzurufen, um ihr von Schenk zu erzählen, aber sie ging nicht dran. Tolle Schwester. Es hätte ja Neuigkeiten von Lulu geben können. Im Grunde *gab* es ja sogar solche Neuigkeiten. Ich war immer noch überzeugt, dass Milas und Lulus Entführung zusammenhingen. Ich stopfte die restlichen Ravioli in mich hinein.

Wie diese Jutta Schenk damals ausgesehen hatte, wusste ich von den Filmen der Überwachungskameras. Eine dunkelblonde Frau mit aufgeplusterter Föhnfrisur und bleistiftdünnen Augenbrauen.

Ich musste meine Mutter fragen, ob sie sich an irgendetwas erinnern konnte. Ich lief die Treppe hinunter. Das gedrechselte alte Holzgeländer hatte einen neuen Anstrich nötig, winzige weiße Lacksplitter blieben an meiner Hand kleben.

Schon von der Galerie aus sah ich die dünne Gestalt meiner Großmutter durch die Halle wanken. Sie sah merkwürdig aus. Unter einem knielangen schwarzen Bleistiftrock lugten nackte Beine hervor, dazu trug sie rosa Plüschpantoffeln und eine schwarze Federboa um die knochigen Schultern. In ihren Armen balancierte sie ihren Nähkorb. Sie hatte ihn aus der Vitrine geholt. Es war der originale alte Korb, den sie damals benutzt hatte, als sie den ersten Hoppel genäht und damit den Grundstein für das Boskamp-Imperium gelegt hatte. Er stand üblicherweise in der eigens angefertigten Glasvitrine, deren Tür jetzt sperrangelweit offen stand.

»Wo willst du denn hin?«, fragte ich. »Sollen wir den Korb nicht lieber wieder in die Vitrine stellen?«

Ich nahm ihn ihr aus den Händen und schob ihn an seinen alten Platz zurück. Mittlerweile war es vernünftiger, wenn man Dinge für Oma entschied.

Sie stemmte die Hände in die Hüfte. »Ich wollte nähen!«

»Du hast doch einen Nähkorb im Schlafzimmer. Einen neuen. Das hier ist ein Erinnerungsstück.«

Die Krankenschwester kam mit schweren Schritten aus dem Seitenflügel in die Halle gelaufen.

»Entschuldigen Sie«, sagte sie in meine Richtung. »Ich war nur auf der Toilette, da war sie schon weg.«

»Machen Sie sich keine Gedanken«, sagte ich. »Ich war gerade auf dem Weg zu meiner Mutter, da habe ich sie zum Glück noch erwischt, bevor sie wieder in den Park gelaufen wäre.«

Rovena Prill nahm meine Oma beim Arm. »Sie sollen doch nicht einfach nach draußen schleichen!«

»Sie wollte nähen, vielleicht können Sie ihr ihren Korb geben?«

»Das mache ich. Ihre Eltern sind aber nicht da, glaube ich. Das Auto ist eben weggefahren.«

Meine Oma hakte sich bei Rovena Prill ein, als habe sie gerade eine Verbündete entdeckt. »Die Frau ist eine Hexe«, behauptete sie mit einem Blick auf mich. »Sie hat meiner Enkelin die Haare abgeschnitten. So schöne Haare. Konstanze hätte nie eine Hexe eingeladen. Konstanze war immer ein gehorsames Kind. Wenn ich etwas gesagt habe, hat sie es gemacht. Nicht wie die rothaarige Hexe da.«

Ich schluckte. Ich konnte ihr kaum vorwerfen, dass sie krank war, aber trotzdem verletzte mich ihr Verhalten.

Rovena Prill sah mich entschuldigend an und führte Oma in den Seitenflügel zurück.

Als ich wieder an den Arbeitsplatz zurückkehrte, klingelte mein Laptop erneut. Diesmal war es Olaf Preuth.

»Sie haben also das Ehepaar Schenk auf dem Kieker«, sagte er. »Erzählen Sie mal.«

»Ich finde es zumindest sehr merkwürdig, dass die Schenks zur Zeit von Milas Verschwinden nur einen Steinwurf voneinander entfernt waren. Jutta Schenk hat meiner Mutter das Polly-Pocket-Haus verkauft. Zur selben Zeit fährt ihr Mann mit einem Lieferwagen auf der anderen Straßenseite vor, um etwas abzuliefern. Könnte es nicht sein, dass er danach noch auf einen Abstecher zu seiner Frau hochwollte und deshalb in den Aufzug gestiegen ist? Und dort ist ihm Mila begegnet. Und dann … nun, Gelegenheit macht Diebe.«

»Das wäre möglich. Allerdings ist Karlo Schenk den damaligen Beamten nicht zweifelhaft vorgekommen. Verheiratet zu sein macht ihn nicht verdächtig. Seine Aussage bei der Befragung war zwar recht einsilbig, aber ansonsten war er nicht auffällig, er hatte keine Vorstrafen.«

»Inzwischen ist er verschuldet«, sprudelte es aus mir heraus. »Vielleicht hatte er damals auch schon Geldprobleme. Vielleicht hat er mit Milas Entführung Geld erpressen wollen und irgendetwas ist schiefgelaufen. Und jetzt versucht er es mit Lulu.«

»Möglich. Damals war er jedenfalls nicht vorbestraft, und es gab auch keinen Grund für die Polizei, ihn einer Entführung zu verdächtigen.«

»Jutta Schenk ist die letzte Zeugin. Karlo Schenk hat einen Lieferwagen und hätte genau zu dieser Zeit ein Kind verschwinden lassen können! Jetzt ist er verschuldet, und mein

Kind verschwindet! Klingeln Ihre Alarmglocken da etwa nicht?« Die Angst um Lulu hatte meine Stimme schrill gemacht.

»Ich bin ja auch noch nicht fertig. Karl Schenk *hatte* damals eine blütenreine Weste. Inzwischen allerdings nicht mehr. Er ist mehrfach vorbestraft.«

»Weswegen?«, fragte ich.

»Nicht einschlägig. Aber er hatte mehrere Verfahren am Hals, weil er seine Arbeitgeber bestohlen hat. Man konnte ihm nicht alles nachweisen, aber die Vermutung liegt nahe, dass er an mehr Diebstählen beteiligt war, als er tatsächlich Verurteilungen hatte. Einmal hatte er Bewährung, zweimal hat er gesessen.«

»Wegen Diebstahls?«

»Wie gesagt, keine einschlägigen Vorstrafen. Nichts mit Kindern oder Entführungen. Allerdings darf man nicht unterschätzen, was für ein gehöriges Maß an krimineller Energie jemand benötigt, der insgesamt ... warten Sie ... im Laufe seines Lebens acht Mal angezeigt wurde. Und die wenigsten werden beim ersten Mal erwischt. Rechnen Sie dazu noch all die Male, wo er gar nicht erst in Verdacht geraten oder angezeigt worden ist, dann kommen wir doch auf eine ordentliche kriminelle Karriere. Offenbar glaubt er, sich an keine Gesetze halten zu müssen, wenn es um die eigenen Bedürfnisse geht.«

»Ich wusste es! Ich wusste, dass etwas mit diesem Typen nicht stimmt. Es gibt keine Zufälle.«

»Da kann ich Ihnen leider nicht zustimmen. Zufälle gibt es durchaus.«

»Ich werde jedenfalls mit Jutta Schenk reden.«

»Um Gottes willen! Lassen Sie das bloß. Wenn der Mann gefährlich ist, möchten Sie kaum allein vor ihm stehen. Ich werde mich darum kümmern.«

»Wann denn?«

»Gleich morgen früh.«

»Warum nicht heute?«

»Es ist schon nach neunzehn Uhr, und ich war seit zwölf Stunden nicht zu Hause.«

»Meine Tochter ist seit fünf Tagen nicht zu Hause.«

Preuth blieb einen Moment stumm. »Ich sage Kommissar Siebert Bescheid, dass er einen Abstecher zu Schenk machen soll. Er hat Spätdienst, soweit ich weiß.«

»Danke.«

Kurz darauf bestätigte er mir, dass Siebert zu Karlo Schenk unterwegs war.

8

Zwanzig Minuten später sprang ich ins Auto und raste die Auffahrt entlang, dass der Kies zur Seite spritzte. Schon aus der Ferne erinnerte mich das weit geöffnete schmiedeeiserne Tor daran, dass ich den Handwerker schon wieder vergessen hatte.

Die schmale Straße, die an unserer Mauer vorbeiführte, war eine öffentliche, aber sie war selten befahren, weil wir keine direkten Nachbarn hatten.

Deshalb erschrak ich mich fast zu Tode, als ich auf einmal ein anderes Auto im Rückspiegel entdeckte. Wäre er wenige Sekunden zuvor hier entlanggefahren, wären wir zusammengekracht.

Die Tatsache, dass der graue Wagen lange Zeit hinter mir klebte, wunderte mich nicht. Es gab nur zwei Möglichkeiten. Entweder, man fuhr nach Meerbusch hinein, oder auf die Autobahn. Trotzdem registrierte ich, dass es ein Smart war, ein Auto, das man hier auf dem Land eher selten antraf. Auf der A 52 Richtung Düsseldorf gab ich Gas und verlor ihn schließlich aus den Augen.

Ich war auf dem Weg ins Kaufhaus. Mit einem Mal war mir klar geworden, dass Siebert mir jetzt gerade Karlo Schenk vom Hals hielt. Also war die Bahn frei, wenn ich mit Jutta Schenk reden wollte. Von Frau zu Frau. Von Mutter zu Mutter. Falls sie irgendetwas wusste, würde ich es nur aus ihr herausbekommen, wenn ihr Mann nicht dabei war. Welche Mutter konnte einer anderen in die Augen schauen, ohne einzuknicken, falls sie etwas über die Entführung ihres Kindes wusste? Keine, davon war ich überzeugt.

Nur fünf Minuten vor Ladenschluss lenkte ich den Range Rover mit quietschenden Reifen vor die Einfahrt zum Parkhaus. Kurz fragte ich mich, ob das hier nicht doch eine Schnapsidee war, schließlich könnte Jutta Schenk es auch einfach unverschämt finden, wenn ich etwas über ihren Mann herausfinden wollte, doch ich schob den Gedanken wieder beiseite. Die Zeit war mein größter Feind. Mila war nie wieder aufgetaucht, obwohl meine Eltern alles getan hatten, was in ihrer Macht stand, um sie zu finden. Trotzdem blieb sie verschwunden. Das konnte ich bei Lulu nicht zulassen.

Vor der Schranke wartete ich ungeduldig, bis der Automat das Ticket ausspuckte. Auf der Gegenbahn hatte sich eine kleine Autoschlange gebildet, die letzten Kunden verließen gerade das Parkhaus. Ein Fahrer hob mir den Unterarm entgegen und tippte mit dem Zeigefinger auf seine Armbanduhr. Ich kam mir vor wie ein Fisch, der seinem eigenen Schwarm entgegenschwamm.

Das Parkhaus war alt und eng und hatte niedrige Decken, an denen rostige Rohre entlangliefen. Langsam lenkte ich den Wagen um die Ecken. Im Erdgeschoss waren alle Parkplätze für Dauermieter reserviert, sodass ich eine Etage tiefer musste. Im Schneckentempo kroch ich die Abfahrt hinunter, die für einen Range Rover beängstigend schmal war, und bog rechts ab. Im ersten Untergeschoss herrschte auf einmal gähnende Leere. Draußen war es noch helllichter Tag gewesen. Im Juni war es lange hell, die Sonne ging erst gegen 21.30 Uhr unter. Doch jetzt hatte das Parkhaus mich mitsamt allem Tageslicht verschluckt. Die Autoschlange hatte sich inzwischen nach draußen gewunden. Ich war allein. Nur von Weitem hörte ich das Röhren eines anderen Autos.

Es war drei Minuten vor acht. Ich stellte mich längs in eine der leeren Reihen, sodass ich gleich drei Parkplätze blockierte, aber das war jetzt unerheblich, ich musste es noch bis Ladenschluss hoch ins Kaufhaus schaffen. Ich sprang aus dem Wagen und schlug die Tür zu. Es knallte ein zweites Mal, etwas weiter hinten. Wahrscheinlich der allerletzte Kunde des Tages, der das Kaufhaus verließ.

Ich eilte Richtung Ausgang, der einige Meter entfernt war.

Es roch nach feuchtem Beton und Abgasen. Meine Schritte hallten laut von den Wänden wider. Auf einmal fühlte ich mich komplett abgeschnitten von der ganzen Welt. Es war düster, ich war metertief unter der Erde. Ohne Fenster oder Frischluft. Ich hielt einen Moment inne und lauschte. Stille. Etwas stimmte nicht hier unten. Oder war mir nur wegen der spärlichen Beleuchtung unwohl? Ich lief weiter. Kein Wunder, dass Kaufhäuser ausstarben. Es war einfach keine menschenfreundliche Umgebung. Ich fand es eher erstaunlich, dass das Konzept überhaupt jemals erfolgreich gewesen war.

Dann fiel es mir auf. Kein Motorengeräusch. Wenn eben jemand in sein Auto eingestiegen wäre, hätte doch anschließend ein Motor zu hören sein müssen.

Mein Puls beschleunigte sich.

Es waren keine anderen Kunden mehr da, die mir im Notfall helfen könnten. Immer noch war kein Motor gestartet worden. Waren da nicht Schritte zu hören? Mir lief eine Gänsehaut den Rücken hinunter. Wer außer mir würde in diese Etage des Parkhauses fahren, wenn in drei Minuten das Kaufhaus schloss? War jemand hinter mir her?

Endlich erreichte ich die Stahltür, darüber leuchtete schwach ein schmutzig grünes Schild mit der Aufschrift *Ausgang*.

Die Tür war sehr schwer, keine von denen, die man schnell aufreißen und hinter sich zuwerfen konnte. Mit meinem ganzen Gewicht warf ich mich dagegen, drückte sie hinter mir wieder zu. Ein heruntergekommener Gang empfing mich mit schmuddeligen Wänden, abgetretenem Steinfußboden und flackernder Neonbeleuchtung. Ich befand mich in dem Treppenhaus, in dem Mila damals verschwunden war.

Ich ließ den Lastenaufzug zu meiner Rechten liegen und rannte die Treppe hinauf. Als ich beinahe im Erdgeschoss war, knallte unten wieder die Stahltür ins Schloss. Also doch. Nach mir war noch jemand ins Parkhaus gekommen. Jetzt nahm ich zwei, drei Stufen auf einmal, rannte um die Ecke, prallte beinahe gegen eine Holzleiter, die jemand mitten im Weg hatte stehen lassen. Hastig schob ich sie beiseite. Endlich erreichte ich den ersten Stock. Ich rannte durch die Überführung bis hinüber zum Kaufhaus, kam auf die Sekunde genau an, als eine Mitarbeiterin des Kaufhauses einen Schlüssel in die Glastür steckte.

Als sie mich bemerkte, hob sie abwehrend die Hände. »Tut mir leid! Wir schließen!«

Ich presste die Hand gegen die Tür, rief atemlos: »Bitte, warten Sie! Ich möchte zu Frau Schenk, Jutta Schenk aus der Spielzeugabteilung, sie erwartet mich! Sie lässt mich nachher wieder raus, keine Sorge.«

»Das geht nicht, Sie können hier nicht mehr rein!«

Die Verkäuferin drückte von innen gegen die Tür, doch ich hatte meinen Fuß in die Tür geschoben wie ein Staubsaugervertreter.

Die Frau wirkte jetzt fast verängstigt.

»Warten Sie am Ausgang auf sie«, rief sie. »Wir haben Vorschriften!« Um ihren Hals hing eine goldene Kette, an der eine Lesebrille baumelte. Sie sah müde aus von einem langen Tag auf den Beinen, Make-up hatte sich in den Falten am Mundwinkel gesammelt, der Konturenstift um ihre Lippen war nur noch stellenweise erkennbar. Kurz überlegte ich, ob ich mir mit Gewalt Zutritt verschaffen sollte. Sie war keine Gegnerin für mich, ich war zwanzig Jahre jünger und durchtrainiert. Aber ich wollte keine Rangelei mit einer Verkäuferin, ich wollte nur Jutta Schenk sprechen, solange ihr Mann noch von Siebert aufgehalten wurde.

»Bitte!«, sagte ich flehend. »Ich bin Juttas Tochter. Ich bin Kimberley!«

Damit hatte ich sie. Der Blick der Frau flackerte.

»Wirklich?«

Wahrscheinlich sah ich Kimberley nicht einmal im Entferntesten ähnlich. Aber ich verließ mich darauf, dass Miriam Rode recht gehabt hatte und Kimberley und ihre Eltern üblicherweise keinen Kontakt hatten.

»Es ist sehr wichtig«, sagte ich und drückte noch einmal

gegen die Glastür. Der Widerstand hatte nachgelassen. Ich schlüpfte durch die Lücke, bevor die Frau es sich anders überlegen konnte.

»Danke«, sagte ich. »Das werde ich Ihnen nie vergessen.«

Ich fühlte förmlich, wie die Frau hinter mir hersah, als ich durch die Unterwäscheabteilung Richtung Rolltreppe stürmte. Eine rothaarige Walküre mit einer Kelly Bag und handgenähten Loafers von Tod's.

Die Rolltreppe war bereits abgeschaltet, ich lief die Stufen nach oben, die sich in abgeschaltetem Zustand auf einmal viel höher anfühlten. Endlich erreichte ich den zweiten Stock.

An der Theke unterhielten sich zwei Frauen, deren Köpfe herumfuhren, als ich von der stillstehenden Rolltreppe sprang.

»Haben Sie sich verlaufen? Wir haben schon geschlossen«, sagte die eine.

»Nein. Ich möchte zu Frau Schenk. Es ist wichtig.«

»Zu mir?« Die andere Frau hielt sich die Hand auf die Brust. Jetzt erkannte ich sie. Jutta Schenk wirkte jetzt nicht mehr schlank, sondern fast mager. Das Haar trug sie nicht mehr ganz so voluminös wie in den Neunzigern. Nur die Augenbrauen waren, entgegen der heutigen Mode, immer noch dünne Striche. Als ich näher kam, wusste ich auch warum. Sie hatte die Brauen irgendwann einmal nachtätowieren lassen.

»Es geht ganz schnell, keine Sorge«, sagte ich.

»Was wollen Sie von mir?«

Ich trat an die Theke. »Ich bin Effie Boskamp.«

»Oh!«

»Können wir irgendwo in Ruhe reden?«

»Ich … Petra, was meinst du?«

Die Frau namens Petra nahm einen Schlüsselbund, reichte ihn Jutta Schenk und sagte: »Ich gehe schon. Aber denk dran, die Schlüssel in mein Fach zu werfen, wenn du abgeschlossen hast. Sonst bekomme ich morgen Ärger.« Sie musterte mich mitleidig. »Tut mir sehr leid, das mit Ihrer Tochter. Ich hoffe, sie wird bald gefunden.«

»Ja.«

»Entschuldigen Sie, ich muss nur eben ...« Jutta Schenk beendete den Satz nicht, sondern tippte rasch etwas in ihr Handy. Ich hörte das typische Geräusch einer Nachricht, die gerade abgeschickt worden war. Hoffentlich hatte sie jetzt nicht die Presse verständigt. Oder die Nachtwache. Oder, am allerschlimmsten, ihren Mann, der gerade von Siebert verhört werden sollte. Und hoffentlich blieb Jutta Schenks Handy stumm, und ihr Mann teilte ihr nicht mit, dass die Polizei gerade bei ihm aufgetaucht war.

»Tja«, sagte Jutta Schenk, als ihre Kollegin gegangen war. Sie wirkte verlegen. »Das ist ja wirklich eine tragische Geschichte mit Ihrer Tochter. Dass so etwas zweimal passiert!« Sie machte eine kurze Pause. »Wie kann ich Ihnen denn helfen?«

»Das weiß ich ehrlich gesagt nicht. Aber ich wollte unbedingt mit Ihnen reden, von Mutter zu Mutter.«

Ich lutschte an meinem Zeigefinger. Er schmerzte, seit ich die Leiter im Treppenhaus zur Seite geschoben hatte.

»Entschuldigen Sie, ich glaube, ich habe mir einen Splitter zugezogen. Können Sie die kurz halten?«

Ich gab Jutta Schenk meine Handtasche und versuchte, mit dem Fingernagel den Splitter nach draußen zu bewegen, aber das Licht war zu schummrig, ich konnte ihn nur fühlen, nicht sehen.

»Warten Sie.« Die Frau leuchtete mit der Taschenlampe ihres Handys auf meinen Finger. Ich bekam das Ding mit den Nägeln zu packen und zog ihn raus.

»Danke.«

Jutta Schenk drückte meine Handtasche an sich, strich mit der anderen Hand über die Oberfläche.

»Ich habe ein paar Jahre in der Handtaschenabteilung gearbeitet«, sagte sie. »Aber ich hatte noch nie eine echte Kelly Bag in der Hand. Epsom-Leder, nicht wahr? Gute Wahl. Die kann man auch im Regen tragen. Die Glattleder sind viel zu empfindlich, die muss man eigentlich immer im Staubsack aufbewahren.«

»Stimmt. Ich wollte unbedingt einen Allrounder. Glauben Sie es oder nicht, ich wechsle nicht gerne die Handtasche. Da vergesse ich immer die Hälfte.«

»Dafür gibt es Innenbeutel. Die kann man einfach mit der Tasche tauschen.«

»Ich weiß. Aber mir ist das lästig.«

»Kelly Bags führen wir hier natürlich nicht. Die muss man bei Hermès vorbestellen. Die Wartezeit kann Jahre betragen. Wissen Sie, wie lange ich für eine solche Tasche arbeiten müsste? Über ein Jahr. Und dann könnte ich nicht mal mehr essen oder die Miete bezahlen.«

Verlegen schaute ich auf den Boden. Ich überlegte, ob es sich bei der Aussage um einen versteckten Vorwurf oder einfach eine Tatsache handelte. Ein Vorwurf für das Kaufen einer teuren Handtasche würde Jutta Schenk zumindest die Aura einer Kritikerin des Kapitalismus verleihen. Ob sie wohl Karl Marx gelesen hatte?

»Wie man so sagt, Konsum ist Opium für das Volk«, zitierte ich Marx absichtlich falsch.

Sie sah mich an, aber ich konnte mich nicht entscheiden, ob der Blick Wachsamkeit oder Ahnungslosigkeit spiegelte.

»Hieß das nicht so?«, hakte ich nach, aber ich wusste, dass ich den Moment verpasst hatte.

»Hab ich noch nie gehört«, behauptete sie. Wieder strich Jutta Schenk über das Leder. »Aber wenn man sich diese Tasche so anschaut, sie wäre es fast wert, so lange dafür zu schuften, nicht wahr?«

Also war sie keine Kritikerin des schnöden Mammons, eher im Gegenteil. Keine vernünftige Person würde für eine Handtasche einen Jahreslohn ausgeben. Nur Menschen, die unbedingt als etwas gesehen werden wollten, das sie nicht waren.

»Sie können die Tasche haben, Frau Schenk. Wenn Sie mich unterstützen.«

»Ich?« Jetzt schaute sie überrascht. »Wirklich?«

»Sie waren die letzte Zeugin, die meine Schwester gesehen

hat. Können Sie sich an irgendetwas erinnern, was mir weiterhelfen könnte?«

»Ach du lieber Himmel. Nach fünfundzwanzig Jahren? Da wird das Gedächtnis nicht besser. Aber ich habe mehrfach bei der Polizei ausgesagt, die Protokolle könnte ich vielleicht anfordern.«

Ich nahm die Handtasche wieder an mich. Nicht, dass sie auf die Idee kam, dass das schon ausreichen könnte.

»Ihre Aussagen habe ich bereits gelesen. Da konnte ich leider nichts finden, was mir von Nutzen war. Ich dachte eher an etwas, was sie vielleicht bis heute niemandem erzählt haben. Etwas, von dem Sie vielleicht nicht wollten, dass es jemand erfährt?«

»Was soll denn das gewesen sein?«

»Wenn ich das wüsste, müsste ich Sie ja nicht fragen.«

Jutta Schenk schielte wieder auf die Tasche.

»Sehen Sie«, sagte ich. »Meine Schwester ist verschwunden und nun auch meine Tochter. Ich glaube nicht an Zufälle. Das gibt es einfach nicht, dass zwei Kinder aus einer Familie von unterschiedlichen Entführern gekidnappt werden. So etwas habe ich noch nie gehört. Da gibt es einen Zusammenhang. Und den muss ich unbedingt herausfinden. Ich bin sicher, wenn ich weiß, was mit meiner Schwester geschehen ist, finde ich auch meine Tochter wieder.«

»Ich verstehe. Aber ich habe keine Ahnung, wie ich Ihnen da weiterhelfen kann. Ich kenne Ihre Tochter ja gar nicht. Und Ihre Schwester habe ich auch nur ein einziges Mal gesehen, und da habe ich ehrlich gesagt nicht einmal auf sie geachtet. An ihre Mutter dagegen erinnere ich mich gut. Sie hatte nämlich diese wunderschöne Kette an, die ist mir sofort aufgefallen. Mit einem Herz aus Diamanten. Man hat es am Glanz gesehen, dass das echte Diamanten waren. Wahrscheinlich Weißgold, für Silber waren die Steine zu wertvoll.«

Jutta Schenk hatte einen Blick für teure Dinge.

In dem Moment schaltete sich das große Hauptlicht aus und die Nachtbeleuchtung ein. Die Lichtquelle über dem The kenbereich erlosch und tauchte unsere Gesichter in eine Welt voller Schatten.

Die unerwartete Schützenhilfe, dass Jutta Schenk meinen Gesichtsausdruck nicht mehr so gut erkennen konnte, gab mir den Mut zu fragen: »Kann es sein, dass Ihr Mann Sie manchmal hier im Kaufhaus besucht?«

»Karlo?« Sie klang eher erstaunt als empört.

»Konkreter gefragt: Hat er Sie vielleicht an dem Tag besuchen wollen, als Mila verschwand?«, fragte ich rasch, bevor die Courage mich wieder verließ.

»Karlo?«, wiederholte sie. »Denken Sie etwa, dass er Ihre Schwester ...?« Auf einmal schienen ihre Gedanken zu rasen.

Ich griff nach ihrem Unterarm. »Ich weiß, dass es keine Entschuldigung für meine Frage gibt. Vielleicht ist es sogar unerhört, dass ich das anspreche. Ich würde nie ... niemals würde ich Sie in eine solche Verlegenheit bringen, wenn ich nicht wüsste, dass Sie selber Mutter sind und verstehen können, dass ich alles tun muss, was in meiner Macht steht. Alles, damit ich meine Tochter wiederbekomme. Sie denken natürlich, Sie kennen Ihren Mann am besten. Sie trauen ihm so etwas nicht zu. Natürlich nicht! Aber manchmal gibt es Seiten an Menschen, die wir lieben, die sie vor uns verbergen, gut verbergen. So gut, dass wir nichts von diesen Seiten ahnen. Nicht weil wir zu dumm sind, sie zu sehen, sondern weil sie zu gut darin sind, sie zu verstecken. Verstehen Sie? Und deshalb wüsste ich gerne, ob Ihr Mann Sie hier manchmal besucht hat. Vielleicht heimlich, während seiner Arbeitszeit? Könnte er im Lastenaufzug gewesen sein, als Mila davor stand?«

Jutta Schenk zog hörbar die Luft ein.

»Es wäre nicht Ihre Schuld, unter keinen Umständen«, redete ich unaufhörlich weiter, voller Angst, dass sie empört das Gespräch abbrechen könnte. »Und ich wäre Ihnen für immer dankbar, wenn Sie darüber nachdenken könnten, nur nachdenken, ob diese Möglichkeit eventuell bestehen *könnte*.«

Ein Geräusch aus der hinteren Ecke der Abteilung ließ uns beide herumfahren.

Fump. Plock. Fump. Plock.

»Was ist das?«, fragte ich.

Jutta Schenk warf mir einen nervösen Blick zu.

»Ich kann jetzt nicht sprechen«, flüsterte sie auf einmal. »Rufen Sie mich morgen in meiner Mittagspause an.« Sie kritzelte ihre Nummer auf einen alten Kassenzettel und drückte ihn mir in die Hand.

Fump. Plock.

Ich sah mich um, aber hinter mir war nur das gähnend leere Kaufhaus. Die Nachtbeleuchtung beschränkte die weitere Sicht.

»Warum können Sie jetzt nicht sprechen?«, flüsterte ich zurück.

Sie machte eine Bewegung mit dem Kopf in Richtung der Geräuschquelle.

»Ist da jemand?«, flüsterte ich noch leiser.

Sie nickte kaum merklich. »Gehen Sie jetzt. Bevor er Sie sieht.«

»Wer soll mich denn sehen?«

»Ich glaube, mein Mann ist hier. Er holt mich von der Arbeit ab«, flüsterte sie. Sofort schlug mein Herz schneller. Ich war gar nicht auf die Idee gekommen, dass Siebert Karlo Schenk nicht antreffen könnte.

Jutta Schenk ging hinter die Theke, zog eine Schublade auf und holte eine Plastikkarte heraus.

»Hier. Es ist eine Generalkarte. Sie öffnet auch die Schranke im Parkhaus. Sie müssten Sie mir morgen wieder zurückbringen, ich darf sie Ihnen eigentlich nicht einfach geben. Damit kann man nämlich auch in den Personalbereich.«

Sie schubste mich mit ängstlichem Gesichtsausdruck Richtung Rolltreppe.

»Und die Tür zum Parkhaus? Dafür braucht man einen Schlüssel.«

»Meine Kollegin aus der Unterwäscheabteilung hat mir eine Nachricht geschickt, sie lässt sie offen, damit meine Tochter wieder nach Hause kann. Ich nehme an, das sind Sie gewesen.«

Fump. Plock.

Ich schaute verlegen auf den Boden. »Das mit Ihrer Tochter war eine Notlüge. Entschuldigen Sie.«

»Gehen Sie jetzt. Und sagen Sie niemandem, dass ich mit Ihnen rede, hören Sie? Niemandem! Das ist sehr wichtig. Rufen Sie mich morgen an. Um zwölf Uhr kann ich Pause machen.«

»Okay. Und vielen Dank. Ich bin Ihnen so dankbar!«

Mit vor Aufregung weichen Knien sprang ich die geriffelten Stufen hinunter und war kurz darauf ein Stockwerk tiefer in der Unterwäscheabteilung angelangt.

Im dämmrigen Nachtlicht konnte man die dunklen Umrisse der Schaufensterpuppen kaum von echten Menschen unterscheiden. Alles schien damit zugepflastert zu sein. Überall standen unbewegliche bleiche Gestalten, nur in BH und Höschen gekleidet. Ein Gruselkabinett voller halb nackter, lebloser Frauen. Inzwischen ging ich auf Zehenspitzen, um mein Gehör nicht mit meinen eigenen Schritten abzulenken. Wieder hörte ich das Geräusch von eben, doch inzwischen etwas gedämpfter. *Fump. Plock. Fump. Plock.*

Es war mir seltsam vertraut, aber ich konnte es nicht zuordnen.

Ich trat durch die Glastür in die Überführung. Auch dort brannte nur noch ein Notlicht. Ich umklammerte meinen Autoschlüssel mit der einen und die Generalschlüsselkarte mit der anderen Hand. Mehrmals sah ich mich in dem langen Gang um. Ich hatte immer noch das Gefühl, dass mir jemand folgte, aber wohin ich auch blickte, da war niemand.

Ich nahm wieder das Treppenhaus, der Fahrstuhl wäre mir wie eine Falle vorgekommen. Während ich versuchte, möglichst leise die Steinstufen hinunterzulaufen, um nicht die Aufmerksamkeit von jemandem zu erregen, der vielleicht doch noch hier herumlief, merkte ich, dass mir vor Angst der Schweiß herunterlief.

Das schmuddelige Treppenhaus trug nicht zu meiner Beruhigung bei.

Ich öffnete die schwere Stahltür Richtung Parkhaus, sprintete von dort zu meinem Range Rover, sprang hinein und verriegelte sofort alle Türen.

Erst jetzt beruhigte ich mich etwas. Mein Herz schlug mir bis zum Hals.

Als ich die Parkkarte in den Automaten vor der Schranke hielt, zitterte ich noch so sehr, dass sie mir aus der Hand fiel. Beinahe panisch öffnete ich die Tür, hob die Karte auf, steckte sie ein und schlug die Tür wieder zu. Endlich öffnete sich die Schranke. Sobald ich draußen war, fragte ich mich, warum mir das Kaufhaus solche Angst eingejagt hatte. Wahrscheinlich, weil es dort kaum Tageslicht gab. Als Fabrikantentochter betrachtete ich fehlende Fenster in Kaufhäusern üblicherweise geschäftlich. Fenster waren nicht nur im Einbau teuer, sie verbauten vor allem wertvolle Regal- und Ausstellungsfläche. Zudem bleichten bestimmte Artikel im Sonnenlicht aus. Deshalb geizten viele Kaufhäuser mit dem Einbau von Fenstern.

Doch kaum war ich draußen in einer Welt voller Fluchtmöglichkeiten, beruhigte ich mich wieder.

Auf der Autobahn Richtung Meerbusch fiel mir ein, wie sich das geheimnisvolle *Fump. Plock* angehört hatte.

Als wenn jemand mit einem 5er-Eisen einen Golfball in ein Netz geschlagen hätte.

Offenbar hatte Karlo Schenk im Simulator der Sportabteilung eine Runde Golf gespielt.

9

Der dunkelblaue Panamera von Peer van Aken stand in der Einfahrt, als ich zurückkehrte.

Am Kamin saß sein Vater in Großvaters altem Sessel, meine Eltern saßen ihm gegenüber, während Peer gerade die goldfarbenen Vorhänge vor die Sprossenfenster zog. Es dämmerte zwar, aber es schien immer noch Licht herein. Staubflocken wirbelten durch die Luft. Wann war eigentlich der Putztrupp das letzte Mal hier gewesen? Seit meine Großmutter sich nicht mehr darum kümmerte, funktionierte hier alles nicht mehr so richtig.

Ein Beamer stand auf dem antiken Kartentisch.

»Komm rein, Effie«, sagte meine Mutter. »Peer hat uns ein Video mitgebracht. Das ist für dich bestimmt auch interessant. Armin hat eine Personenüberprüfung durchführen lassen. Von dieser schrecklichen Journalistin, Mareike Kottula. Die so unverschämten Fragen gestellt hat, die sich anhörten, als wäre ich selbst schuld am Verschwinden meiner Tochter.«

»Ich erinnere mich«, sagte ich.

»In der Printpresse ist sie eine Persona non grata«, kam Armin van Akens Stimme aus dem Sessel. Er stützte beide Hände auf seinen Spazierstock und schaute grimmig. »Keine Zeitung kauft noch ihre Artikel. Keine! Sie neigt zu Verschwörungstheorien. Ihrer Meinung stecken hinter allen Schlechtigkeiten dieser Erde immer böse Konzerne oder machtgierige Politiker.«

Peer nickte. Es war erstaunlich, wie ähnlich er seinem Vater sah. Armin hatte sich einfach kopiert. Peer war Armins ganzer Stolz. Armin, der selbst für seine beinahe achtzig Jahre ziemlich konservativ war, hatten sich eine ganze Fußballmannschaft Kinder gewünscht, die den Namen van Aken weitertragen würden, aber es hatte nicht sein sollen, so hatte Oma mir mal erzählt und dabei ganz geheimnisvoll getan. Wie zum Trost war Peer immerhin ein Abbild seines Vaters.

Beide waren helle Typen mit fein geschnittenen Gesichtszügen und blauen Augen. Für Peer dürfte es als Kind bereits klar gewesen sein, wie er als Erwachsener aussehen würde. Der einzige Unterschied war das markante Horngestell von Peers Brille, während Armin ein randloses Modell trug, das man in seinem Gesicht kaum wahrnahm.

»Auch wenn sie kein gutes Standing bei den Printmedien hat, ist die Kottula trotzdem nicht zu unterschätzen«, sagte Peer. »Im Internet hat sie sich eine recht große Anzahl von Followern erarbeitet.« Er wandte sich an seinen Vater: »Stammleserschaft sozusagen. Abonnenten.«

»Danke. Aber ich bin in diesen Angelegenheiten nicht ganz unerfahren«, sagte Armin lächelnd.

»Ich bitte um Verzeihung, so war das nicht gemeint. Jedenfalls genießt die Dame in diesen Kreisen eine gewisse Aufmerksamkeit. Obacht, Effie: Sie hat ein Video auf diversen Social-Media-Kanälen hochgeladen: Überschrift: *Das Boskamp-Imperium*. Von der Hochhaussiedlung ins Vorzimmer des europäischen Adels«

»Darf sie das einfach?«, fragte ich. »Was ist mit dem Recht auf das eigene Bild?«

»Das gilt nur eingeschränkt für Personen des öffentlichen Lebens, und unsere Familien stehen nun einmal im Fokus der Öffentlichkeit.« Peer hob bedauernd die Schultern.

Ich war ausnahmsweise froh, dass meine Großmutter nicht mehr so viel mitbekam. Wie wichtig gerade ihr es gewesen war, dass sie zur Gesellschaft dazugehörte, wussten alle hier. Während ihr Mann stolz auf den Aufstieg gewesen war, hätte sie ihre einfache Herkunft am liebsten vor jedem verborgen.

»Deshalb werden wir zumindest unser Augenmerk auf Unkorrektheiten in der Berichterstattung legen«, meinte Armin.

»Und dann klagen wir ihr den letzten Cent aus der Tasche.

Sie wird schon sehen, was sie davon hat, sich mit uns anzulegen«, sagte mein Vater und startete den Film.

Mareike Kottulas Gesicht erschien an unserer Wand. Sie hatte ihr Haar zu einem dicken Zopf gebunden, auf ihrer Nase trug sie eine goldfarbene Brille, die sie bei der Pressekonferenz nicht angehabt hatte. Sie stand auf einem Parkplatz, der mit rot-weiß gestreiften Absperrpfosten von einem Fußweg getrennt war. Im Hintergrund reihten sich ein paar trostlose Plattenbauten aneinander.

Kottula sprach in ein überdimensioniertes Mikrofon, als wenn sie die Bedeutungslosigkeit ihres Mediums damit kompensieren wollte.

»*Die Geschichte aller bisherigen Gesellschaft ist die Geschichte von Klassenkämpfen, sagte einst ein deutscher Denker*«, begann Mareike Kottula. »*Manchmal allerdings arbeiten die Klassen auch zusammen. Wie in diesem Fall.*«

Sie zeigte mit ausgestrecktem Arm hinter sich.

»*Hier, in dieser Siedlung am südöstlichen Zipfel des Stadtgebietes Erkrath, kurz vor den Toren Düsseldorfs, nahm der erstaunliche Aufstieg der Familie Boskamp seinen Anfang.*«

Die Kamera schwenkte über die Häuserfront, zeigte graue Betonblöcke im Stil der Sechzigerjahre.

»*In dieser Straße hinter mir, genauer gesagt in der Nummer neunundvierzig im fünften Stock der rechten Wohneinheit, wohnten einst der kürzlich verstorbene Multimillionär Ewald Boskamp und seine Frau Harriet.*«

Ein roter Pfeil zeigte auf ein Fenster in einem Hochhaus im Hintergrund.

»*Das jung verheiratete Paar zog hier Anfang der Sechzigerjahre ein, als in diesem Erkrather Stadtteil unter der Bezeichnung ›Neues Hochdahl‹ diverse Hochhäuser aus dem Boden gestampft wurden. Es war als Entlastungsstadt für das nahe gelegene Düsseldorf geplant und sollte damals bescheidenen Wohlstand vor allem für Familien bieten. Auch Ewald und Harriet ließen mit der Familienplanung nicht lange auf sich warten. Schon 1963 kam ihre einzige Tochter Konstanze auf die Welt. Ewald Boskamp versuchte einige*

Zeit mehr schlecht als recht, die junge Familie zu ernähren. Er schlug sich mit diversen Gelegenheitsjobs durch, bis das besondere Nähtalent seiner Frau ihn auf eine Idee brachte.

Hier – eigentlich aus der Not geboren – nähte Harriet Boskamp das erste Stofftier für ihre Tochter Konstanze.«

Ein Foto der kleinen Familie wurde eingeblendet. Omas Haar war am Hinterkopf hochtoupiert, sie trug einen schmalen, wadenlangen Rock und ein eng anliegendes, ärmelloses Oberteil mit Stehkragen. Sie sah um Längen modischer aus als Opa Ewald, der einen schlecht sitzenden Anzug samt viel zu breiter Krawatte für das Foto angezogen hatte. Zwischen den beiden saß meine Mutter, ein blondes Mädchen mit schief geschnittenem Pony und großen blauen Augen, im Arm den Prototyp des späteren Erfolges: Hoppel, der Stoffhase mit den extralangen Ohren und dem aufgestickten Herzen.

»An das Foto erinnere ich mich«, erklärte meine Mutter und klang mit einem Mal aufgeregt. »Das ist aus Omas privatem Album. Wo hat die Kottula das her?«

»Gute Frage«, befand Peer.

»Ich erinnere mich genau an den Abend", sagte meine Mutter. „Mama hat sich die Sachen damals selbst genäht. Sie wollten ausgehen. Mein Vater hatte sich den Anzug vom Nachbarn geliehen, deswegen sitzt er nicht richtig. Der Nachbar hat mir immer Fläschchen mit Liebesperlen geschenkt.«

»Was ist das denn?«, fragte ich.

»Das waren so kleine, durchsichtige Babyfläschchen, gefüllt mit ganz kleinen Zuckerperlen. An denen konnte man sich ganz schön verschlucken. Eigentlich schmeckten sie nach nichts, bloß süß. Aber damals waren sie der absolute Renner. Alle Kinder wollten diese Fläschchen haben.«

Mareike Kottula fuhr unterdessen fort: *»Im Laufe der Zeit siedelten sich in der Gegend nicht nur kriminelle Gruppen an, sondern auch die Verwahrlosung von sogenannten Schlüsselkindern nahm mehr und mehr zu, deren Eltern arbeiten mussten und die Kinder sich selbst überließen. Es kam nach einigen unerfreulichen Zwischenfällen schließlich zu einem Brand mit mehreren Toten, dar-*

unter eine Mutter und ihre neunjährige Tochter. Als Brandstifter wurde der siebenjährige Bruder ermittelt. Das Problem der Schlüsselkinder rückte in den Fokus der Öffentlichkeit.

Marlies van Aken gründete daraufhin zwischen den Plattenbauten das Projekt ‚Hope for Children‘, das vor allem mit Bildungsangeboten wie etwa Nachhilfeunterricht, Nachmittagsbetreuung und kostenlosen Ferienfreizeiten punktete.

Dort kam es zu einer Begegnung der Boskamps mit den van Akens, in dessen Verlauf eine ungewöhnliche Freundschaft entstand.

Gerüchte, dass Armin van Aken an der schönen Hoppel-Erfinderin Harriet Boskamp etwas zu interessiert gewesen war, hielten sich in gewissen Kreisen hartnäckig. Erst recht, als Armin van Akens Frau Marlies dauerhaft nach Mallorca übersiedelte.«

»Genau. Gerüchte. Mehr waren es nicht. Marlies verträgt das Klima hier nicht.« Armin van Akens Stimme blieb ruhig, aber sein Fuß begann, rhythmisch auf und ab zu wippen. »Ich finde es äußerst bedauerlich, wie diese Boulevardblatt-Journalistin Harriet in einer Weise darstellt, die ihrer Reputation schadet. Zumal Harriet nicht mehr wehrhaft ist.«

»*Nur wenige Jahre später*«, berichtete Mareike Kottula, „*lebt die Familie Boskamp in Saus und Braus. 1974 erwerben sie in unmittelbarer Nachbarschaft des Jagdschlosses der van Akens das denkmalgeschützte Kutscherhaus von der Stadt Meerbusch zu einem Spottpreis und setzen es wieder instand.*«

Eine Luftaufnahme unserer Villa wurde gezeigt. Wahrscheinlich hatte eine Drohne die Aufnahme gemacht, sie kreiste über dem Park, als sei dies das Zuhause von Soap-Opera-Stars. Von oben wirkte die Villa mit den beiden Seitenflügeln beinahe wie ein eigenes kleines Schloss, auch wenn das alte Jagdschloss der van Akens im direkten Vergleich um einiges größer war.

»*Hoppel ist mittlerweile längst in Serie gegangen und gehörte jahrelang zu den meistverkauften Stofftieren Deutschlands. Das Konzept des Hasen mit den extra langen Ohren und dem aufgestickten Herzen war eine einzige Erfolgsgeschichte.*«

Das Besondere an Hoppel war vor allem die Idee meines

Großvaters gewesen, die Herzen in unterschiedlichen Farben sticken zu lassen. Der Clou war, dass man sich die Farbe beim Kauf nicht aussuchen konnte. Auf dem Karton war Hoppel mit einem Fragezeichen auf der Brust zu sehen. Die Farbe des Herzens war also immer eine Überraschung. Mitgeliefert wurde eine Liste von Charaktereigenschaften, die der Besitzer des Hasen angeblich hatte, je nach Herzfarbe. Ähnlich wie bei Horoskopen, wo eine zufällige Sternenkonstellation bei der Geburt ebenfalls mit der Persönlichkeit gekoppelt wurde. Alle Kinder wollten wissen, welche Wesenszüge ihnen zugelost wurden. Selbst für Zweit- oder Dritthasen hatte man eine Erklärung gefunden. Der erste Hase symbolisierte den Haupttypus des Kindes, alle weiteren Farben waren quasi Aszendenten.

»*Mit Persönlichkeitspsychologie mittels eines Stofftieres hatten die Boskamps offenbar einen Nerv getroffen*«, sagte Mareike Kottula.

Die Drohne drehte sich tiefer und tiefer über unser Haus. Ich erkannte den Range Rover vor meiner Treppe, den Spielplatz, die Schaukel, auf der Lulu so gerne geschaukelt hatte. Ich starrte konzentriert auf den Bildschirm. Wann waren diese Aufnahmen gemacht worden? War Lulu zufällig im Park gefilmt worden? Hatte der Entführer uns hier mit einer Drohne bespitzelt? Oder den Kindergarten?

»*Aber steckte wirklich nur ein Stoffhase, geliefert mit ein paar Eigenschaftswörtern, hinter diesem unfassbaren Erfolg?*«, fragte Mareike Kottula. »*Oder nicht vielleicht dieser Mann?*«

Ein Bild von Armin van Aken flimmerte durch unseren Salon.

»*Der Medienmogul Armin van Aken und seine Frau Marlies, die beide aus europäischen Adelshäusern stammen, auf der einen Seite, und die Boskamps aus einem gescheiterten Sozialbauprojekt auf der anderen, wirken zu unterschiedlich, um eine Freundschaft wahrscheinlich zu machen. Und doch sind die Boskamps mittlerweile seit Jahren Mitglieder des altehrwürdigen Clubs ›Nobilitas Obli-*

gatur‹, dessen Mitgliedschaft man üblicherweise nur über seine Blutlinie erben kann.«

»Nicht zutreffend«, sagte Peer und machte sich eine Notiz. »Eine solche Regel existiert nicht in unserer Satzung.«

Armin drehte ungerührt seinen Spazierstock in der Hand.

»So munkelt man zumindest«, fuhr Kottula fort. *»Aber wenn Armin van Aken ein Mitglied empfiehlt, dann werden Ausnahmen gemacht. Man hat einige Ausnahmen gemacht bei Ewald Boskamp. Denn üblicherweise ist der kleine, erlesene Klub nicht für Neureiche gedacht.«*

Peer sah entschuldigend zu mir herüber. Wir waren kein altes Geld, und das wurde im Club tatsächlich nicht so gerne gesehen.

»Weiß jemand, wo das Kind steckt?« Eine Stimme vor der Salontür ließ uns alle herumfahren. »Es ist wie vom Erdboden verschluckt. Das kann doch nicht sein, dass ein Kind einfach so verschwindet.«

Dort stand Oma, die Hände in die Seite gestemmt, mittlerweile mit einem kurzen Rüschennachthemd bekleidet, aber immer noch die Federboa um den Hals geschlungen. An ihren Füßen trug sie die braunen Lederslipper von Opa, die ihr viel zu groß waren.

»Armin«, sagte Oma und ihre Gesichtszüge entspannten sich. »Ich freu mich so, dass du uns mal wieder besuchst. Wo hast du so lange gesteckt?«

Sie schlappte mit ausgebreiteten Armen auf Peer zu, der sich widerstandslos in den Arm nehmen ließ. Er war es gewohnt, von ihr mit seinem Vater verwechselt zu werden. Gleichzeitig stoppte er mit der Fernbedienung über Omas Schulter hinweg das Video, auf dem immer noch das alte Familienfoto zu sehen war.

Oma tätschelte meiner Mutter den Arm. »Es ist gut, wir brauchen dich nicht mehr, Konnie. Wo ist das Kind überhaupt?« Oma sah sich um. Sie hatte schon wieder vergessen, dass sie die Frage bereits gestellt hatte, und setzte sich mit übereinandergeschlagenen Beinen auf das Sofa, wobei ihr

Nachthemd gefährlich weit nach oben rutschte. Ängstlich starrte ich auf die mageren Oberschenkel. Ich fürchtete, dass sie keine Unterwäsche trug.

»Sag ihr, sie soll zu mir kommen. Ich kämme ihr die Haare.«

Ich setzte mich neben Oma und versuchte unauffällig, ihr das Nachthemd herunterzuziehen.

»Na, Armin, wo ist denn die gute Marlies?«, gurrte Oma und spielte sich in ihren Haaren herum, als sei sie ein verliebter Teenager. Dabei schaute sie Peer auf eine Art in die Augen, die mich rot anlaufen ließ.

Zum ersten Mal kam mir der Gedanke, dass vielleicht in Wirklichkeit Oma früher an Armin interessiert gewesen war und nicht umgekehrt. Andererseits hatte ihr Arzt uns erklärt, dass übersexuelles Verhalten bei Demenzkranken keine Seltenheit sei, weil die Krankheit alle Hemmungen aus dem Gehirn spüle.

»Marlies ist auf Mallorca«, sagte Peer und ignorierte Omas unangebrachtes Benehmen.

»Na los,«, sagte sie wieder. »Hol das Kind hoch, Konstanze. Beeil dich.«

Meine Mutter rührte sich nicht.

Meinte sie Lulu oder Mila? Oder mich?

»Harriet«, mischte sich Armin jetzt ein. »Ich denke, du solltest dich ein wenig ausruhen. Wir haben hier alles im Griff.«

»Wer ist denn dieser alte Mann?«, fragte Oma und stieß mich kichernd in die Seite.

»Komm, wir bringen dich zurück ins Bett«, sagte Peer, zu dem Oma offensichtlich noch am meisten Vertrauen zu haben schien.

»Wenn du mich begleitest … Ich kann dir doch keinen Wunsch abschlagen, mein Lieber.« Sie reichte ihm neckisch die Hand, erhob sich vom Sofa und ließ sich von Peer hinausbegleiten. In der Tür drehte sie sich noch einmal um.

»Hol das Kind hoch, Konstanze. Beeil dich. Sie friert.«

Meine Mutter blickte peinlich berührt Richtung der van

Akens. Auch wenn Armin und Peer alte Freunde waren, war ihr das alles sicher noch viel unangenehmer als mir.

»Vielleicht sollten wir doch mal über ein Heim nachdenken«, sagte mein Vater, als Peer und Oma verschwunden waren.

»Nein. Ein Heim ist ausgeschlossen«, antwortete ich. »Wir sind eine Familie.«

»Du brauchst dich deswegen nicht schlecht zu fühlen. Wenn die Demenz so weiter voranschreitet, merkt sie das gar nicht mehr. Aber dann können wir wieder ein einigermaßen normales Leben führen«, sagte er.

»Nein. Sie hat sich um uns gekümmert, jetzt kümmern wir uns um sie.«

»Zumindest, solange sie noch ihre klaren Momente hat«, beendete meine Mutter die Diskussion.

Als Peer zurückkehrte, erwähnte er den gesamten Vorfall mit keinem Wort, wofür ich dankbar war.

»Wollen wir weitermachen?«, fragte er und schaltete den Beamer erneut ein.

»*Unklar bleibt jedoch*«, sagte die Journalistin, »*wo die Gelder herkamen, die den Erfolg des Hasen überhaupt erst möglich machten. Schließlich musste eine Fabrik gebaut, Stoffe mussten eingekauft und Näherinnen eingestellt werden.*«

»Das ist eine unzutreffende Behauptung«, sagte Armin. »Es besteht keinerlei Unklarheit in dieser Angelegenheit. Es handelte sich um einen gewöhnlichen Gründungskredit von einer Bank, wie es in der Tat üblich ist. Ich hatte das Vergnügen, Ewald bei den Verhandlungen zu beraten. Unsere Bekanntschaft entstand bei einer Wohltätigkeitsveranstaltung, bei der Ewald mir erstmals den Hasen präsentierte und mich mit seiner Begeisterung ansteckte. Die Äußerungen von Frau Kottula zeugen lediglich von ihren eigenen Vorurteilen. Warum sollte ein van Aken nicht mit jemandem aus einem weniger privilegierten Umfeld befreundet sein? Dies ist keineswegs per se verdächtig.«

»*Die Wohnung des ersten Hasen Hoppel ist bis heute im Besitz der Boskamps. Ganz getrennt haben sich die Boskamps also wohl trotz der einflussreichen Freunde nie ganz von ihrer einfachen Herkunft*«, sagte Mareike Kottula.

»Das wusste ich gar nicht«, sagte ich. »Dass wir da noch eine Wohnung haben! Wohnt da jemand drin?«

Mama zuckte mit den Schultern. »Ich wusste es auch nicht. Das war wahrscheinlich Opas Idee, er ist immer so sentimental gewesen bei so was«, sagte sie. »Ich werde das mal überprüfen. Wenn die Wohnung vermietet ist, muss ja irgendwo Geld eingehen.«

»Selbst wenn, die Miete in der Gegend kann ja nicht viel abwerfen«, sagte mein Vater. »Die Wohnung sollten wir schnell abstoßen.«

Mareike Kottula redete derweil weiter. »*Das Projekt ›Hope for Children‹ wechselte nach dem rauschenden Erfolg des Hasen Hoppel den Vorsitz und obliegt heute der Leitung der Boskamp-Familie. Aber ist es wirklich eine soziale Ader, die die Boskamps zu diesen Projekten treibt, oder handelt es sich bloß um geschickte Propaganda?*«

Wieder machte die Kamera einen Schwenk über die trübe Hochhausfront, bevor daneben die Drohnenaufnahme der Villa erschien. Der Kontrast der in die Jahre gekommenen Betonklötze und der von alten Bäumen umgebenen Villa, in der wir uns gerade befanden, war ziemlich groß.

»*Denn die Unterstützung von unterprivilegierten Kindern in genau der Gegend, aus der die Boskamps geflohen waren, so schnell ihre Beine sie trugen, sollte möglicherweise vor allem für Sympathien bei den neuen Freunden und der Öffentlichkeit sorgen.*«

Mareike Kottula spuckte wieder uralte Vorurteile aus. Menschen mit Geld waren böse, Menschen ohne Geld gut. Beide Schichten zusammen konnten nur eine Konspiration bedeuten. Auch Jonas hatte keinerlei Vermögen gehabt, als wir uns an der Uni ineinander verliebten. Aber es war nicht das Geld gewesen, das uns getrennt hatte. Jonas hatte meine Familie bekämpft. Mein Vater war ebenfalls mittellos gewesen, aber er hatte sich im Gegensatz zu Jonas der Familie untergeordnet, sogar den Nachnamen seiner Frau angenommen, damit alles weiter unter dem Namen Boskamp laufen konnte. Die jahrzehntelange Ehe meiner Eltern war der beste Beweis dafür, dass es auf die innere Einstellung und nicht auf den Geldbeutel ankam.

Mareike Kottula dozierte unterdessen weiter. »*Nach dem tragischen Verschwinden von Ewald Boskamps Enkelin vor fünfundzwanzig Jahren gründeten Milas Eltern später einen weiteren Verein namens ›Missing Laughter‹, kurz MiLa, der heute unter der Leitung der Tochter Effie steht. Ihre ein Jahr ältere Schwester, die fünfjährige Mila Boskamp verschwand unter nie geklärten Umständen. Auch hier gab es Gerüchte, dass bei der Entführung nicht von allen Seiten mit offenen Karten gespielt wurde. Während der Ermittlungen verließ deshalb sogar ein hochrangiger Beamter den Dienst, nach eigener Aussage, weil er in seinen Untersuchungen eingeschränkt wurde.*«

»Wer war das?«, fragte ich. »Welchen Beamten meint sie? In was für Richtungen hat er denn ermittelt?«

»Das ist das Problem, wenn man die Wahrheit einfach verdreht«, sagte Vater. »Es hat tatsächlich ein Ermittler den Fall freiwillig abgegeben, aber nur, weil bekannt wurde, dass er grobe Fehler gemacht hatte.«

Armin sah meine Mutter an. »Wie war noch der Name, Konstanze?«

»Keine Ahnung«, sagte meine Mutter.

»Waldemar Forck?«, fragte ich.

Meine Mutter seufzte. »Kann sein. Jedenfalls hat er in unseren privaten Angelegenheiten geschnüffelt, aber zum Beispiel keinem einzigen Sexualstraftäter in der Umgebung einen Besuch abgestattet. Dafür war er bei unserer Bank und hat sich nach unseren finanziellen Verhältnissen erkundigt. Er wollte sogar die Villa durchsuchen, als ob er glaubte, dass wir uns die Geschichte nur ausgedacht hätten. Es war alles sehr merkwürdig. Auch wenn wir natürlich erst mal alles gemacht haben, was er vorgeschlagen hat. Wir hielten ihn ja für den Experten. Nach einer Beschwerde über seine Ermittlungsmethoden hat er den Fall schließlich abgegeben. Später ist er ganz aus dem Polizeidienst ausgeschieden, soweit ich weiß. Keine Ahnung, was ihn dazu getrieben hat.«

»Sozialneid ist eine äußerst hässliche Sache«, sagte Armin ruhig. »Aber leider nicht auszurotten. Wie man hier bemerken kann.«

Peer öffnete die Vorhänge wieder. Draußen war es inzwischen dunkel geworden.

»Mir ist auch noch ein Versäumnis seitens der Polizei aufgefallen«, sagte ich. »Ich habe eine Verbindung gefunden. Auf die andere Straßenseite.«

Alle sahen mich irritiert an.

»Ich meine, in Milas Fall.« Meine Gedanken schweiften ab. *Sozialneid*, hatte Armin gesagt. Auf einmal fiel mir auf, mit welchem Satz Mareike Kottula das Video begonnen hatte.

Die Geschichte aller bisherigen Gesellschaft ist die Geschichte von Klassenkämpfen.

»Moment«, sagte ich und tippte den Satz in die Suchmaschine meines Handys.

Wusste ich es doch. Es war ein Marx-Zitat.

»Was ist mit Milas Fall?«, fragte meine Mutter und starrte mich an.

Hatte Mareike Kottula ihre Hand bei Lulus Entführung im Spiel? Für den Zeitpunkt von Lulus Verschwinden hatte sie ein Alibi, sie war bei der Pressekonferenz gewesen und hatte sich dort in den Vordergrund gespielt. War das Absicht gewesen? Wollte sie von sich ablenken, und sie hatte einen Komplizen? Oder sah ich schon Gespenster?

Mutter schlug mit der flachen Hand auf den Kartentisch, dass es nur so knallte. »Was für eine Verbindung auf welche Straßenseite, Effie?«

»Entschuldige.« Ich riss mich wieder zusammen. »Die Verkäuferin. Die, die dir damals das Polly-Pocket-Dreamhouse verkauft hat. Jutta Schenk. Sie ist mit einem der Fahrer verheiratet, die am selben Tag zur selben Zeit eine Lieferung ins Kaufhaus gebracht hat.«

»Na und?«

»Ein Lieferwagen könnte eine Erklärung sein, wohin Mila spurlos verschwunden ist. Immerhin hat kein einziger Zeuge Mila auf der Straße gesehen, obwohl einige Fußgänger in der Stadt unterwegs waren. Aber wenn Schenk auf der Straße geparkt und sie direkt in den Lieferwagen gepackt hätte ...«

»Die Lieferwagen sind doch untersucht worden«, warf mein Vater ein.

»Ja. Aber erst Tage später.«

Stille breitete sich im Salon aus.

»Das könnte sein«, murmelte meine Mutter. »Das wäre wirklich eine Möglichkeit!« Sie sah Armin, Peer und Vater nacheinander an. »Glaubt ihr nicht? Vielleicht hat Effie gerade einen Durchbruch erzielt!«

»Karlo Schenk ist außerdem vorbestraft. Nur wegen kleinerer Vergehen, Diebstähle und so, aber das beweist immerhin eine kriminelle Energie. Sagt zumindest Staatsanwalt Preuth.«

»Ich werde mit ihm sprechen«, sagte Armin van Aken. »Dieser Geschichte wird er noch einmal nachgehen müssen, darauf bestehe ich.« Seine Augen wurden wässrig, als er mir die Hand tätschelte. »Mach dir keine Gedanken, Effie. Sollte Schenk etwas zu verbergen haben, werden wir es zweifelsohne aufdecken. Und dann wird er die Konsequenzen seiner Handlungen zu spüren bekommen.«

Das Kind

Als sie später die Augen öffnete, war der Mann weg und die Dunkelheit wieder da.

Sie wünschte, sie bekäme besser Luft, aber er hatte diesen Geruch auf dem Kopfkissen hinterlassen, diesen ekelhaften, widerlichen Geruch, der sie an schlecht gewordene Fischstäbchen denken ließ. Sie atmete ganz flach, damit nichts davon in ihren Körper eindrang.

Mama roch immer nach Seife. Morgens nach Seife und Zahnpasta, mittags nach Seife und dem Essen, das sie gekocht hatte und abends nach Seife und einem Hauch Parfüm.

Warum half Mama ihr nicht?

Der Mann hatte gesagt: »Deine Mama macht sich nichts aus dir.«

Das stimmte gar nicht.

Das konnte gar nicht stimmen.

Mama wusste nichts davon.

Denn wenn es stimmen würde, wäre sie vollkommen verloren. Dann gab es keine Rettung.

10

Ich trug mein Handy mittlerweile ständig an einem Band quer über der Brust.

Kaum, dass ich die Wohnungstür hinter mir geschlossen hatte, klingelte es auf höchster Lautstärke, vibrierte und sandte gleichzeitig Lichtblitze ab. Ich hatte sämtliche technischen Möglichkeiten ausgeschöpft, damit ich auf keinen Fall versehentlich den Anruf des Entführers verpasste, doch es war Jonas, der diesen Lärm verursachte.

Ich klaubte meine AirPods aus der Hülle und steckte sie mir rasch in die Ohren, bevor ich den Anruf annahm.

»Ich brauche deine Hilfe«, fing Jonas ohne Umschweife an.

»Was ist los?«

»Ich habe einen Pressetermin einberufen. Wir müssen dort gemeinsam auftreten. Als Eltern. Wir müssen einen Aufruf an den Entführer machen.«

»Das geht nicht«, antwortete ich und schlüpfte aus meinen Schuhen. »Ich kann nicht mit dir gemeinsam irgendwo gesehen werden.«

»Es ist wichtig, Effie. Schluck deinen verdammten Stolz herunter. Es geht um unser Kind!«

»Du gehörst zu den Verdächtigen, Jonas.«

»Ich? Wie kommst du denn auf so einen Unsinn?«

»Du willst das Sorgerecht für Lulu.«

»Das macht mich verdächtig?«

»Das nicht. Aber dass du es erst getan hast, nachdem Lulu einen Erbteil meines Großvaters bekommen hat. Das schon.«

»Ich verstehe nur Bahnhof.«

»Du wärst der Vermögensverwalter, oder etwa nicht?«

»Wow, Effie. Einfach nur Wow. So was traust du mir zu? Meine eigene Tochter bestehlen zu wollen?«

»Ich finde den Zeitpunkt, an dem du das Sorgerecht beantragt, schon ein bisschen merkwürdig. Sagt Mama auch. Direkt nach der Erbschaft.«

»Klar, deine Mutter wieder. Ich wusste überhaupt nichts
von dieser beschissenen Erbschaft.«

»Das würde ich jetzt auch sagen. Aber ich hab nicht vergessen, dass du mich in deinem Antrag als erzieherisch unfähig bezeichnet hast.«

»Darum geht es jetzt nicht, Effie. Bis wir Lulu wiederhaben, müssen wir unsere Auseinandersetzung ad acta legen.
Ich habe mit einem Psychologen geredet, und der hat gesagt,
wenn wir es schaffen, dass der Entführer Lulu als eigenständi-
ges Wesen wahrnimmt, dann sinkt die Wahrscheinlichkeit,
dass er ihr etwas antut. Wenn er versteht, dass sie ein Kind ist,
das von ihren Eltern vermisst wird, mit eigenen Charaktereigenschaften und eigener Persönlichkeit, dann können wir ihr
da wirklich helfen.«

»Wie soll er sie denn sonst sehen?«

»Als Objekt, Effie. Pädophile sehen Kinder als Objekte, die
sie einfach benutzen können. Das müssen wir verhindern. Wir
müssen einen Menschen aus ihr machen. Mit Eigenschaften.«

In meinen Ohren rauschte es. *Pädophile*, hatte Jonas gesagt.
Ich weigerte mich, diese allerschlimmste Vorstellung in Be-
tracht zu ziehen. Nicht nur wegen dem, was ein so veranlagter
Mann meiner Tochter antun würde. Sondern weil ihre Überlebenschance damit rapide sank.

»Lulu wurde entführt, weil jemand Geld will. Davon bin
ich überzeugt. Der Entführer wartet so lange, bis die Sache
erst mal abgekühlt ist. Aber dann kommt eine Forderung, da
bin ich sicher.«

Jonas schwieg, also redete ich weiter. »Aber wenn du bloß
nach Eigenschaften für deinen Pressetermin suchst: Sag einfach, Lulu ist furchtlos, abenteuerlustig, hilfsbereit, kreativ, eigensinnig und widerstandsfähig.«

»Das ist alles, was dir zu deiner Tochter einfällt? Die Adjektive, die sie mit ihrem gottverdammten Hasen mitgeliefert bekommen hat, wie alle anderen Kinder auch?«

»Nur die mit einem roten Herzen. Lulus Hoppel hat ein rotes Herz. Außerdem stimmen sie teilweise. Sie ist hilfsbereit. Und eigensinnig.«

Natürlich kannten wir alle Eigenschaften zu den Farben auswendig. Es gab sieben verschiedene. Die roten Herzen hatten mir immer am besten gefallen. Tilda hatte auch rot, ich hatte sie als Kind darum beneidet. Ich hatte ein gelbes Herz ergattert, und meine Adjektive waren mir langweiliger vorgekommen, auch wenn sie ziemlich zutreffend waren: nachsichtig, vertrauenswürdig, zuverlässig, loyal.

»Du wolltest doch Lulus Eigenschaften für die Presse. Ich halte das Ganze ohnehin für Unsinn. Es geht hier um Geld, Jonas! Es geht nur um Geld.«

»Was macht dich da so sicher?«

»Sie ist eine Boskamp. Jeder weiß das. Es ist einfach wahrscheinlicher.«

Und alles andere wäre einfach unerträglich, fügte ich in Gedanken hinzu. Absolut unerträglich.

»Und was, wenn nicht?«, hakte Jonas nach.

»Nein. Jemand möchte Geld, da bin ich sicher. Und ich habe auch schon eine Idee, wer das sein könnte.«

»Ja, ich. Das hast du ja schon gesagt.«

»Es gibt noch einen Verdächtigen.«

»Verdächtige, wen du willst. Aber komm bitte morgen zu der Pressekonferenz. Es ist sehr, sehr wichtig. Für Lulus Sicherheit.«

Ich hatte meinen BH unter dem T-Shirt herausgezogen und schlüpfte in eine bequeme Jogginghose.

Ich zögerte. »Wann ist denn der Termin?«

»Um zwölf Uhr vor dem Polizeipräsidium.«

»Da kann ich nicht.«

»Wie bitte?«

»Ich kann nicht. Da bin ich verabredet.«

»Sag mal, hörst du dir eigentlich selber zu?«

Ich seufzte. »Entschuldige. Du hast ja recht.«

Die Verabredung mit Jutta Schenk konnte ich nicht verpassen. Aber vielleicht konnte ich sie ein wenig nach vorne verschieben.

Ich tappte in die Küche. Auf einmal war mir übel. Ich holte eine Dose Ravioli aus der Speisekammer, hob die Öse an und zog den Weißblechdeckel ab. Es knackte laut.

»Ravioli«, sagte Jonas, der das Geräusch offensichtlich gehört hatte. »Ich habe nie verstanden, was es mit dir und diesen Dosen auf sich hat.«

Es schwang kein Vorwurf mit. Mir fiel auf, dass Jonas der Einzige war, vor dem ich meine Raviolileidenschaft nie verheimlicht hatte. Außer Tilda natürlich.

»Okay, ich verschiebe den Termin«, sagte ich.

»Danke!« Erleichterung klang aus seiner Stimme. »Dann versuch bis dahin, noch ein Weilchen zu schlafen, Effie. Bis morgen.«

Doch an Schlaf war selbst nach der ganzen Dose Ravioli nicht zu denken. Ich schickte Jutta Schenk eine SMS und bat sie, mich etwas früher zu treffen. Trotz der späten Stunde antwortete sie beinahe sofort.

> Vielleicht kann ich mich gegen zehn dreißig zu einer Frühstückspause nach draußen schleichen, wenn eine Kollegin mich in der Zeit in der Abteilung vertritt.

> Das wäre großartig! Ich danke Ihnen von Herzen!

Im Bett wälzte ich mich wieder hin und her. Ich hoffte, dass ich Jutta Schenk nicht verärgert hatte oder dass sie nun dachte, dass ich sie nicht wichtig nähme. Das würde ich morgen auf jeden Fall klären.

Trotz unserer Auseinandersetzung vermisste ich Jonas auf einmal. Die leere Bettseite machte mich traurig. Ich sehnte mich nach einem Vertrauten. Wenn er nicht immer wieder versucht hätte, mich von meiner Familie zu trennen ... vielleicht wären wir dann noch zusammen. In dem Versuch, die Gedanken an Jonas zu vertreiben, schmiss ich alle seine Kissen auf den Boden, aber es half nicht.

Später schlich ich mit roten Augen in Lulus Zimmer, kroch unter die Decke ihres Himmelbetts. Es roch so sehr nach meinem Kind, dass es mir vor Sehnsucht die Luft abschnürte.

Auf dem Nachttisch stand der Multivitaminsaft, den ich Lulu am Abend immer gab. Ich öffnete die Flasche, roch daran, um meiner Tochter noch näher zu sein. Wie die Füllung von Bonbons. Damit dein Körper in der Nacht alles hat, was er braucht und morgen früh ganz stark aufwacht. Schaden konnte es nicht. Ich setzte die Flasche an und trank drei große Schlucke, mehr ging nicht. Er war zu süß und zu klebrig. Ich drängte die Tränen zurück, so sehr vermisste ich Lulus warmen kleinen Körper.

Ihre Stofftiere, die nebeneinander am Bettrand saßen wie die Vögel auf einer Stange, starrten mich mit leeren Knopfaugen an. Sie bewachten Lulus Schlaf. Jeden Abend setzte sie alle Tiere an ihren Platz, es war wie ein Ritual, das ihr Sicherheit gab. Aber etwas stimmte nicht. Zwischen Hippo, dem einäugigen Nilpferd, und Sharky, dem blauen Haifisch, war eine Lücke. Ein Plüschtier saß nicht an seinem angestammten Platz. Ich zählte die Tiere durch. Ganz klar, es war Hoppel, der fehlte.

Sie hatte ihn erst vor wenigen Wochen geschenkt bekommen. Armin van Aken hatte als Einziger daran gedacht, die Tradition fortzusetzen, die Opa in der Familie eingeführt hatte, aber leider war diese nette Geste im allgemeinen Beerdigungsrummel untergegangen. Ich hatte Lulu noch nicht einmal die Charaktereigenschaften vorgelesen, die sie mit ihrem Hoppel mitgeliefert bekommen hatte. Sie hatte dem Hasen einen Platz zwischen Sharky und Hippo zugewiesen, damit hatte ich das Thema bereits vergessen.

Ich schaute unter dem Bett nach. Eine Wollmaus schwebte

über das Parkett und ließ sich in einer Ecke des Zimmers nieder.

Ich durchsuchte das gesamte Zimmer, den begehbaren Kleiderschrank, zog sämtliche Schubladen auf. Nichts. Manchmal nahm Lulu eines ihrer Kuscheltiere mit in den Kindergarten, aber an dem Tag hatte sie das nicht getan. Oder?

Ich fing noch einmal vor vorne an, doch das Ergebnis blieb dasselbe. Der Hase war fort.

Aus irgendeinem Grund kam mir das wie ein ganz entsetzliches Zeichen vor. Eine weitere Parallele zwischen Mila und Lulu. Wie konnte das sein? Oder war jemand im Haus gewesen und hatte den Hasen gestohlen? Aber wie sollte derjenige hereingekommen sein? Es gab keinerlei Einbruchsspuren, und außerdem hatten wir eine Alarmanlage. Ich hatte oft Schmuck herumliegen, den ich noch nicht in den Safe getan hatte, meist im Badezimmer. Aber es fehlte nichts von Wert. Omas Krankenschwester Rovena Prill oder der Fahrer, Hakim, hätten vielleicht einen Moment abpassen können, wo meine Tür offen gestanden hatte. Ebenso wie einige Damen vom Putztrupp. Aber was sollte einer von ihnen ausgerechnet mit Hoppel anfangen? Um Lulu zu beruhigen, dort, wo sie war? Wobei Lulu Hoppel ja erst seit Kurzem besaß. Hätte ich ihr ein Stofftier zur Beruhigung mitgeben wollen, hätte ich Hippo gewählt.

Hatte Lulu den Hasen also doch dabeigehabt? Ich war fast sicher, dass nicht. Aber nur fast.

Es half alles nichts, ich musste Frau Köhler danach fragen.

Ausgerechnet. Es würde ihre Meinung über mich nicht verbessern, aber es würde mir nichts anderes übrig bleiben.

Ich kroch tief unter Lulus Bettdecke und traute mich nicht mal zu weinen. Ich hatte Angst, dass ich Lulus Geruch mit meinen Tränen verwässerte, abschwächte, zum Verschwinden brachte. Und ich musste dringend ein wenig schlafen, ich merkte bereits, dass der tagelange Schlafmangel meine Konzentrationsfähigkeit trübte. Morgen würde ich meinen Verstand zusammenhaben müssen.

Hippo, das Nilpferd, schielte mich einäugig an. Er hatte ein Auge im Schleudergang der Waschmaschine eingebüßt, und wurde deshalb von Lulu ganz besonders geliebt. Ich zog Hippo heran und drückte ihn fest an mich, presste meine Nase in sein graues Kunstfell.

Endlich fielen mir die Augen zu.

Als ich aufwachte, war mir kotzübel. Das hatte ich öfter schon mal gehabt, aber heute konnte ich es wirklich nicht gebrauchen. Eine Migräneattacke. Einen Wimpernschlag lang blinzelte ich ins Zimmer. Ich lag nicht mehr in Lulus Bett, sondern auf der großen Couch im Wohnzimmer. Es war noch dunkel draußen, ich musste mich demnach noch nicht beeilen. Also blieb ich erst mal still liegen.

Wann hatte ich die Schlafstätte gewechselt? Ich versuchte, die Augäpfel hinter den geschlossenen Lidern hin und her zu drehen, um zu sehen, ob ich mich übergeben musste, und kam zu keinem Ergebnis. Der Fernseher an der Wand plärrte irgendwas. Wahrscheinlich hatte ich ihn eingeschaltet, um mich nicht so allein zu fühlen. Auch das tat ich ab und zu, nur diesmal war es wohl im Halbschlaf gewesen. Obwohl mir schon bei dem Gedanken daran noch übler wurde, brauchte ich eigentlich einen starken Kaffee, um meinen Kreislauf in Gang zu kriegen. Meine Glieder waren schwer wie Blei. Ich würde nicht um den Kaffee herumkommen, ich hatte heute einiges zu tun. Ich zählte bis zehn, dann würde ich die Augen öffnen, egal, ob ich mich übergeben musste oder nicht.

»Sie ist ein liebevolles Mädchen, das Ihnen zuhören wird, wenn Sie es versuchen. Sie wird verstehen, wie es Ihnen geht«, sagte jemand im Fernsehen, der mir bekannt vorkam. »Sie will Ihnen nichts tun. Sie möchte nur wieder nach Hause, zu Mama und Papa, denn sie ist noch zu klein, um ohne uns zu sein.«

Das war doch Jonas' Stimme! Ich riss die Augen auf, was ich augenblicklich bereute.

Ich bedeckte mein Gesicht mit den Händen, doch es war

zu spät. Mein Mageninhalt schoss mir sauer die Speiseröhre hoch. Gerade noch konnte ich alles wieder hinunterwürgen, aber in meinem Mund blieb ein bitterer Geschmack zurück.

Jetzt hörte ich mich selber sprechen. »Lulu ist nachsichtig, vertrauenswürdig, zuverlässig und loyal. Sie wird Sie niemals verraten, darüber brauchen Sie sich keine Sorgen zu machen. Aber bitte lassen sie Lulu an einem sicheren Ort frei und benachrichtigen Sie uns anonym, wo wir sie abholen können. Unter dieser Nummer können Sie das absolut gefahrlos tun. Ich verbürge mich dafür, dass diese Nummer weder abgehört und noch rückverfolgt wird. Es ist eine private Nummer. Das schwöre ich Ihnen bei Lulus Leben. Ansonsten können Sie auch jede Polizeistation informieren oder mir eine SMS schicken. Sie haben ja auch meine Nummer, das weiß ich.«

Jonas stand neben mir, einen halben Kopf größer als ich und legte seinen Arm um meine Schulter. Wann hatte er das das letzte Mal getan?

Ich war dermaßen verwirrt, dass ich auf den Bildschirm starrte, ohne zu begreifen, was da los war. Jonas und ich wurden in Nahaufnahme gezeigt, wir sahen beide genau in die Kamera, seine Augen waren gerötet und feucht, als wenn er die ganze Nacht geweint hätte. Meine dagegen waren trocken. Sympathisch wirkte das nicht gerade, wenn die Mutter eines verschwundenen Kindes äußerlich ungerührter blieb als der Vater.

Wahrscheinlich träumte ich noch. Das erklärte, warum Jonas mitgenommener aussah als ich – dabei hatte ich mich gestern vor meinem eigenen Spiegelbild erschreckt – und auch, wie ich auf das Sofa gekommen war. Trotz der Übelkeit setzte die Logik langsam ein. Draußen war es ja noch dunkel, der Pressetermin war für den Mittag angesetzt. Obwohl ich nun überzeugt war, dass ich träumte, lief das Interview im Fernsehen weiter.

Ich tastete nach meinem Handy, doch ich hatte es nicht mehr umgehängt. Offenbar hatte ich es vor dem Schlafengehen abgelegt. Vielleicht war es noch in Lulus Zimmer.

Eine Telefonnummer wurde eingeblendet, bei der ihr Entführer sich melden sollte. Plötzlich erschien ein Fernsehsprecher und verkündete, dass das Interview aufgezeichnet worden sei und man sich bei sachdienlichen Hinweisen an jede Polizeistation wenden könne.

Ich schüttelte den Kopf, aber das war keine gute Idee bei Migräne, also ließ es wieder. Ächzend erhob ich mich vom Sofa, immer noch unsicher, ob ich wach war oder träumte. Im Fernsehen lief jetzt eine normale Nachrichtensendung, Jonas und ich waren verschwunden.

Ich tappte zur Spüle hinüber und spritzte mir kaltes Wasser ins Gesicht. Es fühlte sich sehr real an. Wahrscheinlich war ich inzwischen aufgewacht.

In Lulus Zimmer lag Hippo verlassen auf dem Bett. Der Raum roch viel schwächer nach meiner Tochter, mein Geruch hatte sich zu sehr verbreitet und Lulus an den Rand gedrängt. Ich setzte das Nilpferd wieder in die Reihe zwischen die anderen Stofftiere, in der Hoppel immer noch fehlte.

Neben dem Bett fand ich schließlich mein Telefon. Unter pochenden Kopfschmerzen klaubte ich es vom Boden auf und begab mich wieder ins Wohnzimmer, wo ich mich stöhnend zurück auf die Couch fallen ließ.

Der Nachrichtensprecher redete und redete, doch ich hörte nichts von dem, was er sagte. Es war ein einziger Wörterbrei in meinem hämmernden Kopf.

Erst Minuten später sah ich auf das Display. Mir war, als schlüge mir jemand in den Magen. Unmengen verpasster Anrufe. Allein von Jonas sieben, von Tilda sogar dreizehn. Von Leonhard Siebert einer. Von Jutta Schenk zwei Anrufe und eine WhatsApp. Sie fragte, warum ich erst so ein Theater mache, dass sie sich früher mit mir treffen solle und dann nicht mal auftauchte.

Es war doch noch dunkel. Ein Blick aufs Handy zeigte zweiundzwanzig Uhr. Es war bereits abends.

In meiner Verwirrung hatte ich mit der Dunkelheit den frühen Morgen assoziiert. Aber ich konnte mich nicht erinnern, dass ich aufgestanden und zur Pressekonferenz gegangen war.

Ich fing an zu schwitzen. Es war einer dieser Aussetzer, die ich manchmal hatte und von denen ich nie jemandem erzählt hatte, aus Angst, dass man mich für verrückt halten würde. Allerdings hatte ich ausgiebig im Internet recherchiert. Es konnte eine besonders extreme Form des Schlafwandelns sein. Es hatte in den USA einen Mann gegeben, der seine Frau im Schlaf im heimischen Pool ertränkt hatte und freigesprochen worden war, da er an einer solchen hochgradigen Form des Schlafwandelns litt. Nach den letzten Tagen voller Schlafmangel sollte mich nicht wundern, wenn so etwas bei mir auftrat. Aber ausgerechnet heute! Das konnte doch nicht wahr sein!

Zumindest erklärte es, warum ich in die Kamera starren konnte, ohne auch nur eine einzige Träne zu vergießen und neben Jonas wie ein gefühlskalter Stock zu wirken. Konnte man logisch sprechen im Schlaf? Wahrscheinlich, wenn man auch seine Frau ermorden konnte. Es war die einzige Erklärung. Ich war gar nicht wach gewesen.

Mein Kopf hämmerte so sehr, dass ich mich ins Badezimmer schleppte, um mir eine Migränetablette aus dem fast leeren Blister zu pulen. Ich nahm einen Schluck Wasser aus dem Hahn, schluckte die Tablette und verharrte mehrere Minuten mit dem Kopf unter dem Wasserstrahl, bevor ich den Laptop aus dem Schlafzimmer holte.

Ein paar Klicks später hatte ich das Interview von Jonas und mir gefunden.

Es war unglaublich, wie klar ich sprechen konnte, wenn ich doch geschlafen hatte. Ich ließ den Film mehrmals durchlaufen in der Hoffnung, dass meine Erinnerung zurückkam. Da entdeckte ich im Publikum zwischen all den Presseleuten einen Mann, der nicht recht zu den anderen passte und der mir bekannt vorkam. Zurückgekämmtes Haar, Bart, schwarzes T-Shirt. Ich zoomte heran. Er hatte tätowierte Flammen am Hals und stand mit verschränkten Oberarmen in der Menge.

Attila Rasmussen. Was hatte Tildas fragwürdiger Freund bei der Pressekonferenz zu suchen? Woher wusste er davon?

Ich vergrößerte den Ausschnitt, wo ich in Nahaufnahme gezeigt wurden.

Unter dem rechten Auge war, kaum noch wahrnehmbar, ein Schatten zu sehen. Ich sog scharf die Luft ein. Das war nicht ich. Das war Tilda!

Einen Moment überlegte ich, ob Jonas Tilda wohl erkannt hatte, aber dann fiel mir auf, dass ja nur er selbst dahinterstecken konnte, sonst hätte Tilda nichts von dem Pressetermin gewusst.

Mit zitternden Fingern rief ich Jonas an.

»Du hast Nerven!« Jonas presste die Worte zwischen den Zähnen heraus. »Einfach nicht aufzutauchen, wenn es um dein eigenes Kind geht! Glücklicherweise hatte ich dich zu früh bestellt, da konnte ich Tilda noch bitten, dich zu vertreten. Als wenn ich es geahnt hätte! Fragst du dich immer noch, warum ich dich als erzieherisch unfähig betrachte?«

»Wieso lässt du meine Schwester die Mutter von Lulu spielen?«

»Weil es nicht um dich geht, sondern um Lulu, ganz einfach. Wenn wir eine trauernde Mutter brauchen, um Lulu zu schützen, ist es mir ziemlich wurscht, wo ich die herbekomme. Das Glück war eben, dass du zufällig über einen Zwilling verfügst.«

»Das Problem ist aber, dass dieser Zwilling extremen Gefühlsschwankungen unterliegt und man sich nie sicher sein kann, was sie als Nächstes tut! Das war ein Spiel mit dem Feuer, Jonas. Außerdem hat sie nicht gerade wie eine trauernde Mutter ausgesehen, sondern so, als spiele sie diese Rolle mit den schauspielerischen Fähigkeiten, die nicht mal für eine deutsche Vorabendserie reichen würden!«

»Dass du es überhaupt wagst, dich auch noch zu beschweren! Auf Knien solltest du Tilda dafür danken, dass sie für dich eingesprungen ist! Wo warst du denn, hä? Wo warst du, als du einen Aufruf für die Rückkehr deiner Tochter hättest machen sollen?«

Ich schwieg. Wenn ich das nur wüsste. Aber ich hatte keinen blassen Schimmer.

11

Am siebten Tag nach Lulus Verschwinden ging draußen die Welt unter. Schwarze Wolken zogen über den Park und krachten brüllend zusammen. Grelle Blitze warfen sich wie Selbstmordkommandos vom Himmel, als versuchten sie, einen Punkt am Horizont zu beleuchten, bevor sie in der Dunkelheit verglühten.

Besorgt beobachtete ich das Wetter und fragte mich, ob es ein böses Omen war.

Bei der Suche nach Lulu kam ich nicht weiter. Ich wühlte mich wieder durch Milas Akten, aber die größte Entdeckung war und blieb weiterhin Karlo Schenk.

Kommissar Siebert verfolgte die Spur, zumindest behauptete er das. Ich saß derweil wie auf glühenden Kohlen.

Tilda drückte meine Anrufe einfach weg. Ich hatte nicht einmal mehr die Kraft, mich darüber aufzuregen. Vielleicht hatte Jonas sie gewarnt, dass ich nicht gerade begeistert von ihrer Aktion im Fernsehen gewesen war. Und im Nachhinein hatte er ja recht gehabt. Sie war für mich eingesprungen, als ich versagt hatte.

Auch Jutta Schenk erreichte ich nicht, weder telefonisch noch über WhatsApp. Die Nachrichten gingen durch, wurden aber nicht gelesen. Schließlich ließ ich mich – da es schon einmal so gut geklappt hatte –, wieder als Kimberley getarnt vom Pförtner bis zu ihrem Arbeitsplatz verbinden.

Doch auch das nutzte nichts: Ich erfuhr nur, dass Jutta Schenk sich krankgemeldet hatte.

Auf einmal klingelte es Sturm. Ein Blick auf das Handy offenbarte eine weibliche Gestalt direkt vor meiner Wohnungstür. Ich musste das Tor reparieren lassen oder wenigstens Hakim Bescheid sagen, aber ich vergaß es ständig. Ein

Regenschirm verdeckte die Sicht auf meinen ungebetenen Gast. Es hatte angefangen zu regnen, ein heftiger Regen mit dicken Tropfen, die in den Flur wehten, kaum, dass ich die Tür geöffnet hatte.

Verblüfft fragte ich: »Was machen *Sie* denn hier?«

Vor mir stand Jutta Schenk.

»Wir waren doch verabredet. Aber Sie sind nicht gekommen, also dachte ich, ich komme zu Ihnen.«

Regentropfen klatschten auf das Parkett.

»Kommen Sie rein, Sie sind ja ganz nass«, sagte ich und manövrierte Jutta Schenk schnell in die Wohnung. Ich nahm ihr den nassen Mantel ab.

»Setzen Sie sich doch«, rief ich, während ich den Mantel zum Trocknen auf einen Bügel an den Handtuchwärmer im Badezimmer hängte. »Machen Sie es sich bequem!«

Als ich ins Wohnzimmer kam, saß sie mit übereinandergeschlagenen Beinen auf der Couch und sah sich interessiert um. Meine Wohnung war modern und minimalistisch eingerichtet, mit wenigen, aber teuren Möbeln in klaren Formen. Eine Innenarchitektin war dafür verantwortlich. Dekoartikel, bis auf ganz wenige ausgesuchte Kunstwerke, waren tabu. Durch die schnörkellose Einrichtung fielen die zusammengeknüllte Kaschmirdecke und das platt gedrückte Kissen aus Wildseide auf dem Sofa besonders auf.

»Mögen Sie einen Kaffee?«, fragte ich und legte rasch die Decke zusammen.

»Gern.«

»Welchen mögen Sie?«

»Latte macchiato, wenn Sie haben.«

Der Vollautomat beschwerte sich gleich mehrfach. Wasser nachfüllen, Kaffeebohnen nachfüllen, dann wollte er entkalkt werden. Ich ignorierte den letzten Wunsch und servierte Jutta Schenk einen Kaffee mit aufgeschäumter Milch und Cantuccini auf einem winzigen Tellerchen.

Jutta Schenk warf mir einen verstohlenen Blick zu. Ein flüchtiger Beobachter hätte auf die Frage, wer von uns in der durchgestylten Wohnung lebte, wohl auf sie getippt. Sie trug einen Lederrock und eine Bluse, darüber eine lange Kette, wie es gerade Mode war. Die Louis-Vuitton-Tasche auf ihrem Schoß tat ihr Übriges, auch wenn man bei genauerem Hinsehen am angeschnittenen Logo am Rand der Tasche erkannte, dass sie nicht echt war. Ich in meinem fleckigen Jogginganzug dagegen hätte bei der Bahnhofsmission sofort einen Kaffee umsonst bekommen.

»Ich muss Ihnen etwas sagen.« Jutta Schenk sah mich an. »Aber ich weiß nicht, wo ich anfangen soll.«

»Reden Sie einfach. Ich höre zu.«

»Karlo ... mein Mann ... also wir beide ... wir sind schon sehr lange verheiratet. Es gab, wie in jeder Ehe, gute Zeiten und schlechte Zeiten.«

Ich nickte, um sie zum Weiterreden zu animieren.

»Karlo war anfangs gar nicht so ein schlechter Kerl. Aber er hat dunkle Seiten. Ich habe sie erst nicht bemerkt, war sehr verliebt. Aber im Laufe der Jahre wurde es ... anders. Er hat ein gewisses Temperament, wenn er aufgebracht ist, schlägt er auch schon mal zu, aber er weiß, dass es nicht gut ist, und entschuldigt sich hinterher immer.«

»Das tut mir leid«, murmelte ich. »Das sollte nicht sein.«

»Das Schlimme ist, man weiß nicht, was er als Nächstes tut. Erst ist er charmant und freundlich, und im nächsten Moment rastet er total aus, nur weil er nicht sein Lieblingsessen bekommt. Es ist sehr schwer, ihn einzuschätzen.«

Ich sah zu Boden. Was sollte ich dazu sagen?

»Er ist ein Typ, wissen Sie", fuhr sie fort. „Er sieht gut aus, ist sportlich, hatte immer einen Schlag bei den Frauen. Aber in der Hinsicht konnte ich mich nicht beschweren. Appetit holen ist okay, gegessen wird zu Hause, war immer mein Motto. Er hat mich auch verwöhnt, er hat mir gerne Geschenke gemacht. Wir waren nicht reich, aber wir hatten unser Auskommen.«

Sie spielte mit ihren Fingern. Ihre sorgfältig geföhnten Haare wirkten wie ein Schutzschild.

»Dann kam Kimberley. Und alles wurde anders.«

»Was meinen Sie damit?«

»Es war nicht so, dass er Kimberley mehr verwöhnt hätte als mich. Aber irgendwann schenkte er uns beiden immer dieselben Sachen. Es ging schnell ins Geld. Aber das war es nicht, was mich stutzig machte. Es waren die Sachen, die er Kimberley schenkte. Unterwäsche zum Beispiel. Andererseits, habe ich mir gesagt, kaufen Eltern ja ihren Kindern so was. Aber warum Spitzenslips?«

Ich zuckte zusammen.

»Ich fand es jedenfalls merkwürdig, dass sie dieselben Dessous bekam wie ich, und das habe ich ihm irgendwann auch gesagt.«

»Und?«

»Er fand das normal. Aber Kimmie war doch erst acht oder neun Jahre alt!«

Mir wurde übel. »Ihr Mann hat ihrer neunjährigen Tochter Spitzenslips geschenkt?«

»Ja. Sag ich doch. Auch BHs. Dabei – also da war ja noch nichts zu halten. Aber sie lagen da, ganz obenauf in der Schublade, als warteten sie darauf, dass Kimmie endlich Brüste wuchsen. Ich habe Kimberley gefragt, wozu sie die hätte, aber sie hat gesagt, sie hätte die Wäsche nur bekommen, weil sie selbst sie schön fände.

Eine Weile habe ich mich damit zufriedengegeben. Bis Karlo mir eines Tages wieder einen Slip schenkte ... einen besonderen, verstehen Sie?« Sie schwieg verlegen.

»Was für einen?«

»Es gibt so Slips, die muss man nicht ausziehen, wenn ... Sie wissen schon. Sie haben so einen Schlitz in der Mitte.«

»Und dann?«

»Dann habe ich bei Kimberley in der Schublade nachgeschaut. Ganz unten drin lag einer, genau der Gleiche. Da bin ich zur Polizei gegangen.«

Ich starrte sie fassungslos an.

»Aber dann passierte – gar nichts. Der Polizist war nicht besonders hilfreich. Er sagte, wegen eines bloßen Verdachtes hätte ich keine Chance auf Erfolg. Ich müsste schon meine Tochter dazu bringen, gegen ihren Vater auszusagen. Und als ich gegangen bin, hat er noch gemeint: Und denken Sie daran, was Sie Ihrem Mann mit einer solchen Anschuldigung antun.«

»Und dann?«

»Nichts! Das Kind hat sich geweigert, auch nur ein Wort gegen den Papa zu sagen. Einfach geweigert. Sie sagte, ich würde spinnen. Aber sie war immer schon ein Papakind gewesen. Karlo sagte, er habe nicht bemerkt, dass es sich um einen solchen Slip gehandelt hat, sonst hätte er den nie gekauft.«

»Haben Sie die Unterwäsche noch?«

Ich hoffte auf DNA-Beweise, irgendetwas, was Schenk das Handwerk legen konnte.

»Ich habe alles weggeworfen und von Karlo verlangt, dass er aufhört, seiner Tochter solche Sachen zu kaufen. Danach ist nie wieder etwas Derartiges bei uns aufgetaucht.«

Meiner Meinung nach hatte Jutta Schenk mir gerade einen Grund dafür geliefert, warum Kimberley den Kontakt zu ihr abgebrochen hatte. Obwohl sie den Verdacht hatte, dass ihrer Tochter im eigenen Heim etwas Furchtbares angetan wurde, hatte sie die Augen beim ersten Abstreiten ganz schnell wieder fest zugedrückt, statt genauer hinzusehen. Was Jutta Schenk vielleicht jetzt endlich klar wurde. Möglicherweise zu spät für Kimberley, aber hoffentlich noch rechtzeitig für Lulu.

»Frau Schenk«, sagte ich und nahm ihre Hand in meine.

»Kann es sein, dass Ihr Mann Sie ab und zu bei der Arbeit besucht hat, wenn er eine Anlieferung in der Nähe hatte?«

Sie schaute auf den Boden.

»Es ist wirklich wichtig, dass Sie sich erinnern«, sagte ich. »Es könnte der Schlüssel dafür sein, was mit meiner Schwester passiert ist. Und meiner Tochter.«

»Sie dürfen das aber nicht bei der Arbeit erzählen«, flüsterte sie. »Versprechen Sie mir das?«

Ich nickte heftig.

»Karlo kam fast jeden Donnerstag auf einen kleinen Abstecher.«

Ich ließ ihre Hand los, als hätte sie Feuer gefangen. Der Tag, an dem Mila verschwand, war ein Donnerstag gewesen.

»Haben Ihre Kollegen das mitbekommen? Gibt es dafür Zeugen?«

Sie schüttelte den Kopf.

»Wir haben uns immer heimlich getroffen. In der Toilette für Angestellte. Auf einen Quickie. Er ist ein sehr ... aktiver Mann. Kriegt nie genug.« Sie lächelte, als hielte sie das für einen entzückenden, geradezu romantischen Zug ihres Mannes.

Mein Herz begann, laut gegen meinen Brustkorb zu schlagen.

„Frau Schenk«, sagte ich eindringlich. »Hat er sie an jenem Donnerstag vor fünfundzwanzig Jahren auch besucht?«

Sie schüttelte wieder den Kopf. »Er wollte, aber er kam dann doch nicht.«

So dumm konnte sie nicht sein. Wahrscheinlich verleugnete sie, was sie nicht wahrhaben wollte, etwas anderes konnte ich mir nicht vorstellen. Sonst hätte sie einen Zusammenhang herstellen müssen zwischen dem Verschwinden von Mila und ihrem Mann, der mit der Aussicht auf Sex zu ihr hatte schleichen wollen genau in diesem Augenblick an diesem Ort. Noch dazu einem Ehemann, der Spitzenunterwäsche für die eigene Tochter mit nach Hause brachte. Jutta Schenk hätte den Fall meiner Schwester schon vor Jahrzehnten aufklären können, wenn sie nicht jedes Warnzeichen ausgeblendet hätte.

»Und Ihnen ... Ihnen ist nie der Gedanke gekommen, dass Karlo es gewesen sein könnte, der Mila mitgenommen hat?«, fragte ich, als mein trockener Mund endlich wieder genug Speichel produziert hatte.

»Nein. Ich habe gedacht, er wäre nicht gekommen, weil überall die Hölle los war und alle das Mädchen gesucht haben!«

»Wir müssen jetzt sofort zur Polizei gehen.«

»Nein! Das kann ich nicht … ich habe Ihnen das nur im Vertrauen erzählt.«

»Jetzt. Sofort.«

»Ich bekomme Ärger … wir sind auf meinen Job angewiesen. Ich bin mittlerweile Abteilungsleiterin. Das will ich nicht riskieren. Es ist verboten, sich während der Arbeitszeit mit jemandem zu treffen, das hatte ich Ihnen ja schon erzählt. Aber Sie taten mir so leid, erst die Schwester, dann die Tochter …«

Ich sprang auf, rannte ins Schlafzimmer, kam mit meiner Kelly Bag wieder heraus.

Ich schüttete den gesamten Inhalt auf das Sofa neben ihr und stellte die Tasche auf den Couchtisch vor ihrer Nase.

»Hier. Sie gehört Ihnen.«

»Das kann ich doch nicht annehmen«, sagte Jutta Schenk. Gleichzeitig strich sie wieder über das Leder. »So ein schönes Stück!«

»Wenn Sie mitkommen und bei der Polizei wiederholen, was Sie mir gerade gesagt haben, bekommen Sie noch eine von mir. Nein, wir gehen nicht zur Polizei, wir gehen direkt zum Staatsanwalt, der kann sofort einen Durchsuchungsbefehl beantragen.«

Sie seufzte und schien nachzudenken.

Ich wurde von Sekunde zu Sekunde nervöser.

Denn eines war klar, falls Karlo Schenk nicht nur Milas Entführer gewesen war, sondern auch Lulus, hatte er meine Tochter mit Sicherheit nicht in seiner Wohnung in der Innenstadt versteckt, mit Nachbarn zu allen Seiten und einer Ehefrau mittendrin. Auch wenn Jutta Schenk die Augen gerne vor der Wahrheit verschloss, ein fremdes Kind in der Wohnung konnte nicht einmal sie verdrängen. Also musste er so schnell wie möglich befragt werden, damit wir herausfinden konnten, wo Lulu war. Alles andere verbot ich mir zu denken. Was sie in der Gewalt eines solchen Schweins durchmachte, war ein Thema für einen anderen Tag. Jetzt zählte nur, dass sie da rausgeholt wurde.

Ich versuchte, Jutta Schenk vom Sofa hochzuziehen. »Kommen Sie schon! Bitte!«

Sie machte sich los. »Das Problem ist, wenn ich gegen Karlo aussage, kann ich nicht zurück. Wenn er wütend ist ... er kann einfach ausrasten. Aber ich habe gedacht, wenn ich vielleicht irgendwo neu anfange ...«

»Ich gebe Ihnen Geld. Genug Geld, um sich vor ihm zu verstecken. Versprochen.«

Jutta Schenk sah mich mit großen Augen an.

»Ich kann die Überweisung gleich jetzt veranlassen. Ich muss nur meinen Vater anrufen. Aber Sie müssen bei der Polizei aussagen. Die Wahrheit. Die ganze Wahrheit, alles, was Sie mir gerade gesagt haben.«

»Hunderttausend. Aber nicht auf mein Konto. Bar.«

»Bar?«

»Sie wissen doch. Tod und Steuern. Wenn ich auf einmal so viel Geld auf dem Konto habe, kommt das Finanzamt mit der Frage, wo ich das herhabe.«

»In Ordnung. Kommen Sie jetzt!«

Sie zuckte unter ihrer Kunstseidenbluse mit den Schultern.

»Aber Sie müssen sicherstellen, dass Karlo nicht mehr in meine Nähe kommt.«

Weniger als eine Stunde, nachdem ich Jutta Schenk buchstäblich an der Hand durch die Tür von Olaf Preuth gezogen hatte, rückten die Beamten aus. Leonhard Siebert begab sich mit seiner Mannschaft zur Durchsuchung in die Ackerstraße.

Wir saßen unterdessen um den Schreibtisch des Staatsanwalts.

Preuth versuchte sich in Small Talk, aber die Nervosität machte mich einsilbig. Also tranken wir den dünnen Kaffee, den uns eine schlecht gelaunte Sekretärin mittleren Alters mit den Worten »Nicht, dass das zur Gewohnheit wird!« servierte, wofür sie einen missbilligenden Blick von Olaf Preuth zugeworfen bekam.

Nach einer Weile machte sich Jutta Schenk Sorgen.

»Wo kann ich denn nun hingehen, wenn meine Wohnung durchsucht wird?«, fragte sie.

»Vielleicht zu Ihrer Tochter?«, sagte ich und bereute es sofort. Schließlich wusste ich, dass sie nicht das beste Verhältnis hatten. Jutta Schenk war vielleicht geldgierig, aber sie half mir gerade bei der Aufklärung einer Katastrophe. Ich brauchte sie noch. Zum Glück schien sie von meiner Aussage ungerührt.

»Kimberley hat leider keinen Platz. Wohin bringen Sie Karlo eigentlich? Kommt er hierher? Oder ins Gefängnis?«

»Das kommt drauf an, was wir in der Wohnung finden«, sagte Preuth. »Dann wird entschieden, ob es für einen Haftbefehl ausreicht.«

»Machen Sie Scherze?« Jetzt sah Jutta Schenk ernsthaft entsetzt aus. »Nach allem, was ich Ihnen gerade erzählt habe?«

»Leider nein«, sagte Preuth. »Das sind ja alles keine Beweise, sondern nur Indizien. Die Beweise suchen wir gerade. Allerdings haben wir ihm natürlich nicht erzählt, von wem wir die Hinweise bekommen haben.«

»Der ist doch nicht bescheuert! Von wem sollen denn diese Hinweise kommen, wenn nicht von mir?« Jutta Schenk schlug sich mit der flachen Hand vor die Stirn. Die Vornehmheit, mit der sie vorher nach an ihrer Kaffeetasse genippt hatte, war auf einmal wie weggeblasen. »Und was ist, wenn Sie keine Beweise finden?«

»Tja. Dann sieht es schlecht aus.«

»Dann kommt er zurück in die Wohnung? Nachdem ich gegen ihn ausgesagt habe? Wissen Sie, was er mit mir macht? Der prügelt mich windelweich!«

»Beruhigen Sie sich«, sagte ich. »Die Polizei wird gründlich suchen und bestimmt etwas finden.«

»Und wenn nicht? Wo kann ich dann hin? Ich habe nicht mal einen Platz zum Schlafen!«

»Wenn Ihr Mann gewalttätig wird, können Sie ihn der Wohnung verweisen lassen«, sagte Preuth. »Das schließt dann ein Rückkehrverbot mit ein, das erst einmal für zehn Tage gültig ist.«

»Und dann?«, fragte Jutta Schenk. »Was ist, wenn er mich bis dahin umgebracht hat?«

Ich legte meine Hand auf ihren Unterarm. »Ich besorge Ihnen jetzt erst mal ein Hotelzimmer. Dann sehen wir weiter«, sagte ich. Die Frau war meine wichtigste Zeugin. Ich musste sie in Sicherheit bringen. Karlo Schenk durfte sie nicht in die Finger kriegen.

Ich rief den Hoteldirektor eines Nobelhotels auf der Kö an, in dessen Konferenzräumen wir manchmal Meetings hatten, und besorgte ihr eine Suite, um sie vorerst ruhig zu stellen. Kurz darauf wurde sie von einem Polizeiwagen dorthin gefahren.

Unterdessen wartete ich mit Preuth zusammen in seinem Büro auf neue Erkenntnisse. Die Minuten zogen sich wie Kaugummi.

»Ich bete zu Gott, dass Ihre Leute etwas finden, was Schenk belastet. Und was eine Untersuchungshaft rechtfertigt«, sagte ich und knetete meine Finger.

»Verdunklungsgefahr, Wiederholungsgefahr, Fluchtgefahr, Schwere der Tat. Eins dieser Kriterien muss er für eine U-Haft erfüllen.«

»Ist zweifache Kindesentführung keine schwere Tat?«

»Wenn wir hinreichenden Verdacht haben, schon.«

Wieder schwiegen wir eine Weile und starrten in das Unwetter vor dem Fenster.

»Dieser Schenk ist kein schlecht aussehender Kerl«, sagte Preuth. »Wirkt jugendlich für sein Alter. Ich könnte mir vorstellen, dass Kinder zu ihm Vertrauen fassen. Vertrauen, dass sie besser nicht haben sollten. Aber Sie sollten sich bewusst machen, dass er eventuell mit der Entführung Ihrer Tochter gar nichts zu tun hat. Es gibt bisher keinen Hinweis darauf. Allein die Tatsache, dass er kein Alibi hat, wird nicht ausreichen.«

»Wenn er für Mila verantwortlich ist, dann auch für Lulu. Vergessen Sie nicht die Nachrichten, die mir der Entführer geschickt hat.«

»Die Marx-Zitate?«

»Genau.«

»Ich will Sie nicht verunsichern, aber mir kam Schenk nicht so vor, als wenn er Marx zitieren könnte. Ich wette, in seiner Wohnung findet sich nicht ein einziges Buch. Er ist nicht der Typ.«

»So?«, sagte ich und zog die Augenbrauen hoch. »Was ist er denn für ein Typ?«

»Der sportliche Aufschneider, würde ich sagen.«

»Und können Aufschneider keinen Computer benutzen?«, fragte ich. »Zitate herauszufinden, die man irgendwie in einen Kontext bekommt, kostet einen doch heutzutage nur einen Klick mit der Maustaste. Googeln Sie doch einfach mal ‚Zitate zu Wiederholung'. Ich tippte auf meinem Handy herum. »Dann kommt zum Beispiel: *Gegner glauben, uns zu widerlegen, indem sie ihre Meinung wiederholen und auf die unsren nicht achten.* Goethe. Oder: *Wer einen Fehler macht und ihn nicht korrigiert, begeht einen zweiten.* Konfuzius. Es ist so einfach heutzutage etwas Schlaues zu sagen, dass ich das selbst einem Karlo Schenk zutraue.«

Preuths Telefon klingelte. Es hatte eine altmodische Telefonanlage auf dem abgescheuerten Holz seines Schreibtisches stehen. Am Ende des Tisches stand ein riesiges Faxgerät. So etwas hatte ich sonst nur bei van Akens gesehen, die der modernen Technik mitunter misstrauten.

Preuth griff nach dem Hörer, der mit einem geringelten Kabel am Telefon befestigt war.

Ich versuchte, der Stimme aus dem Hörer zu lauschen, konnte aber nichts verstehen.

»Nicht dein Ernst!«, sagte Preuth. »Schick mal ein Foto davon, Frau Boskamp sitzt nämlich genau vor mir. Ja. Ja. Okay. Nein, ihr nehmt alles mit, ausnahmslos. Jeden Computer, jedes Handy und jeden Datenträger, der in der Wohnung herumfliegt. Okay. Gut. Bis gleich.«

Sein Handy gab einen Piepton von sich. Preuths Gesichtsausdruck wirkte, als ob er ein unerwartetes Geschenk erhalten hätte.

»Die Kollegen haben gerade etwas Interessantes in der Wohnung gefunden«, sagte er.

»Was?«, fragte ich.

»Schauen Sie.« Preuth schob das Handy über die Tischplatte und drehte es so, dass ich das Foto erkennen konnte.

Mein Mund wurde trocken.

»Oh Gott«, sagte ich.

»Eine alte Casio«, sagte Preuth.

»Ich kann es kaum glauben, aber Tante Lindas Programm rechnet wirklich perfekt«, sagte ich. »Das ist exakt die Uhr, die der Mann im Lastenaufzug getragen hat.«

12

»Sie müssen sich in Geduld üben«, sagte Preuth einige Stunden später am Telefon zu mir. »Ich führe die Vernehmung von Karlo Schenk selbst durch, aber da er nicht sofort etwas gestanden hat, können wir nur darauf hoffen, dass er mit der Zeit mürbe wird.«

Ich war vor lauter Nervosität so fahrig, dass ich kaum still sitzen konnte. Ich scrollte durch meine E-Mails und Nachrichten, versuchte, mich abzulenken.

Miriam Rode bat um Rückruf, sobald es zeitlich passe.

Also rief ich die Privatdetektivin an.

»Ich habe etwas im Leben von Attila Rasmussen herumgestochert«, berichtete sie. »In seinen alten Akten steht, dass er einen Hang zu Pyromanie hat. Und fragen Sie mich bitte nicht, wie ich an die Akten gekommen bin, das kann ich Ihnen nämlich zum Schutz meiner Quelle nicht verraten.«

»Okay. Was bedeutet Hang zur Pyromanie konkret?«

»Er hat als Kind gerne gezündelt. Mit verheerenden Folgen. Seine Schwester und seine Mutter kamen bei einem Brand in einem Hochhaus ums Leben, an dem er schuld war. Nur er überlebte.«

Das passte. Der Mann liebte Flammen so sehr, dass er sich sogar welche tätowieren ließ. Ich musste Tilda unbedingt vor ihm warnen.

»Strafmündig war er damals noch nicht«, fuhr Miriam Rode fort, »deshalb hatte die Brandstiftung in dieser Hinsicht keine Konsequenzen. Aber da der Vater unbekannt war, ist er im Kinderheim aufgewachsen. Heute betreibt er einen kleinen Laden in seiner alten Heimat, so eine Art Büdchen, das sich nicht an normale Öffnungszeiten halten muss. In der Ecke – eher üble Gegend – sind fast alle Geschäfte pleite gegangen, aber seines hält sich da schon seit Jahren. Vielleicht verkauft er ja noch was anderes als Zigaretten, Milch und Brötchen, aber das ist Spekulation.«

Sie nannte mir die Adresse des Ladens.

Nach unserem Telefonat schaute ich mir das Geschäft im Internet an. Die Gegend kam mir bekannt vor. Es lag nur wenige Gehminuten von der Wohnung meiner Großeltern in Hochdahl entfernt, der Erfindungsstätte von Hoppel.

Das kam mir genauso merkwürdig vor wie die Tatsache, dass er ausgerechnet jetzt im Leben meiner Schwester aufgetaucht war.

»Es gibt keine Zufälle«, murmelte ich und klappte meinen Laptop zu, fest entschlossen, mir Wohnung und Laden mal genauer anzusehen.

Meine Mutter saß im Büro und unterschrieb Formulare mit Opas altem Montblanc, während mein Vater neben ihr saß und ihr über die Schulter blickte. Dr. Knepper, der Notar ihres Vertrauens, saß ihnen gegenüber, blätterte die Seiten um und zeigte mit seinem Stift auf die Stellen, wo sie unterschreiben sollte.

»Ach, Effie, Papa und ich sind immer noch nicht mit dem Papierkram durch«, sagte sie und seufzte. »Man glaubt ja nicht, wie viel geregelt werden muss, wenn jemand stirbt. Wir müssen Erbscheine und Sterbeurkunden an alle möglichen Stellen verschicken, damit die Firma einigermaßen reibungslos unter der Leitung deines Vaters weiterlaufen kann.«

Wie zur Bestätigung hob der Notar eine weitere Seite an und tippte auf eine Stelle auf dem nächsten Blatt.

Ich wartete noch einige Minuten, bis Dr. Knepper sich verabschiedet hatte, bevor ich fragte: »Wisst ihr eigentlich inzwischen, was aus der Wohnung von Opa und Oma in Hochdahl geworden ist? Wohnt da jetzt jemand?«

»Laut Unterlagen nicht. Ich wüsste gerne, in welchem Zustand sie ist, vielleicht kann man ja noch etwas draus machen oder sie im Zweifel abstoßen«, sagte mein Vater.

»Ich wollte sie mir mal anschauen. Haben wir einen Schlüssel?«

»Gute Idee. Moment.« Er wühlte in einem Ordner, zog etwas aus einer Plastikhülle. Es war ein Anhänger mit zwei leicht angerosteten Schlüsseln an einem Metallring, an dem eine Mädchenfigur aus Plastik hing, aus deren blonden Kunsthaaren eine Metallöse wuchs. Der Mund des Püppchens war verschwunden, sie war zum ewigen Schweigen verurteilt. Nur die Augen, schwarze Punkte mit angedeuteten Wimpern, waren noch da.

»Die Figur hat Oma bestimmt mal wegen dir dort drangemacht, Mama«, sagte ich.

»Wie kommst du denn darauf?«, fragte sie.

»Na, es ist ein blondes Mädchen, wie du damals.«

Sie schüttelte den Kopf, als hätte sie keine Zeit, sich mit einem solchen Unsinn zu beschäftigen, schob ein Blatt beiseite und setzte ihre ordentliche Unterschrift unter das nächste Dokument.

»Ich reise übrigens gleich ab«, sagte mein Vater und räusperte sich. »Ich weiß, es ist ein ungünstiger Zeitpunkt. Aber wir haben größeren Ärger mit einem Stofflieferanten aus Beijing. Ich muss mich darum kümmern, sonst steht am Ende die Produktion still. Ich komme wieder, so schnell es geht.«

Er klappte den Ordner wieder zu und nahm die Papiere an sich, die meine Mutter unterschrieben hatte.

»Und wegen der Erbschaft von Opa ... Ich brauche sie baldmöglichst. Falls eine Lösegeldforderung wegen Lulu kommt ... Wusstet ihr, dass es keine staatliche Hilfe gibt, wenn man Lösegeld zahlen muss?«

Außerdem musste ich Jutta Schenk bezahlen, aber das erwähnte ich erst mal nicht.

»Dann übernehmen wir es natürlich, das Lösegeld zu besorgen, bis die Erbschaft geregelt ist.« Mein Vater packte die Papiere in eine lederne Laptoptasche und klemmte sich diese unter den Arm.

Es hatte für mich keine besondere Bedeutung, dass er eine

Geschäftsreise machen musste, es war mir in Fleisch und Blut übergegangen, dass meine Eltern ständig unterwegs waren. Nur das Geld machte mir Sorgen.

Ich steckte den Schlüsselbund ein und speicherte die Adresse der Wohnung in mein Handy, bevor ich aufbrach. Zuvor kämmte ich mein Haar noch streng zurück und knotete es zu einem Dutt. Dazu wählte ich eine ältere Jeans und einen Hoody, der seinen hohen Preis mit dem Used-Look gerechtfertigt hatte und dementsprechend abgetragen aussah. Ich wollte in der Gegend, in die ich mich jetzt begab, möglichst nicht auffallen.

Zum Schluss hängte ich mir das Handy quer über die Brust, um keinen Anruf von Staatsanwalt Preuth zu verpassen. Kaum, dass ich von der Rheinkniebrücke auf die A 46 Richtung Hilden abgebogen war, klingelte es prompt. Doch es war nicht, wie erhofft, Olaf Preuth. Jutta Schenk rief aus dem Hotel an.

»Vergessen Sie bitte nicht, was Sie mir versprochen hatten. Dann kann ich nämlich erst mal untertauchen, bis die Luft wieder rein ist«, sagte sie.

»Das Geld, meinen Sie? Ich kümmere mich darum. Aber Sie müssten bei einem Prozess gegen Ihren Mann aussagen. Diese Zusage brauche ich vorher von Ihnen. Am liebsten schriftlich.«

»Okay. Aber beeilen Sie sich.«

»Wie sind Ihre Pläne? Wo kann ich Sie am besten erreichen?«

»Ich fahre jetzt kurz nach Hause, ein paar Sachen packen, und komme dann ins Hotel zurück«, sagte sie. »Solange ich nicht weiß, was mit Karlo passiert, fühle ich mich im Hotel erst mal sicherer als in der Wohnung.«

»Ich werde das Zimmer verlängern. Bleiben Sie auf jeden Fall erst mal dort.«

»Vom Hotel aus kann ich zu Fuß zur Arbeit gehen, das ist eigentlich ganz praktisch«, sagte Jutta Schenk. »Aber wenn

Karlo mich in die Finger bekommt, kann ich mich auf etwas gefasst machen.«

»Machen Sie sich nicht allzu viele Sorgen, die Polizei wird ihn schon in die Mangel nehmen. Ich glaube nicht, dass er so schnell wieder bei Ihnen auftaucht.«

Ich fuhr von der Autobahn ab und bog auf eine Landstraße.

Auf der Suche nach der richtigen Adresse fuhr ich zunächst durch ein schönes Viertel, das ich nicht in direkter Nähe der eher unterprivilegierten Gegend, von der aus meine Großeltern einst ihr Imperium aufgebaut hatten, vermutet hätte. Vorwiegend großzügige Einfamilienhäuser mit teuren Autos in der Garageneinfahrt standen hier. Aber das Navi zeigte mir an, dass ich mein Ziel in zwei Minuten erreichen würde.

Und tatsächlich, nachdem ich ein schmales Waldstück passiert hatte, tauchten auf einmal die Plattenbauten auf.

Es waren so viele beinahe identische Gebäude, dass ich schnell die Orientierung verloren hätte, wenn das Navi mich nicht mit monotoner Stimme durch den Betondschungel gelenkt hätte.

Hier gab es keine Möglichkeit mehr, mit dem Auto bis vor die Haustür der einzelnen Gebäude zu fahren. Stattdessen gab es Sammelparkplätze vor den jeweiligen Häuserblocks, wahrscheinlich, damit Kinder innerhalb ihres eigenen Blocks ohne Gefahr spielen konnten. Zumindest ohne die von Autos.

Mein Navi führte mich auf einen Parkplatz, der mir bekannt vorkam. Es war der, auf dem Mareike Kottula ihr Video gedreht hatte. Mein Range Rover wirkte wie der große Bruder der anderen hier parkenden Fahrzeuge, breit und bullig nutzte er jeden Millimeter des zur Verfügung stehenden Raumes aus. Zum Glück war gerade kein anderer Mensch außer mir auf dem Parkplatz, sonst wäre es das bereits gewesen mit meiner angestrebten Unauffälligkeit.

Zu meiner Rechten lagen die Wohnblocks, zur Linken war das Stück Wald, das die Plattenbauten von der besseren Wohngegend abtrennte. Durch das kleine Waldstück verlief direkt am Weg ein Bach, in dem ein Einkaufswagen lag und dort vor sich hin rostete. Abgesehen davon war dieses Wäldchen geradezu prädestiniert für Kinder, die sich am Nachmittag zu Banden zusammenrotten und gemeinsam ein Stück Natur erkunden wollten.

Ich sah mich gründlich um. Hier also hätte ich unter anderen Umständen aufwachsen können.

Vielleicht hatte meine Großmutter damals bei einem Spaziergang durch diesen Hain davon geträumt, es auf die andere Seite zu schaffen, mit einem eigenen Haus und zwei Autos in der Auffahrt. Es könnte ihr Ansporn gewesen sein. Oder sie hatte sich Opas Vorstellung und seinem Ehrgeiz vom besseren Leben angeschlossen.

Die Gebäude in diesem Block hatten nur fünf Stockwerke. Eine simple Sparmaßnahme, nahm ich an. Ab sechs Etagen musste man Fahrstühle einbauen lassen.

Die Häuser, die sich in großen rechteckigen Blöcken gegenüberlagen, teilten in der Mitte ein Stück gemeinsamen Rasen, der mit Verbotsschildern gepflastert war: Fußballspielen verboten. Hunde verboten. Abfall entsorgen verboten. Es war trostlos.

In Richtung der Rasenfläche verfügten alle Wohnungen über Balkone, die aussahen, als habe man rechteckige Löcher in die glatte Fassade geschnitten. Sie hingen nicht außen am Gebäude und boten so zusätzliche Quadratmeter, sondern waren im Grunde vom Wohnzimmer abgeteilt worden.

Einzig die Farben der Balkone wechselten zwischen den einzelnen Häuserblocks, damit man sich überhaupt noch zurechtfinden konnte. Die Brüstungen waren zeitgleich überdimensionale Blumenkästen aus Beton, als hätte man die Bewohner animieren wollen, es sich hübsch zu machen, was vereinzelte Mietparteien auch getan hatten. Einige Kübel waren üppig mit Blumen bepflanzt, zwischen denen Solarlampen oder Windräder steckten, andere hatten die Blumenkästen lieber als Platz für eine kleine Satellitenschüssel genutzt, wiederum andere hatten schwere Plastikplanen vor ihren Balkon gehängt, als wollten sie sich das verlorene Stück Wohnzimmer zurückholen, hatten dabei aber versehentlich die Optik eines Schlachthauses imitiert.

Nach einem kurzen Fußweg blieb ich vor dem Häuserblock mit der Nummer 49 stehen. Die in die Jahre gekommene Haustür hatte einen aluminiumfarbenen Metallrahmen, das Innere bestand aus geriffeltem Milchglas, das so dreckig war, als wäre es noch nie geputzt worden. Die Schrauben der Plastikklingelschilder an der Hauswand waren verrostet. Die Schilder bestanden zum Großteil aus handgeschriebenen, mit Tesafilm überklebten Zetteln, lediglich zwei der Namen waren gedruckt und ordentlich hinter einer Kunststofffolie angebracht worden.

In der fünften Etage, wo unser Namensschild hätte sein müssen, stand *Reparaturen* mit einem Pfeil auf die danebenliegende Klingel.

Ich schloss die Tür auf.

Im Hausflur parkten mehrere Kinderwagen. Es roch nach Essen, mittlerweile war Mittagszeit. Knoblauch-, Kreuzkümmel-, Zwiebel- und Bratfettaromen hingen in der Luft.

Das Treppenhaus war mit Steinfliesen in einem unangenehm gelblichen Ton ausgekleidet, der mich an Tildas Bluterguss unter dem Auge erinnerte. Ich beugte mich über das Metallgeländer und sah nach oben. Ein Handlauf aus rotem Kunststoff wand sich hoch bis in den fünften Stock. Einen Moment stellte ich mir vor, wie Tilda und ich als Kinder dieses verlockend glatte Geländer hinuntergerutscht wären, fünf ganze Stockwerke bis in die Tiefe, nur ausgebremst von den engen Kurven. Natürlich hätte Mama uns das nie erlaubt. Aber ob sie selbst dieser Versuchung je erlegen war?

Im ersten Stock öffnete eine Frau in meinem Alter gerade die Haustür. Sie trug ein buntes Kopftuch und nickte mir freundlich zu. Hinter ihrem Rock lugte ein Junge von etwa sieben Jahren hervor und sah mich misstrauisch an. Die Frau wartete, bis ich weitergegangen war, bevor sie die Tür hinter sich schloss.

In der obersten Etage, wo sich die alte Wohnung meiner Großeltern befand, waren im gesamten Flur Gegenstände gestapelt. Radios, Fahrräder, Bildschirme, Bügeleisen, Staubsauger. Ich stieg über eine verbeulte Heißluftfritteuse. Hier gab es nur noch zwei Wohneinheiten, die sich gegenüberlagen.

Ich klingelte vorsichtshalber an der Wohnung meiner Großeltern, nur für den Fall, dass vielleicht doch irgendwann ohne unser Wissen vermietet worden war, aber nichts rührte sich. Allerdings ließ sich der Wohnungsschlüssel nicht richtig drehen. Ich rüttelte am Knauf.

Auf der anderen Seite riss jemand die Tür auf. Ein dünnes Männchen von etwa fünfzig Jahren, mit schulterlangem, ungepflegtem Haar und einem verwaschenen T-Shirt, auf dem *Slayer – Show No Mercy* stand, starrte mich böse an.

»Ey, Pippi Langstrumpf, was machst du da?«, fragte er und sah mich argwöhnisch an.

»Ich versuche, in die Wohnung zu kommen.«

»Ziehst du hier ein, oder was?«

»Vielleicht. Ich will sie mir erst mal angucken. Sind das alles Ihre Sachen hier im Flur?«

»Die Sachen bleiben hier, das ist Gewohnheitsrecht, nur dass das klar ist. Bisher hat das niemanden gestört. Hier wohnt seit Jahren keine Sau außer mir. Ich repariere ausrangierte Sachen und verkaufe sie. Bei mir ist nicht genug Platz. Leider. Ich muss ständig aufpassen, dass niemand hier hochkommt und was klaut.«

»Können Sie mir vielleicht helfen? Der Schlüssel verhakt sich dauernd.«

»Lass mich mal sehen.«

Der Mann schob sich nach draußen. Er roch nach Marihuana.

Er versuchte, den Schlüssel zu drehen, er bewegte sich nicht.

»Das ist der falsche Schlüssel«, behauptete der Typ.

»Das glaub ich nicht. Die beiden Schlüssel hingen zusammen, und die Haustür habe ich mit einem davon aufbekommen. Da ist wahrscheinlich etwas Rost oder Dreck im Schloss drin. Haben Sie vielleicht etwas Öl?«, fragte ich.

»Sorry. So was hab ich nicht.«

»Ich dachte, Sie reparieren diese Sachen?« Ich zeigte auf eine Nähmaschine und ein Fahrrad. »Ist Öl da nicht hilfreich?«

»Bist wohl eine kleine Mechanikerin, was?« Der Mann verschränkte die Arme vor seiner schmalen Brust. Jetzt konnte ich nur noch *No Mercy* lesen.

»Nein, eigentlich nicht. Ich danke Ihnen aber für Ihre Mühe«, sagte ich und tippte derweil auf meinem Handy herum. »Ich rufe dann einfach den Schlüsseldienst.«

»Aber lass meine Sachen hier in Ruhe, sonst werde ich ungemütlich.«

Der Typ verzog sich wieder in die Wohnung, und ich nahm auf einem alten Plastikstuhl Platz, den ich unter all dem Gerümpel fand.

Eine halbe Stunde später stapfte der Mann vom Schlüsseldienst hörbar ächzend die Treppe hinauf.

»Jetzt muss ich erst mal verschnaufen«, sagte er und stellte seinen Werkzeugkoffer ab. Sofort flog die Tür wieder auf und der No-Mercy-Typ kam wieder raus, mitsamt einer Rauchschwade, die uns einlullte.

»Sind Sie die Eigentümerin?«, fragte der Schlüsselmann.

»Ja. Das heißt, eigentlich ist das die Wohnung meiner Oma. Ich muss etwas nachsehen, aber das Schloss klemmt.«

»Dann brauche ich den Ausweis und die schriftliche Erlaubnis Ihrer Großmutter.«

»Was? Wieso das denn?«

»Ich kann doch nicht Hinz und Kunz fremde Wohnungen öffnen.«

»Sie können meinen Ausweis sehen. Ich bin die Enkelin der Eigentümerin. Und selbst wenn ich ihren Ausweis dabeihätte, er würde doch gar nicht beweisen, dass meine Großmutter die Eigentümerin ist«, sagte ich.

»Weiß ich. Aber Sie haben es mir gerade selbst erzählt.

Und wenn ich von diesem Umstand Kenntnis habe, kann ich ihn ja schlecht ignorieren.« Er wandte sich an den Nachbarn.

»Kennen Sie die Dame vielleicht? Können Sie bestätigen, dass sie hier wohnt?«

»Nope. Hab ich noch nie gesehen.«

»Dann tut es mir leid. Vor allem, dass ich fünf Etagen umsonst gelaufen bin.«

Er bückte sich und griff nach seiner Tasche.

»Aber ich habe nie behauptet, dass ich hier wohne«, verteidigte ich mich.

»Die Anfahrt müssen Sie trotzdem zahlen. Ist ja nicht mein Fehler. Macht fünfunddreißig Euro.«

»Geht das mit Apple Pay?«, fragte ich und zückte mein Handy.

»Bar. Bei Anfahrt. Steht alles auf meiner Homepage«, sagte der Schlüsselmann.

»Entschuldigung. Viele Dienstleister haben heutzutage so ein Lesegerät.« Ich wühlte in meiner Handtasche nach meinem Portemonnaie, zog einen Hunderter raus.

»Haben Sie es nicht kleiner? Ich kann nicht wechseln«, sagte der Mann.

Der Nachbar hob abwehrend die Hände. »Mich brauchen Sie gar nicht anzugucken«, sagte er. »Ich hatte schon ewig nicht mehr so viel Bares in der Tasche.«

»Ich kann Ihnen anbieten, Sie zu bezahlen, wenn ich mit der Genehmigung meiner Großmutter zurückkomme«, bot ich an.

»Soll das ein Witz sein?«, entgegnete der Schlüsselmann.

»Wissen Sie was?«, sagte ich. »Ich gebe Ihnen die hundert Euro, und Sie verrechnen das Geld, wenn ich mit der Genehmigung meiner Großmutter zurückkomme und Sie mir die Tür öffnen.«

»Okay«, sagte der Schlüsselmann und steckte den Schein ein.

»Kennen Sie sich hier aus? Ich suche ein kleines Geschäft,

der Besitzer heißt Attila Rasmussen«, sagte ich an den Nachbarn gewandt.

»Da können Sie jeden fragen, alle wissen, wer Attila ist«, sagte der Mann stolz, als wäre der eine Berühmtheit über Landesgrenzen hinaus. »Er ist quasi ein Freund von mir. Sein Laden ist direkt am Marktplatz.«

»Danke. Wie kommt man denn dahin?«

»Aus der Haustür rechts, dann immer am Bach lang.«

Kurz drauf folgte ich dieser Wegbeschreibung. Ein Häuserblock reihte sich an den nächsten. Zu jedem gehörte ein mehrere Quadratmeter großes ummauertes Areal mit riesigen Mülltonnen, die derart überquollen, dass sich die Abfallbeutel bis auf den Gehweg stapelten. Ein etwa zehnjähriger Junge drehte mit einem Fahrrad einsame Runden um den Müllberg.

Nach wenigen Minuten erreichte ich einen verödeten Marktplatz. Er war eingerahmt von kleinen Ladengeschäften mit Flachdächern, die allesamt verlassen waren. Einige Schaufensterscheiben waren bereits blind, hinter den anderen gähnte Leere. Sogar ein Secondhand-Laden für Kinderkleidung hatte hier nicht durchgehalten. Das selbst gemalte Schild hing windschief über dem komplett ausgeräumten Geschäft.

Nur ein Café an der Ecke schien noch ums Überleben zu kämpfen, jedenfalls war die Tür geöffnet. In der Mitte des Platzes standen ein paar Bänke, auf denen zwei leicht übergewichtige Mädchen saßen und sich eine Packung Kekse teilten, die sie zwischen sich auf der aufgerissenen Folienverpackung ausgebreitet hatten. Sie waren zwischen acht und zehn Jahren alt, wahrscheinlich Schwestern, mit dunklem Haar und dunklen Augen. Das einzige Bäumchen auf dem Platz war in einem Quadrat aus wadenhoch gestapelten Ziegelsteinen eingemauert, als wolle man selbst den Hunden ein Verbotsschild entgegenhalten. Jemand hatte die Ziegelsteine von außen mit bunter Kreide in Rosa, rot und orange angemalt, vielleicht sogar eines der Mädchen auf der Bank, was mir einen schmerzhaften Stich versetzte. Es waren Lulus Lieblingsfarben.

Als ich über den Platz lief, hob die Kleinere die Hand und

winkte mir zu, offenbar erfreut, mitten in dieser Steinwüste ein weiteres Lebewesen entdeckt zu haben. Ich winkte zurück, näherte mich ihnen aber nicht.

Es schien so, als hätte von allen Einkaufsläden nur Attilas Mini-Supermarkt überlebt, der auf dem gegenüberliegenden Ende des Marktplatzes direkt an der Hauptstraße lag.

Ich schlenderte, so unauffällig es in einer menschenleeren Gegend möglich war, am Schaufenster vorbei und tat so, als sähe ich mir die Obst- und Gemüsekisten an, die dort aufgebaut waren.

Ich erkannte Attila sofort. Vollbart, nach hinten gekämmtes Haar. Sogar das schwarze T-Shirt was dasselbe. Darüber trug er eine dicke Goldkette, wie in einem schlechten Gangsterfilm. Er stand hinter der Theke und starrte auf einen Fernseher, der in einer Ecke hing. Sicher schaute er irgendeine Sportsendung. Fußball. Formel Eins. Oder *Ninja Warrior*. Was fand Tilda bloß an einem solchen Typen?

Er war nicht viel größer als ich, vielleicht eins achtzig, aber wog sicherlich doppelt so viel. Auf den Fotos hatte ich ihn für übergewichtig gehalten, aber jetzt, als ich ihn live und in Farbe sah, wurde mir klar, dass er ziemlich muskulös war. Man erkannte es an seinem breiten Nacken. Der restliche Körper wirkte, als habe er einfach eine Speckschicht über die Muskeln gepackt, als er älter und müder geworden war. Jedenfalls würde ich mich hüten, diesen Typen zu unterschätzen. Ich musste an Tildas blaues Auge denken.

Mir wurde klar, dass Attila mich für Tilda halten würde, wenn er mich entdeckte. Also stülpte ich die Kapuze meines Pullis über das Haar, holte eine Sonnenbrille aus der Tasche und ließ mich auf der Bank vor der Bushaltestelle nieder, die dem Laden gegenüber lag. Ich tat so, als läse ich etwas auf meinem Handy, während ich Attila hinter der Scheibe weiter beobachtete. Zwei Jugendliche in Jogginghosen und Zigaretten in der Hand ließen sich neben mir nieder und bliesen mir Zigarettenrauch ins Gesicht. Sie waren höchstens dreizehn. Einer stupste den anderen mit dem Ellbogen an. Sie starrten auf mein Telefon. Es war das neueste Modell und der Farbton, ein dunkles Violett, verriet das sofort. Ich steckte es rasch in die Tasche und lächelte den Jungs zu.

»Cooles Phone«, sagte der eine.

»Wo hast du das denn abgezogen?«, fragte der andere, und die beiden lachten, aber es klang nicht freundlich. Ich war froh, als der Bus kam und die beiden verschwanden.

Auf einmal näherte sich eines der Mädchen, die eben Kekse mit ihrer Schwester geteilt hatte. Sie sah sich um, bevor sie in Attilas Laden huschte. Attila zeigte mit dem Daumen über seine Schulter nach hinten, ohne den Blick vom Fernseher abzuwenden.

Das Mädchen verschwand im hinteren Teil des Ladens, und ein junger Mann mit schwarzem Vollbart und raspelkurzen Haaren tauchte stattdessen aus dem Nirgendwo auf. Er übernahm Attilas Platz, und Attila folgte dem Kind in den hinteren Teil des Ladens.

Die Minuten schlichen dahin, doch weder das Mädchen noch Attila kamen zurück.

Es gefiel mir nicht, dass sich ein Mädchen von höchstens zehn Jahren bei einem Typen rumtrieb, der höchstwahrscheinlich Frauen schlug.

Also wartete ich, ob das Mädchen unversehrt wieder aus dem Laden herauskam. Nach einer Weile wurde ich unruhig. Wohin waren die beiden verschwunden? Ich stand auf und begann, um das Gebäude herumzugehen. Leider war es nicht möglich, von hinten an den Laden heranzukommen, da Attilas Laden Teil eines ineinander verschachtelten Gebäudekomplexes war. Ursprünglich war der Bau wohl als eine Art Shoppingmall im Miniformat gedacht gewesen, quasi vorgelagert zum dahinterliegenden Marktplatz. Was immer genau der Plan gewesen war – die kleine Shoppingmall sollte den Marktplatz beleben oder umgekehrt –, er war gescheitert. Beinahe alle Gebäude schienen verödet, verlassen. Ich fand lediglich eine komplett mit Werbung zugeklebte Schaufensterscheibe eines heruntergekommen Sonnenstudios. *Hier scheint den ganzen*

Tag die Sonne, stand da und: *Braun gebrannt wie frisch aus dem Urlaub* und *Wir sind die Sonnenexperten.* Das Studio musste nach meiner Schätzung auf der Rückseite von Attilas Laden liegen und wurde offenbar noch betrieben, wenn man dem Schild *Geöffnet* an der Glastür Glauben schenken durfte.

Ich drückte die Klinke herunter. Tatsächlich war die Tür offen.

»Hallo?«, rief ich vorsichtig in den Raum.

Niemand antwortete. Also trat ich ein.

Es gab einen Gang in der Mitte und vier abschließbare Kabinen mit Sonnenbänken darin, die allesamt offen standen und an denen außen ein Automat angebracht war, in den man Geldstücke werfen konnte. Ein Stapel mit billigen grauen Papierhandtüchern lag neben einer halb leeren Sprühflasche mit Desinfektionsspray auf einem vergilbten Plastiktisch in der Mitte des Raums.

»Hallo?«, rief ich noch einmal. Nichts. Offensichtlich war hier kein Personal anwesend. Zehn *Minuten = fünf Euro,* las ich auf einem Zettel, der mit Tesafilm auf den Plastiktisch geklebt war. Nun, bei dem Preis konnte man wohl auch kein Personal bezahlen.

Ich versuchte, aus den hinteren Fenstern zu schauen. Auch diese waren mit Werbeplakaten zugepflastert. Ich sah mich noch einmal rasch um und knibbelte dann mit dem Fingernagel ein Stück Aufkleber ab, bis ich durch eine kleine Stelle in den Hof sehen konnte. Der Anbau, den ich sah, musste an der Rückseite von Attilas Laden liegen. Bestimmt war das Mädchen dorthin verschwunden. Und Attila ebenso. Was machte ein kleines Mädchen mit einem erwachsenen Mann in einem abgelegenen Anbau? Soweit ich sehen konnte, gab es keinen anderen Ausgang. Das Kind musste durch den Laden wieder hinausgehen.

Nach weiteren zehn Minuten öffnete sich die Tür des Anbaus. Attila erschien, und das Mädchen folgte ihm. Er sah sich kurz auf dem Innenhof um, und sie gingen zurück in den Laden. Was bitte hatten die beiden dort eine dreiviertel Stunde getrieben?

Ich versuchte, den abgeknibbelten Aufkleber wieder an der Scheibe festzudrücken. Als ich ein paar Augenblicke später auf den Marktplatz trat, saß das Kind schon wieder bei ihrer Schwester auf der Bank. Ihre Wangen waren gerötet. Die beiden Mädchen rissen mehrere Packungen mit Sammelbildchen auf, eine leere Verpackung wehte über den Platz und mir vor die Füße, als wolle sie mir etwas mitteilen. *Pokemon,* las ich.

Ich trat näher an die Kinder heran, gerade so nah, dass ich sie hören konnte. Dabei hielt ich mein Telefon so, als wäre ich in Wirklichkeit damit beschäftigt. Doch diesmal sahen die Mädchen nicht auf, sondern sortierten eifrig die Sammelbilder.

»Attila hat gesagt, wenn ich nächste Woche noch mal komme, dann bekomme ich noch fünf Packungen«, sagte das Mädchen. »Und du sollst auch mitkommen, hat er gesagt. Dann hätten wir zehn Packungen! Ich hätte so gerne den Strahlenden Glurak. Der ist unheimlich wertvoll.«

»Ich möchte nicht«, sagte die Jüngere und stopfte sich noch einen Keks in den Mund. »Das tut bloß weh.«

»Man gewöhnt sich daran, sagt Attila.«

»Das glaube ich nicht.«

Auf einmal sah die Große erschrocken aus. »Du darfst Papa aber nichts sagen, hörst du? Wir dürfen niemandem etwas sagen, vergiss das nicht.«

Irgendwo in den Tiefen meines Magens begann es zu grummeln.

Das Kind

Obwohl sie wusste, dass es nichts nutzte, kniff sie die Augen zu, so fest sie konnte.

Sie wusste längst, was kam. Schmerz. Und Ekel. Abgrundtiefer Ekel, der in ihrer Kehle steckte wie Erbrochenes, das man wieder hinunterschlucken musste.

Es gab für sie keinen Weg nach draußen.

Außer, sie benutzte diesen Trick und klinkte sich einfach aus. Dafür legte sie die langen Ohren des Stoffhasen über ihre Augen. Sofort war es angenehm dunkel. Sie musste nur die Aufmerksamkeit ganz fest bündeln, dann konnte sie in ihr Inneres fliehen. Erleichtert betrachtete sie die bunten Punkte, die hinter ihren Augenlidern tanzten, rote, grüne, gelbe, lilafarbene, sie hüpften immer schneller und schneller hin und her, ihr wurde schwindelig davon. Ganz weit weg lachte jemand. Es klang böse.

Konzentriert starrte sie auf die Punkte, versuchte, sie zu zählen. Sie zogen sich in die Länge, wurden zu Schlieren, die kreuz und quer hinter ihre Lider gemalt wurden, bis das Schwarze verschwunden und alles in ihrem Inneren rot war wie eine offene Wunde.

Am liebsten hätte sie die Augen niemals geöffnet, solange er da war, aber es gab diesen einen Moment, der extrem gefährlich war. Dann musste sie vor allem eins: aufpassen.

Er durfte nie, niemals mitbekommen, dass sie zwischendurch einfach verschwand. Mit dem Instinkt eines Tieres begriff sie, dass ihr Leben am seidenen Faden hing, falls er merkte, dass sie ihn ohne Erlaubnis verlassen hatte, ja, ihn verlassen musste, um zu überleben. Er würde sie töten, weil er sich so etwas nicht gefallen ließ.

Und deshalb kehrte sie immer gerade rechtzeitig zurück.

Dann tat sie etwas, das sie immer wieder rettete: Sie lächelte.

13

Auf dem Rückweg schaute ich bei Kommissar Siebert im Büro vorbei. Obwohl er mich sicher angerufen hätte, falls sie auf bahnbrechende Erkenntnisse gestoßen wären, hoffte ich dennoch, etwas Neues über Lulu zu erfahren. Vielleicht hatte er ja gerade in diesem Moment Karlo Schenk in die Ecke getrieben.

Das Gegenteil war der Fall.

»Sie haben … was? Ihn freigelassen?« Ich spürte, wie mir vor Entsetzen die Röte ins Gesicht schoss.

Siebert seufzte. »Ich verstehe, dass Sie das nicht mögen, aber mir sind die Hände gebunden.« Er klang erschöpft. »Es gibt eine vage Verbindung zum Fall Ihrer Schwester. Aber immer noch zu vage für einen Haftgrund. Die Anschuldigungen von Schenks Frau sind unbewiesen, es gibt keinerlei Nachweise, dass sie die Wahrheit sagt. Keine Zeugen für die angeblichen Stelldicheins an den Donnerstagen, keinen Nachweis für die zugegebenermaßen recht fragwürdigen Geschenke an seine Tochter – falls es sie je gegeben hat. Bitte nicht falsch verstehen, es steht einfach Aussage gegen Aussage.«

»Aber Frau Schenk hat ihren Mann damals angezeigt. Das können Sie doch sicher noch nachhalten!«

»Im System wurde keine Anzeige gegen Schenk gefunden. Allerdings kann es sein, dass sie mittlerweile gelöscht wurde, solche Daten werden nicht unbegrenzt lange gespeichert.«

»Vielleicht erinnert sich Frau Schenk noch an den Namen des vernehmenden Beamten, dann könnte man eventuell über eine Zeugenaussage an Informationen kommen.«

»Nach so vielen Jahren? Selbst wenn wir den Kollegen fänden, ist es unwahrscheinlich, dass er sich an genau diesen Fall erinnert. Solche Anzeigen kommen einfach zu häufig vor. Außerdem bestreitet Karlo Schenk entschieden sämtliche Vorwürfe und wirkte geradezu entsetzt über die Behauptungen seiner Frau. Recht glaubwürdig entsetzt, wie ich sagen muss. So oder so, wir können keiner Seite mehr Glauben schenken als der anderen.«

»Sie können doch jetzt nicht aufgeben! Das Leben meiner Tochter liegt in Ihren Händen!«

»Ich wünschte, das wäre so. Dann wäre sie in Sicherheit«, sagte Siebert.

Ich schwieg.

»Schenks Rechner war auch sauber«, argumentierte Siebert weiter.

»Vielleicht hat er noch einen zweiten.«

»Den hätten wir dann aber noch nicht gefunden. Somit haben wir keinen Ansatzpunkt, der für eine Verhaftung ausreicht. Das sind nicht meine Worte, wenden Sie sich an den Haftrichter, wenn Sie sich beschweren wollen. Ich bin ausführendes Organ. Exekutive.«

Ich schluckte eine Drohung hinunter. Im Zweifel würde Armin mir helfen. Er hatte große Teile der hiesigen Presse unter Kontrolle, das machte ihn zu einem mächtigen Gegner. Schlechte Presse wollte niemand gern, weder ein Richter noch die Polizei.

»Außerdem ist hier auf einmal so ein Anwalt aufgetaucht, einer von denen, denen man sonst lieber nicht so gerne begegnet. Ein Clan-Anwalt. Keine Ahnung, wie Schenk den an Land gezogen hat. Aber der sagt natürlich zu Schenk, er solle uns gegenüber kein Wort verlauten lassen. Was sein gutes Recht ist, natürlich.«

»Ich verstehe«, sagte ich mutlos. Nach einer Pause fragte ich zaghaft: »Haben Sie meine Tochter aufgegeben?«

»Nein, Frau Boskamp. Das habe ich nicht. Aber was Karlo Schenk angeht, sind mir im Moment eben die Hände gebunden.«

»Sagen Sie das Lulu.«

Siebert klopfte ein paar Blätter auf seinem Schreibtisch zu einem ordentlichen Stapel zusammen und schob sie in einen

Hefter, als wenn er gerade einen Fall abschließen würde. Mir schossen die Tränen in die Augen. Würde das hier enden wie bei Mila? In einem immerwährenden Spagat zwischen Hoffen und Bangen?

»Von Schenk zu Ihrer Tochter gibt es bisher keinerlei Verbindung", sagte Siebert. „Und wenn wir den Auswertungen von Schenks Handydaten trauen können, ist sein Bewegungsradius der letzten Wochen hauptsächlich eingeschränkt gewesen zwischen seinem Zuhause und dem Kaufhaus, wo seine Frau arbeitet. Im Umkreis des Kindergartens wurden alle eingeloggten Handys überprüft, Schenks gehörte nicht dazu.«

»Vielleicht ist er nur nicht dumm. Und lässt sein Handy zu Hause, wenn er ein Kind entführt.«

»Dann müsste er aber einen Komplizen haben. Jemanden, der die ganze Zeit auf seinem Handy herumspielt. Denn darauf ist im fraglichen Zeitraum einiges an Aktivität verzeichnet.«

»Was denn für Aktivitäten?«

»Sein Tagesablauf ist immer derselbe. Die Schenks haben nur ein Auto. Er bringt seine Frau zur Arbeit und fährt wieder nach Hause. Dort stemmt er entweder Hanteln – wir haben einiges an Sportequipment gefunden, und er benutzt während seiner Übungen eine Smartwatch, die die Bewegungen auf seinem Handy aufzeichnet – und ansonsten spielt er fast ständig auf dem Telefon, oder er schaut Videos von anderen Spielern, die welche spielen. Äußerst unspektakuläre Spiele noch dazu. Autorennen, Tennis, Fußball, Golf. Solche Sachen. Gegen Nachmittag oder Abend, je nachdem, in welcher Schicht sie arbeitet, holt er seine Frau wieder ab, ganz der vorbildliche Ehemann. Zwischendurch mal ein Einkauf, das wars. Und für die Tatzeit hat er sogar ein Alibi. Am Tag von Luises Verschwinden hat er Eiweißpulver in einem Drogeriemarkt gekauft und mit seiner EC-Karte bezahlt. Genau um elf Uhr dreißig. Die Kassiererin erinnerte sich an ihn. Der Laden ist fünfzehn Kilometer vom Kindergarten entfernt. Es sieht nicht gut aus, fürchte ich.«

»Was ist mit der Casio? Aus dem Fahrstuhl?«

»Er hat behauptet, sie gehöre ihm nicht. Er hätte sie noch nie gesehen. Aber selbst wenn wir seine DNA darauf finden würden – die Uhr ist leider kein Beweis. Wenn Sie mal drüber nachdenken, stammt sie ja von einem bearbeiteten Film.«

»Der Film wurde mit KI editiert. Künstliche *Intelligenz!* Die hat *berechnet*, wie die Uhr aussah!«

»Aber trotzdem ist der Film kein Original. Ich muss mich an die Anweisung der Justiz halten. Und Richter Saul hat aufgrund dessen keinen Haftbefehl ausstellen wollen.«

»Auf dem Original kann man aber nichts erkennen! Der Film ist fünfundzwanzig Jahre alt!«

»Das ändert ja nicht die Tatsachen.«

»Und was ist mit Jutta Schenk? Sie muss ja irgendwann wieder nach Hause gehen. Was, wenn dieser Schenk jetzt wütend auf sie ist? Und sie bedroht?«

»Sie ist eine erwachsene Frau. Sie muss sich selbst überlegen, was sie gerne möchte. Wenn er sie bedroht, muss sie Anzeige erstatten.«

»Sie hat Angst vor ihm.«

»Ich habe Schenk eine Gefährderansprache gehalten. Er weiß, dass wir ein besonderes Auge auf ihn haben. Wenn er seine Frau bedroht, steht es ihr frei, ihn anzuzeigen. Aber ich glaube nicht, dass er sich das jetzt noch traut.«

»Ihr Wort in Gottes Ohr.«

Siebert sah zerzaust aus. Sein ordentlicher Seitenscheitel war noch vorhanden, aber absurderweise standen die Haare links und rechts davon ab, als hätte er sich die Haare gerauft. Ein dunkler Schatten an seinen Wangen zeigte, dass er für eine Rasur keine Zeit mehr aufbrachte.

»Frau Boskamp«, sagte er und sah mich ernst an. »Eines der ersten Dinge, die man auf der Polizeischule lernt, ist, dass man sich niemals auf einen Täter festlegen sollte, ganz egal, wie sehr die Indizien auch auf eine Person deuten mögen. Wenn man sich von einer einzigen Theorie gefangen nehmen lässt, vernachlässigt man alle anderen Möglichkeiten. Und es kommt immer wieder vor, dass das Offensichtliche nicht auch das Korrekte ist. Wenn ich jetzt also alle meine Gedanken auf eine einzige Person richte, übersehe ich vielleicht die entscheidende Information, die mich zu Ihrer Tochter führen könnte. Und ich habe nicht vor, einen solchen Hinweis zu verpassen.«

Seltsamerweise beruhigte mich diese Einstellung kein bisschen. Ich würde die Privatdetektei von Miriam Rode mit der Überwachung von Karlo Schenk beauftragen. Wenn die Polizei nichts finden konnte, um den Typen einzusperren, würde Miriam Rode vielleicht erfolgreicher sein.

Dann fiel mir noch etwas ein. Ich berichtete Siebert rasch von dem Vorfall mit diesem Attila und den Mädchen auf dem fast vollkommen verlassenen Marktplatz.

»Können Sie da nicht eine Durchsuchung machen? In dem Anbau? Ich meine, was macht ein Mann von Mitte fünfzig da drin mit einem kleinen Mädchen?«

Siebert seufzte. Er hatte ganz offensichtlich keine Lust auf weitere Probleme. »Mit welcher Begründung? Er hat ja nichts Strafbares getan. Nichts, woraus sich eine Durchsuchung rechtfertigen ließ.«

»Aber das eine Mädchen hat gesagt, beim letzten Mal hätte ihr etwas wehgetan. Was soll denn das heißen?«

»Das kann alles Mögliche heißen«, wehrte er ab. »Vielleicht geht auch Ihre Fantasie mit Ihnen durch.«

»Gar nichts geht hier mit mir durch. Ich habe etwas beobachtet, und ich teile es Ihnen mit. Es erscheint mir eben verdächtig, dass kleine Mädchen fast eine Stunde mit einem erwachsenen Mann in einem Anbau verschwinden und mit einer Belohnung wieder herauskommen.«

»Das kann ja sein, aber das ist weder strafbar noch rechtfertigt das eine Durchsuchung.«

»Können Sie die Mädchen nicht wenigstens befragen? Nur um sicherzugehen, dass ihnen nichts passiert?«

Siebert schien darüber nachzudenken, wie er mir sein Desinteresse am diplomatischsten verkaufen konnte. »Hören Sie. Ich weiß nicht, ob Ihnen klar ist, in was für einer Gegend Sie sich da herumtreiben. Dieser Markt liegt mitten in einem O.-K.-Gebiet.«

Als er meinen verständnislosen Blick sah, fügte er hinzu: »Organisierte Kriminalität. Das Café ist einer der Haupttreffpunkte der Hells Angels. Die haben die Gegend seit Jahren fest im Griff. Erst vor Kurzem sind sie mit einer libanesischen Großfamilie aneinandergeraten und haben eine Massenschlägerei auf dem Marktplatz veranstaltet. Mehrere Polizisten sind verletzt worden, als sie versucht haben, dort aufzuräumen.«

»Aber die Mädchen kann man doch befragen.«

»Sie kennen diese Leute nicht. Wer da mit der Polizei in Verbindung gebracht wird, lebt gefährlich. Da redet keiner mit uns. Auch die Kinder nicht. Darauf gebe ich Ihnen Brief und Siegel.«

Im Auto rief ich Miriam Rode an und bat sie, Schenk ab sofort zu überwachen.

»Geben Sie mir Zeit bis morgen«, sagte sie. »Ich muss den Observierungsplan erstellen und genügend Kollegen zusammentrommeln. Machen Sie sich keine Sorgen, der Mann ist bald unter Dauerbeobachtung, keine Sorge.«

Als wenn sie meine Gedanken gelesen hätte, schickte mir in dem Moment Jutta Schenk eine Nachricht mit der Bitte, sie heute nach Feierabend in der Pommesbude gegenüber dem Kaufhaus zu treffen. Es sei dringend. Ich solle das Geld mitbringen.

Also wartete ich am späten Abend im hinteren Teil des Imbisses »Frittenwerk« auf einer Bank vor einem überdimensionalen Bild, das mit echtem Moos bewachsen war. Drei Pommesschalen später – eine davon mit veganer Bolognese, eine mit Pulled Pork und eine mit Chicken Schawarma – war mir nicht nur übel, ich war auch beunruhigt. Seit über einer Stunde saß ich auf der Bank, pulte einen Moosfaden nach dem anderen von dem Bild herunter und errichtete einen grünen Scheiterhaufen auf dem Hochtisch vor mir. Zwischendurch schrieb ich immer wieder WhatsApps. Jutta Schenk antwortete nicht. Dabei waren wir schon vor anderthalb Stunde verabredet gewesen, um das weitere Vorgehen zu besprechen.

Sie war es gewesen, die mich hierher bestellt hatte. Ganz sicher war sie in heller Aufregung. Die Situation hatte sich geändert, Karlo Schenk war wieder frei, und sie brauchte umso dringender die versprochene Summe, aber ich würde ihr erklären müssen, dass es noch ein wenig dauern würde, bevor ich ihr das Geld auszahlen konnte. Außerdem hoffte ich, dass ihr noch etwas einfiel, was ihren Mann belastete. Sonst war Lulu verloren.

Das Kaufhaus war längst geschlossen. Selbst wenn sie nach der Arbeit noch aufräumte, müsste sie inzwischen damit fertig sein.

Die Fußgängerzone wirkte vollkommen verlassen. Ab und zu kam jemand herein und holte eine Bestellung ab, aber bis auf diese wenigen Unterbrechungen waren die junge Frau hinter dem Tresen und ich allein im Laden. Sie war damit beschäftigt, das Telefon zu bedienen und die bestellten Speisen zuzubereiten. In unregelmäßigen Abständen rief sie zu mir herüber, ob ich noch etwas haben wolle, woraufhin ich schließlich abwechselnd Wasser und Kaffee bestellte, das ich mir selbst an der Theke abholen musste, ansonsten ignorierten wir uns.

Es war merkwürdig. Jutta Schenk hatte selbst um das Treffen gebeten. Wieso tauchte sie dann nicht auf?

Ich machte einen letzten Versuch, sie anzurufen. Während es tutete, kam zeitgleich eine Nachricht von ihr. Sie schickte mir ihren Standort. Ich zoomte die rote Nadel, so nah es ging, auf dem Bildschirm heran. Jutta Schenk war im Kaufhaus. Kurz darauf kam ein unscharfes Foto, eines von denen, die man versehentlich verschickte, wenn man sein Handy in die Tasche zurücksteckte, ohne den Chat zu verlassen. Es war nichts zu sehen, außer Schwarz und etwas Grün, ein Teppich vielleicht, ganz oben am Bildrand erkannte man ein verschwommenes Schild: *Kasse*. War das eine Bitte um Geduld? War sie beschäftigt? Oder auf dem Weg? Sollte ich zu ihr kommen? Sie wusste ja, dass ich die Generalkarte immer noch hatte.

Mit der Karte kam man nicht nur ins Parkhaus, sondern auch in den Personalraum, hatte sie gesagt. Dann würde ich den eben benutzen und nachsehen. Nach ein paar Minuten unschlüssigen Wartens lief ich los.

Ich fand den Personaleingang problemlos. Er lag im Ausgangsbereich im Erdgeschoss.

Die Tür gab ein lautes metallisches Klicken von sich, als ich die Karte vor den Sensor hielt. Ich drückte gegen die Eisentür und trat ein.

Vor mir lagen ein gekachelter Gang in kaltem Neonlicht und ein Treppenhaus. Es gab einen Personalaufzug, doch mir war die Treppe lieber. Bis zur Spielwarenabteilung waren es auch nur zwei Stockwerke. Also stieg ich die grau gekachelten Stufen hinauf, an deren Kante gelbe Klebestreifen angebracht waren, damit man sie nicht übersah und stolperte. Hier war die Arbeitssicherheit am Werk gewesen.

Ich hielt mich mit der Hand an dem kalten Metallgeländer fest, während ich leise Stufe für Stufe nahm. Es war totenstill in dem Gebäude.

Durch eine Glastür, auf der in Spiegelschrift *Personal* stand, gelangte ich mithilfe der Karte in einen Gang Richtung Verkaufsraum. Dort war eine Kundentoilette. Am Ende des Ganges gab es eine Schwingtür, die in den Verkaufsraum führte.

»Hallo? Frau Schenk?«, rief ich halblaut, während ich durch die Tür trat.

Die Etage war vollkommen verlassen. Nichts rührte sich.

Das Licht war stark gedimmt, nur einige bronzefarbene Spots erhellten das Stockwerk so, dass man die Umrisse von Regalen und Kleiderständern erkennen konnte, aber kaum noch Details.

Ich war in der Abteilung für Kinderkleidung gelandet. Die Schaufensterpuppen sahen aus wie schockgefrorene Kinder.

Vorsichtig bewegte ich mich Richtung Spielwarenabteilung.

Irgendetwas stimmte nicht. Ich fühlte mich beobachtet.

»Frau Schenk?«, rief ich, diesmal etwas lauter.

Auf einmal kam ich mir dämlich vor. Garantiert wurde ich gerade von einer Überwachungsanlage gefilmt. Und Jutta Schenk konnte zusätzlich Ärger bekommen, weil sie mir die Personalkarte gegeben hatte. Und wahrscheinlich war sie gar nicht mehr hier. Es gab doch gar nichts mehr zu tun.

Sie musste ihre Pläne geändert haben und hatte mir nicht Bescheid gesagt. Trotzdem, irgendetwas ließ mich weiterlaufen. Jetzt war es ohnehin zu spät.

Ich ließ die erstarrten Kinder hinter mir und lief durch die Sportabteilung. Neben mir ging es, nur von einer hüfthohen Glaswand abgetrennt, in die Tiefe. Die Rolltreppen standen mucksmäuschenstill. Die scharfkantigen Stufen verloren in der Bewegungslosigkeit das Unerbittliche, das Rolltreppen sonst immer anhaftete.

Nur das leise Summen der Beleuchtung war zu hören.

Ich durchquerte die Sportabteilung. In der Mitte war immer noch der Golfsimulator aufgebaut, ein quadratisches, zweieinhalb Meter hohes Flachdachzelt, das zur Frontseite hin geöffnet war. Als ich näher kam, entdeckte ich vor dem Eingang den Projektor auf einem höhenverstellbaren Tisch.

Hier hatte doch Karlo Schenk bei meinem ersten Treffen mit Jutta Schenk Golfbälle geschlagen. Ich erinnerte mich an das dumpfe *Fump Plock*, das ich gehört hatte.

Etwas an diesem Simulator zog mich an. Was es war, wusste ich nicht, vielleicht diese Verbindung, die ich mit Karlo Schenk und diesem Simulator hatte. Es war mein Instinkt, der mich dorthin gehen ließ. Irgendetwas roch merkwürdig. Ich lugte vorsichtig in das Zelt hinein, um sicherzugehen, dass sich niemand dort versteckte. Man sah so gut wie nichts, der Stoff war komplett schwarz und schluckte sämtliches Licht. Nur ein paar hellere Flecken der Leinwand reflektieren den trüben Schein des Kaufhauslichts von draußen.

Während ich über diesen Umstand stutzte – die Flecken irritierten mich, da eine Leinwand doch eigentlich ebenmäßig und großflächig weiß war – vernahm ich eine winzige Bewegung im Inneren des Zeltes. Ich erschrak so sehr, dass ich aufschrie und meine Hand gleichzeitig zum Mund flog.

Ich starrte in die Dunkelheit, unfähig, mich zu rühren. Aber da war gar nichts. Nur Totenstille. Keine Bewegung. Ich hatte mich geirrt.

Nein! Da war es wieder! Etwas bewegte sich in diesem Zelt, aber es war definitiv kein Mensch, der wäre zu groß gewesen, um ihn zu übersehen. Ich konnte nicht einmal sagen, was ich wahrgenommen hatte, aber es war vor meinen Augen aufgetaucht und war wieder verschwunden. Ich hatte es mehr gespürt als gesehen. Es war von oben gekommen. Der Geruch irritierte mich. Er erinnerte an meine Dosenravioli. Metallisch.

Ich tastete nach meinem Handy, schaltete die Taschenlampenfunktion ein. Der Lichtstrahl huschte durch das Zelt. Vor der Leinwand zusammengerollt lag ein weiterer Teppich, vielleicht einer mit einem anderen Untergrund, es gab vom Green bis zum Rough alle möglichen Kunstgräser für Teppiche, je nachdem, worauf man üben wollte.

Ich leuchtete die schwarze Decke an. Sie sah nass aus. Etwas Dunkles tropfte von dem schweren Stoff herunter, direkt vor mir auf die grüne Matte und versickerte sofort zwischen den Plastikgrashalmen.

Ich leuchtete mit der Taschenlampe auf den Teppich. Es war eine ganz gewöhnliche Fairway-Imitation. Eine Sekunde später kam der nächste Tropfen und verschwand auf Nimmerwiedersehen im Gras. Aber dieser war nicht mehr bloß dunkel gewesen. Im Schein der Lampe hatte ich eine Farbe wahrgenommen. Rot.

Ich schluckte. Mit zitternden Fingern richtete ich nun ganz langsam den Taschenlampenstrahl auf die fleckige Leinwand. Rot. Alles rot. Die hochglänzende Leinwand war über und über mit Blut bespritzt, nur wenige Stellen waren verschont geblieben und leuchteten dadurch umso stärker im grellen Schein meiner Lampe. Und nicht nur Blut, auch Fetzen anderen Materials klebten dort fest, das ich nicht identifizieren konnte. In Zeitlupe, aber mit derselben unheilvollen Ahnung lenkte ich den Lichtstrahl auf den Boden vor der Leinwand. Das war kein zusammengerollter Teppich, wie ich zunächst vermutet hatte.

Dort lag ein Körper. Oder das, was davon übrig war. Das Gesicht war nicht mehr zu erkennen, eine breiige Masse, das Haar vom Blut so vollgesogen, dass ich nicht einmal die Haarfarbe hätte bestimmen können. Längs auf dem Körper, wie ein Kreuz, das man Toten manchmal auf die Brust legte, glänzte ein Fünfereisen. Ich erkannte den Schlägerkopf, der Griff verschmolz mit der Kleidung. Doch auch ohne Gesicht wusste ich sofort, wer dort lag und warum ich so lange vergeblich auf sie gewartet hatte. Ein Stück weiter, hinter ihren Füßen, war der Stoff des Abfangzeltes ausgebeult. Etwas war dort ganz offensichtlich hineingeflogen. Etwas, das ich sofort erkannte. Die Kelly Bag.

Eine Stunde später war die Nachtbeleuchtung des Kaufhauses aus- und die Tagesbeleuchtung eingeschaltet worden. Großzügig um das Zelt herum war ein Absperrband gezogen.

Kommissar Siebert trug einen weißen Schutzanzug mit dazugehöriger Plastikkapuze, sodass ich ihn kaum erkannte und er immer wieder mit den anderen weißgewandeten Personen verschmolz, sobald er sich abwandte.

»Das war Schenk«, sagte ich wieder und wieder. »Er hat gewusst, dass sie gegen ihn aussagen wollte, und er hat sie einfach umgebracht.«

Die Angst saß mir wie ein Klumpen im Magen. Ein Mann, der seine eigene Frau ermordete, würde vielleicht auch nicht vor dem Mord an einem Kind zurückschrecken.

Später saß ich die halbe Nacht auf der Wache und gab meine Zeugenaussage zu Protokoll. Eine Beamtin in mittleren Jahren nahm meine Finger- und Handabdrücke.

»Sie denken doch nicht, dass ich …«, fragte ich.

»Der Täter kann unmöglich davongekommen sein, ohne in Blut getränkt gewesen zu sein. Aber wir müssen Sie zweifelsfrei ausschließen. Wir müssen Sie bitten, Ihre Kleidung trotzdem abzugeben, wegen der Faserspuren. Sie können so lange einen dieser Kittel hier überziehen. Vielleicht kann Ihnen jemand einen Satz frische Kleidung bringen? Danach dürfen Sie auch nach Hause.«

Ich rief bei Tilda an, es tutete endlos. Schließlich sprang der Anrufbeantworter an. Vielleicht schlief sie, vielleicht wollte sie auch einfach nicht mit mir reden. Meine Eltern waren noch von der altmodischen Sorte und stellten ihr Telefon nachts aus.

Schließlich rief ich Tante Linda an.

Kurze Zeit später fuhr der Wagen der van Akens an der Wache vor. Tante Linda sprang heraus und nahm mich in den Arm.

14

Im alten Salon hatten sich Armin, Peer, Linda und meine Mutter um mich herum versammelt.

Inzwischen hatte Linda eine Decke um mich gewickelt, während ich die Ereignisse des Abends erzählte. Sie hatte im Moment alle Hände voll zu tun mit uns, denn meine Mutter war seit der Abreise meines Vaters in keinem guten Zustand. Weil sie ganz gut funktionierte, wenn er an ihrer Seite war, merkte man erst, wenn er weg war, wie sehr sie sich an ihm orientierte. Sie saß schlaff wie eine Puppe bei uns, beteiligte sich aber trotz der Dramatik der Ereignisse nicht an der Diskussion. Linda kam in letzter Zeit täglich vorbei, um nach ihr zu sehen.

Aufgewühlt von den Ereignissen des Abends redete ich dafür umso mehr. »Schenk muss gerade erst wieder weg gewesen sein, ich habe ihn nur ganz knapp verpasst. Vielleicht war er sogar noch da. Ich meine, da tropfte noch Blut von der Zeltdecke. Aber ich habe vor dem Zelt keine Blutspuren gesehen, wie geht das?«

»Aufgrund seiner Vorstrafen und Haftaufenthalte ist anzunehmen, dass Karlo Schenk bei der Planung eines Verbrechens keine allzu unbedachten Schritte unternehmen würde", sagte Peer. „Möglicherweise trug er bei der Tat einen Schutzanzug, den er anschließend zusammengeknüllt und in einer Tüte verstaut hat, um unbemerkt das Kaufhaus zu verlassen.«

»Was für ein grausames Ende. Ein Golfschläger! Diese Vorstellung ist äußerst schmerzhaft.« Armin putzte seine Brille.

»Aber es steht fest, dass es Karlo Schenk war, oder?«, fragte Linda.

»Wer hätte sonst Interesse daran?«, entgegnete ich. Der Schreck des Abends machte sich erst jetzt richtig bemerkbar, mein Körper wurde immer wieder von einem Zittern durchlaufen, als habe er erst zeitversetzt verstanden, was geschehen war.

»Es bleibt also nur zu hoffen, dass sie ihn bald finden.« Linda stieß die Luft aus.

»In seiner Wohnung war er schon mal nicht«, sagte ich. »Aber wo soll so ein Typ denn hingehen? Der hatte bisher nur seine Frau und seinen Sport. Jetzt hat er gar nichts mehr. Nicht mal Geld. Das hat in den letzten Jahren nur noch seine Frau verdient.«

»Er ist ja nicht gerade Arsène Lupin. Sie werden ihn sicher bald aufstöbern.« Armin drehte seinen Spazierstock in der Hand und strahlte Zuversicht aus.

Erst als alle zu Bett gegangen waren, und ich längst wieder in meinem Wohnzimmer saß und versuchte, mich vor dem Fernseher abzulenken, tauchte Tilda auf einmal auf.

Sie fing sofort an, Ausreden über ihr spätes Erscheinen zu erzählen.

»Ich musste Überstunden machen«, behauptete sie.

Normalerweise hörte ich mir ihre Schwindeleien an, ohne sie zu unterbrechen. Ich wollte nicht, dass sie sich ertappt fühlte. Aber heute war ich mit den Nerven am Ende.

»Hör auf«, sagte ich, erschrocken über meine eigene Stimmlage. »Jutta Schenk ist ermordet worden! Sie war die einzige Zeugin, die ich gegen Karlo Schenk an der Hand hatte! Und der ist auf der Flucht. Ich habe keine Ahnung, wie ich Lulu jetzt noch finden soll!«

Sie sah ernsthaft entsetzt aus.

»Bitte was?«, krächzte Tilda. »Jutta Schenk ist tot?«

»Ja. Ermordet, von ihrem eigenen Ehemann. Weil sie mir die Wahrheit gesagt hat!«

»Was ist denn passiert?«

»Sie wurde zu Brei geschlagen. Mit einem Golfschläger!«

Tilda ging an den Kühlschrank und holte sich ein Bier heraus. Sie hebelte die Flasche mit dem Stiel eines Küchenmessers auf, setzte an und trank.

»Bist du nicht mit dem Auto da?«, fragte ich.

Tilda wischte sich den Mund ab und zuckte mit den Schultern. Ich hatte mir abgewöhnt, sie umzustimmen. Tilda tat nie, was man von ihr verlangte.

»Jutta Schenk hat mir noch etwas von ihrem Mann erzählt. Er hatte wohl ein ungesundes Interesse an seiner Tochter. Schenkte ihr Spitzenunterwäsche. Aber als die Mutter es eines Tages anzeigte, hat die Tochter alles abgestritten.«

»Warum wurde er nicht verhaftet?« Zwischen Tildas Augenbrauen erschien eine steile Falte.

»Nun ja, es gab keine Beweise, und die Tochter hat es abgestritten«, sagte ich. »Und nun hat sie grausam dafür gebüßt, dass sie sich gegen ihn gestellt hat.«

Tilda schwieg.

»Das Wichtigste ist, dass Schenk gefunden wird.«

Tilda sah auf die Uhr. »Es ist schon spät.«

»Kannst du nicht hierbleiben? Ausnahmsweise.«

»Ich bin nicht gerne hier im Haus, das weißt du doch.«

Direkt, nachdem sie gegangen war, hörte ich den ersten Schuss. Ich zuckte zusammen.

Die Geschichte mit Jutta Schenk hatte mich ängstlich gemacht. Ich rannte Richtung Halle, sah die Galerie hinunter, als Tilda wieder hineinkam und mich fragend ansah.

»Was ist los da draußen? Wer schießt da draußen? Es ist doch Schonzeit!«

Sie zog die Tür hinter sich zu.

»Keine Ahnung, ich hab mich auch erschreckt. Es war auch zu nah am Haus, oder?«

»Ich habe es mir anders überlegt«, sagte sie. »Ich bleib doch heute Nacht bei dir.«

Im Überschwang meiner Dankbarkeit umarmte ich sie, was ich selten tat, weil sie das eigentlich nicht mochte. Diesmal aber drückte sie mich fest, und für diesen kurzen Moment fühlte ich mich das erste Mal seit Lulus Verschwinden zuversichtlich, dass alles gut ausgehen würde.

In der Nacht hörten wir beide noch ein paarmal Schüsse.

»Scheint ein Wilderer zu sein«, sagte ich. »Wenn Armin ihn erwischt, gnade ihm Gott. Der versteht keinen Spaß, wenn jemand in seinem Gebiet jagt.«

Tilda hatte sich bibbernd neben mir in eine Decke gewickelt.

»Lass uns schlafen«, sagte sie. »Morgen wird ein anstrengender Tag.«

Am nächsten Morgen stand Armin vor der Tür, er hatte Arko an der Leine.

»Ich bin gerade bei euch vorbeigefahren. Habe ich richtig gesehen, dass Tilda bei dir ist?«

Tildas rostiges Auto mitten in der Einfahrt war nicht zu übersehen.

»Ja, sie hat hier übernachtet.«

»Arko hat Schweiß gefunden. Von einer Sau. In der Nacht hat wohl jemand gewildert. Ich wollte Tilda bitten, dass sie mir hilft, sie zu suchen.«

»Wir haben uns auch gewundert«, sagte ich. »Wegen der Schonzeit.«

»Wilderer haben keine Ehre, Kind«, sagte Armin. »Ich fürchte, die Sau hat einen Leberschuss abbekommen. Das heißt, sie hat große Schmerzen und keine Überlebenschance.«

»Tut mir leid, ich habe keine Zeit«, behauptete Tilda, obwohl sie mir eben erst erzählt hatte, dass sie heute frei hätte.

Armin sah enttäuscht aus. »Nun, da kann man nichts machen.« Er stützte sich schwer auf seinen Stock.

»Geh sie doch suchen, Tilda«, bat ich. Ich hatte schreckliches Mitleid mit dem verletzten Tier.

»Warum gehst du nicht selber?«, fragte Tilda.

»Du bist die bessere Jägerin!«

»Aber ich habe keine Zeit.«

»Ach, komm schon!«

»Streitet euch doch nicht, Mädchen! Ich gehe einfach selbst.« Armin hob beschwichtigend die Hände. Dann zog er eine gerollte Zeitschrift aus seinem Gürtel.

»Hier, ich habe euch die neueste *Wild und Hund* mitgebracht. Da sind sehr interessante Artikel drin, auch für dich, Effie.«

Armin hatte keine Ahnung, dass Tilda die meisten Jägerprüfungen an meiner Stelle abgelegt hatte. Er legte die Zeitung neben mich auf die Küchentheke. Ein Reh im Fadenkreuz sah mich mit waidwunden Augen an.

Ich versuchte, den Blick zu imitieren, und sah Tilda an.

»Okay, okay«, sagte Tilda. »Dann helfe ich dem armen Tier eben. Aber nur wenn Effie mitkommt. Du solltest dich schonen, Armin.«

»Ihr könnt Arko mitnehmen«, sagte Armin. »Dann findet ihr das Tier im Null Komma nichts.«

Die van Akens hatten mehrere Schweißhunde, die auf die Nachsuche und das Aufspüren von Blut spezialisiert waren, aber Arko hatte die beste Nase von allen. Letztens hatte er sogar das Skelett eines Zwölfenders gefunden, das schon von Moos und Gras überwuchert gewesen war.

Zum ersten Mal seit Jahren zogen wir beide wieder gemeinsam durch den Wald der van Akens, in dem wir als Kinder so oft gespielt hatten. Hier hatte Tilda eine andere Seite von sich gezeigt. Als Kind hatte ich eine Heidenangst bei den Jagden ausgestanden, wenn Opa uns mit den orangen Westen bekleidet durch das Dickicht gescheucht hatte, um die Tiere nach draußen zu treiben. Ich hasste das Schreien der Treiber, das Gebell der Hunde, die Jagdhörner und die aufgeschlitzten Tierleiber am Ende.

Irgendwann hatten wir eine tiefe Höhle direkt hinter dem Hochsitz unter einer Strauchkiefer gebuddelt und mit einem alten Eichenfassdeckel zugedeckt. Dort hatte ich mich versteckt, während Tilda weiter durch das Gehölz gestreift war und *Hohoho* gerufen hatte.

Arko zog uns durchs Gebüsch. Ich hielt mich dicht an ihrem Rücken und trug das Jagdgewehr, obwohl Tilda die bessere Schützin war.

Das Waldgebiet, das den van Akens gehörte, war sechshundert Hektar groß. Ohne Arko hatten wir keine Chance, das verletzte Tier zu finden.

Er hatte die Nase fest auf dem Boden und wedelte aufgeregt mit der Rute. Auch er trug eine leuchtende Schlagschutzweste gegen einen Wildschweinangriff. Ein angeschossenes Schwein konnte noch kilometerweit laufen, wenn man Pech hatte.

Eine Weile stapften wir schweigend durch das Dickicht, darum bemüht, uns möglichst wenig Schrammen zuzuziehen.

Tilda unterbrach die Stille.

»Du warst doch bei Harriet in der alten Wohnung. Wie war das eigentlich?«, fragte sie und hielt mir einen Ast aus dem Weg.

»Ich bin nicht reingekommen«, sagte ich. »Der Schlüsseldienst wollte mir die Tür ohne Genehmigung nicht öffnen.«

»Harriet ist doch gar nicht mehr in der Lage, Genehmigungen zu erteilen.«

»Doch, schon. Sie weiß nur nicht mehr, wofür.«

Tilda lachte.

»Dabei fällt mir ein, was macht eigentlich das Projekt ›Hope for Children‹?, fragte ich.

»Wieso?«

»Mir ist aufgefallen, dass wir kaum noch Gelder für das Projekt ausgeben. In den letzten Jahren sind die Ausgaben kontinuierlich gesunken. Kommen keine Anträge mehr herein?«

Tilda zerrte ihren Ärmel von einem Brombeergebüsch los. »Viele Eltern sehen halt nicht ein, dass ihre Kinder es mal besser haben sollen als sie selbst. Die wollen die Kinder nicht zum Musikunterricht bringen oder sonst etwas, was ihrer Meinung nach reine Zeitverschwendung ist.«

»Kann man da nicht ein wenig auf die Eltern einwirken? Das bedeutet ja, dass nicht mehr so viele Kinder einen Zuschuss von uns erhalten. Das ist doch schade. Auch in dem Kindertreff sind immer weniger Besucher. Ich habe mal die Sozialarbeiter dort gefragt.«

»Warum interessiert dich das auf einmal? Du hast doch dein eigenes Projekt. Hat Mama mal wieder über mich gemeckert und dich beauftragt, nach dem Rechten zu sehen, weil es ja nur ich bin, die sich da engagiert?«

»Nein, wirklich nicht. Aber vielleicht sollten wir uns mehr bemühen, die Kinder da von der Straße wegzuholen, bevor es jemand anderes tut. Ich habe da einen Typen beobachtet, der mir nicht gefallen hat.«

»Was für ein Typ?«

»Der hat da am Marktplatz so einen kleinen Supermarkt. Und ist für einige Zeit mit kleinen Mädchen in einem Anbau verschwunden.«

Tilda wusste unter Garantie, dass ich von Attila sprach, in der Nähe der Wohnung gab es keinen anderen Supermarkt, doch sie reagierte nicht.

Also redete ich weiter. »Ein Mädchen hat gesagt, sie hätte bei einem Besuch bei ihm Schmerzen gehabt. Das ist doch merkwürdig.«

Tilda stapfte weiter durch das Unterholz. Es war ein nebliger, trüber Tag, an dem die Sonne gar nicht erst am Himmel auftauchte. Die Sicht wurde dadurch nicht gerade besser.

»Was glaubst du denn, was das bedeutet?«, bohrte ich weiter.

Schließlich brummte sie: »Keine Ahnung. Woher soll ich das wissen?«

Ich sagte nichts mehr. Tilda kannte diesen Attila. Offenbar war sie auch nicht überrascht, dass er sich mit kleinen Mädchen herumtrieb, ohne dass es einen ersichtlichen Grund dafür gab. Interessierte sie das einfach nicht?

»Und wenn er …«, begann ich, als Tilda so abrupt stehen blieb, dass ich gegen ihren Rücken lief und den Rest des Satzes hinunterschluckte. Wenn er ihnen etwas antut, hatte ich sagen wollen.

Aber Tilda stoppte mich. »Sch!«, machte sie und hob ihre Hand.

Wir waren auf einer kleinen Lichtung angekommen, die

märchenhaft aussah. Nebelschwaden waberten um dichte, kniehohe Farne, die in der Mitte der Lichtung in einen weichen tiefgrünen Moosboden übergingen. Arko fing an zu winseln und an der Leine zu zerren, das verletzte Tier konnte nicht mehr weit sein.

»Da!«, rief Tilda. Das Wildschwein hatte sich halb unter einen Busch geschleppt. Wir hörten den angestrengten Atem des Tieres.

Arko riss sich los, warf sich auf das Schwein und packte es am Hinterlauf. Das Wildschwein – es war eine ausgewachsene Bache – quietschte laut auf, dass mir eine Gänsehaut über den Rücken lief. So hörte sich Todesangst an.

Tilda griff sich das Gewehr und legte an.

»Arko! Fuß!«, rief Tilda.

Aber Arko zerrte, winselnd vor Aufregung, weiter am Bein des Schweins. Die Hinterläufe waren blutig, Arko hatte Blut an der Schnauze.

Tilda entsicherte die Büchse.

»Nein!«, rief ich. »Du triffst den Hund!«

Ich warf den Rucksack ab, löste einen zusammenklappbaren Stab, der an der Seite des Rucksacks festgeschnallt war, und klickte die Stücke ineinander. Ich schraubte die lange Klinge auf den jetzt zwei Meter langen Stiel, an dessen Ende ein Griff wie bei einem Spaten angebracht war, um besser zustoßen zu können.

»Schnell! Das Tier leidet!«, rief Tilda.

Ich schloss kurz die Augen. Meine Finger zitterten. Die Bache schien Kraft zu sammeln für ein letztes Aufbegehren, um die Sekunden Leben, die es gerade gewonnen hatte, nicht kampflos verstreichen zu lassen. Es war ein ausgewachsenes Tier, wog sicherlich siebzig Kilo. Sie hatte sich auf die Vorderläufe gestützt, trotz Arkos heftigem Zerren an ihrem Bein, und fixierte mich mit glänzenden Augen.

Ich ließ die Saufeder sinken. »Ich kann nicht«, flüsterte ich.

»Stell dich nicht so an«, sagte Tilda wütend. »Das Tier leidet!«

Das verzweifelte Schreien der Bache hallte durch den Wald.

»Du bist echt nicht zu gebrauchen, Effie!«

»Ich bin nicht wie du! Ich kann so was nicht! Hast du kein Mitleid?«, verteidigte ich mich.

Tilda trat neben mich, schnappte sich die Saufeder und hielt sie vor sich, um einen sicheren Abstand zu bewahren. Selbst tödliche getroffene Tiere konnten noch aufspringen und angreifen.

Die Spitze der langen Klinge berührte die Bache an der Seite, direkt unter dem Schulterblatt, dort, wo Herz und Lunge saßen.

Mit einer raschen Bewegung stieß sie zu. Das panische Quietschen des Schweins ging in ein Pfeifen über, als die Lunge durchstoßen wurde. Das Tier machte einen letzten Satz nach vorne. Tilda fixierte die Saufeder mit einer Hand hinter der Parierstange, die andere Hand umklammerte den Griff. Sie hielt gegen. Auf einmal kippte das Tier zur Seite, als habe man den Stecker gezogen.

Es folgte eine Stille, die fast so schwer zu ertragen war wie das Quieken vorhin. Selbst Arkos aufgeregtes Winseln war verstummt. Das Wildschwein starrte mit leeren Augen durch mich hindurch, als habe es jedes Interesse an mir verloren.

Tilda zog ein Tuch aus dem Rucksack und säuberte die Saufeder.

»Das ist kein Mitleid, Effie. Immer die Augen zu und die anderen die Drecksarbeit machen lassen. Das ist kein Mitleid. Das ist feige.«

Ich öffnete den Mund, um mich zu verteidigen, aber klappte ihn wieder zu, weil ich fürchtete, dass Tilda recht hatte.

Schweigend machten wir uns auf den Rückweg und überließen die tote Bache dem Wald.

15

Mit dem Tod von Jutta Schenk stand ich wieder am Anfang.

Auch wenn ich hoffte, dass man ihren Mann Karlo schnell fand und er nicht ins Ausland abtauchte, hatte ich erst mal keine Ahnung, womit ich jetzt weitermachen sollte.

Also machte ich mich wieder an die Akten, die immer noch auf meinem Esstisch lagerten.

Erneut weckte Waldemar Forck mein Interesse.

Warum hatte er den Fall meiner Schwester damals tatsächlich abgegeben? Wollte er Ermittlungsfehler vertuschen? Zum Beispiel, warum ihm Karlo und Jutta Schenks Verbindung nie aufgefallen war? Vielleicht konnte ich aus seinen Versäumnissen neue Ansatzpunkte herausfiltern. Sicher sprach niemand gerne über seine eigenen Fehler, aber Milas Fall war lange her. Forck war längst in Rente. Er hatte nichts mehr zu verlieren. Und vor allem: Lulu war verschwunden. Ein Kind, das er vielleicht retten konnte, wenn er mit mir sprach.

Dank Miriam Rode kannte ich mittlerweile seine Adresse. Forck wohnte nur fünfundzwanzig Autominuten entfernt auf der anderen Rheinseite, weshalb ich beschloss, ihn nicht anzurufen, sondern hinzufahren. Am Telefon konnte er mich eher abwimmeln.

Als ich in Forcks Straße einbog, war es Samstag, später Nachmittag. Es war eine reine Wohnstraße und links und rechts dicht mit braun geklinkerten Reihenhäusern bebaut. Sie standen Schulter an Schulter nebeneinander wie eine Festung, ein Schutzwall gegen Eindringlinge. Trotz der ungewohnten Enge hatte die Straße etwas, das mich anrührte.

Die tief stehende Sonne warf ein orange-goldenes Licht über die Szenerie wie in einem Werbefilm. Vor einem Haus mit bunten Kreidezeichnungen in der Einfahrt und einem selbst gebastelten Mobile aus Bügelperlen im Küchenfenster lagen ein paar eilig hingeworfene Roller. Ich sah förmlich eine abenteuerlustige Bande von Kindern vor mir, die hier einen kurzen Zwischenstopp für eine Erfrischung eingelegt hatte, um schon kurz darauf gestärkt zum nächsten Abenteuer aufzubrechen. Ich spürte eine Sehnsucht, die ich schon als Kind empfunden hatte, wenn die anderen Kinder sich am Nachmittag verabredet hatten, während ich zu Hause in meiner selbst gewählten Einsamkeit gehofft hatte, niemals meine Mutter zu verpassen.

Zwei Nachbarinnen hielten ein Schwätzchen über eine Ligusterhecke hinweg. Ich parkte meinen Geländewagen auf der gegenüberliegenden Straßenseite, und ihre Köpfe drehten sich synchron zu mir herüber.

Hier waren Kinder sicher, die Leute achteten aufeinander.

Einen Augenblick lang verstand ich, warum dies das Leben war, das Jonas mit Lulu und mir hatte führen wollen. Er hatte immer gedacht, mir wäre es um Luxus und Geld gegangen. Dabei hatte ich nur noch nicht die Hoffnung aufgegeben, dass ich irgendwann mal ein normales Familienleben führen könnte. Dass meine Mutter endlich erkannte, was sie noch besaß, statt nur zu sehen, was sie verloren hatte. Wieder und wieder hatte ich mich ihr als Ersatz für Mila angeboten. Später hatte ich gehofft, dass Lulu sie trösten würde, die Mila ähnlicher sah als ich, da sie Jonas' dunkles Haar geerbt hatte. Genutzt hatte alles nichts. Meine Mutter war immer noch distanziert. Sie konnte nichts anders, sie war gebrochen. Und ich konnte sie nicht heilen.

Ich suchte nach der richtigen Hausnummer. In Forcks Vorgarten blühten prächtige Hortensien, das Küchenfenster stand auf Kipp. Der Geruch von frisch gebratenem Knoblauch wehte heraus. Also musste jemand zu Hause sein.

Ich klingelte. Fast augenblicklich öffnete sich die Tür. Den älteren Mann konnte ich nicht sofort als Forck identifizieren, er hatte ordentlich abgenommen seit damals. Aber die warmen Augen waren dieselben, die ich in dem Interview gesehen hatte.

»Ich koche gerade«, sagte Forck. »Kommen Sie doch rein, sonst brennt mir das Essen an.«

Verwundert folgte ich ihm in eine schlichte Küche, die in die Jahre gekommen, aber aufgeräumt war. Schränke und Arbeitsplatte waren aus Buchenfurnier, der Boden weiß gekachelt. Selbst gehäkelte hellblaue Topflappen hingen über dem Herd, verblasst und abgegriffen wie ein sehr geliebtes Stofftier. Wahrscheinlich ein Geschenk aus Tagen, als die Kinder noch klein gewesen waren. Schnell wandte ich den Blick ab. Ich wollte nicht darüber nachdenken, ob Lulu mir jemals Topflappen häkeln würde.

Forck rührte mit einem Holzlöffel in der Pfanne herum.

»Mein vegetarischer Tag. Meine Tochter wäre zufrieden mit mir. Haben Sie schon gegessen?«

Erst jetzt fiel mir auf, dass ich schon längere Zeit nichts mehr zu mir genommen hatte. Ich hatte es einfach vergessen.

»Nein«, sagte ich.

»Umso besser«, sagte Forck. Er nahm zwei Teller vom Regal und verteilte die Spaghetti zusammen mit Tomatensoße, bevor ich ablehnen konnte.

»Sie haben ja nichts auf den Rippen«, sagte er.

Er ging mit den zwei Tellern voraus in ein kombiniertes Wohn-Esszimmer, stellte die Teller auf ovalen grünen Plastiksets ab.

»Setzen Sie sich doch! Schön, dass ich nicht wieder allein essen muss. Seit meine Frau nicht mehr ist ...« Er seufzte tief.

»Mein Beileid«, murmelte ich.

»Bitte?« Er sah von seinem Teller hoch.

»Mein Beileid«, wiederholte ich etwas lauter.

»Oh, vielen Dank, aber das ist schon länger her. «

Er hatte mich nicht einmal gefragt, wer ich war und was ich wollte, und doch saß ich mit einem gefüllten Teller an seinem Esstisch. Vielleicht war Forck dement geworden, wie meine Großmutter. Oder er war einfach so einsam, dass es ihm egal war, mit wem er aß.

»Ich bin Effie Boskamp«, sagte ich. »Ich wollte Ihnen ein paar Fragen stellen, wenn es Ihnen recht ist.«

Forck nickte. »Das weiß ich doch. Ich habe Sie ja schon als Kind gekannt, und Sie haben ja doch sehr auffällige Attribute.« Er deutete auf mein Haar. »Und außerdem war Ihr Bild ja gerade erst in allen Zeitungen. Essen Sie, Kindchen. Essen Sie.«

Er schob sich eine Gabel in den Mund.

Auf einmal überkam mich Heißhunger, und ohne auf Konventionen zu achten, schaufelte ich die Nudeln in mich hinein.

»Meine Tochter hatte als Kind auch einen dieser Hasen. Wie hieß er noch? Richtig, Hoppel. Sie hat ihn geliebt. Er hatte ein grünes Herz auf der Brust«, erzählte er. »Dieser Hase war damals wirklich fast in jedem Kinderzimmer, nicht wahr?«

»Ein grünes Herz bedeutet klug, heldenhaft, charakterstark, großherzig, diskussionsfreudig und nachtragend.«

»Erstaunlich. Das passt auf meine Tochter wie die Faust aufs Auge.«

Ich verschwieg ihm, dass die Adjektive alle sorgfältig ausgesucht worden waren, um eine positive Selbstwahrnehmung zu unterstützen, damit sie bereitwillig als wahr angenommen wurden. Jeder war gerne klug, heldenhaft und großherzig. Selbst die leicht negative Eigenschaft – bei jeder Herzfarbe war es nur eine Einzige – war nur eingefügt worden, um die Glaubwürdigkeit der positiven zu erhöhen.

»Leider hat es die Suche nach ihrer Schwester damals nicht erleichtert, dass so viele Kinder einen solchen Hasen besaßen«, sagte Forck. »Entsprechend viele Hinweise sind eingegangen.«

»Ich weiß.«

»Gibt es eigentlich Neuigkeiten von Ihrer Tochter?«, fragte er.

Ich schob den Teller beiseite. »Leider nicht. Aber es gibt einen Mordfall. Die Verkäuferin, die nach Milas Verschwinden die Polizei gerufen hatte, ist erschlagen worden.«

»Jutta Schenk.«

Der Name war in den Nachrichten nicht veröffentlicht worden. Offenbar hatte ihm jemand bereits davon erzählt, oder er hatte den Fall noch sehr gut in Erinnerung.

»Ich … ich habe sie gefunden. Im Kaufhaus. Deswegen bin ich hier. Ich habe eine Frage zu ihrem Mann, Karlo.«

»Ich höre.«

»Ich glaube, dass es einen Zusammenhang zwischen Milas und Lulus Verschwinden gibt. Wenn ich Milas Geheimnis lüfte, finde ich auch Lulu. Ich habe Nachrichten bekommen, die darauf hinweisen. Und umso länger ich darüber nachdenke, umso mehr kommt es mir vor, als würde mich jemand mit voller Absicht auf diese Spur setzen. Ich verstehe nur nicht, warum.«

Tränen schossen mir in die Augen. »Ich weiß nicht, wo meine Tochter ist. Was mit ihr passiert. Ob sie versorgt wird. Vielleicht hat sie Hunger oder Durst, oder sie friert.«

Die Dämme brachen, und ich weinte bitterlich. Das war nicht der Plan gewesen, als ich bei Forck geklingelt hatte.

Er reichte mir ein sauber gefaltetes Stofftaschentuch.

»Es tut mir wirklich leid. Das ist eine Hölle, durch die Sie da gehen, die ich mir gar nicht vorstellen kann. Ich habe eine Tochter großgezogen. Mehr oder weniger allein, meine Frau war lange sehr krank. Man macht sich als Elternteil ja immerzu Sorgen, auch ohne, dass etwas so Furchtbares passiert.«

Ich schluchzte in das Taschentuch. »Und nun suche ich alles durch, ob ich vielleicht Hinweise finde, die jemand übersehen hat … deshalb bin ich zu Ihnen gekommen. Nicht, um Ihnen Fehler vorzuwerfen, sondern um mehr zu erfahren – zum Beispiel, warum haben Sie Karlo Schenk damals nicht verdächtigt?«

»Den haben wir natürlich überprüft. Er wurde als unverdächtig eingestuft.«

»Ich weiß. Aber ich verstehe einfach nicht, warum?«

»Er hat eine Lieferung für das Kaufhausrestaurant abgeladen, als Ihre Schwester verschwand. Lebensmittel. Es gibt einen Lieferschein. Der Lkw war ordnungsgemäß versiegelt, als er ankam, das Siegel wurde im Beisein eines Kaufhausmitarbeiters aufgebrochen, die Lebensmittel entladen, und weg war er.«

»Aber er schaute immer bei seiner Frau vorbei, wenn er eine Lieferung hatte.«

»Das höre ich zum ersten Mal.«

»Es stimmt aber. Jutta Schenk hat es mir selbst erzählt. Sie hat Ihnen wahrscheinlich nichts davon gesagt, weil sie Angst davor hatte, dass es bei der Arbeit Ärger gäbe, wenn das herauskommen würde. Aber tatsächlich ist Karlo Schenk regelmäßig dort im Kaufhaus gewesen. Auch an dem Tag, als Mila verschwunden ist, wollte er seine Frau eigentlich besuchen. Und jetzt, nachdem sie mit der Wahrheit herausgerückt ist, hat er sie umgebracht.«

»Hm. Ganz schlüssig ist das nicht. Wo hätte er in der Zeit den Lieferwagen gelassen? An der Entladungsstelle wäre es sofort aufgefallen, wenn das Auto dort länger als üblich gestanden hätte. Der Platz ist begrenzt, und er hätte andere Lkw beim Ausladen behindert. Auf der Straße in der Innenstadt ist es zu eng, um einen Siebentonner dort zu parken, ohne dass irgendjemand ihn sieht. Er hätte eine ganze Fahrspur blockiert. Da hätte es irgendwann Beschwerden gegeben, erst recht, wenn er das regelmäßig gemacht hätte.«

»Aber genau so hat Jutta Schenk es mir erzählt!«

»Vielleicht hat sie sich etwas davon versprochen?«

Ich dachte an das Geld, das ich ihr zugesichert hatte. Hatte Jutta Schenk mich dafür angelogen? Aber warum brachte Schenk sie dann um?

»Wenn Karlo Schenk nichts mit Milas Entführung zu tun hatte, hätte er seine Frau nicht umbringen müssen«, sagte ich. »Die Tat ist ein Geständnis.«

Forck tupfte sich mit einer Papierserviette den Mund ab und schwieg.

»Warum haben Sie damals den Fall eigentlich abgegeben?«

»Er wurde mir zu heiß. Ich hatte Sorge um meine Tochter.

Sie war noch jung, gerade ein Teenager, und hatte schon ihre Mutter verloren. Ich war alles, was sie noch hatte. Und dann kam dieser Fall, in den auf einmal immer mehr mächtige Menschen involviert zu sein schienen. Die van Akens und die Boskamps hatten überall Freunde. Von allen Seiten kamen plötzlich neue Vorschriften, Ausnahmeregelungen, sogar Warnungen. Ich geriet unter Druck. Heute frage ich mich manchmal, ob es die richtige Entscheidung war, sich dem zu beugen.«

Er lächelte traurig. »Es war wahrscheinlich ein Fehler, die Flinte ins Korn zu werfen. Aber immerhin ist meine Tochter zu einer tollen Frau herangewachsen. Sie ist Journalistin.«

Er stand auf und kehrte mit einem Foto zurück.

»Das ist sie«, sagte er.

Forck stand Arm in Arm neben einer Frau mit einem langen Zopf. Ich sah genauer hin – und schnappte nach Luft.

Das war Mareike Kottula.

»Ihre Tochter verdächtigt meine Eltern, etwas mit dem Verschwinden meiner Schwester zu tun zu haben«, sagte ich.

»Ich habe mit ihr viel über den Fall diskutiert.«

Hatte ich mich von dem freundlichen Getue des Ex-Beamten, den Nudeln und den romantischen Hortensien im Vorgarten täuschen lassen? War der Mann voreingenommen, genau, wie meine Eltern es angedeutet hatten?

Ich wollte empört aufstehen, doch er hielt seine Hand auf meinen Arm.

»Wollen Sie denn gar nicht wissen, warum?«, fragte er.

Steif ließ ich mich wieder zurückfallen.

»Von Anfang an haben sich ständig von außen Leute in den Fall eingemischt. Ich war nicht wirklich überrascht, es handelte sich bei dem verschwundenen Kind ja um Mila Boskamp. Ich musste wie auf Zehenspitzen ermitteln. Aber wirklich schwierig wurde es erst, als ich Ihre Eltern überprüfen wollte. Da fing man an, mir Steine in den Weg zu werfen. Zum Beispiel hat ihr Vater die Mantrailerhunde nicht ins Haus gelassen, weil er das als Zumutung betrachtete.«

»Mantrailerhunde? In der Villa? Mila ist im Kaufhaus verschwunden. Nicht zu Hause.«

»Das weiß ich.«

»Warum wollten Sie dann die Villa durchsuchen?«

»Aus statistischen Gründen.«

»Das verstehe ich nicht. Warum haben Sie nicht in der Umgebung des Kaufhauses gesucht, wo sie verschwunden ist?«

»Das wurde natürlich parallel dazu ebenfalls gemacht. Aber dafür war ich nicht zuständig, das war ein Kollege. Bei einer solchen Einheit gibt es mehrere Leitstellen. Ich war in Milas Fall für die Zeugenvernehmung und die Hintergrundrecherche zuständig. Wo kommt die Geschädigte her, wer ist ihre Familie, gibt es interne Streitereien und so weiter.«

So hatten meine Eltern das zwar nicht dargestellt, aber das war verständlich, wenn ein Polizist sie auf dem Kieker hatte, statt nach dem Entführer zu suchen.

»Der gefährlichste Ort für Kinder ist das eigene Zuhause«, erklärte Forck weiter. Zweieinhalb Kindstötungen gibt es in Deutschland pro Woche, der absolute Großteil davon ist auf die engsten Bezugspersonen zurückzuführen. Einen solchen Fakt kann man als Polizist nicht einfach ignorieren. Das wäre schlechte Polizeiarbeit. Also habe ich Ihren Eltern einen Besuch abgestattet und zunächst einen Grund vorgeschoben, warum ich da auftauchte. Ihr Vater hatte in meinem Büro einen Zettel verloren, den wollte ich zurückbringen. Behauptete ich.«

Ich erinnerte mich daran, dass Forck sich auf dem Vernehmungsvideo mit meiner Mutter an der Tür nach etwas gebückt hatte.

»In Wirklichkeit wollte ich mich vor allem in Milas häuslicher Umgebung umsehen.«

In dieser Phase war die Suche nach Mila noch auf Hochtouren gelaufen. Kein Wunder, dass meine Eltern sich über ihn empört hatten. Sein Timing war völlig danebengewesen.

»Es steht außer Frage, wo meine Schwester verschwunden

ist. Eine Kamera hat festgehalten, wie sie den Fahrstuhl betritt.«

»Richtig. Aber eine Frage hat mich nie losgelassen.«

»Welche denn?«, fragte ich.

»Warum ist Mila überhaupt eingestiegen? Es war dreckig da drin, und es roch schlecht. Warum sollte ein Kind da freiwillig reingehen? Und dann noch zu einem Fremden?«

Einen Moment lang hatte ich wieder den Geruch des Fahrstuhls in der Nase. Schweiß. Urin.

»Der Mann hat sie reingelockt, das ist doch klar.«

»Dann muss ihm aber sehr schnell genau das richtige Lockmittel eingefallen sein. In Sekundenschnelle, um genau zu sein. Ihre Schwester hat keine zwei Sekunden gezögert.«

»Was wollen Sie damit sagen?«

»Vielleicht kannte sie den Mann im Fahrstuhl.«

Aus unerfindlichem Grund schlug mein Herz auf einmal schneller.

»Wer soll das denn gewesen sein?«

»Gute Frage. Die habe ich mir auch gestellt. Wem vertraute Mila so sehr, dass sie widerspruchslos zu ihm eingestiegen wäre? Sicher nicht Karlo Schenk.«

Mir schwindelte ein wenig.

»Aber Ihre Eltern haben meine Fragen empört zurückgewiesen. Absolut niemand käme dafür infrage, Das hat mich erst richtig stutzig gemacht. Denn mir wären mehrere eingefallen. Ihre Großeltern zum Beispiel. Oder Ihr Vater. Vielleicht auch einer von den van Akens, die ja sehr eng mit ihrer Familie verbunden sind.«

Ich schüttelte den Kopf. »Da haben Sie etwas übersehen. Alle diese Personen waren im Jagdschloss versammelt und haben auf Mila und meine Mutter gewartet.«

»Das stimmt. Aber mehr als deren Wort und ein paar Fotos, von denen ich nicht weiß, wann genau sie gemacht worden sind, habe ich keinen Beweis dafür, dass es auch wirklich so war.«

»Es war die Aussage von vielen Menschen, nicht von einem.«

»Tja. Manchmal gibt es das. Dass viele Menschen sich auf etwas einigen.«

Ich war enttäuscht. Der Mann war keine Quelle von verborgenem Wissen. Er war ein ganz simpler Verschwörungstheoretiker.

Forck hatte die Hände wie zum Gebet aneinandergelegt und tippte mit den Fingerspitzen aneinander. Schließlich verließ er den Raum und kehrte mit einem Foto zurück, das an den Rändern bereits vergilbt war.

»Ich habe den Zettel Ihres Vaters damals abfotografiert und aufgehoben. Können Sie etwas damit anfangen?«

Es war eine Zahlen- und Buchstabenkombination auf einem Zettel, der von einem Block abgerissen worden war.

»*PH 4 unten FOV 41.6, oben 2.75 h FOV 29.6,: rechts!*«, stand da.

»Was soll das denn heißen?«, fragte ich.

»Es ist die Handschrift Ihres Vaters, ich habe es von einem Grafologen untersuchen lassen.«

»Wenn Sie das sagen.«

Obwohl ich ziemlich sicher war, dass es die Schrift meines Vaters war, wollte ich mich nicht festlegen lassen.

»Es hat ein bisschen gedauert. Aber dann hat mich ein Kollege von der Spurensicherung darauf gebracht.«

»Worauf?«

»Ich hatte keine Ahnung, was die Hieroglyphen auf dem Zettel bedeuten könnten. Also habe ich bei den Kollegen herumgefragt. Das war ja noch bevor alle Welt einfach nach so etwas googeln konnte. Und siehe da – einer war ein begeisterter Fotograf und wusste Bescheid.«

»Nun machen Sie es nicht so spannend.«

»FOV bedeutet *Field of View*. Sichtfeld.«

»Ich verstehe nicht, worauf Sie hinauswollen.«

Er seufzte, als täte es ihm leid, dass ich so schwer von Begriff war.

Schließlich fuhr er fort: »Es könnte sich um die Winkel der Überwachungskameras des Kaufhauses gehandelt haben. Wo wird man von der Kamera eingefangen? Und wo sind die blinden Flecke? Verstehen Sie?«

»Wollen Sie damit sagen, dass mein Vater seine eigene Tochter entführt hat? Wozu?«

»Finanziell war er bis zu dessen Tod immer auf Ihren Großvater angewiesen. Vielleicht wollte er sich selbst ein wenig Eigenkapital beschaffen.«

»Es gab keine Lösegeldforderung.«

»Vielleicht ist etwas schiefgelaufen?«

»Und was?«

»Sagt Ihnen der Name Ferdinand Lämmer etwas?«, fragte Forck.

»Nein, tut mir leid.«

»Er war Mitarbeiter im Ministerium, genauer im Dezernat Innenrevision. Und befreundet mit den van Akens. Die Lämmers waren ein paarmal mit Ihnen und den van Akens im Urlaub. Sie haben zwei Söhne, etwa in Ihrem Alter.«

»Kann sein. Sagt mir nichts. Das muss aber nichts bedeuten. Es gab ständig Freunde oder Geschäftspartner, die mit uns segelten oder Golf spielten oder auf die Jagd gingen. Manche tauchten öfter auf, andere nur einmal. Ich habe das nie hinterfragt.«

»Ferdinand Lämmer und seine Familie wollten mit Ihnen zusammen wegfahren, an dem Tag, als Mila verschwand.«

»Ach«, sagte ich überrascht.

»Er war laut Aussagen der van Akens bereits mit Marlies van Aken und der Enkeltochter Vivian vorgefahren, während der Rest der Gruppe auf die Rückkehr Ihrer Mutter vom Kaufhaus warteten.«

»Wenn das so war, erklärt es, warum ich mich nicht an ihn erinnere. Ich erinnere mich generell nur bruchstückhaft an diese Zeit. Ich war ja erst vier Jahre alt.«

»Ferdinand Lämmer ist später von seinem Amt zurückgetreten, nachdem die Staatsanwaltschaft bekannt gemacht hatte, dass er Nacktbilder von Kindern in seinem Büro aufbewahrte. Er wurde wegen des Besitzes kinderpornografischen Materials angeklagt, der Prozess wurde gegen Zahlung einer Geldauflage eingestellt. Damit ist er juristisch unschuldig und nicht vorbestraft. Seine Karriere aber war ruiniert. Er lebt inzwischen im Ausland.«

Ich starrte Forck an. »Was waren das für Fotos?«

»Fotos von kleinen Mädchen in Posen, die sie sicherlich nicht freiwillig eingenommen haben.«

»Das ist ja … furchtbar!«

»Die jüngste war fünf.«

Eine Nebelschwade zog durch mein Gehirn, erschwerte es mir, den Sinn zu verstehen dessen, was Forck mir gerade erzählte.

»Mila war auch fünf«, sagte Forck.

Mein Bewusstsein klappte zu wie ein Garagentor.

Das Nächste, was mir auffiel, war etwas Nasses auf meiner Stirn. Vorsichtig tastete ich danach. Ein Waschlappen. Wo kam der her?

»Sind Sie wieder okay?«, fragte Forck besorgt.

»Ich … ja, alles in Ordnung. Keine Ahnung, mir war mit einem Mal schwindelig.« Ich nahm den Lappen ab, faltete ihn zusammen und warf heimlich einen Blick auf die Uhr. Zehn Minuten waren vergangen. Zehn Minuten, an die ich mich nicht erinnerte.

»Sie saßen da wie eingefroren und haben durch mich hindurchgestarrt. Als hätten Sie einen Geist gesehen.«

Hatte ich das? Und wenn ja, welchen? Lämmer?

Forck hielt sein Telefon hoch. »Ich war gerade dabei, einen Arzt anzurufen.«

»Oh, keinen Arzt, bitte, es geht mir gut. Das passiert manchmal. Ist bloß die Ankündigung einer Migräne.«

Ich versuchte, mir nichts anmerken zu lassen.

»Warten Sie, ich hole Ihnen eine Tablette.«

Als Forck zurückkam, drückte er mir gleichzeitig ein Glas Wasser in die Hand.

»Danke. Es geht mir wieder gut. Wirklich.«

Steif erhob ich mich. »Ich danke Ihnen für Ihre Gastfreundschaft. Aber ich sollte jetzt gehen, bevor die Migräne mich richtig erwischt.«

Forck sah mich eine Weile an, als überlege er, was er mir noch zumuten konnte.

»Tun Sie mir einen Gefallen«, sagte er, als er mich zur Tür begleitete. »Denken Sie über all das hier nach. Es ist an der Zeit, dass die Wahrheit ans Licht kommt.«

Das Kind

Ab und zu brachte er Geschenke mit. Ein kleines Spiel unter einer Plastikscheibe, bei dem man kleine silberne Kügelchen durch ein Labyrinth lenken musste, eine Kette aus Zuckerringen an einem Gummiband, Lollis, die aussahen wie Kirschen an einem grünen Stiel. Sie schämte sich, wenn sie gierig danach griff, die süßen Lutscher in den Mund stopfte, weil der Kirschgeschmack den seinen überdeckte und sie ihm doch gleichzeitig nichts schuldig sein wollte.

Seine Stimme war ruhig und freundlich, aber das täuschte.

Er spielte mit ihr und den Hasenohren. »Wo bin ich?«, sagte er und klappte die Ohren über ihre Augen. »Daaa!«, schrie er ihr ins Gesicht und riss das Stofftier weg. Vor Schreck gab sie einen Laut von sich, der so ähnlich war wie ein Gurgeln. Dann lachte er.

Wenn sie Angst hatte, leuchteten seine Augen.

Ein einziges Mal hatte sie aufbegehrt. Sie hatte keine Macht, war ihm vollkommen ausgeliefert. Aber das eine konnte sie tun, um ihn zu ärgern: keine Angst haben. Nicht schreien, wenn sie wusste, dass sie es sollte. Es war ein Widerstand, ein Aufbegehren, dass sie ihm einmal nicht geben wollte, was er wollte. Sie wollte auch einmal Macht besitzen.

Doch das bekam ihr nicht gut. Als sie stumm blieb, wurde er wütend. Er schlug ihr Hoppel vom Gesicht. Sie presste die Lippen zusammen und gab keinen Mucks von sich. Einen Moment starrten sie sich in die Augen.

»Pass gut auf, was ich mit deinem Hasen mache«, sagte er, zog sie am Arm hoch, und schleifte sie hinter sich her bis in die Küche. Wie eine schlaffe Puppe hing sie an seiner Hand. Er öffnete den Kühlschrank, stopfte Hoppel ins Eisfach.

»Wenn du nicht brav bist, mache ich das auch mit dir. Du kommst in eine Kühltruhe.«

Sie hatte die riesigen Kühlschränke schon einmal gesehen, in einem dunklen Keller. Darin hingen tote Tiere, aufgeschlitzt vom Bauch bis zum Hals.

Und da bekam er, was er wollte.

Sie schrie.

16

Mein Vater ging nicht ans Telefon. Der Anruf wurde direkt an die Mailbox weitergeleitet. Ich fragte mich, ob es Zufall war, dass er ausgerechnet jetzt nach Peking hatte fliegen müssen.

Auch Milas Akten enthüllten mir nichts. Über einen geheimnisvollen Zettel meines Vaters gab es keinen einzigen Vermerk. Stattdessen fand ich die Vernehmungsprotokolle der van Akens.

Alles in allem bestätigte die gesamte Befragung nur das, was ich ohnehin schon wusste.

Wir hatten alle zusammen zu einem verlängerten Wochenende fahren wollen, weil gutes Segelwetter angekündigt gewesen war: die van Akens und die Boskamps samt Großeltern und Kindern. Das Ehepaar Lämmer mit seinen beiden kleinen Söhnen war schon mit Marlies und Vivian van Aken vorausgefahren. Weil Mila und meine Mutter noch ins Kaufhaus wollten, blieb der Rest von uns im Haus der van Akens und wartete auf deren Rückkehr. Insgesamt war der Plan, mit zehn Erwachsenen und sechs Kindern segeln zu gehen.

Drei Kinder und drei Erwachsene waren also bereits unterwegs ans Ijsselmeer gewesen, als Mila verschwand.

Es lagen sogar ein paar alte Fotos von diesem Tag bei. In der Eingangshalle der van Akens stand das Gepäck.

Tilda und ich waren, nicht ungewöhnlich für uns in dem Alter, beide gleich angezogen: kurze weiße Hosen und ein blau-weiß geringeltes T-Shirt. Auf einem Foto saß eine von uns auf Peers Schoß und sah sich ein Bilderbuch an. Wenn wir nicht nebeneinander waren, konnte ich uns auf Kinderfotos nicht unterscheiden.

Als ich die Fotos umdrehte, stand da in Lindas schnörkeliger Handschrift vermerkt: Tilda mit Peer. Auf dem anderen

Foto stand: Effie mit Harriet. Oma und ich standen am Fenster und sahen hinaus, nicht ahnend, dass wir Mila nie mehr wiedersehen würden.

Es gab auch Fotos von Linda selbst, die in der Küche Äpfel schnitt, und von Armin, der das Gepäck in der Halle inspizierte.

Frustriert klappte ich die Akte zu. Ich war keinen Schritt weitergekommen.

Wenigstens um die Wohnung konnte ich mich kümmern. Ich suchte im Internet nach einer Genehmigung für eine Wohnungsöffnung, fand keine, tippte selbst ein paar Zeilen und druckte das Blatt aus. Oma konnte mir das gleich unterschreiben.

Schon von der Treppe aus sah ich, dass ihre Handtasche nicht am üblichen Platz auf dem Sekretär stand, was bedeutete, dass sie ausgeflogen war. Dafür entdeckte ich Armin van Aken in der Halle. Er war in seiner Jägerkleidung. An der Eingangstür lehnte das Jagdgewehr neben seinem Rucksack.

»Hallo, Armin! Wolltest du zu meiner Mutter?«, fragte ich.

»Nein. Linda hat Konstanze gerade zum Arzt gebracht. Es geht ihr nicht besonders. Es wird Zeit, dass Reinhard zurückkommt.« Armin knöpfte seine Jacke zu. »Ich war gerade bei Harriet. Stell dir vor, heute hat sie mich erkannt. Manchmal hat sie ja noch lichte Momente, nicht wahr?«

»Dann hat sie sich bestimmt gefreut.«

Ich fragte mich, ob Armin es heimlich genoss, dass er Oma jetzt nach dem Tod ihres Mannes für sich hatte, wann immer er wollte. Auch wenn sie nicht mehr geistig auf der Höhe war. Falls sie wirklich einmal diese Anziehungskraft auf ihn gehabt hatte, war dies jetzt vielleicht die Erfüllung seiner Wünsche, zumindest näher, als es früher jemals möglich gewesen wäre. Er war erzkonservativ und hielt etwas auf die Ehre seines Namens. Ein van Aken heiratete in seinen Kreisen und ließ sich nicht scheiden.

»Es ist sicherlich eine Herausforderung für euch alle, ohne Ewald zu sein, aber natürlich vor allem für Harriet. Erbschaftsangelegenheiten können recht komplex sein, da ist es wichtig, den Überblick zu behalten. Ich habe ihr meine Hilfe bei der Bewältigung angeboten.«

Armin hob seinen Jagdrucksack auf. Er war ein rüstiger Mann, die viele Bewegung an der frischen Luft schien sein Geheimrezept zu sein.

»Du bist ein wirklicher Freund. Die ganzen Damen und Herren von früher, die sich immer gerne auf Omas Festen und den Wohltätigkeitsveranstaltungen getummelt haben, die kommen nicht mehr.«

»So sind die Menschen leider.« Armin schüttelte den Kopf, als könne er es selbst nicht begreifen. »Solange man ihnen dienlich ist, scharen sie sich um dich. Und wenn man nicht mehr von Nutzen ist, flüchten sie wie die Fliegen von einem abgenagten Knochen.«

»Umso netter, dass du sie nicht vergisst.«

»Das ist doch selbstverständlich. Und scheue dich nicht, um Hilfe zu bitten. Deine Mutter ist begreiflicherweise schnell überfordert, und auch du bist ja mehr als belastet. Ich weiß, Dr. Knepper ist euer Berater, aber am Ende sollte man jedes Papier stets selbst überprüfen. Vor allem bei Erbschaftsangelegenheiten. So hätte dein Großvater zumindest gehandelt.«

»*Plane immer zwei Schritte im Voraus*, das hat er gerne gesagt.«

»Seine Weitsicht wurde unterschätzt.«

Armin griff nach seiner Büchse. »So. Dann wollen wir mal. Peer hat ungewöhnliches Verhalten bei einem Keiler beobachtet, ich muss schauen, ob irgendwo Anzeichen von Tollwut zu finden sind. Wehret den Anfängen! Sonst ist nachher der gesamte Wildbestand gefährdet.«

»Dann sei bloß vorsichtig«, sagte ich. »Waidmannsheil!«

Er schulterte die Büchse.

»Waidmannsdank.«

Draußen hörte ich Arko laut und aufgeregt bellen. Die Hunde durften nie mit in die Villa oder in den Park. Sie liefen nur im Jagdgebiet frei.

Als ich zu meiner Großmutter ins Schlafzimmer trat, beugte sich die Krankenschwester Rovena Prill gerade über sie und schüttelte das Kopfkissen auf.

Oma saß kerzengerade im Bett und verschränkte die Arme wie ein trotziges Kind. Sie trug ihr hochgeschlossenes Baumwollnachthemd, das mich an alte Westernfilme erinnerte. Das weiße Haar war zu einem Dutt frisiert.

Ich nahm ein Buch als Unterlage und hielt ihr die Genehmigung hin. »Kannst du mir das hier eben unterschreiben? Ich brauche das für den Schlüsseldienst«, bat ich und hielt ihr einen Stift hin.

»Armin war hier«, sagte sie, während sie mit kindlichen Buchstaben ihren Namen auf das Papier malte.

»Ich weiß, ich habe ihn gerade in der Halle getroffen.«

»Ist er schon wieder weg?«

»Ja, leider. Er musste gehen. Im Wald gibt es vielleicht Tollwut.«

»Er sucht den Schlüssel«, sagte Oma.

»Welchen Schlüssel?«

Sie sah mich verwirrt an.

»Den in deinem Herzen«, sagte sie schließlich.

Ich lächelte. »Armin sucht den Schlüssel zu meinem Herzen? Bestimmt nicht. Vielleicht zu deinem.«

Ich nahm ihr das unterschriebene Blatt aus der Hand und faltete es in der Mitte.

Mitten in der Nacht weckten mich Geräusche aus dem Babyfone, das ich in Omas Schlafzimmer installiert hatte.

Ich sah auf dem Monitor, wie sie im Nachthemd in die Halle ging. Ich sprang aus dem Bett und schlüpfte in meine Pantoffeln. Ich musste sie finden, bevor sie meine Mutter weckte. Sie brauchte ihren Schlaf.

Als ich leise die Treppe hinunterhuschte, sah ich schon von Weitem, dass die Kellertür offenstand.

»Oma?«, rief ich leise, während ich im schummrigen Licht

die Stufen hinabstieg. Die alten Steinwände hielten die Kühle seit vielen Jahrzehnten in den Gemäuern fest.

In der Wildkammer brannte eine helle Neonröhre an der Decke. Dort gab es einen Zugang über eine Außentreppe. Damit man die blutenden Tiere nicht durchs Haus schleppte, war neben der Treppe eine Edelstahlrampe angebracht, auf der die Kadaver bis in den Keller rutschen konnten. Hoffentlich war Oma nicht über diesen Ausgang entwischt. Sie konnte erstaunlich weit laufen, machte noch lange Spaziergänge durch den Park. Aber es sah nicht so aus, die Tür war geschlossen.

Die Wildkammer war komplett mit weißen Kacheln ausgekleidet. In der Mitte des Raumes hing ein Fleischerhaken von der Decke, direkt darunter befand sich im Boden eine Edelstahlrinne als Abfluss für Blut. Hier konnte man die Tiere aufbrechen oder das bereits aufgebrochene Stück grob zerlegen. Dazu gehörte das Abziehen des Fells, das Abtrennen der Blätter und Keulen und die Entfernung des Kopfes.

Das geschah mit der Knochensäge, und ich hatte mich immer geweigert, dabei zuzusehen.

Es roch streng nach Chlor, doch tief darunter nahm ich den Todesgeruch wahr, all das Blut, das hier vergossen worden war, auch wenn seit Opas Ableben hier niemand mehr ein Tier ausgeweidet hatte oder hatte ausbluten lassen.

An der rechten Wand aufgereiht standen drei Kühlzellen aus Edelstahl, doppeltürige Kühlschränke, die bis unter die nur knapp über zwei Meter hohe Decke reichten. In jeder Kühlzelle konnte man bis zu vier Tiere aufbewahren.

Es war allerdings eine Weile her, dass bei den van Akens so große Jagden abgehalten worden waren, dass wir den Platz dafür gebraucht hätten.

Im Innern der Zellen waren ausziehbare Stangen angebracht, an denen man Tiere an den Hinterläufen aufhängen konnte, bis jemand sie wieder herausholte und korrekt zerlegte.

Dafür gab es einen Edelstahltisch an der gegenüberliegenden Wand, über dem sorgfältig aufgehängt das peinlich saubere Werkzeug meines Großvaters hing: die Knochensäge, mehrere unterschiedliche sehr scharfe Messer, Kettenhandschuhe, Zangen zum Aufbrechen und Zerwirken des Tiers. Nach erfolgreicher Zerlegung wanderten die Teile, verpackt in Vakuumbeutel, in die gegenüberliegenden Kühltruhen.

Tilda hatte Opa schon als Kind bei diesen Arbeiten geholfen. Deshalb war sie von uns zweien auch die bessere Jägerin, und ich hatte ihr die Rolle nur zu gerne überlassen. Da unser Großvater ein leidenschaftlicher Jäger gewesen war, wurden die entsprechenden Kenntnisse in der Familie gewürdigt, während man mich eher belächelte, wenn mir vom Geräusch der splitternden Knochen schlecht wurde.

»Oma?«, rief ich in die Kühlkammer hinein. Sie hatte das Licht eingeschaltet, also war sie hier irgendwo. Ich sah mich im Raum um, als ich entdeckte, dass die Tür einer Kühlzelle nur angelehnt war.

Vorsichtig öffnete ich sie. Tatsächlich stand Oma in Gummistiefeln und Nachthemd darin und sah mich ängstlich an. Glücklicherweise hing kein Kadaver mehr an einer der Stahlstangen.

»Komm raus, Oma, da drin ist es doch eiskalt.«

»Ich habe nichts versteckt! Versprochen!« Sie schlotterte am ganzen Körper.

»Das ist okay. Ich suche gar nichts«, versuchte ich sie zu beruhigen.

»Warum fragst du dann immer?«

Ich seufzte. »Ich frage nichts. Komm raus. In der Kühlzelle wirst du erfrieren.«

Sie versuchte wieder, die Tür von innen zuzuziehen, während ich dagegenhielt.

Auf einmal ließ sie nach und kam heraus. Wahrscheinlich war ihr aufgefallen, wie kalt es darin war. Ihre sehnigen Hände wurden schon blau.

Ich ergriff sie und rubbelte sie vorsichtig.

Sie sah mich misstrauisch an. »Kindern mit kalten Händen

zieht man Handschuhe an, merk dir das! Sonst bekommen sie blaue Hände.«

»Ja«, sagte ich. »Aber das sind deine eigenen Hände, Oma. Du bist in die Kühlkammer gegangen.«

Sie schimpfte weiter über Handschuhe, ließ sich aber von mir die Treppe hinaufführen. Ihr magerer Körper zitterte.

Ich antwortete nicht. In mir war eine tiefe Erschöpfung. Vielleicht war es doch an der Zeit, meine Großmutter in ein Heim zu bringen.

Erst Stunden später, als die Gedanken in meinem Kopf so schnelle Kreise drehten, dass ich vor Schwindel nicht wieder einschlafen konnte, kam mir auf einmal ein schrecklicher Einfall. Ich stand noch einmal auf und schlich ein zweites Mal in den Keller.

Es war noch kälter geworden, zumindest meinte ich das. Zitternd öffnete ich jede einzelne Kühlzelle und schaute hinein.

Sie waren alle leer. Was auch sonst. Hatte ich wirklich erwartet, mein Kind darin zu finden? Blaugefroren, ohne Handschuhe?

Trotzdem öffnete ich vorsichtshalber auch die Kühltruhen, in denen das zerlegte Wild gelagert wurde. Ich hob einen Deckel nach dem anderen an, fand aber außer einem Rehrücken mit Gefrierbrand nichts von Bedeutung. In der letzten Truhe lag, einwandfrei in Vakuumbeutel verpackt, ein zerlegtes Wildschwein. Es war leicht zu erkennen. Keulen. Blätter. Rippen. Das Rückenstück. Aber darunter lag etwas, was nicht aussah wie ein Wildschwein. Ich schob die Fleischstücke beiseite. Omas Nähkorb kam zum Vorschein. Sie hatte ihn in die Kühltruhe gestopft. Mir war elend zumute. Der Nähkorb war das Symbol eines Erfolges gewesen, von dem sie jetzt nichts mehr wusste.

Ich nahm ihn wieder mit nach oben. Das Haus war still und verlassen, nur der Parkettboden knarzte unter meinem Gewicht.

Vorsichtig öffnete ich die Glasvitrine in der Halle und

schob den Korb wieder an seinen Platz zurück. Anschließend schloss ich die Vitrinentür ab und versteckte den winzigen Schlüssel in der Schublade von Mamas Sekretär.

17

Nach der unruhigen Nacht lag ich am frühen Sonntagmorgen im Bett und grübelte.

Die Worte des pensionierten Kommissars kamen mir in den Sinn. *Die Eltern sind statistisch gesehen die größte Gefahr für kleine Kinder*, hatte Forck gesagt.

Es war beängstigend, aber ich zwang mich, weiterzudenken.

Vielleicht war wirklich jemand im Fahrstuhl gewesen, den Mila gekannt hatte. Vielleicht sogar jemand aus meiner Familie, vielleicht sogar mein eigener Vater. Möglicherweise hatte er meinen Großvater erpressen wollen, ein anderes Motiv als Geld konnte ich mir bei ihm beim besten Willen nicht vorstellen. Blieb nur die Frage, wo er Mila hätte hinbringen können. An einen Ort, auf den niemand kam. Wie die unbewohnte Hochdahler Wohnung … Es war nur ein Strohhalm, aber zu verlieren hatte ich nichts, wenn ich nachsah. Es musste einen Grund geben, warum die Wohnung immer noch in unserem Besitz war.

Also grapschte ich die unterschriebene Genehmigung meiner Großmutter und raste nach Hochdahl.

Schon im Auto wählte ich die Nummer des Schlüsseldienstes, dessen Namen ich mir zum Glück gemerkt hatte. Vielleicht lockte ihn der Sonntagszuschlag, jedenfalls war er schnell bereit, wieder zu der Wohnung zu kommen.

Wir trafen beinahe zeitgleich ein, und der Mann machte sich sogleich an die Arbeit. Allerdings hatte er einige Schwierigkeiten mit dem Türschloss.

Ich versuchte, meine vibrierenden Nerven zu beruhigen.

»Beeilen Sie sich bitte«, sagte ich mehrfach, doch der Mann hatte die Ruhe weg.

»Komisch«, sagte er. »Normalerweise knacke ich so ein simples Schloss in weniger als einer Minute. Da muss Dreck reingekommen sein, oder jemand hat Sekundenkleber reingespritzt. Aber wenn ich das Schloss aufbohre, brauchen Sie auf jeden Fall ein neues.«

»Das ist in Ordnung«, sagte ich. »Hauptsache, Sie sind schnell!«

»Was glauben Sie denn, was da drin ist?«, brummte der Mann und packte seinen Bohrer aus. »Ein verhungertes Kätzchen?«

Angelockt durch den Lärm kam der Nachbar erneut zum Vorschein. Er trug schon wieder – oder immer noch – das T-Shirt mit dem *Show no Mercy* Aufdruck.

»Du schon wieder! Was soll der Krach? Schon mal was von Sonntagsruhe gehört?«

»Tja, das sähen Sie sicher anders, wenn Sie sich versehentlich ausgesperrt hätten«, brummte der Mann vom Schlüsseldienst. »So. Tür ist offen. Ich hole eben das neue Schloss aus dem Auto.«

Ich stürzte in die Wohnung und fand mich in einem winzigen Flur wieder.

»Lulu?«, flüsterte ich mit klopfendem Herzen. »Mila?«

An der Wand war eine Garderobe befestigt, die aus Brettern mit aufgeschraubten Knäufen bestand. Ein Hut hing einsam und verlassen an einem der Haken. Die Luft war abgestanden. Rechts war eine kleine Küche, links ein Wohnzimmer. Nichts und niemand rührte sich.

Es war so still wie auf einem Friedhof. Hier war kein Zeichen von Leben.

Vorsichtig tastete ich mich durch jedes Zimmer, doch es war mir sehr schnell klar, dass niemand hier war. Diese Wohnung war schon vor langer Zeit verlassen worden.

Die Zimmer waren noch eingerichtet, ganz so, als hatten meine Großeltern sie verlassen, ohne allzu viel mitzunehmen. Hatte Oma dieses Leben einfach hinter sich lassen wollen? Aber warum hatten sie die Wohnung dann behalten?

Die Einbauküche hatte Schränke aus orangem Kunststoff. Küche und Flur waren mit PVC-Boden ausgelegt. In dem karg möblierten Wohnzimmer lag ein grauer Schlingenteppich. Ein Zweisitzersofa in Grün, dazu ein passender Sessel, ein Nierentisch und eine Anrichte aus Nussbaumimitat. Die Klebefolie hatte sich an einer Seite gelöst und Wellen geschlagen.

Am Ende des Flurs befand sich ein winziges Badezimmer mit hellblauen Kacheln, zur Rechten und zur Linken gab es je ein Schlafzimmer. Sämtliche Fenster waren mit in Falten gelegten Tüllgardinen verhängt, durch die man nicht hindurchsehen konnte.

Im Elternschlafzimmer stand ein Doppelbett mit einer nackten Matratze und zwei Bettschränkchen, sonst nichts mehr.

Im Flur neben dem Kinderzimmer hing ein vergilbtes Plakat, das mit Heftzwecken an die Wand gepinnt war, darauf war ein Mann in Badehose und mehreren Goldmedaillen um den Hals abgebildet. Im Kinderzimmer, dem ehemaligen Zimmer meiner Mutter, stand ein schmales Bett an der Wand, gegenüber ein Regal, in dem tatsächlich noch ein paar Bücher standen. Es roch staubig. Vor dem Fenster waren zusätzlich zu den Tüllgardinen dicke blaue Vorhänge angebracht, die halb zugezogen waren, sodass es im Raum düster war. Ich schaltete das Licht an, ein runder Lampenschirm aus Stoff an der Decke flackerte auf. Ich nahm eines der Bücher in die Hand. Es war das einzige Kinderbuch im Regal. Ich pustete eine Staubschicht herunter. *Der Struwwelpeter* las ich. Daneben standen eine Reihe billiger Heftromane und ein paar dicke Karl-May-Bände. Wahrscheinlich war diese Art Literatur nicht vornehm genug für das Wohnzimmer gewesen.

»Sag mal«, hörte ich da eine Stimme hinter mir. Ich fuhr zusammen.

Der Typ von gegenüber hatte sich in die Wohnung geschlichen.

»Himmel, haben Sie mich erschreckt!«

Der Mann sah sich neugierig um.

»Kann ich in der Bude nicht ein paar Sachen abstellen? Hier ist doch Platz genug. Solange noch niemand hier wohnt.«

»Eher nicht, tut mir leid. Die Wohnung wird wahrscheinlich verkauft. Vielleicht auch vermietet, ich weiß es nicht.«

Der Typ kratzte sich am Kopf. »Oh Mann, das sind beschissene Nachrichten. Das heißt, dann rennt hier oben immer jemand rum?«

Ich antwortete nicht und begann, Fotos von jedem einzelnen Raum zu machen. Der Mann ohne Gnade folgte mir auf dem Fuß.

»Sagen Sie, wie lange wohnen Sie schon hier?«, fragte ich ihn schließlich, als mir aufging, dass er nicht freiwillig verschwinden würde.

»Boah. Schon lange. Bestimmt zehn Jahre.«

»Haben Sie in letzter Zeit jemanden hier reingehen sehen?«, fragte ich.

»Eigentlich habe ich die Etage immer für mich allein. Und das ist auch gut so.«

»Aber?«

»Was aber?«

»Sie haben *eigentlich* gesagt. Es war also jemand hier?«

»Ja, sicher. Du.«

Der Mann war nicht zu gebrauchen.

»Entschuldigen Sie, aber ich habe hier zu tun. Wenn Sie bitte die Wohnung verlassen könnten?«

»Oh, zu vornehm für einen Typen wie mich, was?«

Ich machte eine besänftigende Geste. »Ich bin nur beschäftigt.«

Endlich trollte er sich. Dafür kam der Schlüsseldienstmann und händigte mir zwei Schlüssel an einem Ring aus.

»Das Schloss ist gewechselt. Funktioniert einwandfrei. Möchten Sie es ausprobieren?«

»Nein, ich glaube Ihnen.«

»Na, Sie sind ja ein Herzchen. Gutgläubig. Das sollten Sie sich nicht angewöhnen. Hier, schauen Sie.« Er nahm den Schlüssel wieder an sich, schloss zweimal ab und wieder auf.

Als ich beide Männer losgeworden war, setzte ich meinen Rundgang durch die Wohnung in Ruhe fort.

Das Bett im Kinderzimmer war mit einer orange geblümten Decke bezogen. Ich hob sie hoch, spähte darunter. Staubflocken wirbelten hoch, sonst gab es nichts zu sehen.

Ich ging in die Küche. Der alte Kühlschrank, der auf dem Boden neben einer Spüle aus blind geputztem Edelstahl stand, brummte leise vor sich hin. Tatsächlich war er noch eingeschaltet. Dieses Ding verbrauchte seit Jahrzehnten Strom, ohne dass jemand hier lebte. Ich schob den Kühlschrank über den PVC-Boden ein Stück von der Wand weg. Hinter dem verstaubten Gitter hatten sich Unmengen Spinnweben angesammelt. Mit spitzen Fingern zog ich das staubverklebte Kabel aus der Steckdose und öffnete die Kühlschranktür.

Der Kühlschrank war leer. Das winzige Eisfach war komplett zugefroren, das Eis quoll darunter hervor und hatte den oberen Bereich des Kühlschranks überwuchert wie ein Tumor. Es war merkwürdig, dass der Kühlschrank ausgeräumt, aber nicht abgeschaltet worden war. Ich ruckelte an der Klappe, doch sie ließ sich nicht öffnen.

In einer Schublade fand ich Besteck und hackte mit einem Edelstahlmesser das Eis ab. Nach einer Weile sprang der Riegel endlich auf.

Im Eisfach lag etwas, beinahe komplett zugeschneit. Trotzdem wusste ich sofort, was es war.

Hoppel.

Mit den Fingernägeln kratzte ich den Schnee ab und zog ihn behutsam heraus. Eine Weile stand ich regungslos, den tiefgefrorenen Hasen in meinen Händen. Eiskristalle und Schnee bedeckten das Fell. Nur die braunen Glasaugen starrten mich leblos an. Unter der Wärme meiner Hände schmolz die Eisschicht auf der Brust und ein rotes Herz kam zum Vorschein.

Meine Gedanken rasten.

Jemand musste Mila und ihren Hoppel damals in die leer stehende Wohnung gebracht haben. Damit schied Karlo

Schenk als Entführer eigentlich aus. Er konnte von der Existenz der Wohnung nichts wissen. Aber mein Vater schon.

Aufgeregt scrollte ich meinem Telefon nach Sieberts Telefonnummer. Er ging sofort dran.

»Frau Boskamp! Ich wollte Sie auch gerade anrufen«, sagte der Kommissar. »Leider habe ich Ihre Mutter nicht erreicht.«

»Ich habe Milas Stofftier gefunden«, platzte ich heraus.

»Wo?«

»In einer leer stehenden Wohnung in Hochdahl. Genauer gesagt, der alten Wohnung meiner Großeltern. Wo sie den ersten Hoppel hergestellt haben.«

»Sind Sie sicher, dass es der Hase ihrer Schwester ist? Sehen die nicht alle gleich aus?«

Einen Moment stutzte ich und starrte den gefrorenen Hoppel an. Lulus Hoppel hatte auch ein rotes Herz, aber dieser hier wirkte irgendwie älter. Aber das konnte auch an den Eiskristallen liegen und daran, dass die langen Hasenohren steif am Rücken klebten.

»Jedenfalls hat er ein rotes Herz, das hatte Milas Hoppel auch.«

»Unterscheiden sich die älteren Modelle von den neueren?«

»Nein«, sagte ich. »Das ist eines unser Markenzeichen, dass sich die Hasen überhaupt nicht verändert haben über die Jahre.«

Siebert schwieg einen Moment. Ich hörte ihn atmen, während er nachdachte.

»Könnte es auch Lulus Hase sein?«

Ich schüttelte den Schnee aus dem Fell.

»Nein«, sagte ich. »Das Eisfach war komplett zugefroren. Das ist seit Jahren nicht geöffnet worden.«

»Vielleicht haben Ihre Großeltern beim Umzug einfach einen dort vergessen?«

»Er steckte im Gefrierfach des Kühlschranks. Warum sollte jemand den Hasen da reinstecken?«

»Meine Frau macht das manchmal, um Hausstaubmilben zu vernichten. Mein Sohn ist allergisch.«

Ich schwieg. Milas Hase war sicher nicht zum Abtöten von Milben in ein Eisfach gesteckt worden. Er war zusammen mit Mila verschwunden. Und nun war er wieder aufgetaucht.

»Verstehen Sie mich nicht falsch, ich wundere mich nur, wie das Stofftier in die Wohnung Ihrer Großeltern gekommen sein soll ... Wenn sich Milas DNA daran befände, das wäre natürlich ... eine Sensation, geradezu. Können Sie mir einen Gefallen tun und den Hasen sicher einpacken, ohne ihn weiter zu verunreinigen? Am besten in einer Papiertüte. Ich schicke einen Streifenwagen vorbei, der ihn abholt.«

Ich hörte, wie er im Hintergrund etwas murmelte.

Das Handy zwischen Ohr und Schulter geklemmt, schaute ich mich in der Küche um. Ich fand zwar noch Besteck und Geschirr, aber nirgendwo eine Papiertüte.

Unter der Spüle entdeckte ich einen verbeulten Emailletopf. Vorsichtig bettete ich den Hasen hinein und legte den Deckel drauf.

»Die Kollegen sind unterwegs«, sagte Siebert.

»Meine DNA ist jetzt leider schon dran«, sagte ich.

»Das macht nichts, die unterscheidet sich ja von Milas. Und während wir auf die Kollegen warten, würde ich Ihnen gerne noch etwas erzählen, Frau Boskamp. Es gibt ein paar Neuigkeiten. Auf dem Golfschläger, mit der Frau Schenk erschlagen wurde, wurden die Fingerabdrücke ihres Mannes gefunden. Wegen seiner Vorstrafen hatten wir davon glücklicherweise noch einen Satz in unserer Datenbank. Weitere Abdrücke gab es auf dem Schläger nicht.«

Ich erinnerte mich an das Geräusch, das ich im Kaufhaus gehört hatte. *Fump. Plock.* Mir lief ein Schauer über den Rücken, als ich an den zerschmetterten Schädel von Jutta Schenk dachte.

»Wir haben außerdem Karlo Schenks Laptop gefunden«, fuhr Siebert fort. »Er war im Spind am Arbeitsplatz seiner Frau. Schenk hat es uns besonders leicht gemacht: Auf der Unterseite hat er tatsächlich einen Aufkleber mit seinem Namen angebracht.«

Das erklärte, warum die Wohnungsdurchsuchung ergebnislos geblieben war.

»Wir glauben, dass seine Frau den Laptop dort vor ihm versteckt hat. Als Beweismittel. Und er hat versucht, ihn zurückzubekommen.«

»Als Beweismittel für was?«

»Es wurden verdächtige Fotos darauf entdeckt. Illegale. Nicht in den rauen Mengen, wie wir es von diesem Tätertyp gewohnt sind, aber doch einige Dateien, die definitiv verboten sind. Wahrscheinlich wollte er es wiederhaben.«

Ich fragte mich, wie viel innere Stärke Jutta Schenk gehabt musste, um das Versteck des Laptops während eines derart brutalen Angriffs nicht zu verraten. Was war ihre Motivation dafür gewesen, im Angesicht des Todes eisern zu schweigen? Ein schlechtes Gewissen, weil sie ihre Tochter nicht geschützt hatte, obwohl alle Anzeichen da gewesen waren?

»Auf den Bildern ... Ist da vielleicht ... Ist da vielleicht meine Schwester drauf zu sehen?« Nach Lulu wagte ich nicht zu fragen.

»Bisher nicht. Es sieht auch eher so aus, als hätte er sie aus dem Netz runtergeladen, nicht selbst produziert. Aber wir sind noch an der endgültigen Auswertung.«

Siebert holte Luft, bevor er weitersprach.

»Leider habe ich Ihre Mutter nicht erreicht. Wir haben einen Hinweis, dass Schenk zumindest im Falle Ihrer Schwester vielleicht tatsächlich nicht unschuldig ist«, fuhr er fort. »Es ist allerdings kein Beweis, nur ein Indiz.«

»Was für eins?«

»Sein Passwort. Es war sehr leicht zu knacken, das hat uns ein bisschen gewundert. Andererseits, wenn er schon seinen Namen unter ein Beweismittel klebt ...«

»Wie war denn das Passwort?«

»Mila.«

18

Ich lief der Polizei im Treppenhaus entgegen.

»Ich hatte keine Papiertüte«, erklärte ich der Beamtin, die mich irritiert ansah, als ihr den Emailletopf überreichte.

Dann rannte ich zum Auto. Ich musste mit meiner Mutter sprechen, ihr behutsam erklären, dass Karlo Schenk sehr wahrscheinlich tatsächlich der Entführer von Mila gewesen war. Außerdem war sie die Einzige, die mich verstehen konnte. Wir saßen in einem Boot. Wir vermissten beide unsere Töchter, möglicherweise vom selben Täter verschleppt.

Auch wenn mir rätselhaft war, wie der Stoffhase in die verlassene Wohnung meiner Großeltern gekommen war.

Vielleicht war es ja wirklich nur ein weiterer Hoppel, der gar nichts mit Mila zu tun gehabt hatte. Ich wusste nicht einmal, worauf ich hoffen sollte.

Ich fuhr auf die A 44 und trat aufs Gas. Ob ich Lulu je wiedersehen würde? War sie überhaupt noch am Leben? Genau wie meine Mutter damals wollte ich mir den Gedanken verbieten, dass sie tot sein könnte. Trotzdem drängte er sich immer wieder in meinen Kopf, machte sich breit, drohte meine Hoffnung zu verscheuchen, drang wie flüssiger Teer in die Windungen meines Gehirns.

Nein! Ich durfte mich nicht unterkriegen lassen. Noch nicht. Ich würde nicht aufgeben, bevor ich dazu gezwungen wurde.

Als ich schwanger gewesen war, hatte ich gesagt, *Hauptsache gesund*, wenn mich jemand nach meinem Wunsch für das Geschlecht gefragt hatte.

Aber es war eine Lüge gewesen. Ich hatte mir ein Mädchen gewünscht, mit braunen Locken, weil in unserer Familie so eines fehlte.

War es Zufall gewesen, dass ich mir einen braungelockten Mann ausgesucht hatte, oder war das mein Unterbewusstsein gewesen?

Jedenfalls hatte ich genau bekommen, was ich mir gewünscht hatte. Ich hätte nicht glücklicher sein können. Selbst der Gedanke, sie Mila zu nennen, war mir gekommen, und ich hatte es nur nicht getan, weil Tilda mir den Kopf gewaschen hatte, als ich sie in meine Pläne einweihte.

»Du kannst das Kind unserer Mutter nicht als Ersatz anbieten«, hatte sie gesagt. »Es hat das Recht auf ein eigenes Leben.«

Der Punkt ging an Tilda. Immerzu hatte ich meine Mutter im Kopf, versuchte, sie zu trösten, froh zu machen, wo kein Glück mehr möglich schien.

Als Lulu geboren wurde, hatte ich zum allerersten Mal im Leben das Gefühl gehabt, dass ich kein Ersatz mehr war und auch nicht, dass es mich doppelt gab.

Und dieses Kind, für das ich so wichtig war, dieses Kind ließ ich gerade im Stich. Ich kümmerte mich nicht um sie, ich gab ihr nichts zu essen, zog ihr keine warmen Sachen an, machte ihr keine Lunchbox fertig.

Ich ließ sie im Stich. Nicht weil ich es wollte. Aber so musste es ihr vorkommen. Wenn sie noch irgendeine Frage hätte, während ich in meiner warmen Wohnung mit allem Luxus saß, dann sicherlich die, wo ihre Mama war.

Zu Hause stellte ich enttäuscht fest, dass meine Mutter offensichtlich immer noch nicht zurück war. Ich wollte ihr nicht am Telefon von Hoppel und den Neuigkeiten von Karlo Schenk erzählen. Es würde sie wahrscheinlich sehr aufregen. Also musste ich warten, bis sie wiederkam.

Ich tigerte durch meine Wohnung. Motorische Unruhe war seit Lulus Verschwinden meine stete Begleiterin. Während ich Runde um Runde um die Kücheninsel drehte, überlegte ich fieberhaft.

Schenk war auf der Flucht. Er würde Lulu kaum bei sich

haben. Ein vierjähriges Kind würde nur Schwierigkeiten machen und fiel auch zu sehr auf.

Ich konnte nur beten, dass sich irgendjemand um sie kümmerte, wo immer sie gerade war.

Die Tränen schossen mir in die Augen, ich wischte sie mit dem Handrücken weg. Heulen konnte ich später. Erst mal musste ich Lulu finden.

Auch mein Vater rief nicht zurück, obwohl ich ihm etliche Nachrichten hinterlassen hatte. Er schuldete mir einige Antworten. Doch bis jetzt hatte er meine Mitteilungen nicht einmal gelesen. Mir fiel ein, dass WhatsApp in China ja gar nicht funktionierte. Und die Internetzensur der Regierung verhinderte einen freien Zugang zum Netz, da konnten schon mal Störungen auftreten. Ich schickte ihm eine SMS. Nicht zugestellt. Wahrscheinlich war das Handy aus. In Beijing war es schon mitten in der Nacht.

Auf einmal spürte eine unendliche Erschöpfung. Ich löffelte eine Dose Ravioli vor dem Fernseher und schlief mit der Gabel in der Hand auf dem Sofa ein.

Am frühen Morgen weckte mich ein Anruf. Während ich noch überlegte, wo die Gabel in meiner Hand herkam, tastete ich nach dem Handy um meinen Hals. Ich registrierte den Namen auf dem Display. Olaf Preuth.

Eine Hitzewelle schoss durch meinen Körper. Es war erst kurz nach sechs Uhr. Das konnte eigentlich nur zweierlei bedeuten: sehr gute Nachrichten. Oder sehr schlechte.

Hastig nahm ich den Anruf an.

»Ja?«

»Entschuldigen Sie die frühe Störung, Frau Boskamp. Aber die Wohnung Ihrer Großeltern brennt. Beziehungsweise, jetzt brennt sie nicht mehr. Die Feuerwehr konnte eine größere Katastrophe verhindern. Aber ich fürchte, in der Wohnung Ihrer Großeltern ist nichts mehr zu retten.«

»Was?«

»Zum Glück wurde niemand ernstlich verletzt. «

Omas Wohnung war abgebrannt. Kurz nachdem ich Hoppel darin gefunden hatte. Ich glaubte nicht an Zufälle. Was für Beweise sollten hier vernichtet werden?

»War es Brandstiftung?«, fragte ich, obwohl ich längst davon überzeugt war.

»Das wird sich noch klären. Ist aber zu befürchten. Der Nachbar von gegenüber hat den Brand bemerkt und die Feuerwehr gerufen. Er hat gesagt, dass kurz vor Ausbruch des Feuers ein Mann die Wohnung betreten hätte. Das war mitten in der Nacht. Da hat er sich gewundert, ist aber erst mal wieder ins Bett gegangen.«

»Fragen Sie ihn doch mal, ob der Mann Attila Rasmussen gewesen sein könnte.«

»Wer ist das denn?«

»Der Mann kennt ihn. Attila hat einen Supermarkt in der Nähe. Und er hat ein Faible für Feuer. Ist schon als Kind wegen Brandstiftung auffällig geworden.«

»Attila ... wie weiter?«

»Rasmussen.« Ich buchstabierte den Nachnamen.

»Woher kennen Sie den Mann?«

»Kennen wäre übertrieben. Ich weiß nur zufällig, dass er dort in der Nähe wohnt und ein etwas zu großes Faible für Flammen hat. Hat sogar welche tätowiert.«

»Ich habe den Namen notiert. Das wird überprüft. Und noch etwas. Sie wissen ja, dass uns eine Auswertung der Funkzellenüberprüfung vorliegt«, sagte Preuth. »Also die Liste der Handys, die sich zum Zeitpunkt von Lulus Verschwinden in der Nähe des Kindergartens eingeloggt haben. Karlo Schenks Nummer war nicht dabei. Bisher habe ich auch keine Person auf der Liste entdeckt, die uns bereits namentlich bekannt ist. Aber ich würde Sie Ihnen gerne schicken, vielleicht erkennen Sie einen Namen.«

»Ja, sicher, schicken Sie sie gerne. Ich werde sie mir sofort ansehen. Haben Sie meine E-Mail-Adresse?«

»Ja, habe ich. Allerdings ist uns etwas anderes aufgefallen.«

»Und zwar?«

»Die Handydaten der Auszubildenden. Frau Oesterling. Sie hat gesagt, dass sie die Gartenaufsicht übernommen hat, während die Erzieherin drinnen mit den anderen Kindern gebastelt und schließlich die Essensvorbereitung begonnen hat. Frau Oesterling hat angegeben, dass sie Lulu das letzte Mal um kurz vor zwölf Uhr gesehen hat. Im Sandkasten, mit zwei anderen Jungen, Louis und Ben. Aber bei der Überprüfung der Handys der Mitarbeiterinnen ist uns aufgefallen, dass Frau Oesterling in der Zeit von zehn Uhr dreißig bis kurz nach zwölf Uhr einen auffällig erhöhten Datenverbrauch hatte. Da haben wir noch mal bei den Jungs nachgefragt. Weder Louis noch Ben konnte sich erinnern, dass Lulu mit ihnen im Sandkasten gewesen ist. Daraufhin haben wir den Druck auf Frau Oesterling erhöht. Schließlich hat sie zugegeben, dass sie heimlich Videos im Garten geguckt hat. Und wir haben uns gefragt, wie aufmerksam sie wohl wirklich gewesen ist. Und wie glaubwürdig.«

»Dann hat sie ihre Aufsichtspflicht verletzt«, sagte ich fassungslos.

»Nicht nur das, fürchte ich. Wir wissen auch nicht mehr, wann Lulu wirklich das letzte Mal gesehen wurde. Es ist klar, dass sie um zehn Uhr dreißig raus in den Garten gegangen ist. Erst eine Stunde später wurde ihr Verschwinden bemerkt. Bisher waren wir davon ausgegangen, dass sie gegen zwölf Uhr das letzte Mal gesehen wurde. Wir mussten also den Zeitrahmen deutlich ausdehnen und eine weitere Abfrage starten.« Er seufzte. »Wir haben außerdem Videomaterial zusammengeschnitten, das sich aus Filmen von Privataufnahmen der Nachbarn in der Gegend zusammensetzt. Es gibt ja nicht wenige, die ihre eigene Einfahrt oder ihr Grundstück per Videokamera überwachen und dabei auch schon mal ein Stück Straße filmen, auch wenn das eigentlich nicht erlaubt ist. Es wäre gut, wenn Sie nachher in mein Büro kämen und es sich anschauen könnten. Sagen wir um elf?«

Ich versprach, pünktlich zu kommen.

Anschließend versuchte ich sofort, Tilda ans Telefon zu bekommen, doch es tutete bloß, nicht mal der Anrufbeantworter sprang an. Ich schrieb ihre eine Nachricht und warnte sie noch einmal eindringlich vor diesem Attila.

Bei näherer Betrachtung schien es nämlich keineswegs ein Zufall zu sein, dass sie ihn überhaupt kennengelernt hatte. Ihre Welten hatten keinerlei Überschneidungspunkte. Vielleicht hatte er sich ihr Vertrauen erschlichen, weil er etwas geplant hatte. Aber so lange ich es auch klingeln ließ, Tilda blieb unerreichbar.

Staatsanwalt Preuth sah aus, als hätte er versucht, sich schick zu machen. Sein Haar war mit Gel dicht an den Kopf gekämmt, das blaue Hemd war etwas modischer als die karierten Hemden, die er zuvor gern getragen hatte, auch wenn es unter dem beigen Anzug nicht wirklich etwas rausreißen konnte. Er drehte den Bildschirm in meine Richtung und schob mir einen Stuhl zurecht, als wären wir bei einem Date. Seine Dienstbeflissenheit störte mich. Sie war typisch für Menschen, die sich von Geld und Macht allzu schnell beeindrucken ließen.

»Schauen Sie sich alle Filme in Ruhe an, liebe Frau Boskamp. Achten Sie auf alles, nicht nur auf Autos, auch Fußgänger, Radfahrer, Postboten, egal. Wann immer Ihnen etwas auffällt, sagen Sie es mir sofort.«

Preuth ließ die Jalousien in seinem Büro herunter und rollte mit seinem Schreibtischstuhl neben mich. Sein After Shave war süßlich und schwer. Ich rückte ein wenig von ihm ab, nahm einen Block und einen Stift zur Hand. Ich versuchte, nicht durch die Nase zu atmen. Geschlossene Räume. After Shave. Zu nah.

»Entschuldigung, können wir die Tür aufmachen? Ich bin etwas klaustrophobisch.«

»Natürlich.« Preuth sprang auf, öffnete die Tür, aber nur einen Spalt.

Das war nicht wirklich besser, aber ich versuchte, mich zusammenzureißen, schließlich war ich nicht gefangen, ich konnte jederzeit aufstehen und gehen.

Preuth ließ sich zurück in den Sessel fallen und startete den Film mit den Überwachungsvideos. Mir wurde schwindelig, von dem Geruch, der Nähe des Mannes.

»Frau Boskamp? Frau Boskamp!« Preuth wedelte mit einer Aktenmappe vor meinem Gesicht hin und her. »Sind Sie noch da?«

Durch das Wedeln wehte mir der süßliche Geruch genau ins Gesicht. Das Licht war wieder an, und der Computer war auf Standbild.

»Ich ... ja, alles in Ordnung. Keine Ahnung, mir war mit einem Mal schwindelig.«

Déjà-vu.

»Haben Sie gar nichts Auffälliges bemerkt?«, fragte Preuth.

»Wie?«

»Ein Auto? Eine bekannte Person?«

Hatten wir den Film bereits angeschaut?

»Darf ich eine Kopie mitnehmen und mir das alles zu Hause noch mal ansehen?«, bat ich. »Ich kann mich gerade nicht richtig konzentrieren. Ich glaube, ich bekomme eine Migräne.«

Das zweite Mal kam einem eine Lüge immer leichter über die Lippen.

Preuth sah enttäuscht aus.

»Natürlich«, sagte er. »Kein Problem. Warten Sie, ich ziehe Ihnen den Film auf einen Stick.«

Während er mir den Datenträger überreichte, klingelte das Telefon auf seinem Schreibtisch. Er klemmte sich den Hörer zwischen Schulter und Ohr und deutete mir mit einem in die Luft gereckten Finger an, dass ich noch einen Moment warten solle.

Ich tat, als hätte ich seine Geste nicht verstanden und floh aus dem Raum.

In meiner Wohnung setzte ich mich mit einer Tasse Kaffee an meinen Laptop und startete den Film von vorn. Konzentriert starrte ich auf den Bildschirm. Ich musste etwas finden. Ich musste einfach.

Lulus Kindergarten lag in einer reinen Wohngegend. Trotzdem war die Zahl der Autos, die in zwei Stunden durch so ein Wohngebiet fuhren, wesentlich höher, als ich angenommen hätte. Es vergingen kaum dreißig Sekunden, ohne dass nicht mindestens ein Auto aus irgendeiner Einfahrt kam, ein Paketbote etwas auslieferte, ein Hundeausführdienst die Häuser abklapperte, ein Handwerker vorfuhr, ein Müllwagen kam. Sogar ein Umzugswagen tauchte auf. Mütter schoben ihre Kinderwagen herum, Jugendliche auf E-Rollern fuhren zur Schule, Rennradfahrer überholten Autos, Senioren schoben ihre Rollatoren über den Bürgersteig, eine Grundschulklasse machte einen Ausflug Richtung Park und zog dabei einen Bollerwagen hinter sich her. Ich zählte allein 257 Autos innerhalb von zwei Stunden. Keines davon kam mir bekannt vor.

Es war nicht so einfach, alles im Blick zu behalten. Die Kameraausschnitte waren zudem lückenhaft. Es gab keine offizielle Straßenüberwachung hier, sämtliche Filme waren freiwillig von Anwohnern zur Verfügung gestellt worden. Das waren zwar erstaunlich viele, trotzdem gab es Ausschnitte, die nicht überwacht wurden. Ausgerechnet vom Bereich des Gartenzauns hinter dem Kindergarten gab es keine Aufnahmen.

Meine Augen flogen über den Bildschirm. Lulu konnte in jedem Auto sein. Waren in diesem Lieferwagen dort wirklich Getränke? War der Postbote mit dem Lastenfahrrad echt? War der Mann tatsächlich alt, der mit dem Rollator Richtung Kindergarten ging? Gab es einen Auftrag für den Gas-Wasser-Installateur, der die Straße hinunterschlich und aussah, als suche er eine Hausnummer? Statt etwas auszuschließen, fielen immer mehr Möglichkeiten ein, wie man meine Tochter hätte verschleppen können.

Mir wurde immer schwerer ums Herz. Die Uhr tickte. Für Lulu.

Das Kind

Das Baby lag in seinem Bettchen. Immer noch war sie erstaunt, dass sie tatsächlich ein Kind bekommen hatte. Ein Mädchen. Sie hätte lieber einen Jungen gehabt.

An die Geburt konnte sie sich nicht erinnern, sie hatte die Schmerzen einfach ausgeblendet, das konnte sie schließlich gut.

Aber die großen blauen Augen, die sie vertrauensvoll anblickten, ließen keinen Zweifel daran, dass dieses Geschöpf von ihr stammte. Es war, als wenn sie in einen Spiegel schaute.

Das winzige Mädchen lag auf dem Bauch. Wann hatte sie gelernt, sich auf den Bauch zu drehen? Oder hatte sie das schon öfter gemacht?

Sie trat näher an das Bett und beobachtete das Kind. Wie eine Schildkröte auf dem Rücken strampelte sie mit den Beinchen.

Auf einmal kippte das Köpfchen herunter. Es war noch zu schwer, um es länger zu halten. Das Gesichtchen versank im dicken Kissen, es bedeckte Nase und Mund.

Das Baby drückte den Rücken durch, strampelte und hob den Kopf wieder an. Das Gesicht war rot vor Anstrengung.

Wie hilflos dieses Ding war, nur weil es auf dem Bauch lag. Erbärmlich.

Sie wandte sich ab, verließ das Kinderzimmer und zog leise die Tür hinter sich zu.

19

Eine Woche lang passierte so gut wie nichts. Weder wurde Karlo Schenk gefunden noch meine Tochter.

Als Ursache des Feuers in der Hochdahler Wohnung wurde Brandstiftung festgestellt. In dem Einkaufswagen, der immer noch im Bach vor sich hin rostete, fand man zwei leere Plastikflaschen, in denen sich Anzünder für Kohlegrills befunden hatte.

Obwohl man genau diese Sorte bei Attila im Laden kaufen konnte, blieb er bis auf eine kurze Befragung durch Siebert unbehelligt, weil der *Show-no-Mercy*-Nachbar auf einmal darauf bestand, dass die Person, die er im Treppenhaus gesehen hatte, auf keinen Fall Attila gewesen war, den er schließlich kenne, wie Kommissar Siebert mir berichtete.

In der Zwischenzeit machte meine Mutter mir immer größere Sorgen.

Vom Handy meines Vaters kam zwischenzeitlich ein einziges Mal eine Nachricht, in der er von weiteren geschäftlichen Problemen berichtete, die ihn zu einem längeren Aufenthalt zwangen, was ich langsam bezweifelte.

Auch wenn er und ich kein enges Verhältnis hatten, so merkte ich doch, wie meine Mutter ohne ihn als Stütze an seiner Seite mehr und mehr in sich zusammensank, als wäre ohne ihr Korsett die Muskulatur längst verkümmert.

Sie sprach kaum und war nur noch ein Schatten ihrer selbst. Ich befürchtete eine ernsthafte Erkrankung und besprach mich deshalb mit Tante Linda.

»Wir sollten Konstanze in ein Sanatorium schicken«, sagte Linda und legte mir sanft eine Hand auf den Arm. »Das tut ihr doch immer so gut.«

Ehrlich gesagt war ich erleichtert über diese Lösung. Ich

war mit den Nerven am Ende und konnte Mama jetzt nicht auffangen. Nicht einmal die Neuigkeit von Hoppel und der abgebrannten Wohnung wagte ich noch, ihr mitzuteilen.

Es war gut, wenn sie erst in der Klinik stabilisiert würde. Sie protestierte nicht einmal, was für mich ein Zeichen war, dass es ihr noch schlechter ging, als ich gedacht hatte.

In Kombination mit der jämmerlichen geistigen Verfassung meiner Mutter allerdings war mir eine Erklärung für das unmögliche Verhalten meines Vaters eingefallen: Vielleicht war er tatsächlich in Milas Entführung verstrickt gewesen. Allerdings überzeugte mich dieser Gedanke nicht völlig. Schließlich hatte er weder ahnen können, dass Mila allein am Lastenaufzug und nicht mit meiner Mutter zusammen an einem der anderen Fahrstühle warten würde, noch, in welcher Sekunde sie genau dort stehen würde. Für eine geplante Tat hätte es bei diesem Szenario zu viele Unwägbarkeiten gegeben. Die Tatsache, dass jemand genau in dieser Sekunde im Fahrstuhl gewesen war, sprach einmal mehr für Karlo Schenk als Zufallstäter und nicht für meinen Vater.

Wie Lulus Verschwinden in diese Geschichte hineinpasste, war mir dabei schleierhaft. Immer noch hatte niemand Geld verlangt. Alles Grübeln und Bangen war umsonst, nichts wurde mir klarer. Unaufhörlich kroch eine Lähmung in meine Glieder, wie Eiskristalle, die sich langsam meiner Zellen bemächtigten. Als wollten sie meinen ruhelosen Körper langsam auf einen kommenden Schock vorbereiten, damit er mich nicht im vollen Galopp traf.

Bis an jenem Montagmorgen das Telefon klingelte.

»Hier ist Kimberley Grothmann.«

Schlagartig erwachte ich aus meiner Starre. Schenks Tochter.

Vielleicht wusste sie, wo ihr Vater sich aufhielt. Vielleicht hatte er irgendwo eine Hütte oder einen Schrebergarten oder einen Freund, bei dem er unterkriechen konnte.

»Wissen Sie, wo meine Tochter ist?«, rief ich.

»Oh ... nein, tut mir leid, das ist ein Missverständnis, da

kann ich Ihnen leider nicht helfen. Ich hab auch eine Tochter, und ich kann mir gar nicht vorstellen, was Sie gerade durchstehen müssen. Nein, es geht um etwas anderes.« Sie machte eine kleine Pause. »Ich würde gerne kurz mit Ihnen sprechen, wenn es ginge. Am liebsten bei mir zu Hause. Ich möchte Ihnen etwas zeigen. Und bitte – das ist nur für Sie bestimmt. Nicht für die Polizei. Kommen Sie allein.«

»Warum?«, fragte ich misstrauisch.

Kimberley flüsterte. »Ich hab so'n komisches Gefühl. Es gibt wahrscheinlich einen Maulwurf bei der Polizei. Solange wir nicht wissen, wer es ist, müssen wir verdammt vorsichtig sein.«

»Wir?«

»Bitte kommen Sie. Es ist wichtig.«

Ich überlegte kurz, dann sagte ich mir, dass ich nichts mehr zu verlieren hatte.

Kimberley Grothmann wohnte in einer Siedlung mit weißen Einfamilienhäusern, die mitten zwischen Felder gebaut worden war. Alles wirkte neu, selbst der Straßenbelag. Ihr Haus war wohl das neueste, es war noch nicht einmal verputzt und stach mit den rohen Ziegeln zwischen den anderen Häusern hervor.

In der Einfahrt stand ein grauer Smart, was mich etwas verwunderte, da sie laut Miriam Rode Kinder hatte, wie auch eine umgekippte Kinderschubkarre und ein Sandkasten im Vorgarten bewies, auf dessen Rand jemand mehrere Sandkuchen gebacken hatte.

Als ich den Motor abstellte, öffnete sich bereits die Haustür und eine Frau in meinem Alter begrüßte mich, die mit ihrem dunklen Haar eher Karlo als Jutta Schenk ähnelte. Sie trug das Haar lang und glatt in zwei Strähnen geteilt nach vorn über der Brust, Skinny Jeans und ein T-Shirt mit Cut Outs.

Ich gab ihr die Hand. Kimberley hatte einen festen, warmen Händedruck.

Im Hausflur fehlte noch der Putz an den Wänden, oberhalb der Türen waren die Leitungen frei sichtbar. Ich wunderte mich, dass sie offenbar bereits eingezogen war. Schuhschrank und Garderobenständer standen schon im Flur, obwohl das Haus noch gar nicht fertig war.

»Ich wollte Ihnen noch mein Beileid aussprechen. Ich kannte Ihre Mutter«, sagte ich.

»Danke.«

»Sie hatte eine Bedeutung in meinem Leben. Wussten Sie, dass sie die letzte Zeugin gewesen ist, die meine Schwester damals gesehen hat?«

»Natürlich. Sie hat ja oft genug darüber geredet. Als ob sie jetzt 'ne große Nummer wäre, nur weil sie irgendeiner Frau ein Spielzeug verkauft hat, kurz bevor deren Kind entführt wurde. Da kam sogar mal so'n Fernsehsender und hat sie vor laufender Kamera ausgequetscht. Sie war so aufgeregt, weil sie ihre fünfzehn Minuten Ruhm bekam, dass sie ganz vergessen hat, mich bei der Freundin wieder abzuholen, wo sie mich abgeliefert hatte.«

Ich sagte nichts. Kimberley hatte vor wenigen Tagen ihre Mutter verloren. Manche Menschen reagierten auf Trauer mit Wut.

»Trotzdem, es tut mir leid.«

»Schon in Ordnung. Wir waren nicht so dicke.«

»Das … tut mir auch leid«, sagte ich hilflos.

»Kommen Sie erst mal rein.«

In der Diele bestand der Boden aus blankem Estrich. Vielleicht war das jetzt modern, ich hatte schon öfter Betonböden in Wohnzeitschriften gesehen. Auf dem Schuhschrank stand die Fotografie eines kleinen Mädchens mit einem runden Pausbackengesicht und ein etwas größerer Junge auf dem Arm des Vaters, Kimberley schaute mit künstlichen verlängerten Wimpern in die Kamera und lächelte. Ich mochte diese so offensichtlich gestellten Fotos eigentlich nicht, aber mit einem Mal überkam mich eine tiefe Sehnsucht danach, ein solches Foto zu machen, mit Lulu und Jonas zusammen, im Park, auf einer Schaukel, weil sie doch so gerne schaukelte.

»Die Kinder sind im Kindergarten, keine Sorge«, sagte

Kimberley, die bemerkte, wie ich die Bilder anstarrte. »Kommen Sie. Es ist noch jemand da.«

Der Estrichboden zog sich bis in Wohnzimmer, das ansonsten fertig eingerichtet war. Dort stand ein schwarzes Ledersofa, daneben eine überdimensionale rot lackierte Kunststoffbulldogge, die mich mit vorgeschobenem Kiefer aus Glupschaugen anstarrte. Doch auf den zweiten Blick zeigte sich, dass dies keine modische Eigenheit von Kimberley war, sondern dass offenbar das Geld für den Innenausbau ausgegangen war. Die Wände waren nur grob verputzt und an einigen Lichtschaltern und Steckdosen fehlten die entsprechenden Verkleidungen. Zur Kindersicherung waren sie kreuzweise mit schwarzem Duct-Tape zugeklebt.

Erst dann bemerkte ich, wer auf dem Sofa saß: Waldemar Forck und seine Tochter Mareike. Auf dem Plexiglascouchtisch vor ihnen war eine kleine Kaffeetafel aufgebaut.

»Setzen Sie sich doch«, sagte Kimberley und schenkte mir einen Kaffee ein. »Sie kennen ja Herrn Forck und seine Tochter.«

»In der Tat … Allerdings, Frau Kottula und ich hatten noch nicht das Vergnügen.«

Ich nickte der Frau knapp zu und setzte mich gegenüber von Vater und Tochter in einen winzigen Sessel aus weißem Kunstleder.

Kimberley Grothmann nahm auf einem Hocker aus weißem Plüsch Platz, der zwischen Sofa und Sessel stand und normalerweise wahrscheinlich als Fußstütze diente, wenn man es sich auf der Couch gemütlich machte.

»Waldemar und Mareike glauben, dass die Untersuchungen bezüglich meiner Mutter bei der Polizei intern sabotiert werden. Genau wie damals bei Ihrer Schwester«, sagte sie.

»Klingt ein bisschen nach Verschwörungstheorie«, sagte ich und warf Mareike Kottula einen Blick zu.

»Mein Vater und ich haben vielleicht nicht den super Draht zueinander«, sagte Kimberley Grothmann. »Aber er ist immer noch der Opa meiner Kinder. Und er ist unschuldig am Tod meiner Mutter. Er war nie gewalttätig. Und außerdem hätte er doch nie seine einzige Einnahmequelle umgebracht!« Kimberley Grothmann knetete ihre Finger. »Ich bin sicher, dass mein Vater unschuldig ist.«

»Seine Fingerabdrücke waren auf dem Golfschläger, mit dem sie erschlagen wurde«, erinnerte ich sie.

»Für die Fingerabdrücke kann es auch eine andere Erklärung geben. Vielleicht hat er mal an dem Simulator gespielt«, sagte Kimberley Grothmann.

Das hatte er in der Tat. Ich hatte es selbst gehört. *Fump. Plock.*

»Aber das ist ja nicht alles«, gab ich zu bedenken. »Es gibt auch Grund zu der Annahme, dass Ihr Vater in die Entführung meiner Schwester verstrickt war. Ihre Mutter hat mir kurz vor ihrem Tod einiges über Ihren Vater erzählt.«

»Haben Sie mal in Erwägung gezogen, dass Jutta Schenk Sie angelogen haben könnte?«, fragte Waldemar Forck.

»Ich … nein, was hätte sie für einen Grund dafür gehabt?«

Kimberley Grothmann hob ein Milchkännchen und schenkte sich ein.

»Gute Frage«, sagte Mareike Kottula bedächtig. »Was denken Sie?«

Ich schüttelte verwirrt den Kopf.

»Ich habe einige Nachforschungen zum Verschwinden Ihrer Schwester angestellt«, fuhr sie fort. Sie hatte eine angenehme Stimme, gar nicht so, wie ich sie von der Pressekonferenz und aus ihren Videos in Erinnerung hatte. Ich ließ mich dennoch nicht täuschen. Ihre Augen hatten einen Ausdruck, den ich nur als unnachgiebig bezeichnen konnte. Diese Frau war ein Pitbull. Sie würde nicht nachgeben, wenn sie sich einmal festgebissen hatte.

»Der Fall Ihrer Schwester … er hat auch meinen Vater nie losgelassen. Von offizieller Seite wurde ihm mehrfach angeraten, etwas mehr Fingerspitzengefühl an den Tag zu legen, wenn er es mit der gehobenen Gesellschaft zu tun habe. Als dies nicht zur Zufriedenheit ebendieser geschah, erhöhten sei-

ne Vorgesetzten die bürokratischen Hürden. Durchsuchungs-
befehle wurden nicht erteilt, Richter entschieden jedes Gesuch
gegen ihn. Zu der Zeit lagen auch fast täglich tote Kaninchen
auf unserer Terrasse. Irgendwann hat mein Vater aufgegeben.«

Waldemar Forck nickte bekräftigend. »Als der Kopf von einem Rehkitz da lag. Das war deutlich.«

Mareike legte ihm die Hand auf den Arm, als wolle sie ihm
versichern, dass sie noch da war. »Und kaum, dass er den Fall
abgegeben hatte, hörte es von einem auf den anderen Tag auf
mit den toten Tieren. Wohl kaum ein Zufall.« Mareike trank
einen Schluck Kaffee. »Ihre Schwester ist einer der Gründe,
warum ich investigative Journalistin geworden bin. Mein Vater und ich – wir haben viel über Ihre Familie diskutiert. Theo-
rien aufgestellt. Überlegt, was wohl damals mit Mila passiert
ist. Wir haben Hunderte von Möglichkeiten durchgekaut. Am
Ende sind wir immer wieder zu dem Schluss gekommen, dass
jemand in Ihrem näheren Umkreis in die Sache verstrickt sein
muss. Die Frage war vor allem: Wer hat die Macht, sich in den
Polizeiapparat einzuschalten? Die Boskamps? Sicherlich. Und
natürlich ihre besten Freunde, die van Akens. Sogar noch viel
besser, denn die Politikprominenz gibt sich auf dem Jagdschloss des alten Armin van Aken ja die Klinke in die Hand.
Außerdem sind tote Kaninchen eine Sache, aber ein Rehkitz ist
schon etwas anderes. Darauf hat nicht jeder Zugriff. Und nun
hat Ihre Familie einen Wald mit Jagdgebiet direkt vor der Tür.
Den der van Akens. Nur: Von welcher der beiden Seiten kam
die Bedrohung? Von den Boskamps oder den van Akens?«

Unwillkürlich schüttelte ich den Kopf. »Was sollten meine
Eltern oder die van Akens für ein Motiv haben, die Ermittlungen im Fall meiner Schwester zu sabotieren?«

»Vor einigen Wochen habe ich angefangen, wieder etwas
in der alten Sache herumzustochern", sagte Mareike Kottula.
„Ich dachte, vielleicht locke ich den Täter endlich vor die Tür,
wenn ich immer mal wieder Videos ins Netz stelle, die sich
explizit mit den Familien Boskamp und van Aken beschäftigen. Einfach mal so tun, als sei man da etwas auf der Spur.

Einkreisen und abwarten, aus welcher Ecke eine Reaktion kommt. Ich hatte zwar nichts Konkretes gegen eine der beiden Parteien in der Hand, aber es reicht ja, wenn jemand *befürchtet*, dass etwas ans Tageslicht kommen könnte. Und siehe da. Auf einmal kam Bewegung in die Sache. Ich wurde im Netz massiv anonym bedroht, und mein Vater hatte wieder das ein oder andere Körperteil eines toten Tieres vor der Tür.«

Sie sah mir fest in die Augen, als suche sie darin nach einer Antwort auf alle Fragen. Schließlich wandte sie sich an Kimberley Grothmann.

»Zeigen Sie doch bitte Frau Boskamp, was Sie gefunden haben.«

Schenks Tochter holte einen Karton unter dem Couchtisch hervor.

»Meine Mutter hat mir das hier vorbeigebracht. War merkwürdig. Wir hatten kaum Kontakt, aber vor 'n paar Monaten tauchte sie plötzlich hier auf und fragte, ob sie 'nen Karton im Keller abstellen könnte, weil sie zu Hause angeblich keinen Platz mehr dafür hatte. Da waren alte Bücher und Klamotten reingestopft, Zeug, für das ich an ihrer Stelle nicht extra nach Willich gefahren wäre, um es bei 'ner Tochter abzuladen, die sie nicht mal zur Beerdigung ihres Schwiegersohnes besucht hat. Aber ich hatte andere Sorgen, nach dem Tod meines Mannes konnte ich die Handwerkerrechnungen nicht mehr bezahlen, und seitdem leben meine Kinder und ich hier auf einer Baustelle, und ich weiß manchmal nicht, wie es mit uns weitergehen soll.« Sie stieß kurz die Luft aus. »Jedenfalls hatte ich den Karton fast vergessen, bis Mareike Kontakt mit mir aufnahm. Sie kam vorbei und löcherte mich mit Fragen, die mir die Polizei nicht gestellt hat, und da ist mir der Karton irgendwann wieder eingefallen.«

Sie drückte mir einen gewöhnlichen Umzugskarton in die Hand. Darin befanden sich mehrere ordentliche Bündel aus Hundert-Euro-Scheinen, darauf lag ein DIN-A4-Blatt, auf dem ich nur das Wort *Lieferschein* entziffern konnte.

»Hunderttausend Euro«, sagte Forck. »Wir haben nachgezählt.«

Dieselbe Summe, die Jutta Schenk auch von mir hatte haben wollen.

»Die Frage ist, woher hatte sie so viel Geld, und wofür hat sie es bekommen?« Mareike Kottula sah in die Runde.

Mir schwirrte der Kopf.

»Schauen Sie das Papier an.« Sie zeigte auf den Karton.

Ich nahm den Lieferschein heraus, der sich bei näherer Betrachtung als einer von Ebay entpuppte. Im Adressfeld stand: *Jutta Schenk, Ackerstraße 131, 40233 Düsseldorf.*

»Vintage Uhr, Modell Casio, Original 90er-Jahre, 249 Euro«, las ich laut. »Ich verstehe nicht ...«

»Sie hat die Uhr, die später in ihrer Wohnung gefunden und Karlo Schenk zugeordnet wurde, erst vor Kurzem ersteigert. Es sieht doch sehr danach aus, als wenn sie ihrem Ehemann eine Falle gestellt hat. Wahrscheinlich hat sie auch den Laptop in ihrem Spind mit Fotos und einem kompromittierenden Passwort präpariert«, sagte Forck.

»Aber Jutta Schenk hat mir erzählt, dass Karlo ein ungesundes Interesse an kleinen Mädchen hat«, warf ich ein. »So etwas erfindet man doch nicht! Entschuldigen Sie bitte, Frau Grothmann, aber Ihre Mutter hat mir sogar erzählt, dass er Ihnen Unterwäsche für Erwachsene geschenkt hat, als Sie noch klein waren.«

Kimberley Grothmann war empört. »Das ist eine fette Lüge! Mein Vater hat sich nie sonderlich für mich interessiert, Geschenke hat er mir schon gar nicht gemacht. Kinder nerven ihn bloß. Dafür hatte er ständig Frauengeschichten.«

»Aber warum ... erfindet Ihre Mutter so etwas Schreckliches?«

»Ich glaube, weil sie dafür hunderttausend Euro bekommen hat«, sagte Forck.

»Warum? Wer zahlt dafür Geld?«, fragte ich.

Der pensionierte Kommissar trank einen Schluck Wasser, bevor er antwortete. »Da gibt es wohl nur einen. Derjenige, der möchte, dass Karlo Schenk statt seiner ins Gefängnis geht.«

Ich versuchte, die vielen Informationen in meinem Kopf zu ordnen, doch meine Gedanken stoben auseinander wie die Kaninchen im Feld, wenn Arko von der Leine gelassen wurde. Nichts hing richtig zusammen.

»Ich sehe das so«, sagte Waldemar Forck. »Irgendetwas Schreckliches ist Mila damals zugestoßen, etwas, das man gerne vertuschen wollte, aber alles ist außer Kontrolle geraten. Der mediale Aufschrei war riesig, auf einmal wollte nicht nur die Polizei, sondern die ganze Welt wissen, wo Mila abgeblieben war. Und weil es selbst nach fünfundzwanzig Jahren immer noch keine Ruhe gibt – Mareike hat ja absichtlich Staub aufgewirbelt –, versucht der Täter immer panischer, den Verdacht von sich abzulenken. Wenn jemand für die Tat ins Gefängnis käme, wäre der Mob beruhigt. Endlich wäre Schweigen.«

»Das Problem ist nun Folgendes«, sagte Mareike Kottula. »Wir haben das Gefühl, dass wir dem Täter gefährlich nahe gekommen sind. Die Ermordung von Jutta Schenk ist ein eindeutiges Zeichen dafür, dass sich hier jemand aller möglichen Zeugen entledigen will. Wird Karlo Schenk nun inhaftiert, sind der Fall Mila und der Fall Jutta Schenk gleichzeitig erledigt. Das bedeutet, wir müssen unbedingt den wahren Täter finden, wenn wir nicht wollen, dass Karlo für eine Tat büßen muss, die ein anderer begangen hat. Aber es ist gefährlich. Sehr gefährlich. Und solange wir nicht wissen, ob innerhalb der Polizei nicht ein Maulwurf sitzt, müssen wir das selbst tun.«

Ich starrte die Journalistin an.

»Habe ich das richtig verstanden«, fragte ich schließlich, »dass Sie alle miteinander glauben, dass Jutta Schenk dafür bezahlt wurde, ihren eigenen Mann ans Messer zu liefern?«

»Genau das glauben wir«, erwiderte Forck. »Wenn wir herausfinden, wer sie bezahlt hat, haben wir den Täter. Das ist allerdings leichter gesagt als getan.«

»Ich verstehe. Aber warum übergeben Sie die Scheine nicht einfach der Polizei? Die können Ihnen sicher behilflich sein, den Weg des Geldes zurückzuverfolgen. Anhand der Seriennummern oder wie auch immer so etwas gemacht wird.«

»Sind Sie verrückt? Auf keinen Fall!«, rief Kimberley Grothmann entsetzt. »Ich habe hier einen Haufen Kohle rumliegen, die wahrscheinlich dem Mörder meiner Mutter gehört. Und falls der hier auftaucht und das Geld wiederhaben will, werde ich es ihm zurückgeben, mit Schleifchen drum, wenn's sein muss. Bevor ich meine Kinder in Gefahr bringe!«

Dagegen konnte ich nichts einwenden.

»Außerdem bin ich sicher, dass das sauberes Geld ist, das nicht ohne Weiteres nachverfolgt werden kann. Wir haben es hier mit einem gefährlichen und cleveren Täter zu tun, was leider keine gute Kombination ist«, sagte Forck. »Wir müssen wirklich vorsichtig sein.«

»Ich verstehe nur nicht, wie Lulu in dieses Bild passt«, sagte ich. »Was hat sie damit zu tun?«

»Genau das wollen wir herausfinden. Mit Ihrer Hilfe. Denn wir glauben, dass sich der Täter in Ihrer nächsten Nähe befindet. Und dass er die Polizei zumindest manipuliert, wenn nicht sogar bezahlt.«

Der Staatsanwalt kam mir in den Sinn. Olaf Preuth mit seiner zuvorkommenden, fast beflissenen Art, der es mir immer recht machen wollte. Falls er korrupt war, hielt er mich jedenfalls für seine Komplizin. Die liebe Effie. Ich machte nie jemandem Ärger. Schon gar nicht meiner eigenen Familie.

Ich starrte auf die Kiste, das Geld und die Rechnung für die Casio. Das Datum. Jutta Schenk hatte die Uhr vor einigen Monaten ersteigert. Weit vor Lulus Entführung.

In meinem Kopf schlug ein Gedanke einen vollkommen unerwarteten Haken.

Wie konnte exakt diese Uhr eigentlich in Milas Überwachungsfilm auftauchen? War der Film nicht bloß neu berechnet, sondern tatsächlich gefälscht worden?

Und ich wusste auch, wer den Film bearbeitet hatte.

Linda van Aken.

Aber warum um Himmels willen sollte Linda Mila etwas angetan haben? Sie war ihre Patentante. Schützte sie jemanden? Peer? War Peer in Wirklichkeit ein anderer als der, den ich kannte?

Nein, unmöglich. Er war für Tilda der Vaterersatz gewesen. Nie hatte sie etwas auf Peer kommen lassen. Wenn er je gemein oder übergriffig zu ihr gewesen wäre, hätte Tilda doch niemals jedes Wochenende gejammert, dass sie lieber zu den van Akens wollte, statt ihre Zeit mit mir zu verbringen.

»Für mich ist die Sache persönlich«, sagte Forck. »Ich habe damals Angst um mein Kind gehabt, deshalb habe ich einen Rückzieher gemacht. Aber Mila war auch ein Kind. Und ich habe Ihre Schwester damals im Stich gelassen. So fühlt sich das für mich jedenfalls an. Und das würde ich gerne wiedergutmachen.« Er seufzte tief, als trüge er seit Langem an einer schweren Last. »Also, helfen Sie uns, Frau Boskamp?«

Ich nickte stumm.

Forck legte seine Hand auf meine. »Seien Sie vor allem wachsam. Trauen Sie niemandem. Wenn unsere Theorie stimmt, ist der Täter ganz in Ihrer Nähe. Finden Sie heraus, wer bei Ihnen etwas zu verbergen hat, auch wenn es in der eigenen Familie oder bei ihren engsten Freunden ist.«

»Ich habe nichts zu verlieren«, sagte ich schließlich, und mir wurde auf schreckliche Art bewusst, dass es die Wahrheit war.

20

Zu Hause sah ich mir den Zusammenschnitt der gefilmten Sequenzen aus der Umgebung von Lulus Kindergarten noch einmal an, den Olaf Preuth mir mitgegeben hatte. Wenn Forcks Theorie stimmte, kannte ich den Entführer gut. Vielleicht erkannte ich den Gang von jemanden. Ich wünschte mir ein zweites Paar Augen, aber ich wusste einfach nicht mehr, wem in meiner Umgebung ich noch trauen konnte.

Auf einmal stand Tilda vor der Tür.

»Was ist los?«, fragte ich.

»Das frage ich *dich*. Du hast doch mein Telefon mit Nachrichten bombardiert.«

»Also, ich hab ein paar Fragen. Zum Beispiel wüsste ich gerne, warum Omas Wohnung abgebrannt ist, kurz nachdem ich Milas Hoppel darin gefunden habe. Kannst du mir vielleicht erklären, wieso?« Ich beobachtete sie scharf.

»Wie soll ich das denn erklären?«

»Etwa mit deinem neuen Freund, der schon mal um sich schlägt, kleinen Mädchen wehtut und sich Flammen auf den Hals hat tätowieren lassen. Klingelt da was?«

»Nicht jeder, der einen Anker auf dem Arm tätowiert hat, ist auch ein Seemann. Das hat doch nichts zu sagen. Außerdem ist Attila nicht *mein* Freund. Bloß *ein* Freund.«

»Das ist doch vollkommen wurscht. Er hat eine nachgewiesene Geschichte für Pyromanie.«

»Absoluter Quatsch. Weder Pyromanie noch Gewalt. Du verkennst Attila vollkommen.«

Sie ging an mir vorbei ins Wohnzimmer, und ich stoppte den Überwachungsfilm, der immer noch auf dem Fernseher an der Wand im Hintergrund lief.

»Was guckst du denn da?«, fragte Tilda und drückte auf der Kaffeemaschine auf *Espresso*.

»Ich habe nach dem einen Hinweis gesucht, der mir verraten könnte, wo meine Tochter ist.«

Ich wurde wütend. Tilda hörte nie zu.

»Was diesen Attila angeht ...«, begann ich wieder, als mein Telefon klingelte. Sieberts Name erschien auf dem Display, und ich nahm sofort ab. Gleichzeitig hielt ich den Zeigefinger Richtung Tilda nach oben, genau wie Olaf Preuth letztens in seinem Büro.

Der Kommissar hielt sich nicht lange mit Höflichkeiten auf.

»Ich habe Nachrichten aus dem Labor, Frau Boskamp, die ich nicht ganz verstehe. Vielleicht haben Sie eine Erklärung.«

Ich presste den Hörer zwischen Ohr und Schulter, ging ein paar Schritte Richtung Wohnzimmer, um dem lauten Mahlgeräusch der Kaffeemaschine zu entgehen.

»Haben Sie das Ergebnis der DNA-Probe? Ist es Milas Hoppel?«

»Nein, nein, leider noch nicht. Eine DNA-Analyse ist ein langwieriger Vorgang. Wir haben das Labor natürlich um rasche Bearbeitung gebeten. Das ist alles in Arbeit. Aber wir haben etwas ganz anderes gefunden.« Er machte eine kurze Pause. »Dafür muss ich etwas ausholen. Eine Forschergruppe hat zusammen mit dem BKA an einer Technik gearbeitet, um das Wachstum bei Fingerabdrücken von Kindern ins Erwachsenenalter zu übertragen. Sprich, sie berechnen, wie Fingerabdrücke von Kindern aussehen, wenn sie ausgewachsen sind. Diese Möglichkeit gibt es erst seit Kurzem. Man wusste bisher nämlich nicht, ob Fingerabdrücke in alle Richtungen gleichmäßig wachsen oder eher in die Länge, wie etwa die Knochen. So in etwa. Ich habe von der neuen Methode gehört und angefragt, ob man die alten Fingerabdrücke von Mila dahin gehend bearbeiten könnte.«

»Wo haben Sie denn Milas Fingerabdrücke her?«

»Die sind damals von einem Spielzeug genommen worden, von so einer Art Plastikdose.«

»Das Polly-Pocket-Haus«, sagte ich.

»Genau. Darauf waren unterschiedliche Fingerabdrücke zu finden. Die von Ihrer Mutter und die von Jutta Schenk konnten identifiziert werden. Aber es gab nur Abdrücke eines einzigen Kindes. Diese wurden jetzt daktyloskopisch bezüglich des Wachstums korrigiert und untersucht. Und stellen Sie sich vor, wir haben ein Match.«

Ich ließ mich auf Sofa fallen. Das gab es doch gar nicht.

»Mila lebt?«, flüsterte ich. »Wo ist sie?«

Tilda stieß beinahe ihre Espressotasse vom Tisch und starrte zu mir herüber.

»Die Abdrücke gehören nicht Mila. Das ist ja das Merkwürdige.«

»Wem denn?«

»Ihnen.«

Es dauerte einen Moment, bis ich verstand, dass er wirklich mich meinte.

»Mir? Das kann nicht sein. Ich habe dieses Ding nie berührt. Es ist ja nach Milas Verschwinden direkt in die Asservatenkammer gebracht worden. Nicht einmal danach – es wurde wie ein Heiligenschrein in Milas Zimmer ausgestellt, und keiner durfte es anfassen. Ich kann Ihnen versichern, ich war immer ein sehr gehorsames Kind. Ich hätte das Ding nie angerührt.«

»Die Fingerabdrücke sagen etwas anderes.«

»Das kann ich mir nicht erklären. Vielleicht ist die Methode der Daktyloskopie noch nicht ganz ausgereift«, hielt ich dagegen.

»Das ist möglich. Geschwister können auch ähnliche Fingerabdrücke haben, das ist so. Trotzdem kam mir auf einmal der Gedanke, dass es vielleicht gar nicht Mila gewesen ist, die in dem Kaufhaus gewesen ist. Sondern Sie. «

»Unsinn. Da könnte ich mich ja dran erinnern.«

»Sie waren noch sehr klein. Vier Jahre alt. Der Größenunterschied zwischen vier und fünf Jahren ist nicht so groß. Im Schnitt ist ein Mädchen von vier Jahren 102 cm groß, eine

Fünfjährige 111 cm. Das fällt auf einem Video nicht wirklich auf. Ihre Mutter hat gesagt, dass Mila eher klein war. Aber stimmt das auch?«

Der Geruch. Ich hatte gewusst, wie es in dem Fahrstuhl roch, bevor ich ihn je betreten hatte. Alles in der Kabine war mir seltsam vertraut gewesen. Selbst die Axt, die mit weißem Edding an die Kabinenwand geschmiert worden war. Konnte mein Körper sich an etwas erinnern, was mein Gedächtnis nicht abrufen konnte?

Das kleine Mädchen auf der Überwachungskamera war kaum zu erkennen gewesen. Hatte der Sonnenhut gar nicht Milas abgeschnittenes Haar verdecken sollen, sondern mein rotes?

Ich war vier Jahre alt gewesen. Man hatte mir mein Leben lang erklärt, dass ich mit Tilda bei den van Akens gewesen war. Es gab Fotos. Aber was, wenn es gar nicht so gewesen war?

Und wieder zeigte ein Pfeil auf Linda van Aken. Sie hatte die Fotos beschriftet.

Gerade wollte ich meine Gedanken laut aussprechen, da dachte ich an Waldemar Forcks Warnung. *Wir wissen nicht, wer mit dem Täter zusammenarbeitet.* Misstrauen keimte in mir auf. Es konnte sein, dass Siebert mich gerade anlog.

»Es tut mir leid, ich kann Ihnen da nicht weiterhelfen. Ich kann Ihnen nur versichern, dass ich das Polly-Pocket-Haus nicht berührt habe. Und jetzt entschuldigen Sie mich. Ich habe noch zu tun.«

Tilda sah mich an wie einen Geist.

»Was hat er gesagt? Mila lebt?«

»Nein. Er hat gesagt ... auf der Polly-Pocket-Dose von Mila wären keine Fingerabdrücke von ihr drauf. Das ergibt überhaupt keinen Sinn. Es sei denn ...«

Ich ging zum Esstisch, auf dem immer noch die alten Akten von Mila lagen, wühlte darin herum, zog Fotos heraus. Ich legte zwei davon vor Tilda auf die Küchentheke. Auf beiden war ein rothaariges Mädchen mit Ringelshirt und kurzen Hosen zu sehen.

Tilda mit Peer, Effie mit Harriet, stand auf den Rückseiten.

»Erinnerst du dich, Tilda? Erinnerst du dich *wirklich*, dass ich an diesem Morgen mit dir zusammen bei den van Akens gewesen bin?«

»Ich … Ich erinnere mich nicht mehr genau, dich gesehen zu haben. Aber ich glaube, wir waren einfach in unterschiedlichen Räumen.«

»So einfach ist es also, eine Erinnerung zu erzeugen. Alle erzählen einem, dass man da gewesen ist und zeigt eine Foto-Aufschrift als Beweis, und schon glaubt man, dass man dort gewesen ist. Das bin nicht ich auf den Fotos, Tilda. Du warst das einzige Mädchen in einem geringelten T-Shirt, das bei den van Akens war, an dem Tag, als Mila verschwand.«

»Und wo warst du?«

»Ich glaube, ich war mit Mama im Kaufhaus. Ich erinnere mich an den Geruch des Fahrstuhls. Aber was hat das zu bedeuten? Wo war Mila? Warum …« In dem Moment fiel mein Blick auf den Fernseher, dessen Standbild mich auf einmal zu hypnotisieren schien. Mein Herz blieb beinahe stehen. Da war es, was ich gesehen hatte. Vor mir war ein Auto. Es zeigte einen Kombi, einen älteren Toyota Corolla. Ich kannte das Auto nicht, aber etwas anders.

»Tilda! Schau! Da steht eine Telefonnummer auf der Beifahrertür. Da, auf dem Kombi: 02129–454565!«

»Ja und?«

»Ich habe die Nummer vor Kurzem gewählt. Die Vorwahl war mir aufgefallen, weil sie anders ist. Erkrath hat sonst 02104. Aber Hochdahl hat 02129.«

Ich rannte zu meiner Handtasche, wühlte darin herum, zog die zerknitterte Karte heraus.

»Hier. 02129–454565. Schlüsseldienst Plassmann. Das ist kein Zufall! Der Typ hat mir die Wohnung von Oma aufgesperrt.«

Tilda nahm die Karte und starrte darauf.

Ich zoomte das Auto heran. Es wurde immer unschärfer, aber man konnte die Umrisse von einem Menschen erkennen, der auf der Beifahrerseite saß. Es waren also mindestens zwei Menschen im Auto gewesen. Wer? Schenk und Plassmann? Der Schlüsseldienstmann hatte auf mich einen gutmütigen und freundlichen Eindruck gemacht, aber man konnte sich täuschen.

Oder mein Vater und meine Mutter? Warum sollten sie Lulu …

Mein Herz raste so sehr, dass ich vor Aufregung nach Luft schnappte.

»Wir fahren sofort zu Jonas. Er kennt sich auch aus mit Bildbearbeitung, nicht nur Tante Linda. Er kann die Leute im Auto bestimmt scharf stellen. Dann wissen wir, wer Lulu entführt hat. Ich schwöre dir, das war dieser Plassmann.«

Tilda wurde blass.

Ich schnappte meinen Laptop und rannte Richtung Wohnungstür.

»Komm, wir haben keine Zeit zu verlieren!«

Tilda blieb wie angewurzelt stehen.

»Warte«, sagte sie leise und hielt mich am Arm zurück.

Ich versuchte, mich loszumachen, was mir nicht gelang.

»Lass mich los! Ich muss wissen, wer da im Auto sitzt!«

»Ich weiß, wer es ist.«

»Das kannst du doch gar nicht. Man erkennt nichts.«

Sie sah mich stumm an.

»Ich weiß es. Plassmann war nicht in dem Wagen. Er hatte den Wagen verliehen.«

»Papa?«, flüsterte ich. »Ist das Papa da im Auto?«

Tilda schüttelte den Kopf. »Nein. Nicht Papa.«

»Wer dann?«

Tilda ließ meinen Arm los. »Ein Freund von mir.«

Meine Gedanken rasten. Welcher Freund? Dann fiel es mir wie Schuppen von den Augen.

»Attila?«

Sie steckte ihre Hände in die Hosentasche und sah aus wie ein verstocktes Kind.

»Tilda!« Ich packte sie bei den Schultern und schüttelte sie. »Ist es dieser Attila?«

Sie zuckte mit den Achseln.

Panik kam in mir auf, wie ich sie noch nie empfunden hatte. Ich erinnerte mich zu gut, wie er mit einem kleinen Mädchen in einem Hinterhof verschwunden war. Forck hatte recht gehabt. Die Gefahr kam aus meiner nächsten Umgebung. Aus der allernächsten. Von meiner Zwillingsschwester.

»Was hat er mit Lulu gemacht?«, fragte ich. Mein Mund war so trocken, dass mir die Zunge am Gaumen kleben blieb. »Du! Du hast mich betrogen. Du hast Lulu diesem Typen ausgeliefert! Wie konntest du nur! Das ist deine Nichte! Was ist mit ihr? Wo ist sie?«

Ich packte sie an der Kehle. Nie zuvor war ich Tilda so angegangen. Sie sah geschockt aus, wehrte sich aber nicht.

»Wo ist mein Kind? Ich schwöre dir, ich bringe dich und diesen Attila um, wenn du es mir nicht sagst!« Speicheltropfen flogen.

»Attila würde Lulu nie etwas tun«, presste Tilda heraus.

Ich drückte fester zu: »Wo ist sie?«

»Es geht ihr gut! Es geht ihr gut!«, krächzte Tilda.

»Beweis es mir. Hol sie her!«

»Sie ist bei Attila!«

»Ich bring dieses Schwein hinter Gitter, das schwöre ich dir!«

Plötzlich riss Tilda ihren Arm nach oben und machte gleichzeitig eine halbe Drehung mit ihrem Oberkörper, bevor sie mit voller Wucht den Ellbogen auf meine Handgelenke krachen ließ. Sofort gaben meine Hände ihren Hals frei. Bevor ich sie wieder packen konnte, wirbelte sie um mich herum und trat mir von hinten in die Kniekehle, sodass ich das Gleichgewicht verlor und vornüber auf den Boden fiel.

Mit einem Satz war sie hinter mir, und ehe ich mich versah, hatte sie mich im Schwitzkasten. Ich versuchte, ihren Griff um meinen Hals zu lockern, aber ich hatte keine Chance. Sie hielt mich wie ein Schraubstock. Für einen Moment überkam mich Panik.

Sie drückte meinen Kopf Richtung Boden. Ich konnte mich nicht rühren.

»Ich wollte dir nicht wehtun, Effie. Deshalb habe ich dir die Nachrichten geschickt. Das zweite Mal als Farce. Ich wollte, dass du weißt, dass es Lulu gut geht.«

»Ich verstehe kein Wort«, krächzte ich.

»Hör zu, was ich dir sage. Du brauchst dich nicht aufzuregen. Lulu geht es gut. Attila passt auf sie auf.«

Meine Hände grapschten den Unterarm, der mir die Kehle zudrückte, und lockerte den Griff etwas.

»Warum, Tilda? Warum passt Attila auf Lulu auf?«, keuchte ich.

Sie spuckte ihre Worte aus: »Weil du es nicht tust!«

Meine Gedanken rasten. Tilda war krank. Sehr krank. Ich hatte sie immer falsch eingeschätzt. Sie hatte mir meine eigene Tochter genommen.

Mir fiel wieder ein, dass sie Mila die Haare abgeschnitten hatte.

Vielleicht war sie auch für Milas Verschwinden verantwortlich. Es klang lächerlich, sie war erst vier Jahre alt gewesen. Aber es könnte ein Unfall gewesen sein, den alle Erwachsenen vertuschen wollten, um Tilda zu schützen.

Auf einmal fiel mir das blaue Kind wieder ein.

Was hatte Oma im Keller gesagt? *Kindern mit kalten Händen zieht man Handschuhe an, merk dir das! Sonst bekommen sie blaue Hände.*

Im Salon, als wir das Video von Mareike Kottula angesehen hatten? *Hol das Kind hoch, Konstanze. Beeil dich. Sie friert.*

Auf einmal ergab alles einen Sinn. *Hol das Kind hoch. Sie friert.* Mila war im Keller gewesen!

»Oh mein Gott, Tilda! Ich glaube, ich verstehe jetzt! Du hast Mila in eine der Kühlzellen gesperrt. Sie ist dort erfroren. Und Mama und Papa haben es vertuscht. Stimmt's?«

Tilda sog scharf die Luft ein.

Deshalb hat Linda den Film jetzt erst bearbeitet. Weil man ihn mittlerweile so gut fälschen konnte, dass es niemandem mehr auffiel. Alle hatten zusammen eine Entführung geplant, die nie stattgefunden hatte, um Tilda zu schützen.

Aber warum entführte sie dann meine Tochter? War Tilda vor lauter Schuld verrückt geworden?

Ich musste sie beruhigen. »Du warst ein kleines Kind. Es war nicht deine Schuld. Alle haben nur versucht, dich zu schützen. Weil sie dich lieben.«

Tildas Arm bebte an meinem Hals.

Ich musste ruhig bleiben, sie ablenken. Nur dann konnte ich ihr entkommen. Ich brauchte ein Handy. Ich musste Forck oder seine Tochter anrufen, damit er Lulu aus den Klauen von Attila befreite.

Um Tilda in Sicherheit zu wiegen, unterließ ich sämtliche Gegenwehr. Entspannte meine Muskeln.

Ich spürte, wie der Griff um meinen Hals lockerer wurde. Ich machte weiter mit der Taktik.

»Du kapierst überhaupt nix. Niemand liebt mich!« Tilda klang wütend.

»Das stimmt nicht«, krächzte ich. »Alle hatten Mitgefühl für dich und deinen Verlust … Vor allem ich! Wie konntest du je glauben, dass ich nicht mit dir fühlen würde? Du bist meine Zwillingsschwester!«

Tildas Griff wurde wieder zu einem Schraubstock. Sie hob mich mühelos vom Boden auf, den Unterarm so gegen meine Kehle gedrückt, dass mir nichts anderes übrig blieb, als zu gehorchen und vor ihr her zu stolpern.

So liefen wir über die Galerie, grotesk ineinander verkeilt. Ich hoffte, dass Rovena Prill durch die Halle gehen und einen Blick nach oben werfen würde, sie würde sicher selbst mit Tilda fertig, aber im Haus war alles totenstill.

Tilda schleifte mich in den linken Flügel.

»Es ist kein Mitgefühl, wenn man der Wahrheit nie ins Gesicht schaut«, sagte sie und stieß mich in mein altes Kinderzimmer.

»Erinnerst du dich an die Polly-Pocket-Dosen? Ich durfte nicht reden. Es war verboten. Aber ich habe dir alles erzählt. Ich habe dir immer Botschaften geschickt. Um dich zu warnen. Heimlich, aber du hast dich geweigert, sie zu verstehen. Du wusstest alles.«

Ich war vollkommen verwirrt. »Was wusste ich?«

»Wenn du sie nicht verstanden hättest, hättest du sie nie zugeklebt!«

»Was habe ich denn zugeklebt?«

»Die Wahrheit, Effie. Du hast die Wahrheit nie wissen wollen. Deshalb musste ich Lulu beschützen, als sie hinter ihr her waren. Du hast mir damals nicht geglaubt. Und jetzt auch nicht.«

Sie schubste mich weiter in den Raum hinein, zog die Tür zu und schloss von außen ab.

»Geheimversteck«, sagte sie durch die Tür. »Schau es dir an. Ich lasse dich wieder heraus, wenn du begriffen hast, warum ich Lulu schützen muss.«

Fassungslos stand ich in meinem alten Kinderzimmer. Ich hatte eine Schwester, die verrückt war. Die von mir verlangte, dass ich sehen lernte. Und die mein Kind entführt hatte.

Aber ich hatte keine Wahl. Also öffnete ich die Tapetentür.

Ein muffiger Geruch strömte heraus.

Da drin waren sie, all die alten Polly-Pocket-Plastikdosen von Tilda. Es waren Dutzende und Aberdutzende, neben- und übereinander gepackt und bis in die hinterste Ecke gestopft. Eine nach der anderen nahm ich heraus. Was um Himmels willen hatte Tilda mit all diesen Dosen angefangen? Etliche davon gab es doppelt, dreifach, vierfach. Wahrscheinlich hatte Tilda selbst irgendwann den Überblick verloren.

Die meisten waren einfache runde Dosen, gefolgt von einer Unmenge rosa Herzen, wie das Dreamhouse von Mila, aber auch Muscheln, Seesterne, Einhörner, Schmetterlinge, Teddybären und kleine Schlösser.

Vorsichtig stapelte ich eine nach der anderen auf den Fußboden, sortierte sie nach ihren Formen und Farben. Was sollte ich sehen?

Gemeinsam hatten sie, dass sie allesamt zugeklebt waren, als hätte Tilda niemals damit spielen wollen, obwohl sie sich offenbar immer wieder aufs Neue Polly-Pocket-Dosen gewünscht hatte. Wieso sagte Tilda, dass *ich* sie zugeklebt hätte? Hatte ich schon als Kind Zeit verloren, Aussetzer gehabt?

Hatte ich tatsächlich die Dosen verklebt und erinnerte mich nicht daran?

Was sollte ich sehen?

Ich hob ein lila Herz hoch. Die Klebenaht war besonders dick aufgetragen worden und im Laufe der Jahre unansehnlich vergilbt. Ich fuhr vorsichtig mit dem Fingernagel an der Nahtstelle entlang. Sofort bröckelte ein wenig von dem Kleber ab. Ich rüttelte am Deckel. Mehr brauchte es nicht, der alte Klebstoff gab sofort nach und zersplitterte wie hauchdünnes Glas.

Ich klappte die beiden Herzhälften auseinander.

Darin war Lila, die rothaarige Plastikfreundin von Polly, was mich nicht weiter verwunderte. Kinder spielten nun mal am liebsten mit Puppen, die aussahen wie sie selbst. Auf dem Fußboden des Kunststoffheims lag sogar eine kleine Hasenfigur.

Außer Lila befanden sich noch zwei Plastikfiguren in dem Häuschen. Diese Figuren waren unbeweglich, nur in der Mitte konnte man sie mittels eines einzigen Gelenkes um 90 Grad abknicken.

Ich erkannte Mr. Moneybag, einen älteren Mann mit aufgemalter Brille aus einer frühen Polly-Pocket-Serie und Pollys grauhaarige Grandma.

Der Klebstoff war durch die Ritzen auch auf Mr. Moneybag und Lila getropft, sie pappten seit Jahren auf Pollys pinkfarbenem Plastikbett zusammen. Als ich sie hochhob, brachen die beiden auseinander. Ein Kleberest blieb an Mr. Moneybags unterem Gelenk hängen.

Das untere Gelenk von Mr. Moneybag. Dort befand sich seine Hose.

Und Lila hatte Klebereste an ihrem Gesicht.

Etwas in meinem Inneren machte Klick.

Klick. KlickKlick. KlickKlickKlick.

21

Ich hebelte die nächste Dose auf. Mein Magen rumorte laut, mir war übel. Wie Austern knackte ich die restlichen Polly-Pocket-Häuschen. Lila und Mr. Moneybag waren in fast allen Dosen zusammengeklebt, in widerlichen Positionen. Immer wieder klebte Lilas Gesicht an Mr. Moneybags Hose. Manchmal lag er auf ihr drauf. Es waren auch andere Figuren im Haus, manchmal vor der Tür, manchmal mit im Zimmer. Viele Männerfiguren, die ich nicht zuordnen konnte. Grandma war leicht zu erkennen. Mr. Moneybag hätte Peer sein können, aber auch Armin, die Puppe mit dem kurzen Haar Linda.

Es war nicht immer Lila auf dem Bett. Es gab auch Darstellungen von anderen Püppchen mit anderen Figuren. Manchmal waren weibliche Erwachsene dabei. Ab und an standen mehrere Personen in Gruppen um das Bett von Polly Pocket und betrachteten das Treiben wie Mitglieder einer Sekte, die bei einer Opferung zusahen.

Mein Herz war so schwer, als habe es jemand mit Blei übergossen. Die Tatsache, dass es Püppchen waren, verliehen dem Ganzen eine unfassbare Tragik. Spielfiguren. Mit denen ein Kind spielen sollte und nicht seine eigene Vergewaltigung nachstellen.

Ich merkte erst, dass ich weinte, als ein Schlüssel klapperte und Tilda hereinkam. Sie war weiß wie die Wand.

»Was ist mit dir passiert, Tilda?«, schluchzte ich. »Was haben sie dir angetan?«

»Du siehst es doch«, sagte Tilda.

»Mein arme Tilda! Wie konnten sie nur? Warum hast du mir das nie erzählt?«

Tilda sackte neben mir auf den Fußboden, als hätte alle Kraft sie verlassen.

»Sie haben mir gedroht, sie würden mich abhören. Wenn ich dir je etwas sagen würde, wüssten sie es sofort. Und dass du mein Ersatz wärst. Die Nächste. Deshalb habe ich dir die Dosen geschickt, als Warnung. Aber du hast sie immer zugeklebt. Du wolltest alles verbergen, damit Mama das Böse nicht sieht.«

»Sie darf das nie erfahren, hörst du, Tilda! Es bricht ihr das Herz!«, sagte ich tonlos.

»Ach, Effie.« Tilda seufzte so tief, dass es mich schauderte. »Mama wusste es doch sowieso. Sie wusste es doch!«

»Nein, nein, nein! Das kann nicht sein!« Ich schlug mit der Faust gegen meinen Kopf, als könnte ich den furchtbaren Gedanken damit herausprügeln.

Aber ich hatte die blonde Figur längst gesehen, die Tilda neben das Bett geklebt hatte, mehr als einmal.

»Armin van Aken hatte nie Interesse an Harriet. Aber sehr großes an ihrer Tochter«, sagte Tilda. »Oma hat unsere Mutter an ihn verkauft. Und Mama – nun, nachdem Mila verschwunden ist, nehme ich an, sie hat dasselbe getan wie ihre eigene Mutter. Ihr Kind verkauft. Das nennt man wohl Erbsünde.«

»Aber ich … Ich hätte doch Lulu niemals verkauft«, schluchzte ich. »Du hättest sie mir nicht wegnehmen müssen!«

»Der Hase, Effie. Der Hase Hoppel mit dem roten Herzen. Mama hatte den ersten. Mila hatte den zweiten. Ich den dritten. Und zum Geburtstag hat Lulu von Armin auch einen bekommen.«

»Was bedeutet das rote Herz?«

»Das war das Zeichen.«

»Welches Zeichen?«

»Das auserwählte Kind. So haben sie das genannt. Ich war das auserwählte Kind. Alle Kinder mit diesen roten Hoppelhasen gehörten dazu.«

»Und Lulu hatte auch einen«, flüsterte ich, als mir klar wurde, was Tilda da gerade sagte.

»Darum hatte ich ja solche Angst um sie! Und du – du

wolltest nie auf mich hören. Die verrückte Tilda. Die Lügnerin Tilda.«

Sie hatte recht. Ich war mir nicht sicher, ob ich ihr geglaubt hätte, wenn sie mir erzählt hätte, dass mein Kind zu Hause in größter Gefahr wäre. Dass die Gefahr von meiner eigenen Mutter ausginge. Der Frau, deren Wohl ich mein ganzes Leben gewidmet hatte.

»Ich erinnere mich, dass Mila sich eines Nachts die Haare abgeschnitten hat. Ich habe die Schere aufgehoben und gefragt, warum sie das getan hätte, da hat sie gesagt, damit sie nicht mehr so schön ist. Es sei ein Problem, dass sie zu schön sei. Mama kam rein und war unheimlich wütend, sie hat gedacht, ich hätte Mila die Haare abgeschnitten. Und kurz darauf war Mila verschwunden. Und ich habe ihren Hasen bekommen.«

»Wessen Hase war dann im Eisfach?«

»Das muss Konstanzes gewesen sein. Der Ursprung. Der Hase, mit dem alles anfing. Wer weiß, für welche Zwecke Oma und Opa die Wohnung behalten haben.«

Tränen schossen mir in die Augen.

Tilda schüttelte mich jetzt. »Unsere Großeltern haben die van Akens erpresst. Das war die Verbindung, die die beiden zusammengekittet hat. Sie hatten Filme und Fotos von dem Treiben gemacht. Das reicht schon eine lange Zeit zurück. Mila muss dabei etwas zugestoßen sein.«

»Weißt du, wo sie ist?«

»Ich habe keine Ahnung! Sie haben es mir nie erzählt. Und sie hatten sowieso dafür gesorgt, dass mir nie jemand glauben würde. Seit Kindertagen wird von mir gesagt, dass ich ständig lüge, oder etwa nicht?«

Tilda lief aufgelöst im Zimmer herum.

»Aber eines Tages habe ich unerwartet Schützenhilfe bekommen. Mareike und Waldemar. Sie haben recherchiert, sind dabei auf die Gründung der Stiftung gestoßen. Und auf eine komische Geschichte, als ein neunjähriges Mädchen bei einem Brand ums Leben kam, das zuvor behauptet hatte, dass Armin van Aken sie vergewaltigt hätte. Die Polizei schob die Sache dem kleinen Bruder in die Schuhe, der kam als Brandstifter ins Heim.«

»Attila«, hauchte ich.

»Ja. Attila. Natürlich traut er der Polizei keinen Millimeter weit. Aber das heißt nicht, dass er die Kinder dort im Stich lässt. Er trainiert sie. Holt sie von der Straße. Und sagt Ihnen, sie sollen auf keinen Fall in die Stiftung gehen. Macht Kampfsport mit ihnen. Ich habe natürlich auch keine Kinder mehr angeworben, deshalb ist da mittlerweile auch nichts mehr los. Ich habe mich als Galionsfigur an die Spitze setzen lassen, um das Teil von innen auszutrocknen, ohne dass die van Akens etwas dagegen unternehmen konnten.

Denn die Kinder, die besonders gefördert wurden, sind nur deshalb ausgesucht worden, weil sie die verletzlichsten von allen waren. Die Verhältnisse am schlimmsten. Das Geld knapp. Die Eltern besonders problembeladen. Warum? Weil diese Kinder am besten gehorchen und die Eltern sich am wenigsten wehren. Sie haben keine Macht. Wenn ein van Aken oder ein Boskamp ihnen droht, gehen sie in die Knie. Weil sie wissen, wer die Welt regiert. Und für mächtige Leute gelten nun mal andere Gesetze. Es geht nicht um Geld, Effie. Es geht um Macht! Sie tun, was sie wollen, weil sie es können. Sie kommen damit durch. Das ist ihre ultimative Machtüberprüfung. Tu das, was von der Gesellschaft am meisten verachtet wird – und komm damit durch." Sie holte tief Luft. „Aber wir vier, Attila, Waldemar, Mareike und ich, wir sind ihnen haarscharf auf der Spur. Was wir brauchen, um sie wirklich fertigzumachen, sind die Filme von unserem Großvater. Ewald Boskamp. Seit er tot ist und Oma dement, wittern die van Akens ihre Chance, endlich die Oberhand zu gewinnen. Konstanze ist nur noch ein Schatten ihrer selbst, sie allein ist keine Gegnerin für die van Akens. Bisher haben sich die van Akens und die Boskamps arrangiert, eine Hand wäscht die andere, beide wussten Dinge voneinander, die keiner in der Öffentlichkeit diskutieren wollte. Aber wenn sie die Filme in die Finger bekommen, dann haben die van Akens das Blatt gewendet, und sie sind wieder Alleinherrscher. Deshalb sind sie hinter den Filmen her.«

Mir war schwindelig von all den Informationen. Ich wollte mir das nicht anhören. Ich spürte, dass sich das dunkle Tuch der Verdrängung gnädig über mir herabsenkte. Gleich würde mein Verstand sich ausschalten und vergessen, warum ich hier saß, zwischen Polly-Pocket-Dosen und in merkwürdigen Posen zusammengeklebten Figuren. Es konnte nicht sein, dass wir nie geliebt worden waren. Keines von uns Mädchen. Verkauft von den eigenen Großeltern. Und der eigenen Mutter. Welches Kind wollte so etwas wahrhaben? Konnte das wahrhaben, ohne sofort sterben zu wollen? Denn das bedeutete, dass niemand uns liebte. Uns niemand je geliebt hatte. Es war der Tod.

Blind zu sein vor dieser Grausamkeit war eine Entscheidung gewesen. Meine Entscheidung. Zum Überleben.

Mein Hirn summte, übertönte die Worte, die aus Tildas Mund kamen, summte lauter, während sich etwas Schwarzes vor mein Sichtfeld schob. Das lieb gewonnene Vergessen hüllte mich in seine warme Decke. Schwärze tanzte hinter meinen Lidern. Doch auf einmal tauchte das süße Gesicht meiner eigenen Tochter auf.

Mit aller Macht riss ich die Augen auf und starrte in Tildas kreideweißes Gesicht. Tilda, die mich immer beschützt hatte, die für mein Kind eingetreten war, trotz allem. Die nicht die Augen hatte schließen können von einer Wirklichkeit, die sie sich nicht ausgesucht hatte.

Nein, ich würde nicht abtauchen, nicht dieses Mal. Dieses Mal würde ich mich an ihre Seite stellen, komme, was da wolle.

Ich räusperte mich. »Was ist mit Vater? Was für eine Rolle hat er?« Ich hatte keine Puppe in dem Polly-Pocket-Häusern gesehen, die ich ihm hätte zuordnen können.

»Reinhard«, sagte Tilda verächtlich. »Kein Mann, bloß eine Maus. Er war nie mit, wenn Konstanze mich bei den van

Akens abgeliefert hat, wenn du das meinst. Er hat sie geheiratet, um an Geld zu kommen, und nur darum ist es ihm immer gegangen. Was mit uns war – das hat ihn nicht interessiert. Ich bin fast sicher, dass er nach Ewalds Tod alles an sich gerafft hat, was ging. Wo er jetzt ist, weiß niemand. Aber zufällig ist er sicherlich nicht verschwunden.«

Ich dachte an all die Dokumente, die meine Mutter unterschrieben hatte. Tilda hatte recht. Er hatte sich wahrscheinlich das Vermögen seines Schwiegervaters unter den Nagel gerissen.

»An wen können wir uns wenden? Wer kann uns helfen?«, fragte ich.

»Niemand, Effie. Du verstehst nicht, mit wem du es zu tun hast. Selbst Forck – er *war* die Polizei – hat unter dem Druck der van Akens nachgegeben. Die haben so viele Leute in der Tasche, aber ich weiß nicht, welche. Es gibt überall Maulwürfe. Manche von ihnen wissen vielleicht nicht mal, warum sie bestimmte Informationen sofort weitertragen sollen, und handeln in bester Absicht. Aber Tatsache ist, dass es gefährlich ist, Material weiterzugeben, wenn man nicht genau weiß, an wen. Sonst verschwindet es auf geheimnisvolle Weise.«

»Aber ...«

»Schalte dein Gehirn ein, Effie! Bei Jeffrey Epstein war das gesamte Haus mit Kameras ausgestattet, aber merkwürdigerweise ist außer ein paar harmlosen Passagierlisten vom Lolita-Express nie etwas von dem an die Öffentlichkeit gelangt, was wirklich in dem Haus vor sich gegangen ist. Warum nicht? Zu viel Macht, Effie! Die werden geschützt. Wir können es nicht über die Behörden laufen lassen. Wir müssen es selbst veröffentlichen, im Internet. Einmal drin, bekommen sie das nie wieder unter Kontrolle, egal, wie weit oben sie aufgehängt sind. Aber zuerst müssen wir die Beweise finden.«

Ich sprang auf. »Ich glaube, ich weiß, wo sie sind. Aber erst rufst du Attila an und sagst ihm, er soll sofort meine Tochter zurückbringen. Ich passe auf sie auf, versprochen, Tilda. Wir passen beide auf. Aber ich muss sie wiederhaben. Während du das tust, hole ich die Beweise.«

Tilda griff nach meinem Arm. Sie war wie elektrisiert. »Wo sind sie, Effie? Wo?«

»Hol erst Lulu nach Hause!«, verlangte ich.

Tilda griff nach ihrem Telefon. »Okay, okay. Aber Attila geht nie direkt ans Telefon, wenn ich anrufe. Aus Vorsicht. Ich schicke ihm eine Nachricht.«

Ich rannte die Treppe hinunter. Rovena Prill pflückte gerade Omas Mantel von der Garderobe, also verlangsamte ich meinen Schritt.

»Ihre Großmutter ist draußen«, sagte Rovena entschuldigend, »Ich hol nur ihren Mantel, Wind kalt.«

»Schon gut«, sagte ich und wartete ungeduldig, bis sie die Halle verlassen hatte.

In der Glasvitrine stand Omas Nähkorb. Der Grundstein des Boskamp-Vermögens. Mit fliegenden Händen suchte ich nach dem Schlüssel in der Schublade des Sekretärs, wo ich ihn versteckt hatte. Endlich fand ich ihn und schloss die Vitrine auf.

Ich zog den Korb heraus, hob Wollknäuel und Scheren hoch, bis ich auf eine schwarze Plastiktüte stieß.

Langzeitgedächtnis. Oma vergaß vieles, aber das Langzeitgedächtnis funktionierte bei ihr manchmal noch einigermaßen.

Sie hatte irgendwo in den Tiefen ihres Hirns noch gewusst, dass sie diese Bänder schützen musste und nicht weitergeben durfte, wenn sie ihren Status schützen wollte. Deshalb hatte sie den Korb in der Tiefkühltruhe versteckt. Ich zerrte an den Klebestreifen des schwarzen Plastiks, mit dem man üblicherweise Fotopapier verpackte, damit es nicht belichtet wurde. Mehrere kleine Kassetten von einem Format, das ich noch nie gesehen hatte, sowie Stapel von losen Fotos befanden sich darin. Ein verblasstes Polaroidfoto fiel mir vor die Füße, ich hob es rasch auf. Es war in der Hochdahler Wohnung aufgenommen worden. Vom Bücherregal des Kinderzimmers aus. Ich erinnerte mich an das halb abgerissene Plakat im Flur. Dahinter musste ein Loch gewesen sein. Das Foto zeigte das schmale Kinderbett. Auf dem Bett befand sich ein nackter Mann. Ich erkannte das orangerote Blumenmuster der Bettdecke, sie war noch dort gewesen, als ich das letzte Mal in der Wohnung gewesen war. Der Mann hatte sich auf die Unterarme gestützt, ich konnte nur ahnen, dass dort jemand unter ihm lag. Ich unterdrückte einen Brechreiz.

Mit einem Mal wurde mir auch klar, warum die Hochdahler Wohnung abgebrannt war. Offenbar hatte niemand bis zu Opas Tod gewusst, dass die Wohnung noch in seinem Besitz war. Und er hatte sie aus demselben Grund behalten, aus dem die van Akens sie hatten abbrennen lassen: Sie war voller menschlicher Spuren und damit Beweismittel gewesen.

Rasch stopfte ich das Foto zurück in die Plastiktüte, schob den Nähkorb zurück in die Vitrine und rannte mit dem Päckchen unterm Arm so schnell ich konnte in meine Wohnung zurück.

Tilda wartete hinter der Tür.

»Ich hab sie«, keuchte ich.

»Attila ist unterwegs«, sagte Tilda. »Mit Lulu.«

Ich reichte Tilda das Paket, die es sofort in ihre Umhängetasche stopfte.

»Die Filme bringe ich sofort zu Mareike. Gegen die Reichweite eines viral gehenden Videos kommt nicht einmal ein Armin van Aken an.«

»Beeil dich! Bevor jemand Wind davon bekommt, dass wir die Filme gefunden haben!« Ich umarmte sie stumm.

Auf einmal hörte ich den Kies in der Einfahrt knirschen. Ich warf einen Blick auf die Videoüberwachung im Handy. Zwei Autos der van Akens fuhren vor. Ich hatte das vermaledeite Tor immer noch nicht reparieren lassen.

»Was machen die denn hier?«, fragte Tilda entsetzt. In Windeseile warf sie ihre Tasche um den Hals.

Armin stellte seinen Jeep quer vor unsere Einfahrt, blockierte so unsere eigenen Fahrzeuge. Peer stoppte seinen Porsche dahinter. Wir waren gefangen. Peer sprang aus seinem Auto und lief sofort um das Haus herum, Armin und Linda stürmten die Treppe zum Haupteingang hinauf.

»Sie haben uns eingekesselt«, flüsterte ich heiser.

»Woher wissen sie, dass ich hier bin?«, fragte Tilda totenbleich. »Effie? Hast du mich verraten?«

So wenig Vertrauen. So wenig. Jeder misstraute dem anderen. Wir waren eineiige Zwillinge und trauten uns gegenseitig nicht über den Weg.

»Nein«, sagte ich. »Wieso sollte ich ...« Auf einmal schien mein Verstand einen Quantensprung zu machen. »Rovena Prill. Linda hat sie uns vermittelt. Sie haben uns eine Spionin mitten vor die Nase gesetzt.«

Tilda drückte die Tasche ängstlich an sich.

»Du musst abhauen!« Ich rannte panisch von Fenster zu Fenster, suchte einen Ausweg.

Armin hämmerte unten gegen die Eingangstür, Peer klingelte auf der anderen Seite Sturm bei mir.

Mir brach der Schweiß aus. Wir hatten nur noch Sekunden.

»In den Keller. Durch die Wildkammer«, sagte ich und gab Tilda einen Schubs. »Du kannst über die Kellertreppe raus. Ich versuche, sie abzulenken.«

»Du bist eine hundsmiserable Schauspielerin! Sie werden dir kein Wort glauben!«

»Falsch. Mir vertrauen sie. Ich bin die brave Effie, sie glauben, sie steuern mich.«

»Ich lass mein Telefon hier«, sagte Tilda, bevor sie die Tür öffnete. »Sonst kann Peer mich vielleicht orten.«

»Pass auf die Prill auf!«, flüsterte ich.

Ich sah Tilda nach, wie sie im Treppenhaus verschwand. Als ich sicher war, dass sie die Kellertür hinter sich geschlossen hatte, ohne dass Rovena Prill aufgetaucht war, holte ich tief Luft. Jetzt kam es drauf an, dass ich eine überzeugende Performance ablieferte. Wenn die van Akens glaubten, dass ich mit Tilda unter einer Decke steckte, wäre ich geliefert.

Aber mir kam zugute, dass ich bisher immer die folgsame Effie gewesen war.

Ich entsperrte Tildas Telefon, suchte hektisch in ihren Kontakten nach Attila. Es klingelte vier Mal, dann sprang der Anrufbeantworter an. Warum gingen manche Menschen einfach nicht ans Telefon?

Ich sprach ein hastiges »Auf keinen Fall Lulu herbringen, wir sind in Gefahr!« auf Band, schrieb zusätzlich eine SMS und eine WhatsApp. Jetzt konnte ich nur beten, dass er die Nachricht rechtzeitig erhielt. Ich stopfte das Telefon in meine Manteltasche an der Garderobe.

Armin hämmerte weiter an die Tür.

»Ja-ha! Ich komme ja! Was ist denn hier los? Von allen Seiten klingelt es!«, rief ich laut.

Ich drückte den Türsummer, um die Eingangstür zum Haupthaus zu öffnen. Armin stürzte in die Halle, Linda folgte dicht hinter ihm.

Ich beugte mich über das Geländer. »Was ist denn los?«, fragte ich und versuchte, ein erstauntes Gesicht zu machen. »Alles in Ordnung?«

Linda sprintete die Treppe hinauf, während Armin ihr folgte.

»Wo ist Tilda?«, rief sie.

»Es klingelt drüben«, sagte ich. »Entschuldigt.«

Ich floh zur Wohnungstür.

»Peer? Was gibt es so Dringendes?«

Linda und Peer stürmten aus zwei verschiedenen Richtungen in meine Wohnung, schwärmten aus, schauten in jedes Zimmer.

»Entschuldigt bitte, kann mir vielleicht jemand verraten, was hier los ist?«

Ich stemmte die Hände in die Seiten. Die Harmlosigkeit dieser Geste war gespielt, beruhigte mich aber trotzdem ein wenig.

»Wo ist Tilda?«, fragte Peer, ohne auf mich einzugehen.

»Warum?« Ich musste Zeit schinden. »Ihr stürmt hier einfach rein wie ein Überfallkommando, sagt kein Wort und rennt ohne zu fragen durch meine Wohnung.«

»Wir suchen sie«, sagte Armin van Aken, der jetzt mein Wohnzimmer betrat und mit seinem Stock bekräftigend auf den Boden klopfte. Er war so schnell die Treppe heraufgekommen, dass ich mich fragte, inwieweit er dieses Hilfsmittel eigentlich wirklich brauchte oder ob er ihn vielleicht nur deshalb nutzte, damit die Menschen ihn unterschätzten. Es würde zu ihm passen, diesem Dreckskerl. Ich war jedenfalls auf der Hut. Eines war klar, Armin van Aken hatte in seinem langen Leben mehr Kämpfe gewonnen, als ich je geführt hatte.

»Entschuldigt, aber ich denke, Ihr seid mir eine Erklärung schuldig und nicht umgekehrt.«

»Tilda ist in Gefahr«, sagte Linda mit ihrer zuckersüßen, sanften Art. »Wir müssen ihr helfen, bevor ihr etwas zustößt.«

»Was soll ihr denn zustoßen? Wovon redest du denn da?«

»Sie will sich etwas antun«, behauptete Linda. »Sie hat gesagt, sie hätte etwas Furchtbares getan und hat ein Jagdgewehr aus der Waffenkammer mitgenommen.«

Das einzige Jagdgewehr, das ich sah, hing quer über Armin van Akens Rücken.

»Wie bitte? Warum das denn? Sie hat doch gar keinen Grund. Quatsch.«

»Sie ist krank, weißt du. Sehr krank. Wir müssen ihr helfen. Wir haben immer versucht, ihr zu helfen.«

Linda war eine falsche Schlange. Ich glaubte ihr kein Wort mehr. Sie spielte bereits eine Show für das Gericht. Vielleicht glaubte sie, es seien überall Kameras, auch in meiner Wohnung. Sie wusste exakt, was mit Mila passiert war. Sie hatte meinen Eltern ein falsches Alibi gegeben. Sie hatte den Überwachungsfilm gefälscht. Sie hatte gewusst, was Tilda angetan worden war. Nein, sie hatte es nicht nur gewusst. Sie hatte sich daran beteiligt!

»Du musst eins wissen«, sagte Armin van Aken und tänzelte um die Küchentheke herum. Er kam mir zu nah, als er sich mir beugte und flüsterte: »Tilda ist schwer krank. Viel kränker, als wir dir jemals gesagt haben. Wir wollten nie, dass du davon erfährst. Ihr habt ja dieselbe DNA. Das hätte jedes Kind verunsichert.«

Ich konnte an nichts anderes denken als an Mr. Moneybag in den Polly-Pocket-Häuschen. Mir wurde übel von seiner Nähe.

Aber ich lächelte. »Das kann ich nicht glauben. Was soll sie denn so Schlimmes angestellt haben?«

»Sie sagte, sie hätte etwas Furchtbares getan.«

»Was denn?«

»Das hat sie nicht gesagt. Nur dass sie damit nicht leben kann.«

»Das glaube ich einfach nicht.« Ich winkte ab, als habe Armin mir gerade eine Lappalie erzählt.

»Warum hat sie dann eine Waffe mitgenommen?«

Ich war sicher, dass ich nachdenklich aussah, denn tatsächlich rasten meine Gedanken.

Was, wenn Attila die Nachricht nicht gelesen hatte und bereits auf dem Weg hierher war? Er würde Lulu in die Höhle des Löwen zurückbringen. Ich musste es schaffen, Tilda einen Zeitvorsprung zu geben, gleichzeitig musste ich die van Akens zur Jagd auf sie loslassen, denn falls Lulu hier auftauchte, war sie dieser skrupellosen Bande ausgeliefert.

Wie konnte ich sie auf eine falsche Fährte bringen? Die Prill hatte mich gesehen, aber sie konnte nicht wissen, ob Tilda oder ich nach Oma gesucht hatte. Wir sahen uns zu ähnlich. Also hatte ich eine Chance. Der Glaube an meine Ehrlichkeit war die letzte Schutzmauer für uns alle. Für Tilda, für mich. Aber vor allem für Lulu.

Das Problem waren die beiden Stoppuhren in meinem Kopf. Ich konnte nicht mehr lange standhalten, wenn ich Lulu nicht gefährden wollte. Und ich musste möglichst lange durchhalten, damit Tilda so weit weg es irgend ging, laufen konnte. Es galt die optimale Zeitspanne herauszufinden.

Wie lange brauchte man von Hochdahl hierher? Um diese Zeit war dreißig Minuten eine gute Schätzung. Wann hatte Tilda die Nachricht an Attila geschickt? Vor zwanzig Minuten, fünfundzwanzig Minuten? Das hieß, er konnte jederzeit hier auftauchen.

Viel länger konnte ich Tilda den Rücken nicht freihalten.

»Okay«, begann ich. »Tilda war kurz bei mir. Aber sie sagte, sie wollte nach Oma sehen. Sie war ganz aufgeregt und erklärt, dass sie irgendeinen Film gefunden hätte, den sie schon so lange suchte.« Lügen waren am wirkungsvollsten, wenn man ein Körnchen Wahrheit hineinmischte. »Als sie gehört hat, dass draußen ein Auto vorfuhr, ist sie zur Tür raus, als habe sie den leibhaftigen Teufel gesehen.«

Peer sah seinen Vater fragend an, wartete offenbar auf einen Einsatzbefehl.

»Sie ist im Wald«, sagte Armin van Aken ruhig. »Es ist die beste Fluchtmöglichkeit. Und dort kennt sie sich aus.«

»Ich auch«, sagte Peer.

»Such sie«, sagte Armin.

Peer rannte los wie Arko, wenn man ihn von der Leine ließ.

»Ich fahre die Landstraße ab«, sagte Linda. »Aus dem Wald gibt es keinen anderen Ausweg.«

Die beiden verschwanden so schnell, wie sie gekommen waren. Nur Armin blieb stehen. Schließlich nahm er sein Gewehr ab und checkte die Patronen.

»Wofür brauchst du das Gewehr?«, fragte ich. Er bemerkte den panischen Unterton, musterte mich einen Moment scharf und lachte kurz auf.

»Effie, was ist denn das für eine alberne Frage? Hast du mich in der Dämmerung schon mal ohne Gewehr in den Wald gehen sehen? Du weißt doch, dass das Schwarzwild da besonders aktiv ist.«

Der Gewehrlauf zeigte Richtung Boden, aber es bedurfte nur einer einzigen Bewegung, um ihn in meine Richtung zu lenken. Armin starrte mich an. Warum ging er nicht endlich? Hatte er Verdacht geschöpft? Wusste er, dass ich Bescheid wusste? Mein Herz klopfte mir bis zum Hals.

Ich lächelte so arglos, wie es mir in diesem Moment gelingen konnte.

»Finde Tilda schnell, bitte«, sagte ich. »Ich würde es nicht ertragen, wenn ihr etwas passiert.«

Endlich sicherte Armin das Gewehr und warf es sich wieder über die Schulter.

»Tu mir einen Gefallen, Effie. Bleib du hier und halte die Stellung. Sobald Tilda zurückkommt, ruf uns sofort an, okay? Dann weiß ich, dass sie in Sicherheit ist. Versprich es mir.«

»Natürlich. Das mache ich. Versprochen.«

Als van Aken mitsamt seinem Gewehr das Haus verlassen hatte, suchte ich hektisch nach Tildas Handy. Hatte Attila meine Nachricht gelesen? Zwei graue Pfeile. Er war einer von denen, die die »gelesen« Funktion abgestellt hatten. Die van Akens waren zu dritt auf der Jagd nach Tilda.

Sollte ich trotz Tildas Bedenken die Polizei rufen? Aber was, wenn einer von ihnen ein Maulwurf war? Der Richter Volker Saul spielte mit Peer Golf, der Staatsanwalt Preuth hatte mir Zeugenaussagen und Akten zukommen lassen und benahm sich generell mir gegenüber viel zu ergeben, als dass ich ihm über den Weg traute. Leonhard Siebert? Konnte ich nicht einschätzen. Wem konnte ich trauen – und wem nicht?

Ich wusste keinen Ausweg für Tilda. Sie konnte sich im Wald verstecken, aber sie konnte nicht wieder hinaus. Linda musste nur die Landstraße kontrollieren, wenn sie verhindern wollte, dass Tilda aus dem Wald entkam. Man würde sie dort meilenweit sehen, es gab nur die eine schnurgerade Landstraße, gesäumt von endlosen Kartoffelfeldern. Selbst die späten Sorten, die jetzt noch unter der Erde waren, würden Tilda kaum Schutz bieten, da die Pflanzen viel zu niedrig waren, um sich darin zu verstecken.

Und in die entgegengesetzte Richtung lag das alte Jagdschloss der van Akens.

Die Skrupellosigkeit dieser Familie ließ mich vor Angst zittern. Ich war ohnehin nie mutig gewesen. Nicht einmal der

Wahrheit ins Auge zu blicken hatte ich mich je getraut, bis ich buchstäblich dazu gezwungen worden war.

Ich war nicht wie Tilda, im Gegenteil: Ich versteckte mich hinter ihr. Das war es, was ich immer getan hatte, das begriff ich jetzt.

Aber wie konnte ich meiner Schwester, die mein Leben lang versucht hatte, mich zu schützen, jetzt zu Hilfe eilen, ohne gleichzeitig Lulu zu gefährden?

Ich musste Attila erreichen.

So sehr ich die ganze Zeit darauf gehofft hatte, dass ich Lulu wieder nach Hause bekam, so sehr hoffte ich jetzt das Gegenteil.

Wenn er die Nachricht gelesen hatte, würde er Lulu nicht hierherbringen. Wenn er bei Verstand war. Was er hoffentlich war.

Diesmal hörte ich das Geräusch eines Motors. Attilas Auto war kein Elektromodell.

Ich rannte nach unten, so schnell meine Füße mich trugen.

Attila sprang aus dem Wagen. Seine schwere Gestalt bewegte sich auf mich zu.

»Wo ist Lulu?«, fragte ich.

»Wo ist Tilda?«, rief er gleichzeitig.

Im Gegensatz zu Tildas Telefon schien er uns auseinanderhalten zu können.

»Wo ist Lulu?«, rief ich noch einmal.

»Sie haben doch gesagt, ich solle sie nicht herbringen.«

Mir fiel ein Stein vom Herzen.

»Geht es ihr gut?«

»Sie ist in Sicherheit. Sie war die ganze Zeit in Sicherheit. Sie denkt, dass Sie auf einer Geschäftsreise sind.«

»Wer ist bei ihr?«

Attila zögerte.

»Hakim. Sie ist bei Hakim und seiner Familie.«

»Gott sei Dank«, stieß ich hervor.

Das Kind

Immer noch dieses Gebrüll. Es war kaum auszuhalten. Einfach nicht auszuhalten. Das Mädchen bekam doch alles, was sie wollte, wirklich alles.

Damit sie nicht schrie.

Sie selbst hatte nie geschrien. Sie hatte *gelächelt*. Es gab keinen Grund, so zu kreischen. Das Kind war einfach vollkommen verwöhnt.

Sie hatte immer gesagt, er solle ihr nicht am laufenden Band Geschenke zukommen lassen, aber er hörte ja nicht sie.

Jedes Mal, wenn er wieder verschwand, hatte sie das Gekreische am Hals.

Dieses Kind hatte eine unglaubliche Energie. Seit seiner Geburt, an die sie nicht mal eine Erinnerung hatte. Hatte sich schon im Alter von zwölf Wochen auf den Bauch gedreht. Mit fünf Monaten war sie gekrabbelt. Gelaufen mit acht. Und hatte erwartet, dass sie hinterherlief. Wo kam die Energie her?

Die Lautstärke konnte anhalten, für eine Stunde, für zwei, drei, man konnte es nicht voraussehen.

Inzwischen wusste sie, dass das Gebrüll ein Level erreicht hatte, wo sie sich nicht so schnell beruhigen würde.

Sie angelte nach der Tablettenbox, kramte eine Travix heraus und zerbröselte sie zwischen den Fingern. Ob das Mädchen mittlerweile daran gewöhnt war? Sie hatte ihr bereits eine mit dem Saft eingeflößt. Eigentlich hätte sie still sein müssen. Ob sie allergisch reagierte? In der Packungsbeilage hatte gestanden, dass motorische Unruhe einer der unerwünschten Nebeneffekte sein konnte. Ausgerechnet bei einer Beruhigungstablette.

Sie seufzte. Ließ erst mal Badewasser ein. Das Bad war obligatorisch. Darauf bestand er. Man musste Beweise vernichten, nur für den Fall. Außerdem konnte sich das Mädchen im Badewasser allmählich entspannen.

Die Badewanne war riesig, eher ein kleiner Pool, es dauerte ewig, bis sie voll war. Am Rand stand ein schlankes Glas mit silbernem Deckel, das Badesalz enthielt, daneben eine gelbe Gummiente mit rotem Schnabel.

Sie warf die Ente hinein. Schüttete eine Handvoll blauen Badezusatz hinzu, weil sie nicht mochte, wenn sich das Wasser rot färbte, sobald sie das Kind hineinsetzte. Die Salzkristalle verwandelten sich in der Flüssigkeit zu dunklen Schlieren, wie Würmer, die jemand in die Länge zog. Es roch künstlich, wie Kaugummi. Ein Wolkenmeer aus weißem Schaum bildete sich an der Oberfläche. Sie hatte sich immer gefragt, warum das Zeug den Schaum nicht färbte, nur das Wasser. Der Schaumberg wuchs höher und höher, bis über den Rand der Wanne. Sie kniete sich daneben und starrte in das schaumige Weiß. Unter dem Hahn, dort, wo der Strahl auf die Oberfläche traf und das Wasser unruhig kreiselte, war ein tiefer Krater im Schaumberg, der ringsum immer weiter anwuchs. Sie spielte mit der Hand im Wasser, erzeugte neue Wasserlöcher im Schaum.

Nebenan war das Gekreische in lautes Weinen übergegangen.

Ihre Nerven sirrten auf einmal wie straff gezogene Gummibänder.

Die Gummiente kippte um und geriet in den Strudel unter dem Wasserhahn, wo sie mit dem Kopf nach unten hilflose Kreise drehte.

»Köpfchen in das Wasser ...«, dachte sie. »... Schwänzchen in die Höh!«

Winzige Blasen im Watteschaum platzten lautlos vor ihren Augen.

Ping. Ping. Ping.

22

Es dauerte nur wenige Minuten, bis ich Attila auf den neuesten Stand gebracht hatte. Innerhalb dieser kurzen Zeitspanne schweißte uns die gemeinsame Angst um Tilda zu einem Team zusammen.

»Wir brauchen eine Waffe«, sagte er. »Hast du ein Gewehr oder so was?«

Ich rannte zurück ins Haus, in das alte Büro meines Großvaters, Attila blieb dicht hinter mir. Der Waffenschrank stand wie das Prunkstück der Einrichtung gegenüber dem schweren Schreibtisch. Ich riss die Schublade auf, in der Opa den Schlüssel aufbewahrte. Die Schale war leer.

»Mist!«, entfuhr es mir. »Der Schlüssel ist immer hier. Immer!«

»Denk nach. Wo kann er noch sein?«

»Nirgendwo. Er ist immer in der Schale hier. Das weiß jeder.«

»Komischer Zufall.«

»Frau Prill«, stöhnte ich. »Die Krankenschwester. Sie hat auch Tilda an die van Akens verraten.«

Attila klopfte den Stahlschrank nach Schwachstellen ab. »Nix zu machen. Das Scheißding ist ein verdammter Tresor.«

Ich schnappte mir den Jagdrucksack vom Haken.

»In den Wald«, rief ich. »Wir haben keine Zeit mehr. Sie sind hinter Tilda her. Wir müssen sie retten!«

»Wenn sie ihr etwas tun, Gnade ihnen Gott.« Attila ließ von dem Schrank ab und eilte an meine Seite. »Kann man mit dem Auto in die Nähe?«

»Keine Chance. Zu viele Bäume. Aber ich weiß, wo sie sein könnte. Wir hatten mal ein Geheimversteck, das wir uns als Kinder gebaut haben. In der Nähe einer Lichtung, wo ein

Hochsitz steht. Eine unterirdische Höhle unter einem Gebüsch. Die kennt niemand außer uns. Wenn ich sie wäre, würde ich dort hingehen.«

Ich tippte eine eilige Nachricht an Waldemar Forck.

> Bitte kommen Sie, sofort, höchste Gefahr. Tilda
> ist mit den Beweisen in das Jagdgebiet der van
> Akens geflohen, und die van Akens wollen sie
> töten. Wir gehen hinterher.

Ich warf mein Handy auf den Schreibtisch.

»Lass deins auch hier, Tilda sagt, dass Peer die orten
kann!«

»Gib mir den Rucksack. Sonst sind wir zu langsam«, sagte
Attila.

Er schulterte den Rucksack, und wir sprinteten los.

Für sein Alter war er erstaunlich fit und lief noch immer
wie eine Maschine neben mir her, als ich anfing zu schnaufen
und kaum Schritt halten konnte.

Das Tor zum Wald der van Akens war abgeschlossen.
Während ich noch daran rüttelte, hatte Attila den Rucksack
bereits über den Zaun geworfen und war darübergeklettert.
Ich folgte ihm.

Der Wald empfing uns mit seinem Moosgeruch und dem
Pfeifen des Windes in den Baumkronen. Die Dämmerung ent-
zog dem Tag langsam seine Farben. Es war eine unangenehme
Tageszeit, nicht nur wegen der Wildschweine, die gerade jetzt
zur Höchstform auflaufen konnten. Die zunehmende Farblo-
sigkeit der Umgebung wirkte wie eine Tarnung für alles, was
sich darin befand. Man würde uns nicht mehr so gut sehen –
aber wir die anderen eben auch nicht.

»Wir müssen aufpassen, wegen der Wildschweine«, sagte
ich.

»Wie groß sind die denn so?«, fragte Attila.

»Ein ausgewachsener Keiler hat hundert bis hundertzwanzig Kilo«, sagte ich. »Und Wildschweine sind unglaublich

schlau. Sie kennen unsere Schwachstellen. Sie reißen einem mit den Eckzähnen die Oberschenkel auf, von unten nach oben.«

»Alles klar. Sobald ich ein Wildschwein sehe, hau ich ab.«

Ich schüttelte den Kopf. »Auch keine gute Idee. Wildschweine können über fünfzig Stundenkilometer schnell rennen. Und wenn sie die Hauer in deine Kniekehle rammen, wirst du innerhalb von Minuten verbluten. Da verläuft eine große Arterie.«

»Und wie stoppt man so ein Viech?«

»Im Rucksack ist ein Messer, damit kann man einen Keiler auflaufen lassen. Wenn man es schafft, dass er in die offene Klinge läuft, hat man eine gute Chance.«

»Geil. Mit einem Taschenmesser gegen ein hundertzwanzig Kilo schweres Schwein und eine Horde schießwütiger Jäger.«

Attila sah zornig aus.

Ich griff wortlos in den Rucksack.

Rasch holte ich die ultraleichten Teile der Griffstange aus der Verankerung und klickte sie ineinander, bis ich eine Stange von fast zwei Metern Länge hatte, an dessen Ende sich ein Handgriff wie von einem Spaten befand.

»Was baust du denn da, eine Schaufel? Willst du dich einbuddeln?«

»Nein.«

Ich holte die dreißig Zentimeter lange Klinge heraus und schraubte sie mithilfe der Parierstange an. Das Metall glänzte. Ich hielt Attila die Waffe hin.

»Hier. Das ist das Beste, was wir haben. Das muss reichen.«

»Ein Speer?«, fragte Attila entgeistert.

»Das ist eine Saufeder. Die Konstruktion der Klinge – hier ist eine Wölbung – sichert den Lufteintritt in die Wunde – idealerweise in die Herzkammer. Sie hält quasi die Wunde mechanisch offen, im Gegensatz zu einer normalen Klinge, die eine Wunde ja sogar verschließen kann, wenn man sie nicht

wieder rauszieht«, dozierte ich aus den Resten meines Jagd-
scheinwissens. »Bei dieser hier dringt die Klinge hinter dem
Blatt bis zur sogenannten Parierstange in den Wildkörper ein,
man muss sie aber nicht wieder herausziehen, damit das Wild
verblutet, sondern kann sich einen rasenden Keiler so lange
durch den langen Stiel weiter vom Hals halten, bis das Tier
verendet ist. Die Wunde ist kurzfristig tödlich.«

»What the fuck«, sagte Attila, aber sah die Waffe auf einmal mit anderen Augen an. »Was für ein krankes Teil!«

Er tastete vorsichtig mit dem Finger über die Klinge.
»Shit.«

»Vorsicht, sehr scharf«, sagte ich, aber Attila steckte bereits
seinen Finger in den Mund.

»Okay, aber gegen ein Jagdgewehr nutzt uns das auch
nichts«, nuschelte er an seinem Finger vorbei.

»Es ist das Beste, was wir haben, um Tilda zu retten.«

In dem Moment hörte ich es. Ganz weit weg, aber unver-
kennbar. Bellen. Sie jagten Tilda mit Hunden.

»Die Hunde«, flüsterte ich. »So ein Mist. Die haben die
Hunde geholt.«

»Jagdhunde? Jagen die auch Menschen?«

»Die meisten scheuchen eher auf, als dass sie jagen. Aber
die Nerven muss man erst mal haben, in einem Versteck zu
bleiben, wenn die Hunde bellend angerannt kommen. Wenn
ein Wildschwein das nicht schafft, warum sollte ein Mensch
das schaffen?«

Ich hörte selbst, wie ängstlich meine Stimme klang.

»Gibt es etwas, wie man die Viecher ablenken kann?«

Ich hielt einen Moment inne. Überlegte.

»Ja. Komm mit«, rief ich und zog Attila hinter mir her.

Zweige peitschten uns ins Gesicht, wir stolperten über
Baumwurzeln und blieben an Brombeerbüschen hängen. Endlich erreichten wir die kleine Lichtung.

»Ist hier euer Versteck?«, flüsterte Attila.

»Nein, das ist weiter südlich. Noch zu weit weg.«

»Und jetzt?«

»Da drüben! Wir können die Bache als Luder benutzen.«

Attila sah mich verständnislos an.

»Als Köder. Ein Luder ist ein Köder.«

Ich zeigte mit der Saufeder auf den Kadaver.

»Tilda hat sie abgefangen.«

»Gefangen? Die sieht eher tot aus.«

»Abfangen nennt man das, wenn man mit dem Messer tötet.«

»Bullshit, abfangen. Warum redet ihr so geschwollen? Aufschlitzen nenn ich das.«

»Das ist Jägersprache.«

Ein Schwarm Fliegen stob auf, als wir uns näherten.

Attila verzog angewidert das Gesicht.

»Arko wird ausflippen«, sagte ich. »Er ist der beste Schweißhund, den sie haben. An dem ist ein Leichenspürhund verloren gegangen. Diesem Geruch kann er nicht widerstehen. Das wird ihn von Tilda ablenken.«

Attila sah mich an, als verstünde er nicht.

»Wir tun sie hier rein.« Ich zeigte auf den Rucksack. »Dann renne ich damit in eine andere Richtung. Eine Störspur.«

»Aber jagen die Hunde dann nicht dich?«

»Ja. Aber ich kann den Rucksack dann irgendwo fallenlassen. Vielleicht kann ich sie vorher alle aus dem Wald locken.«

Attila sah mich an, als verstünde er kein Wort.

»Los, los. Mach den Rucksack leer!«

»Das Viech ist riesig. Das passt niemals da rein.«

Mit raschem Griff holte ich die Stoffrolle heraus, in der die Messer in ihren Lederscheiden befestigt waren, und wickelte sie auf. Ich hasste die Jägerei und alles, was damit zu tun hatte, aber verdammt noch mal, wir hatten keine Zeit zu verlieren, und Tilda hatte mich ihr Leben lang beschützt. Da würde ich es doch wohl fertigbringen, ein totes Wildschwein aufzubrechen.

»Wir müssen sie aufbrechen«, sagte ich, zu allem entschlossen.

»Ich verstehe nur Bahnhof.«

Ich griff nach dem Messer mit dem leuchtend gelben Punkt am Griff, der extra für schlechte Sichtverhältnisse dort angebracht war.

»Heilige Scheiße«, entfuhr es Attila. »Was ist denn das schon wieder? Die Zacken da sehen aus wie die Reißzähne von einem fucking Tyrannosaurus Rex.«

»Das ist ein Aufbrechmesser mit umlaufender Doppelklinge«, klärte ich ihn auf. »Wir müssen den Bauchraum damit öffnen.«

Attila stöhnte.

»Die Innereien riechen extrem stark, das wird die Hunde ablenken«, erklärte ich.

Ich hörte Arkos Bellen tief im Wald.

Mir lief eine Gänsehaut über den Rücken. Hoffentlich hatten sie Tilda noch nicht aufgespürt.

Ich griff in den Rucksack, fand ein Paar Einmalhandschuhe und zog sie über. Bisher hatte ich diese Schmutzarbeit immer Tilda überlassen, aber die war erstens nicht hier und würde es zweitens vielleicht auch nie wieder sein, wenn ich mich jetzt nicht zusammenriss und das ohnehin tote Tier dazu nutzte, eine falsche Spur zu legen.

»Leer den Rucksack aus«, sagte ich. »Nur das Hauptfach!«

Attila schüttelte den Rucksack über dem Boden aus, als wolle er ein paar Krümel loswerden.

Diesmal konnte ich mich nicht mehr hinter Tilda verstecken. Jetzt musste ich die Arbeit selbst erledigen. Ich schloss kurz die Augen, holte tief Luft und stieß schließlich der Bache das Messer in den Bauch. Die Klinge drang ohne Probleme durch das Fell. Ich versuchte, die Übelkeit zu verdrängen. Ich zog das Messer durch das Fell wie eine Schere durch Geschenkpapier. Es ging erstaunlich einfach, die Klinge war scharf wie ein Skalpell. Erst als die Messerspitze am Brustkorb ankam, spürte ich den Widerstand des Brustbeins. Ich drückte fester, aber nichts geschah. Attila kam mir zu Hilfe. Er gab dem Messer von hinten einen kräftigen Stoß. Mit einem Knacken gab das Brustbein nach und die Bauchhöhle klaffte auf.

Die glänzenden Innereien waren vor uns ausgebreitet. Maden kringelten sich bereits durch den Darm, die Nieren, den Uterus.

»Scheiße, das stinkt wie in der Dönerbude von Erhan, wenn die Kühlanlage ausfällt«, keuchte Attila.

»Halt den Rucksack auf«, befahl ich.

Attila hielt ihn mir hin und drehte dabei den Kopf weg.

Beherzt griff ich in das Innere des Wildschweins und zog die Gedärme heraus. Ich unterdrückte den Würgereiz. Wo noch Widerstand war, säbelte ich mit dem Messer nach. Ich stopfte die Innereien in den Rucksack. Dabei platzte die Blase des Schweins und der Urin ergoss sich über Attilas Turnschuhe.

»Fuck«, fluchte Attila. »Das ist jetzt nicht, was ich denke, was es ist, oder?«

»Je stärker du riechst, umso besser. Arko ist der Leithund. Er wird die anderen Hunde in die falsche Richtung leiten. «

Als ich den Rucksack hochhob, ging ich fast in die Knie, so schwer war er.

»Gib schon her«, sagte Attila und nahm mir das Ding ab. »Du kommst ja eh keine zwei Meter weit.«

Er zog den Rucksack auf Rücken.

»Danke«, sagte ich, nahm die Saufeder und stach zu.

»What the fuck …«, keuchte Attila.

»Ich habe nur den Rucksack durchlöchert. Dann riecht es stärker.«

»Merke ich. Entzückend.«

»Wie schnell kannst du rennen?«, flüsterte ich. »Mit dem Rucksack? Wenn du Richtung Norden läufst, brauchst du etwa fünfzehn Minuten, bevor du auf die Straße kommst. Glaubst du, das schaffst du?«

»Wo verdammte Scheiße ist Norden?«

»Hier.« Ich löste einen Karabinerhaken am Rucksack und reichte Attila den Kompass, der daran gehangen hatte. »Immer dem Pfeil nach.«

Er nickte. »Okay.«

»Sobald die Hunde dich riechen, werden sie hinter dir her sein.«

»Und wenn sie die Spur nicht finden?«

»Sie finden sie auf jeden Fall, aber sie brauchen ihre Zeit. Wenn du rennst, bist du schneller und kannst es bis zur Straße schaffen. Versteck den Rucksack irgendwo, wo die Hunde nicht sofort drankommen, häng ihn in einen dichten Baum oder so. Aber lauf nicht auf die Straße, da kann man sich nirgendwo verstecken, und Linda patrouilliert da mit dem Auto. Lauf einen Bogen zurück Richtung Süden, bis zum Anwesen der van Akens. Dort warten wir hoffentlich auf dich.«

Attila nickte.

»Ich glaube kaum, dass die van Akens damit rechnen, dass wir zu ihnen laufen. Sie werden im Zweifel eher unser Haus bewachen. Und dann müssen wir beten, dass Forck meine Nachricht gelesen hat und uns irgendwie zu Hilfe kommt.«

Attila zeigte mit dem Daumen nach oben und sah auf den Kompass.

»Alles klar.«

»Die van-Aken-Villa liegt im Süden, merk dir das! Und nimm die Saufeder mit«, sagte ich und reichte sie ihm.

»Behalt du das Teil.«

»Du kannst nicht ohne Schutz laufen.«

»Das Ding behindert mich nur beim Rennen. Ich hab ja das Dinosauriergebiss«, sagte Attila und schnappte sich das Aufbrechmesser. Ich wühlte in der Tasche, fand die Lederscheide zum Umhängen und hängte ihm das Messer quer über die Brust.

»So kannst du es schneller packen«, sagte ich. »Einfach fest am Griff ziehen, dann geht der Verschluss auf.«

Attila versuchte es zweimal hintereinander, dann nickte er.

Einen Moment sahen wir uns stumm an.

»Viel Glück«, flüsterte ich und hatte auf einmal Tränen in den Augen. Ich brachte ihn in höchste Gefahr.

»Mach dir keine Sorgen. Bring du nur Tilda in Sicherheit!«

Er sprang auf und lief los. Ich sah ihm hinterher, wie er mit dem tropfenden Rucksack über die nächste Baumwurzel sprang. Eine Weile hörte ich noch das Knacken von Zweigen, dann war er verschwunden.

Ich rannte mit der Saufeder in der Hand zum Versteck.

Nach einer Weile entfernte sich das Bellen der Hunde. Sie hatten die Richtung gewechselt. Der Geruch des Todes zog sie an.

Ich konnte nur hoffen, dass Tilda sich wirklich in unserer Höhle befand und nicht auch auf dem Weg zur Straße war, denn dann würde die tropfende Spur des Wildschweins die Meute genau zu ihr führen.

Endlich fand ich die Strauchkiefer unserer Kindheit. Sie war so sehr gewachsen, dass ich sie kaum wiedererkannte. Zum Glück war sie in der Nähe eines Hochsitzes, sodass ich mich orientieren konnte.

Ich tastete die Zweige in Bodennähe ab, fand eine lichte Stelle, kroch darunter und fand mich unter einem Dach aus Zweigen wieder.

Wir hatten als Kinder aus einem alten Eichenfassdeckel aus Armins Weinkeller eine Klappe für unsere unterirdische Höhle gebaut. Ich suchte den Boden ab. Als ich das vertraute Holz zwischen den Fingern spürte, sah ich bereits, dass der mit Moos bewachsene Deckel vor Kurzem verschoben worden war.

Aber wer nicht wusste, dass hier eine selbst gegrabene Höhle war, fand sie auch nicht.

Ich schob den Deckel beiseite. »Tilda«, flüsterte ich. »Komm hoch! Die Luft ist rein.«

Ich sah hinunter in das dunkle Loch. »Tilda«, flüsterte ich wieder. »Raus hier, schnell, bevor sie zurückkommen!« Etwas bewegte sich in der Dunkelheit. Ein heller Fleck erschien. Tildas verängstigtes Gesicht sah zu mir herauf.

»Wo sind sie?«, fragte sie.

»Attila führt sie gerade mit einer Lockfährte Richtung Straße. Er hat die Bache dabei, die du letztens abgefangen hast.

Oder besser gesagt, den Aufbruch davon.« Ich reichte ihr die Hand nach unten, zog sie mit einem Ruck hoch.

Einen Moment saßen wir nebeneinander unter den schützenden Zweigen der Strauchkiefer im Moos.

»Glaubst du, wir schaffen es raus?«, fragte Tilda leise.

»Natürlich. Wir müssen. Lulu wartet.«

Ein ohrenbetäubender Schuss hallte durch den Wald. Und dann noch einer.

Was folgte, war Grabesstille.

23

»Oh mein Gott«, hauchte Tilda. »Auf wen haben die geschossen?«

»Bestimmt Wildschweine«, flüsterte ich, ohne es selbst zu glauben.

»Nein. Die schießen auf Attila!« Tilda kroch durch das dichte Geäst nach draußen. »Ich muss ihm helfen!«

»Wie denn? Dann bist du die Nächste!« Obwohl wir leise sprachen, dröhnten unsere Stimmen in meinem Ohr.

Ich kletterte hinter Tilda her, die Tüte mit den Beweismitteln in der Hand. »Was machen wir mit den Beweisen?«

»Die lassen wir hier im Versteck, bis es sicher genug ist, sie zu holen.«

Ich wandte mich um, warf die Tüte wieder ins Erdloch hinein und schob den Eichenfassdeckel zurück über die Öffnung.

Tilda war mittlerweile aus dem Gebüsch gekrabbelt und leise wie eine Katze auf die Beine gesprungen. Ich häufte rasch Erde, Blätter und Äste auf den Deckel, als mich ein Knacken von Zweigen in der Bewegung einfrieren ließ. Es war nah. Viel zu nah. Der Schuss war weit weg gewesen, also mussten Armin und Peer sich aufgeteilt haben. Und einer von ihnen hatte uns gefunden.

Das heißt, er hatte Tilda gefunden. Ich war noch im Gebüsch versteckt. Tilda stand breitbeinig davor, blockte mich wie ein Schutzschild.

Ich machte mich so flach wie ein Blatt Papier und blieb mucksmäuschenstill liegen. An Tildas Beinen vorbei sah ich, wie Peer auf die Lichtung trat.

»Tilda«, sagte Peer und klang erleichtert. »Da bist du ja endlich. Wir haben dich schon eine ganze Weile gesucht. Warum läufst du denn vor uns weg? Hast du uns nicht rufen hören?«

Er log, niemand hatte gerufen.

Sie zuckte mit den Schultern, schien noch ihre Antwort zu überlegen.

Peers Gewehr hing über seiner Schulter, er hatte so viel Selbstvertrauen, dass er Tilda nicht einmal damit bedrohte.

Vor mir im Dreck lag die glänzende Klinge der Saufeder, sie lugte aus dem Gebüsch heraus, Tildas Fuß stand direkt neben dem Griff. Ich betete, dass sie die Waffe gesehen hatte, als sie aus dem Gebüsch gekrochen war. Dieser scharfe Speer war unsere letzte Chance auf Verteidigung.

»Wo sind die Aufnahmen, Tilda? Du weißt doch, dass du sie mir geben musst. Mach es mir nicht unnötig schwer. Bitte.«

»Das sind nicht bloß Aufnahmen. Es ist euer Untergang. Wenn die jemand in die Finger bekommt, seid ihr geliefert.«

»Was ist mit dir los, Tilda? Wo kommt diese Feindseligkeit her?«

»Du hattest versprochen, dass du Effie in Ruhe lässt. Du hast es versprochen. Aber das hast du nicht.« Ihre Stimme war nur noch ein Flüstern.

Ich hatte keine Ahnung, was sie meinte.

»Ach. Darum geht es dir? Du bist eifersüchtig?«

»Nein. Ich wollte sie beschützen. Du hast gelogen.«

»Ich habe sie in Ruhe gelassen. Sogar in absoluter Ruhe. K.-o.-Tropfen haben da sehr geholfen. Zum Glück hatte Effie diese merkwürdige Vorliebe für Dosenravioli. Dadurch erinnert sie sich an gar nichts. Bei ihr ist überhaupt kein Schaden entstanden.«

Mir wurde übel. Omas Ravioli. Ich hatte es als Zeichen von Liebe gewertet. Stattdessen hatte meine eigene Großmutter mich einfach kampfunfähig gemacht und an irgendwen weitergereicht. Erinnerte sich mein Körper daran? Was hatte das mit mir und meinem Gehirn gemacht?

»Effie hat Aussetzer. Weiß nicht mehr, was sie gerade getan hat. Dissoziieren nennt man das. Immer wieder hat sie

Lulu vergessen. Ich kann gar nicht sagen, wie oft Jonas mich gebeten hat, Lulu aus dem Kindergarten abzuholen, damit es nicht auffällt. Bis er gesagt hat, es gehe nicht mehr so weiter und das Sorgerecht beantragt hat. Du kannst mir doch nicht sagen, dass das kein Schaden ist.«

Peer lachte. »Das kommt aber nicht von den K.-o.-Tropfen in den Ravioli. Das hat sie einfach von Konstanze geerbt. Die hat Mila auch immer vergessen. Es ist erstaunlich, wie naiv Effie immer geblieben ist, im Gegensatz zu dir, Tilda. Ich meine, ihr seht genau gleich aus, aber ihr seid so unterschiedlich, so anders! Effie brauchte K.-o.-Tropfen, aber du – du wolltest es. Hast es genossen. Hast darum gebettelt.«

Tildas Stimme zitterte. »Nein«, flüsterte sie. »Das stimmt nicht.«

»Du weißt am besten, dass es stimmt. Frag deine Mutter. Warum wohl warst du ständig bei uns? Alle gleich, diese Boskamp-Mädchen. Konstanze. Mila. Du. Können nicht genug von uns bekommen.«

»Kein Kind will so etwas. Kein einziges. Vollkommen egal, wie sehr ihr euch das selbst einredet. Kinder lügen, um zu überleben.«

Tildas Stimme bebte. Trotz der gegenteiligen Worte konnte ich förmlich hören, wie sehr Peer sie mit ihren Lügen getroffen hatte. Sie fühlte sich schuldig, wo sie gänzlich unschuldig war. Die van Akens hatten ganze Arbeit geleistet.

»Was ist das hier, eine Therapiesitzung?« Hinter den Bäumen war Armin van Aken aufgetaucht.

Er stützte den Gewehrschaft auf der Hüfte ab, sodass der Lauf knapp an Tilda vorbei in den Himmel zeigte. »Reizend. Aber nun genug der Unterhaltung. Wo sind die Bänder, Tilda? Meine Geduld ist zu Ende.«

Tilda sagte nichts.

»Wirds bald? Ich habe nicht ewig Zeit.«

»Was hast du mit Attila gemacht?«, fragte Tilda.

»Was man mit wild gewordenen Keilern macht. Erschossen. Hatte einen Sack mit Aufbruch dabei. Die Hunde sind fast verrückt geworden. Ich habe sie zurück in den Zwinger bringen müssen, sie waren nicht mehr zu beruhigen.«

Ich presste mich noch näher an die Erde und wagte kaum zu atmen.

»Tja. Der Mann hat alles versucht, uns zu entkommen, aber er hat so gestunken – es war unmöglich für eine feine Nase wie Arkos, ihn zu verfehlen. Und weil der Kerl partout nicht sagen wollte, wo du bist, Tilda, musste er dran glauben. Mach dir nichts draus, er hat sich gern für dich geopfert.«

Aus Tildas Kehle kam ein Laut, der zwischen Wut und Schmerz lag.

Armin van Aken hob sein Gewehr und legte an. »Und jetzt gib mir die Filme, Tilda. Ich zähle bis drei. Eins …«

Armin entsicherte das Gewehr. »Zwei …«

Tilda rührte sich nicht.

»Halt!«, schrie ich. Panisch stieß ich den Deckel wieder von unserem Versteck, angelte nach der schwarzen Plastiktüte.

Ich sprang nach draußen und hielt dem verblüfften Armin die Tüte mit den Beweismitteln hin.

»Nein!« Tilda fuhr herum. »Wir haben sonst nichts gegen diese Schweine in der Hand!«

»Aber wir bleiben am Leben. Hier. Ihr könnt sie haben. Das wars. Die van Akens sind frei. Es ist vorbei.«

Armin schüttelte mit einer Hand die Fotos und Filme aus der Tüte, ohne die Waffe herunterzunehmen. Super-Acht-Filme, Polaroids und Fotos purzelten auf die Erde. Ich versuchte, nicht hinzuschauen. Es waren schreckliche Bilder.

»Das ist bloß der alte Kram. Der ist längst verjährt«, knurrte Armin. »Wo ist der Zugang zur Cloud?«

»Welche Cloud?«

»Na da, wo Ewald alles gespeichert hat.«

»Ich weiß nichts von einer Cloud«, rief ich panisch. »Und wer was wo aufgenommen hat!«

»Nun, Ewald hat mit den Vorlieben unserer illustren Gäste ein effektives, privates Sicherheitsnetz für uns gespannt. Firmen können doch gleich viel wirtschaftlicher arbeiten, wenn es nie Probleme mit Steuerbehörden, Genehmigungen oder Gerichtsbarkeiten gibt. Allerdings ist es kein netter Zug, wenn solcherlei Material auf einmal gegen uns eingesetzt wird. Den eigenen Partner, sozusagen. Ewald wusste nicht, wo die Grenzen sind. Jedenfalls gibt es einige Personen, die sich nicht darüber freuen werden, wenn etwas über ihre Leidenschaften an die Öffentlichkeit gerät. Wir brauchen den Zugang zu der Cloud.«

»Ich verrate euch gar nichts, wenn ihr nicht sagt, was mit Mila passiert ist«, sagte ich.

»Da muss ich dich enttäuschen. Wir haben nichts mit Milas Tod zu tun.« Peer lehnte sich mit dem Rücken an eine Blutbuche und betrachtete seine Fingernägel.

»Wir haben ihnen nur geholfen, es zu vertuschen. Wo sie abgeblieben ist, müsst ihr schon eure Mutter fragen.«

»Ich weiß nicht, warum du ihnen noch Hoffnung machst, mein Sohn. Das ist beinahe grausam«, sagte Armin van Aken und legte mit dem Gewehr auf Tildas Kopf an. »Ich werde Tilda nämlich jetzt den Kopf wegpusten. Und ich bin sicher, dass Effie mir danach ziemlich schnell verrät, wo der Cloudschlüssel ist. Du hast schließlich noch was zu verlieren, Effie. Denk an deine Tochter.«

Er entsicherte die Waffe.

Mit einem Satz trat ich auf den Griff der Saufeder, die nach oben schnellte. Ich packte den Stiel, wirbelte herum und drückte Peer die Klinge ans Herz. Er stand immer noch an die Blutbuche gelehnt und hatte nicht mit einem Angriff gerechnet. Geschockt sah er mich an, als ich mit der Spitze so fest zudrückte, dass er spürte, wie scharf die Klinge war.

»Lauf, Tilda!«, rief ich. »Ich halte die beiden in Schach.«

Der Lauf von Armins Gewehr schwenkte um auf meinen Kopf.

»Du verkennst die Lage, meine Liebe«, sagte Armin. »Ich bin derjenige mit dem Gewehr.«

»Aber wenn du schießt, steche ich vorher zu. Dann ist

nicht nur dein einziger Nachkomme tot. Auch der Name van Aken stirbt. Du wirst nichts hinterlassen.«

»Die Kugel ist schneller als der Schall, das solltest du wissen, liebe Effie«, sagte Armin van Aken. »Das bedeutet, du bist bereits tot, wenn es knallt. Und ich habe immer noch eine Patrone für Tilda.«

Tilda sprang zu mir und packte den Stiel ebenfalls.

»Halali, Armin«, rief ich in wildem Triumph. »Die Jagd ist vorbei. Eine von uns hört den Abschuss. Und die sticht zu. Wenn Peer von dieser Klinge durchbohrt wird, hat er keine Überlebenschance, das weißt du selbst. Also rate ich dir, nimm das Gewehr runter.«

Ich sah, wie sich Armin van Akens Pupillen weiteten.

»Es ist nicht schade um ihn«, spuckte Tilda aus.

Peer versuchte, sich von dem Speer wegzubewegen, aber die Blutbuche verhinderte, dass er nach hinten ausweichen konnte. Ich drückte die Spitze der Saufeder noch ein wenig fester gegen seine Brust. Peer sog tief die Luft ein, um ein wenig Platz zu gewinnen.

Einen Augenblick starrte er auf die Saufeder, dann fixierte er Tilda, als wolle er sie hypnotisieren. In dem Moment fiel mir auf, dass er sie wahrscheinlich besser kannte als jeder andere. Er kannte jedes Zucken in ihrem Gesicht, wusste, dass er sie immer im Griff gehabt hatte.

Und er schlug skrupellos in Tildas offene Wunden.

»Warum bist du immer wieder zu mir zurückgekommen, wenn ich so schrecklich bin, hm, Tilda? Die Geschenke hast gerne genommen, oder etwa nicht?«

Ich spürte, wie Tildas Hände anfingen zu zittern. Tilda war schuldhaft gebunden an diesen Mann. Er hatte ihr zeit ihres Lebens eingeredet, dass sie selbst schuld an ihrem eigenen Missbrauch war. Er versuchte, sie mürbe zu machen.

»Und hast immer gebettelt, dass du am Wochenende zu uns kommen kannst. Alle wussten das. Du liebst mich, Tilda. Du kannst gar nichts dagegen tun. Wie soll da irgendjemand glauben, dass du es in Wirklichkeit gar nicht wolltest? Du glaubst dir ja nicht einmal selbst.«

»Ich!«, kam eine schmerzverzerrte Stimme aus dem Wald. »Ich glaube dir!«

Attilas schwere Gestalt brach sich durch das Gebüsch. Er konnte sich kaum aufrechthalten, stand jetzt wankend neben Armin.

»Gib mir den Speer«, stieß er hervor. »Wir halten die Stellung. Und du lauf, Effie. Du wirst noch gebraucht.«

Sein T-Shirt war blutgetränkt, das kreideweiße Gesicht glänzte vor Schweiß, seine Hose war an den Knien voller Erde. Er musste durch den Wald gekrochen sein wie ein verletzter Keiler. In der Lederscheide, die ich ihm um den Hals gehängt hatte, klaffte ein Loch, dahinter glänzte das Aufbruchmesser. Vielleicht war die erste Kugel dort abgeprallt.

Doch Armin van Aken stand zu nah an ihm dran, um sich die Gelegenheit entgehen zu lassen. Er schwang herum. Der Kolben des Gewehrs krachte gegen Attilas Kinn und er ging endgültig zu Boden.

Tilda schrie auf, als er regungslos liegen blieb. Sie ließ den Speer los, warf sich neben Attila auf den Boden und umklammerte ihn.

»Tilda!«, rief ich entsetzt. »Bist du verrückt geworden?«

Jetzt zitterten meine Hände so, dass die Spitze der Saufeder sich ein wenig von Peers Herz wegbewegte. Ich packte zu, so fest ich konnte, platzierte sie wieder an der richtigen Stelle.

Armin van Aken lachte kurz auf. »Wer hätte gedacht, dass deine Schwachstelle ausgerechnet jemand aus der Unterschicht ist, Tilda!«

Mein Gehirn suchte krampfhaft nach einem Ausweg.

Aber ich wusste, wir würden es nicht herausschaffen. Tilda hatte uns in ihrer Angst um Attila ausgeliefert. Jetzt hatten die van Akens wieder die Oberhand. Armin würde uns alle töten, und mich als Erstes, denn ich bedrohte seinen Sohn. Er wusste, dass wir die letzten Zeugen waren. Meine Großmutter Harriet war schon lange keine ernsthafte Bedrohung mehr. Wenn

Tilda und ich tot waren, war auch das Geheimnis um den Sicherheitsschlüssel für immer sicher, der die ganze pädophile Verbrecherbande der Hautevolee hinter Gitter bringen konnte, all die Lämmers dieser Welt.

Ich konnte ihm förmlich ansehen, wie er in seinem Kopf Punkt für Punkt die Risiken abwägte, wie er drei Leichen in seinem Jagdgebiet erklären sollte. Ich konnte nicht darauf warten, bis er zu dem Schluss kam, dass Attila sich noch einmal zum Sündenbock eignete. Er war ein schlauer Mann.

Ich konnte nur noch eines tun. Ich konnte die Nachfolge seines Verbrecherrings unterbrechen. Und vielleicht konnte ich wenigstens Tilda retten.

Ich trat einen winzigen Schritt nach hinten.

»Pass gut auf Lulu auf, Tilda«, sagte ich entschlossen.

Tilda, die neben Attila auf die Knie gegangen war, riss den Kopf nach oben und starrte mich an.

Mit aller Kraft stieß ich zu.

Die Klinge war so scharf, dass sie in Peers Herz glitt, als schnitte ich ein Stück weiche Butter. Ich hörte Armin aufschreien.

»Lauf, Tilda! Lauf!«, brüllte ich in Erwartung eines Schusses. Tilda sprang auf die Füße, machte einen Satz nach hinten und war außerhalb meines Sichtfeldes. Ich betete, dass sie rannte.

Peer sah mich mit einem Ausdruck des Erstaunens an und klappte den Mund auf. In seinem Brustkorb klaffte ein großes Loch, das Blut pulsierte in hellroten Stößen über die hohle Klinge. Seine Hände zuckten nach oben, als wolle er nach dem Speer greifen, doch auf einmal sackte sein Körper in sich zusammen. Ich würde so lange gegenhalten, bis Armin mich erschoss.

Ich zog den Kopf ein, in ständiger Erwartung eines Knalls, den ich nicht mehr hören würde. Doch nichts geschah.

Stille.

Vorsichtig drehte ich mich um. Armin van Aken sah ungläubig auf seinen geliebten Sohn, der sich nicht mehr rührte.

Auf einmal verzerrte sich sein Gesicht vor unbändiger Wut, und er riss das Gewehr nach oben. Der Lauf richtete sich erneut auf mich.

Ich schloss die Augen und hörte nur Millisekunden später den ohrenbetäubenden Knall.

Die Kugel ist schneller als der Schall. Warum hatte ich den Schuss gehört? Ich sah an mir hinunter.

Kein Blut.

Zeitgleich kippte Armin van Aken einfach um. In seinen Augen stand derselbe erstaunte Ausdruck wie kurz zuvor in Peers, als er ungebremst mit dem Gesicht nach vorn ins Laub fiel.

Blut quoll in Stößen aus seiner Hose und versickerte im Waldboden. Neben ihm lag Attila und keuchte. In der Hand hielt er das Dinosauriergebiss. Er hatte Armin mit einer einzigen Bewegung die Kniekehle bis zum Knochen aufgeschlitzt.

Das Kind

Den Apfelsaft gab sie ihr immer in einer Nuckelflasche, obwohl sie längst zu groß dafür war und der Zahnarzt generell davon abgeraten hatte, zuckerhaltige Getränke durch einen Sauger zu sich zu nehmen.

Aber nur so konnte sie sicher sein, dass das Kind den Apfelsaft trinken und irgendwann einschlafen würde.

Als sie die Tür hörte, ging sie in das Zimmer. Das Weinen des Kindes ging in ein Schluchzen über.

Sie drückte ihr die Apfelsaftflasche in die Hand. Augenblicklich begann das Mädchen zu nuckeln.

»Ich habe dir eine Wanne eingelassen«, sagte sie. »Komm. Danach wirst du gut schlafen.«

Sie pflückte das Kind vom Bett und trug es ins Badezimmer. Sie sah scheußlich aus mit dem abgeschnittenen Haar, aber es würde ja wieder wachsen.

Die Badewanne war immer noch nicht ganz voll, aber für den Zweck genügte es.

Sie legte sie in das warme Wasser. Das Mädchen nuckelte mit glasigen Augen weiter an der Flasche. Es versenkte die Augen in den ihren, als wenn sie etwas fragen wollte, sodass sie selbst rasch den Blick senkte, aus Angst, dass das Kind wieder den Mund öffnen würde.

Und wie lange sie ihre Energie bündeln konnten, wenn sie jemanden unbedingt in den Wahnsinn treiben wollten.

Niemand hatte ihr gesagt, wie unglaublich anstrengend Kinder sein konnten. Wie nervtötend laut. Wie ausdauernd sie waren.

Sie verließ das Bad. Lehnte sich an die Tür, holte tief Luft. Wohltuende Ruhe. Sie wusste, dass die Welt verlangte, dass Mütter eine enge Verbindung zu ihren eigenen Kindern verspürten, aber das hatte sie einfach nie. Wo hätte sie es lernen sollen? Sie kannte keine Mutterliebe.

Sie nannte ihre Tochter fast nur »das Kind« und war froh, wenn sie nicht da war und an ihren Nerven zerrte.

Ein paar Schritte in die Küche, einen Schluck trinken, bevor sie zurückmusste.

Sie musste eine ganze Weile weg gewesen sein, denn als sie wieder ins Bad kam, war der Apfelsaft leer, die Nuckelflasche schwamm an der Oberfläche wie ein kleines durchsichtiges Spielzeugboot. Der Schaum hatte sich aufgelöst. Mila tauchte im Wasser. Sie hielt die Luft an.

Konstanze fischte die Flasche heraus.

»Komm raus«, sagte sie und rüttelte Mila an der Schulter.

Sie rührte sich nicht, trieb reglos im Wasser.

»Hör auf damit. Das ist kein Spiel mehr. Das Wasser ist kalt. Du wirst schon ganz blau.«

24

Meine Mutter sah aus wie der Tod. Die Wangen waren eingefallen und grau.

Ich legte ihr die Zeitungen des heutigen Tages auf den
Nachttisch. Seit Wochen überschlug sich die Presse, konnte
mit den Ereignissen kaum Schritt halten. Ich sorgte dafür, dass
sie jede Schlagzeile zu lesen bekam.

Aufstieg und Fall der Familie Boskamp, titelte ein Blatt, *Den
Boskamps droht die Obdachlosigkeit*, ein anderes.

*Reinhard Boskamp pleite: Der Selbstmord des Boskamp-Schwie-
gersohns wohl auf Geldprobleme zurückzuführen* ein anderes.

Mein Vater hatte das Firmenvermögen meiner Großeltern
bei einem hochriskanten Aktienhandel innerhalb kürzester
Zeit verschleudert und sich in einem Hotelzimmer eine Kugel
in den Kopf gejagt.

Seitdem lag meine Mutter in einer psychiatrischen Klinik
und sprach kein Wort mehr.

Ihre Lider flatterten kurz auf, als ich mich an ihr Bett setzte, doch in ihren Augen war kein Zeichen von Freude, dass ich
gekommen war. Und es war nicht selbstverständlich, dass ich
trotz allem gekommen war. Sie schloss die Augen wieder,
blendete mich aus.

Ich war die einzige Besucherin.

»Mutter«, sagte ich, und das Wort hörte sich so falsch an,
als hätte ich gerade erst die Bedeutung davon begriffen. »Ich
weiß Bescheid«, fuhr ich fort. »Ich weiß, was Oma und Armin
dir damals angetan haben. Und den anderen Kindern. Sie haben beide dafür bezahlt. Es tut mir leid für dich. Du wusstest
es nicht besser. Jede Kindheit, egal wie sie verläuft, ist normal
für ein Kind, weil es keine andere gibt. Du kanntest es nicht
anders. Aber auch wenn es als Kind normal für dich war, was

man dir antat – tief im Inneren wusstest du, dass es falsch war. Aber du hast uns trotzdem nicht geschützt. Keine von uns. Und wenn du dafür nicht in die Hölle kommen möchtest, in der Armin und die anderen gelandet sind, dann musst du uns sagen, was mit Mila passiert ist. Wo ist sie?«

Konstanzes Augen flatterten jetzt stärker. Sie presste die Lider zusammen.

»Wir haben ein Recht darauf zu erfahren, wo sie ist. Tilda und ich sind ihre Schwestern. Wir möchten ein Begräbnis für sie. Gib uns einen Abschluss. Mein ganzes Leben habe ich nach Mila gesucht. Du schuldest uns die Antwort. Mir und Tilda. Und natürlich auch Mila.«

Ich wusste, dass sie mich hörte. Ich sah es am Zucken der Muskeln in ihrem Gesicht. Aber sie sagte keinen Ton. Tat einfach, als höre sie mich nicht.

Auf einmal wurde ich wütend.

»Du machst es dir zu leicht«, sagte ich. »Man kann nicht alles mit seiner eigenen Geschichte entschuldigen! Du weißt, was mit ihr passiert ist. Du hast es vertuscht. Deine eigene Tochter hast du im Stich gelassen. Nicht nur Mila. Auch Tilda. Und mich!«

Meine Stimme war immer lauter geworden. Sie drehte den Kopf weg von mir, nur ganz wenig. Warum hatte ich zeit meines Lebens von ihr geliebt werden wollen? Sie liebte mich nicht. Sie liebte Tilda nicht. Und Mila auch nicht. Würde es nie tun. War nicht fähig dazu. Daran würde meine Wut nichts ändern.

Die Falten in ihrem Gesicht waren nie Trauer gewesen. Schuld vielleicht. Daran konnte man schwer tragen. Aber, verdammt noch mal, sie weigerte sich sogar, ihrer Tochter die letzte, die einzige Ehre zu erweisen, zu der sie fähig gewesen wäre.

Auf einmal verachtete ich sie mit derselben Intensität, mit der ich sie früher geliebt hatte.

»Ich komme nicht wieder, Konstanze. Ich werde dich nie mehr Mutter nennen, weil du keine bist«, sagte ich. »Das absolut Mindeste, was man von einer Mutter verlangt, ist ja wohl, das eigene Kind am Leben zu halten. Nicht einmal das konntest du. Harriet war eine schlimme Frau. Aber du bist schlimmer.«

Ich nahm meine Tasche und stand auf. Ihre Muskeln zuckten jetzt stärker.

An der Tür drehte ich mich noch einmal um.

»Wir verzeihen dir nicht. Keine von uns. Viel Spaß in der Hölle.«

Ich verließ das Klinikum, ohne mich noch einmal umzudrehen.

Im Auto warteten Attila, Waldemar und Tilda auf mich.

Attila saß am Steuer und telefonierte gerade.

»Hör zu, ich möchte, dass du die Wände und die Böden picobello machst. Und auch die Steckdosen und Lichtschalter. Nein. Keine Rechnung. Sie zahlt bar. Nein, nicht in Krefeld, in Willich. Alles klar. Danke, Bro.«

Attila legte auf und sah mich entschuldigend an. »Sorry. Ein Kumpel von mir, Allroundhandwerker. Kimberley Grothmann soll ja nicht für immer mit ihren Kindern in einer Baustelle leben. Erst recht nicht jetzt, wo wir sicher sein können, dass sich niemand mehr das Geld abholt.«

Attila fuhr los. Waldemar saß auf dem Beifahrersitz meines Range Rovers, Tilda und ich hinten. Eine Weile fuhren wir schweigend. Kurz bevor wir durch das immer noch kaputte Tor auf die Kieseinfahrt einbogen, zeigte Tilda mir ihr Handy.

»Hier, schon wieder eine neue Erkenntnis in der Presse«, sagte sie. »Da hat Mareike ihre Finger im Spiel.«

»*Linda van Aken: finanzielles Motiv für grausamen Auftragsmord?*«, las ich laut vor. »*Nach dem brutalen Doppelmord an Armin und Peer van Aken haben sich neue Erkenntnisse ergeben. Linda van Aken, die durch den Tod ihres Mannes und ihres Schwiegervaters das beträchtliche van-Aken-Vermögen geerbt hätte, soll für den Mord an Armin und Peer einen Auftragsmörder angeheuert haben. Spuren am Tatort führen ins albanische Mafiamilieu.*

Ein Auftragskiller soll auch in den Mordfall der Verkäuferin Jut-

ta S. verstrickt gewesen sein. Die Vorwürfe gegen den zunächst ver-
dächtigten Ehemann Karlo S. wurden mittlerweile fallengelassen.

Ob auch der Tod der an Demenz erkrankten Harriet Boskamp,
der Erfinderin des Hasen Hoppel, ebenfalls auf das Konto des Auf-
tragskillers geht, ist unklar. Die alte Dame wurde tot in einer Kühl-
zelle im Keller ihres eigenen Hauses gefunden.«

»Nun, auch wenn nicht alles der Wahrheit entspricht, so viel
steht fest«, sagte Waldemar. »Linda van Aken ist da, wo sie
hingehört. Im Gefängnis. Sie hat genau gewusst, was bei ihr
zu Hause los war, aber den Mund gehalten, weil sie ihren eigenen Reichtum nicht gefährden wollte. Nur die eigene Tochter hat sie in Sicherheit gebracht. Euch hat sie gnadenlos geopfert.«

»Vielleicht hat die Prill Harriet ja in die Kühlzelle gesperrt,
um sie dazu zu zwingen, ihr zu sagen, wo der USB-Stick mit
dem Schlüssel zu der Cloud ist«, sagte Attila.

»Oder Oma hat sich dort selbst versteckt. Vor den Geistern
ihrer entsetzlichen Vergangenheit«, mutmaßte ich.

Die Hochdahler Kinder aus dem Projekt »Hope for Children« wurden mittlerweile von Tilda trainiert, die gerade zusammen mit Attila ein professionelles Kampfsportstudio auf-
baute. Ich hatte Lulu bereits angemeldet.

Wir öffneten die Autotüren, Waldemar ließ Arko aus dem
Kofferraum. Forck hatte den Hund seit jenem Tag einfach behalten. Den angekündigten Gang ins Tierheim hatte er nie an-
getreten. Es war schließlich Arko gewesen, der Waldemar
Forck und Mareike Kottula durch den Wald bis zu uns geführt
hatte. Dem Geruch des Blutes hatte er nicht widerstehen können. Waldemar hatte in Windeseile den Tatort präpariert,
während Tilda und ich Attila aus dem Wald geschleppt hatten. Hakim kannte einen Arzt, der für etwas Bargeld keine
Fragen stellte.

Waldemar hatte an unserem letzten Tag in der Villa dabei
sein wollen.

»Ich schulde Mila eine Entschuldigung«, sagte er. »Und

hier ist der Platz, wo sie auf jeden Fall gewesen ist. Wo ihr Grab ist, wissen wir ja nicht. Und ob eure Mutter es jemals sagen wird, ist fraglich.«

»Selbst wenn Mila bei einem Unfall gestorben ist, hätten Konstanze und Reinhard das vertuschen müssen. Der Missbrauch wäre bei einer Obduktion nachgewiesen worden. Es hätte Gefängnis für unsere Eltern und für die van Akens bedeutet. Also hat man sich notgedrungen, wie immer, gegenseitig gedeckt.« Tilda war ziemlich wütend.

Ich wusste, dass sie unbedingt die Beweismittel für die widerlichen Freunde der van Akens in die Finger bekommen wollte. Es frustrierte sie maßlos, dass all die anderen, all die Lämmers dieser Welt, die bei den van Akens ein- und ausgegangen waren und für die die van Akens jahrzehntelang Kinder aus dem Projekt »Hope for Children« rekrutiert hatten, davongekommen waren.

Aber niemand konnte die Cloud von Ewald knacken. Er hatte Profis ans Werk gelassen, um sie zu schützen. Ohne die richtigen Zahlencodes hatte niemand Zugang.

Milas Geheimnis blieb ein Geheimnis.

»Na«, sagte Forck. »Fällt es euch schwer, das Haus aufzugeben?«

»Nein, überhaupt nicht. Ich bin froh, dass Lulu und ich neu anfangen können.«

Arko rannte kreuz und quer durch die Halle, schnüffelte an der Treppe, rannte wieder zurück. Forck machte ihm die Terrassentür auf und sah zufrieden hinter ihm her.

»Ich weiß nicht wieso – aber dieser Hund hat irgendwie den Schlüssel zu meinem Herzen gefunden«, sagte er lächelnd.

Ich erstarrte. »Was hast du gesagt?«

»Das ist ein etwas veralteter Ausdruck«, sagte Waldemar. »Aber irgendwie passt es.« Arko rannte wie ein Verrückter im Zickzack durch den Garten.

»Ich weiß, wo der Schlüssel ist«, flüsterte ich heiser und griff nach Tildas Arm. »Zu Ewalds Cloud.«

Tilda fuhr herum. »Wo?«

»Kommt mit!«

Ich stürmte die Treppe hinauf, die anderen folgten mir. Ich stieß die Tür zum verbotenen Trakt auf, rannte in Milas Zimmer und blieb dort atemlos stehen.

Hinter mir tauchten Tilda, Attila und Waldemar im Türrahmen auf.

In Milas Zimmer befand sich ein Himmelbett. Darunter lag ein dicker flauschiger Teppich. Alles war weiß. Es erinnerte mich an die Werbeagentur van Aken, aber die Parallele war mir früher nie aufgefallen. Alles weiß. Unschuldiges Weiß. Lächerlich.

Ein Spiegeltisch wie aus einem amerikanischen Kinderfilm, mit Hocker davor, stand in der Ecke, daneben eine Kommode.

Mitten darauf stand das Polly-Pocket-Haus. Das Allererste.

Inzwischen hatte sich Staub darauf abgesetzt.

Ich wischte mit meinem Ärmel darüber und nahm die Dose vorsichtig in die Hand.

»Er sucht den Schlüssel zu Effies Herz«, hatte meine Großmutter einmal über Armin van Aken gesagt.

Ich hatte das schon deshalb nie verstanden, weil dieses Plastikherz für mich immer Milas Herz gewesen war.

Aber es war in Wirklichkeit meins gewesen, weil ich diejenige im Kaufhaus gewesen war. Ich hatte das Polly-Pocket-Dreamhouse gekauft. Und Harriet hat das gewusst. Weil sie gewusst hatte, dass Mila bereits tot war. Wären meine Fingerabdrücke nicht darauf entdeckt worden, hätten wir bis heute keine Ahnung gehabt, dass ich diejenige gewesen war, die damals im Kaufhaus verschwand. Und die in Wirklichkeit in den Fahrstuhl gestiegen war. Zu Reinhard. Meinem Vater. Er hatte dort gestanden. Deshalb hatte ich keine Angst gehabt. Dabei hätte ich vor den Erwachsenen in meiner Familie am meisten Angst haben müssen.

So viele Erwachsene waren gegen uns gewesen, dass wir Kinder keine Chance gehabt hatten. Man hatte mit unserem Gedächtnis, unserer Unschuld, unserem Leben gespielt.

Ich öffnete die Plastikdose.

»Da ist er«, flüsterte ich. »Der Schlüssel zu einer Cloud, die den gesamten ‚Hope for Children'-Ring auffliegen lassen wird.«

Tilda machte große Augen, nahm mir den USB-Stick aus der Hand und drückte ihn fest an sich.

»Das geht direkt über einen anonymen Kanal von Mareike an die Öffentlichkeit. Hiervon wird nichts verloren gehen.«

Attila, Waldemar, Tilda und ich legten in stummem Einverständnis die Hände übereinander wie Footballspieler vor einem Spiel.

»Versprochen«, murmelte Waldemar.

»Dafür werde ich sorgen«, bestätigte Attila.

»Mareike verschleiert auf jeden Fall die Identität der Kinder«, sagte Tilda. »Aber die Erwachsenen nicht. Keiner, der auf diesen Filmen zu sehen ist, wird sich herausreden können.«

Tilda öffnete den Reißverschluss ihrer Umhängetasche und versteckte den Stick darin.

»Wir bringen das Ding sofort zu ihr«, sagte sie entschlossen. »Da darf jetzt nichts mehr schiefgehen. Es sind mächtige Männer, denen wir damit auf die Füße treten. Noch wissen sie nichts von den Aufnahmen. Aber sobald einer davon Wind bekommt, wird es gefährlich.«

Attila stellte sich neben sie. »Ich begleite dich. Sicher ist sicher.«

Bevor wir das Zimmer verließen, hielt Waldemar kurz inne.

»Wartet«, sagte er. »Lasst uns eine Gedenkminute einlegen. Für Mila.«

Stumm falteten wir die Hände, dachten an meine Schwester, die immer fünf Jahre alt geblieben war.

»Verzeih mir, Mila, dass ich so lange gebraucht habe, um zurückzukehren«, sagte Waldemar schließlich mit brüchiger Stimme. »Und auch dass ich dich nie gefunden habe. Ich habe dich im Stich gelassen.«

»Du hast es für deine Tochter getan«, sagte Tilda und legte ihre Hand auf seinen Arm. »Du musstest dich für sie entscheiden. Und ich denke, du wusstest damals schon, dass Mila nicht mehr lebt und du ihr nicht mehr wirklich helfen kannst.«

»Sie hätte ein Grab verdient.«

»Ja. Aber wichtiger ist, dass wir jetzt wenigstens für Gerechtigkeit sorgen«, sagte ich.

Schweigend stiegen wir die Treppe hinab. Es war merkwürdig, aber kaum, dass Tilda es ausgesprochen hatte, wusste ich, dass sie recht hatte. Mila war tot, seit vielen Jahren schon. Der Mythos, dass sie irgendwo lebte, war von meinen Eltern nur aufrechterhalten worden, um von sich selber abzulenken.

Waldemar ging hinaus auf die Terrasse.

Wir folgten ihm bis in die Küche.

Tilda öffnete die Küchenschränke. »Hier klebt bald überall der Kuckuck. Meißner Porzellan. Möchtest du noch was mitnehmen?«

Ich schüttelte den Kopf.

»Ich auch nicht«, sagte Tilda und schloss die Schranktür wieder.

»Ich wünschte, wir könnten Mila wenigstens anständig beerdigen«, sagte ich. »Aber nun ist außer Konstanze niemand mehr da, der uns verraten kann, wo man sie hingebracht hat. Und unsere Mutter wird nicht reden.«

»Nein. Wahrscheinlich nicht.« Tilda schloss den Küchenschrank wieder.

»Wie geht es Lulu?«, fragte sie schließlich, um die bedrückte Stille zu unterbrechen.

»Sehr gut«, sagte ich. »Jonas und ich haben uns geeinigt. Wir haben sogar eine Date Night verabredet.«

Tilda sah mich überrascht an. »Date Night? Mit Jonas?«

»Warum denn nicht?« Ich lief rot an. »Wir können es nur besser machen, oder?«

Tilda antwortete nicht. Sie starrte nach draußen.

»Schau doch«, sagte sie tonlos.

Neben der Schaukel waren nur noch Arkos Hinterbeine zu

sehen. Zwischen ihnen spritzte der Dreck empor. Waldemar starrte den Hund an, Attila hatte sich neben ihn in den Dreck gekniet.

»Er buddelt. Aua!«, sagte ich, als Tilda meinen Arm packte. »Lass ihn doch. Hier wird ohnehin alles neu gemacht.«

»Schau doch!«, sagte Tilda noch einmal.

Erdklumpen flogen bis auf die Steinbank, auf die Milas Name gemeißelt war, wie auf einen Grabstein.

Und dann begriff ich.

*Die schlimmsten Geheimnisse lauern tief
unter der Oberfläche ...*

Rose Klay
DIE TOCHTER –
DEINER VERGANGENHEIT
ENTKOMMST DU NICHT!
Thriller

320 Seiten
ISBN 978-3-404-18535-1

In Kathis Familie sind schreckliche Dinge geschehen, und alle
wissen davon. Schon lange hat sich die alleinerziehende Mutter
damit abgefunden, eine Außenseiterin zu sein. Dann verschwindet ein Mädchen, das ihrer Tochter Lucy in der Schule das Leben
zur Hölle macht. Und ausgerechnet Kathi hat es als letzte gesehen. Wird man sie verdächtigen? Kathi versucht alles, um die
Geister der Vergangenheit zurückzudrängen. Doch ihr entgleitet
zunehmend die Kontrolle über ihr Leben ...
Schicht um Schicht legt Rose Klay das Grauen hinter der alltäg-
lichen Fassade frei – ein psychologischer Thriller, den man nicht
mehr aus der Hand legen kann!

Lübbe

Ein furchtbares Verbrechen nebenan …

Rose Klay
WAS NEBENAN
PASSIERT IST
Thriller

336 Seiten
ISBN 978-3-404-18994-6

Eine schreckliche Entdeckung wirft Friederikes Leben völlig aus der Bahn: Sie findet die kleine Nachbarstochter ermordet in deren Kinderzimmer, daneben liegt der schwer verletzte Vater. Doch wo ist die ältere Tochter? Und wo die Mutter?

Für Friederike, die sich selbst nichts sehnlicher wünscht als ein Kind, beginnt ein Spießrutenlauf. Denn sie gerät nicht nur ins Visier der Ermittlungen, auch die Medien stürzen sich auf den Fall – und auf sie. Friederike muss herausfinden, was nebenan passiert ist. Aber je mehr sie erfährt, desto mehr fragt sie sich, wem sie noch vertrauen kann …

Ein psychologischer Thriller, der auf jeder Seite fesselt!

Lübbe

Das Buch ist deine einzige Chance zu überleben

Patricia Walter
DAS BUCH - SCHREIB
UM DEIN LEBEN!
Thriller

464 Seiten
ISBN 978-3-404-18893-2

Ein brutaler Serienkiller, der von der Presse der »Puppenmörder« genannt wird, entführt die junge Krimiautorin Kara Bender. Er hält sie in einem düsteren Keller gefangen und zwingt sie, ein Buch über sein Leben zu schreiben. Für Kara, die unter Klaustrophobie leidet, beginnt ein Albtraum. Doch das Buch ist ihre einzige Chance zu überleben.

Lübbe

Der Tod wird dich finden!

Nikolas Stoltz
TODESKALT
Thriller

384 Seiten
ISBN 978-3-404-19357-8

Kriminalpsychologin Caro Löwenstein erhält einen verzweifelten Anruf. Ihre alte Freundin Melanie ist vollkommen panisch und fühlt sich verfolgt. Sofort eilt Caro in das verschneite Dorf im Taunus. Dort entdeckt sie die Leiche einer jungen Frau – Melanie hingegen ist verschwunden.

Weitere seltsame Dinge gehen in dem verschwiegenen Ort vor sich: Die örtliche Polizei arbeitet lieber mit einer Bürgerwehr zusammen als mit Caro. Und um die Tote scheinen die Einwohner nicht im Geringsten zu trauern. Zusammen mit Kommissar Simon Berger und seinem Team macht Caro sich auf die Suche nach Melanie und dem Mörder. Was sie entdecken, bringt die Ermittler in tödliche Gefahr …

Lübbe

Das Böse hasst, das Böse liebt, das Böse vergisst nie.

Leo Born
KALTE ERLÖSUNG
Ein
Mara-Billinsky-Thriller

384 Seiten
ISBN 978-3-404-19412-4

Kalter Herbstwind weht durch Frankfurts dunkle Straßenschluchten, in denen Kommissarin Mara Billinsky Jagd auf einen psychopathischen Serienmörder macht. Der Killer foltert seine scheinbar zufällig ausgewählten Opfer mit Stacheldraht zu Tode. Als Mara eine heiße Spur zu dem Täter verfolgt, tritt ihr ein mächtiger Strafverteidiger in den Weg: ihr eigener Vater. Und zunächst unbemerkt von Mara braut sich im Hintergrund ein gewaltiger Sturm aus Rache und Verrat zusammen ...

Lübbe

Düsteres Ostfriesland

Heike van Hoorn
NEBELSCHULD
Ostfriesland-Krimi

368 Seiten
ISBN 978-3-404-19263-2

Die stadtbekannte Querulantin Minna Schneider stirbt beim Brand ihres Hauses in den Flammen. Haben es die Jugendlichen, die Minna als Hexe beschimpft und gehänselt haben, mit ihren Streichen etwa zu weit getrieben?

Während die Ermittlungen von Kommissar Möllenkamp und seinen Kollegen von der Kripo Leer anlaufen, verschwindet auch noch der Pfarrer Hermann Vrielink spurlos. Mit Hilfe der Lokalreporterin Gertrud Boekhoff machen sich Möllenkamp und sein Team auf die Suche nach dem Verschwundenen. Schon bald tauchen immer mehr Hinweise auf, dass der Pfarrer ein dunkles Geheimnis hat ...

Lübbe